Федеральная архивная служба России

Российский государственный архив
литературы и искусства (РГАЛИ, Москва)

Редакционный совет РГАЛИ:

Т.М. Горяева *(председатель)*,
И.И. Аброскина, Л.Н. Бодрова, Е.В. Бронникова,
Н.Б. Волкова, С.Д. Воронин, Г.Ю. Дрязгунова,
А.Л. Евстигнеева, Е.Б. Коркина, Т.Л. Латыпова,
М.А. Рашковская, И.П. Сиротинская,
Е.Ю. Филькина, С.В. Шумихин

МАРИНА ЦВЕТАЕВА
НИКОЛАЙ ГРОНСКИЙ

Несколько ударов сердца

Письма 1928–1933 годов

Издание подготовили
Ю.И.Бродовская и Е.Б.Коркина

«Вагриус»
Москва 2003

УДК 882-94
ББК 84Р7
  Ц 27

Федеральная программа книгоиздания России

*Издательство благодарит за помощь
в подготовке издания
Дом-музей Марины Цветаевой (Москва)*

Художник А.Рыбаков

Цветаева М., Гронский Н. Несколько ударов сердца. — М.: ВАГРИУС, 2003. — 320 с.

Название этой книге дала строчка из статьи М.Цветаевой «Поэт-альпинист», посвященной памяти Н.Гронского. Когда после смерти своего молодого друга она впервые увидела напечатанными в газете его стихи (поэму «Белладонна»), испытала чувства, которые отозвались в ней «несколькими ударами сердца». Читая сегодня переписку поэтов, невольно становишься свидетелем их отношений, признаний в любви, литературных бесед, бытовых рассказов.

Письма Гронского и большая часть писем Цветаевой ранее никогда не публиковались. В раздел Приложений вошли стихи и статьи Цветаевой, которые она посвятила Гронскому и его творчеству, а также вышеупомянутая поэма.

Охраняется Законом РФ об авторском праве

ISBN 5-9560-0184-4

© Бродовская Ю.И., подготовка текста, примечания, указатель, 2003
© Коркина Е.Б., подготовка текста, предисловие, примечания, 2003
© Российский государственный архив литературы и искусства, 2003
© А.Рыбаков, художник, 2003

Предисловие

В короткой жизни поэта Николая Гронского (1909—1934) встреча с Мариной Цветаевой (1892—1941) оставила яркий след. «Он любил меня первую, а я его — последним. Это длилось год. Потом началось — неизбежное при моей несвободе — расхождение *жизней*, а весной 1931 г. и совсем разошлись: на́глухо» — так в декабре 1934 г., после гибели Гронского, определила Цветаева историю встречи, которая подробно раскрывается в этой книге.

Цветаева и Гронский жили по соседству в парижском пригороде, одно время были даже соседями по дому (в 1926—1927 гг. в Бельвю), у них было много общих знакомых, но принадлежность обоих к одному довольно тесному русскому эмигрантскому кругу не была определяющей в их встрече. Главным поводом к ней стала поэзия. В начале 1928 г. Гронский пришел к Цветаевой, чтобы попросить для прочтения ее книги (которых уже не было в продаже). «Помню мое первое чувство к Н.П., на его первый ко мне приход — без зова! — было *благодарность* за то, что я все-таки кому-то нужна, хотя бы в виде моих книг...» — писала Цветаева матери Гронского. Такое знакомство, конечно, быстро переросло в дружбу.

> Мой спутник и путевод
> Вдоль теми лесов медонских,
> Спасибо за пеший ход:
> За звезды, луну и солнце —

такой стихотворный набросок о совместных прогулках весны 1928 г. сохранился в одной из тетрадей Цветаевой. Были еще и совместные посещения кинематографа, литературных вечеров, лекций, поездки в Париж. Встречи кончились после отъезда Цветаевой с детьми на лето, но началась переписка — почти ежедневная на протяжении трех месяцев. Это, кстати, единственная сохранившаяся в архиве Цветаевой двусторонняя переписка: после гибели

Предисловие

Гронского его мать вернула Марине Ивановне ее письма, и одно время она даже задумывала создать из своей переписки с Гронским книгу «Письма того лета» по образу любимых ею с юности эпистолярных романов Беттины фон Арним. Замысел остался неосуществленным, но «письма того лета» (лета 1928 г.) и составляют центральную часть настоящей книги.

Адресат писем Цветаевой и равноправный герой этой книги Николай Павлович Гронский родился 11 июля 1909 г. в Териоках. Его отец — Павел Павлович, приват-доцент Петербургского университета, депутат Государственной думы от кадетской партии, в Париже был педагогом, публичным лектором и сотрудником газеты «Последние новости», мать, Нина Николаевна, — талантливым скульптором. Детство Гронского прошло в Петербурге и в Тверской губернии, где в Весьегонском уезде было родовое дворянское гнездо Гронских. Одиннадцатилетним мальчиком, вместе с матерью и сестрой он выехал из России. Ко времени встречи с Цветаевой восемнадцатилетний Николай Гронский окончил Русскую гимназию в Париже и поступил в университет. Под влиянием отца он выбрал факультет права. В 1932 г. его окончил и продолжил образование в соответствии со своим определившимся призванием — Гронский был принят на третий курс факультета философии и литературы Брюссельского университета и начал работу над диссертацией о Державине. 21 ноября 1934 г. Николая Гронского сбил поезд парижского метро на станции Пастёр и через несколько часов он скончался в госпитале Неккер от потери крови.

Три недели спустя «Последние новости» опубликовали его поэму «Белладонна», которая стала открытием большого поэта, тем более неожиданным открытием, что при жизни Гронский своих стихов не печатал. Для Цветаевой эта публикация стала поистине «посмертным подарком», радостным и горьким одновременно, ибо в авторе «Белладонны» она узнала своего поэтического сына и преемника, безвременная смерть которого путь этого преемства оборвала.

Композицию настоящей книги определила последовательность жизненных событий. В основной части печатается вся сохранившаяся в архиве Цветаевой в РГАЛИ переписка поэтов. В Приложении мы помещаем стихи Цветаевой, обращенные к Гронскому и посвященные его памяти. Гронский-поэт представлен поэмой «Белладонна». Заключают книгу две статьи Цветаевой: «Посмертный подарок» и «О книге Н.П.Гронского "Стихи и поэмы"», в которых она определяет его место в русской поэзии.

Елена Коркина

Несколько ударов сердца

Письма 1928—1933 годов

1
ЦВЕТАЕВА — ГРОНСКОМУ
Мёдон, 4го февраля 1928 г., суббота

Милый Николай Павлович,
Чтение Федры будет в *четверг*, в Кламаре, у знакомых. Приходите в 7 ч., поужинаем вместе и отправимся в Кламар пешком. Дорогой расскажу Вам ктó и чтó.

Лучше не запаздывайте, может быть будет дождь и придется ехать поездом, а поезда редки.

До свидания.
МЦ.

2
ЦВЕТАЕВА — ГРОНСКОМУ
<Март 1928>

Милый Николай Павлович,
Только что получила Волю России с «Попыткой комнаты». Будете очень милы, если вернете мне ее завтра, посылаю Вам ее по горячему следу слова «Эйфель». Вещь маленькая, прочесть успеете. Завтра на прогулке побеседуем.

До завтра!
МЦ.

3
ЦВЕТАЕВА — ГРОНСКОМУ

Милый Николай Павлович,

Очень жаль, что меня не застали. Хотела сговориться с Вами насчет Версаля и дале. М.б. у нас временно будет одна старушка, тогда я буду более свободна, и мы сможем с Вами походить пешком, — предмет моей вечной тоски. Я чудный ходок.

Еще: очень хочу, чтобы Вы меня научили снимать: С‹ергей› Я‹ковлевич› сейчас занят до поздней ночи, совести не хватает приставать к нему с аппаратом, да еще в 1 ч. ночи!, а Мур растет. И пластинки заряжены.

Приходите как только сможете. Часы: до 2 1/2 ч. или же после 5 ч. Вечерами я иногда отсутствую. Побеседовали бы о прозе Пастернака и сговорились бы о поездке и снимании.

Итак, жду.
МЦ.

Мёдон, 2го апреля 1928 г., понедельник

— Завтра я ухожу в 5 ч., если успеете зайдите утром, т.е. до 2 1/2 ч. Или уж в среду.

‹На полях:›
Я не была ни в Fontainebleau, ни в Мальмэзоне — нигде. Очень хочу.

P.S. Как-нибудь расскажу Вам и о Вас. Когда (и если) будет старушка. Такой рассказ требует спокойного часа. Лучше всего на воле, на равных правах с деревьями.

Та́к — а может быть и что́ — Вам скажу, Вам никто не скажет. Родные не умеют, чужие не смеют. Но не напоминайте: само, в свой час.

4
ЦВЕТАЕВА — ГРОНСКОМУ
‹19 апреля 1928›

Дорогой Николай Павлович,

Жду Вас не в субботу, а в воскресенье (Волконский), к 4 ч., с тем, чтобы мы, посидев или погуляв с Сергеем Михайловичем и проводив его на вокзал, *остаток вечера провели вместе.* Словом, субботний вечер переносится на воскресный. (В субботу у меня народ: приезжие — проезжие — из Праги, отменить нельзя). Захватите тетрадь и готовность говорить и слушать.

Всего доброго.

МЦ.

Мёдон, четверг

5
ЦВЕТАЕВА — ГРОНСКОМУ
Мёдон, 23го апреля 1928 г., понедельник

Дорогой друг,

Оставьте на всякий случай *среду-вечер* свободным, может быть и, кажется, наверное — достану 3 билета — Вам, Але и мне — на вечер Ремизова, *большого* писателя и *изумительного* чтеца. (Не были на прошлом?)

Хочу, или — чтó лучше: *жизнь* хочет! чтобы Вы после Волконского услышали Ремизова, его полный полюс.

Такие сопоставления полезны, как некое испытание душевной вместимости (подтверждение безмерности последней). Если душа — круг (а так оно и есть) в ней все точки, а в Ремизове Вам дана обратная Волконскому. Так, в искаженном зеркале непонимания, понятию «волхонщина» можно противуставить «ремизовщина». В Ремизове Вам дана *органика* (рожденность, суть) обратная *органике* Волконского. Точки (В. и Р.) чужды, дело третьего, Вас, круга — в себе — породнить.

Ничего полезнее растяжения душевных жил, — только так душа и растет!

———

Итак, жду Вас не позже половины восьмого, в среду. Поедем вместе, так как билет м.б. будет общий.

Да! очень важное!

Никогда не буду отрывать Вас от Ваших занятий и обязанностей но — в данный раз: Ремизов стóит лекции, какая бы ни была. Его во второй раз не будет.

———

Любуюсь на Ваши янтари.

МЦ.

Просьба: захватите в среду пленки с Муром, боюсь, что они так и сгинут, хочу отдать проявить, не примите за укор, знаю, что заняты.

6
ЦВЕТАЕВА — ГРОНСКОМУ
‹30 апреля 1928›
Мёдон, воскресенье вечером

Дружочек!

Просьба, вроде: поди туда не знаю куда, принеси то не знаю что́ (помните Ваш вопрос, бывший уже ответом? Начинаю думать, учитывая и сопоставляя разное, что из Вас ничего не выйдет, кроме *всего*, т.е. поэта. Философ есть вопрос человека вещи, поэт есть человеку — вещи — ответ. Или же: вещь спрашивает через философа, и отвечает через поэта.)

Но — отвлекаюсь — (вовлекаюсь) — *извлекаюсь*!

Голубчик, до среды, т.е. к Вашему приходу, узнайте мне (см. начало) лучшую, полнейшую биографию Ninon de Lenclos, мне нужен один эпизод из ее жизни, до зарезу, для вещи, которую, в срочном порядке необходимости, хочу писать, не хочу *выдумывать бывшего*. Вещь, касающаяся Вас, имеющая Вас коснуться.

Если бы где-нибудь посмотреть в однофамильном — полу-одно, четверть-однофамильном мне словаре (верно ли я считаю? у словаря — две, у меня — две, одна общая, — какова степень родства?) — там всегда есть библиография. Сделайте это для меня, мне кажется, это будет первая *живая*, насущная вещь за годы.

Приходите не позже, а то и раньше 1/2 9го, у нас с Вами так мало времени на все.

Непременно — стихи, старые и новые.

МЦ.

‹Поперек страницы:›
Понедельник.

Хорошо, что не запечатала (правда, в этом жесте невозвратность, чувство, что все кончено, что не в твоей воле изменить. Заметьте, что не отсылаются только незапечатанные письма. Первая невозвратность: запечатание, вторая — ящик (берите мои слова вне содержания письма, в абсолютности понятия письма!) Собственный язык, зализывающий, и жестяной ящик — формы Рока. Письмо — стрела — книга стихов — три самодержавности = стийности — САМОСТИ. (Как я люблю Ваш слух, как *физически* ощущаю проникновение в Вас СЛОВА: звука, смысла. Помните Пушкина: в горах — отзы́в? (Есть и в низах — отзы́в: в безднах!) Ведь горе, чтобы отозваться, надо услышать, отдать — ПРИНЯТЬ! — Видите, опять не могу кончить!

За-ночь моя просьба разрослась: узнайте, а может быть уже знаете, одежды того времени (половины XVII в.), мне нужно знать как их одеть, не хочу гадать. Очень хочется до начала вещи поговорить с Вами о ней, услышать Ваше толкование данных, совместно скрепить духовный костяк.

— Привыкаете к почерку? В него нужно вовлечься.

Учитесь, пожалуйста!

7
ЦВЕТАЕВА — ГРОНСКОМУ
Мёдон, 4ᵍᵒ мая 1928 г.

Мой родной,

10ᵒᵉ не среда, а четверг — а нынче пятница (до́-олго!)

Хотите во вторник на Экипаж (Convention). Если да, безотлагательно сообщите мне точный поезд с Вашего мёдонского вокзала (Montparnasse) — поезд, на который не опоздаю — не опоздаете?

Начало в 8 1/2 ч. Convention от Montparnass'а близко.

Если не можете, тоже сообщите.

Пишу Вам, молча проговорив с Вами целый час: ПО-ЗВУ-ЧИЕ, крайний звук которого есть ПРЕДЗВУЧИЕ.

Не бойтесь потерять мундштук, у Вас в руках — больше, чем в руках, ближе чем в губах! — несравненно бо́льшее.

Если бы Вы знали *всю бездну** нежности, которую Вы во мне разверзаете. Но есть страх слов.

МЦ.

Все это не в жизни, а в самом сонном сне.

---

* Т.е. всё *без-конца* нежности. — *Примеч. М.И.Цветаевой. Далее во всех неоговоренных случаях примеч. сост.*

<На полях:>
Нынче пятница, до вторника долго, учитесь, пожалуйста! Напишите, на когда условились с С.М., чтобы я заранее оставила вечер.

8
ЦВЕТАЕВА — ГРОНСКОМУ

Милый Николай Павлович,

До последней минуты думала, что поеду, но никак невозможно, — у меня на виске была ранка, я заклеила пластырем — загрязнение — зараза поползла дальше. Сижу с компрессом. Если не боитесь видеть меня в таком виде, заходите завтра, когда хотите, сказать о театре с С.М. и рассказать о докладе.

Всего лучшего, передайте пожалуйста письмо С.М.

МЦ.
Мёдон, 10го мая 1928 г.

— завидую Вам! а Вы — хвали́те за меня!

———

Принесите мне что-нибудь почитать.

9
ЦВЕТАЕВА — ГРОНСКОМУ
Мёдон, 17го мая 1928 г.

Ко́люшка, может быть я плохо делаю, что говорю с Вами беспощадно — как с собой.

Например сегодняшнее — о простоте, доброте, чистоте. Кто был со мной — если не проще — то добрее и чище Вас? *Мы* мне начинаем напоминать такую быль. Кто-то — Италия, Возрождение — приревновал свою жену к какому-то юноше. Мечта «застать с поличным». И *застает* — сомолящимися.

Что́ мы с Вами — как не вместе молимся? (Каким богам?)

А о простоте — что ж! не дано ни мне ни Вам. То есть — слепости в простоте, как вообще ни одной слепости.

А «зеленью светел Праотец-Змей» — МАГИЧЕСКАЯ строка, вся как драгоценный камень, не «как», а — сам драгоценный камень. Эта строка не аллегорический, а *живой* изумруд, оборот его в руках.

Никакого дела в Париже не сделала, вошла в тот дом и вышла, вернулась домой и вот, с тоской в сердце (может быть — ПО СЛЕПОСТИ в простоте!) — пишу Вам.

Спасибо за цветы В<олконскому>, переписку В., за тот песочный овраг, за «среду» взамен «завтра».

За вся и за все.

М.

10
ГРОНСКИЙ — ЦВЕТАЕВОЙ
<*28 июня 1928*>

Марина Ивановна.

Ждал Вас. Думал, что вместе пойдем на экзамен к В. Когда мне можно будет к Вам прийти? Напишите (только не в воскресенье вечером).

Ваш Николай Гронский.

P.S. Пишу Вам на чужих стихах, — прочтите их, перевод Батюшкова. (Правда, хороший?)

P.P.S. Нужно поговорить еще о том, дадите ли Вы еще стихов в редакцию П<оследних> Н<овостей>.

— Письмо через Петрарку.

11
ЦВЕТАЕВА — ГРОНСКОМУ
<*28 июня 1928*>

Дорогой! Приходите на авось *завтра в пятницу не позже 6 ч.* М.б. удастся провести весь вечер вместе. Если же нет — сговоримся на субботу вечером наверное.

Много новостей (чуть-чуть не уехала завтра в La Rochelle, уже горевала).

Итак, жду.

МЦ.

Сонет хороший, по-итальянски, должно быть, чудесный. А еще лучше стихи о любви (ГЛЫБЫ О ЛЮБВИ!) Микель-Анджело.

Тема прихода — нынешний экзамен Волконского.

———

Итак, жду.

12
ЦВЕТАЕВА — ГРОНСКОМУ
<1 июля 1928>

Милый Н.П. Спасибо за мешок — отлично.

Я, кажется, еду 10‑го. Очень благодарна была бы Вам, если бы зашли ко мне завтра или во вторник, сразу после завтрака. Словом до 3х буду дома. (В среду — нет).

Всего лучшего.

МЦ.
Воскресенье

13
ЦВЕТАЕВА — ГРОНСКОМУ
<3 июля 1928>

Милый Николай Павлович,

Не сердитесь, не имела никакой возможности предупредить Вас, — неожиданно два срочных дела именно в 4 ч. и в 6 ч. А до этого — четыре или пять других, и всё предотъездные, неотложные. Если свободны, зайдите ко мне в 2 ч. дня в четверг. Billet de famille* в Ройян уже заказан, будет в среду, в среду же выезжает С.Я. Будем чинить детскую коляску, — умеете?

Да! *Одобряю* или *ободряю*, смотря по тому выдержали ли или провалились (оцените количество ЛИ <подчеркнуто дважды>).

Итак, до четверга.

МЦ.
Вторник

* «Семейный билет» (*фр.*) — железнодорожный билет со скидкой.

14
ЦВЕТАЕВА — ГРОНСКОМУ
‹3 июля 1928›

Дружочек!
Вы же знаете, что дни мои считаны! (Занятое après-midi*)
Тогда приходите в четверг *утром*, сговоримся, времени мало.
А сердиться на меня за то, что я делаю не чтó хочу, а чтó должна — сердиться на *всю меня* (с костями и стихами).
Не надо разминовываться — накануне!

МЦ.
Вторник вечером

15
ГРОНСКИЙ — ЦВЕТАЕВОЙ
‹10 июля 1928›

Дорогая Марина Ивановна,
— кошка от меня сбежала. Вот как это было:
Во вторник утром, надев чулки — подарок В., я пошел к Вам. Сперва я зашел в лавочку: любезности с моей стороны, с их: отказ от денег. Тень (исхудавшая) кошки была на подоконнике Вашей квартиры. До того как подняться, я пошел к консьержке и уладил всё что нужно. Потом поднялся наверх. Впустил кошку. Она искала, что бы поесть, я тоже (для нее); мы ничего не нашли, и, забрав книги и закрыв двери, начал ее прятать в мешочек. Вошла, но хвост и задняя лапа не входили и торчали. Наконец всё готово. Ухожу от Вас, прихожу домой. Сперва кормил и поил, потом начал мыть и вот тут-то... Чтобы было ловчее ее купать под краном, обвязал ей горло петлей (мертвой), с таким расчетом, чтобы она если будет рваться, только больше затягивалась. Мытья не было, были мои и ее прыжки, 5-6 разбитых предметов и наводнение в нашей кухне.

У кошки пропала вся ласковость, но она не царапалась. Вдруг петля сильно затянулась и язык кошки высунулся, я ее (петлю) ослабил. Открытое окно — прыжок, я за ней. Оказывается, все кошки, услышав карканье Вашей кошки, собрались под окном,

---
* послеполуденное время *(фр.)*.

в числе их один кот (полу-ангорский), аристократ и Дон-Жуан. Было их штук 7. Мокрая, с жалкими лапами, намыленной шерстью и дохлыми в ней блохами (я ее сперва мыл бензином), она бежала. Кот за ней (он похож на В.). Сейчас где-то в саду она продолжает мяукать, видно кот обращается с нею не галантно, как калмык с Зинаидой Гиппиус в поэме фокс-терьера. М.б. она еще вернется, ей будет покой и почет. Пишу, изловив на себе кошкины подарки и вымыв руки. — Под окном, видно, что то вроде кошкина Чубарова переулка: стон и вздохи — что-то будет, — наверное 18 котят (en raison 6 pour 1*). Она не мяучит, а каркает, Ваша кошка.

Прочтите это письмо Але, ей будет интересно. Большое спасибо за книги и за тетрадь.

Ваш Николай Гронский.

P.S.
Дорогая Марина Ивановна, мне очень скучается без Вас. Отцу сказал, что уеду. Привет Вам поэтому в конце письма.
P.P.S. Простите, что я все про кошку.

16
ЦВЕТАЕВА — ГРОНСКОМУ
Pontaillac, Villa Jacqueline Gilet (Charente Inférieure)
10$\frac{20}{}$ июля 1928, вторник

Дружочек! Первое о чем мне хочется Вам сказать — о мифологической роще, такой, где живут божества, — именно мифологической, а не мифической, ибо тогда бы ее не было. Вошла в нее как домой.

Вы конечно знаете (средневековые*? возрожденские*?) изображения метаморфоз? — три не то женщины, не то дерева (Гелиады) — (других сейчас не помню, есть, конечно), — говорю о са́мой секунде превращения, еще то́, уже это, *не то, не это,* третье: секунда перехода, *преосуществление.* Так во́т — такие деревья, роща меньше Аполлонова, Зевесова, чем — их любовей, мужских и женских. Роща андрогинов, дружочек, бессмертной юности, Ваша, моя.

---

* По причине шестерых на одну *(фр.).*

Это мое самое сильное впечатление, — сильнее моря (*прекрасного* и нелюбимого), — сильнее самой меня под солнцем.

Это была моя первая встреча с Вами, м.б. самая лучшая за всё время, первая настоящая и — (но это м.б. *закон?*) без Вас.

Деревья настолько тела, что хочется обнять, настолько души, что хо́чется (— что́ хочется? не знаю, *всё!*) настолько души, что вот-вот обнимут. Не оторваться. Таких одухотворенных, одушевленных тел, *тел-душ* — я не встречала между людьми.

Так поздно пишу потому что только сейчас свой угол, — хороший, у окна. Вчера целый день ходила, — разгон еще мёдонский — доживала. Мур сопровождал с полуоткрытым ртом. — «Мур, что́ это ты?» — «Пью ветер!»

Скалистое море, как на первой открытке, прямо перед домом. Другое, с пляжем, дальше и менее завлекательное, люблю пески, а не пляж. Окрестности чудесные. Да! Та рощица — из chêne vert*, очень похожая цветом на маслину. Преосуществление дуба в маслину, вот. (Вот Вам и новый миф!) Лист без выреза (*не* дуб) но шире масличного (*не* маслина!) низ серебряный, верх лакированно-зеленый, роща виденная снизу — оливковая, сверху — дубовая. Говоря о деревьях, говорю о Вас и о себе, — и еще о С.М., к-му напишу в Вашем завтрашнем письме.

Жду подробного *отчета* о последующем дне и днях (после-моего-отъездном).

<Поперек письма и на полях:>
Пишите как спали, что снилось, что делали утром, хочу весь Ваш день.
Главного не пишу. (Этим — *написано*.)
Эти камни посылаю за сходство с долмэн'ами.

---

* во всяком случае германские, несколько тяжеловесные, большеголовые. — *Примеч. М.И. Цветаевой*.
** Молодых дубков (*фр.*).

17
ГРОНСКИЙ — ЦВЕТАЕВОЙ
<12 июля 1928>

Дорогая Марина Ивановна.

Первые строки письма — делам. Книга у Гончаровой, верней у ее консьержки, — самое не застал. Пастернаку купил, но еще не отправил. Про кошку ни слуху, ни духу. Стекла́ еще не вставил. Последние Новости очень просят «называть» Ваши стихи. Скажите на это: hic Abdera! = здесь (или вот) Абдера; Абдера = пошехонцы, провинция, словом, город дураков, но придумайте какие-нибудь названия (если названия можно «придумывать», но ясно, что это не на нашем* языке). Мой отец говорил мне, что он попробует (и я думаю, он добьется), чтобы Вам начали платить за строчку 1 f 50 — 2 fs. Это будет приличнее (в двух смыслах — для Вас и для газеты).

Говорил ему (отцу), что поеду в Royan: благосклонное отношение.

Вот лицевая сторона моего письма recto**, а вот и verso*** —

Я помню один старый гобелен на распродаже (XVI в.), там лес полу-женщин полу-дерев, они бегут от сатиров. Помню очень хорошо их ноги = корни и их руки = ветви или сучья. Средние Века и Возрождение стоят у Вас вместе не даром, так что эти изображения вышли из обеих эпох, но об этом нужно знать, а я не столь знаю, сколько чую (по развратным лицам сатиров (= химеры) и по фантастике превращения нимф). Чудесная мифология пришла мне снова на помощь в одном деле (дала справку на Горация), а мне это нужно для стихов Волконскому. Эта последняя строфа такова:

> В Вашем голосе есть сон очарования
> (Отчужденность творчеству дана)
> Но гармония слагает основание
> И возвысится Фивянская стена.

---

* Слышна ли моя самодовольно-нахальная интонация? — *Примеч. Н.П.Гронского.*
** Лицо *(лат.).*
*** Оборот *(лат.).*

Правда немного темно, но эпиграф искупает (из Ars Poetica Горация): «Говорят, что и Амфион, строитель Фивянской крепости, двигал камни звуком своей лиры (дословно: черепахи)».

Стихов о разлуке не пишу. Не надо, стучат Ваши: «Рас—стояние, версты, мили, Нас расставили, расцепили». И еще: «Что мы делаем? рас—стаемся...» Нужно было бы сперва писать строчку о расставании, а потом о расстоянии (но здесь звук, а не логика и порядок неважен).

Совершенно забыл подписаться — значит: был с Вами, но о бытие (со—) во втором письме.

18
ЦВЕТАЕВА — ГРОНСКОМУ
Pontaillac (Charente Inférieure) près Royan
Villa Jacqueline
— а Gilet при чем? кажется — плаж! —
12го июля 1928 г.

Мой родной мальчик! Я в полном отчаянии от всего, что нужно сказать Вам: скажу одно — не скажу *всего* — значит, не скажу ничего — значит, хуже: раздроблю *все*. Все, уменьшенное на одно, размененное на «одно» («два»). Ведь только так и надо понимать стих Тютчева: когда молчу — говорю всё, когда говорю — говорю одно, значит не только не всё, но *не то* (раз одно!) И все-таки говорю, потому что еще жива, живу. Когда умрем, заговорим МОЛЧА.

Родной мой! Мы за последние те дни так сроднились, не знаю ка́к. Заметили, кстати, на вокзале воздух отъединения, которым нас — м.б. сами не думая — окружали все? Другие просто отступали, Вы все время оказывались рядом со мной, Вам молча уступали место, чтя в Вас — любимого? любящего? Просто *ТО* <подчеркнуто дважды>, *оно, божество,* вечный средний род любви (кстати, как *ночь, мощь* — не мужское (ъ) не женское (а) — мягкий знак, умягченное мужское, утвер(ж)денное женское).

Что́ думал Владик? Ручаюсь — ничего. Если бы подумал — осудил. Он, как животное (*хвала* в моих устах!) просто повиновался силе. А Вы ведь были самый веселый из всех, еще веселей Али, куда веселей меня!

Веселье — от силы, дружочек, *всегда*! особенно — когда через силу. Это — *это* — *это*! <подчеркнуто дважды> — я так люблю в Вас! Ваше сердце как скаковой конь, для *таких* пробегов, пустынь, испытаний создано. Не конь скачек, конь пустынь.

О другом. Не люблю моря. Сознаю всю огромность явления и не люблю. В который раз не люблю. (Как любовь, за которую — душу отдам! И отдаю.) Не мое. А море здесь навязано отвсюду, не хочешь, а идешь, *не* хочешь, а входишь (как любовь!), не хочешь, а лежишь, а оно на тебе, — и ничего хорошего не выходит. Опустошение.

Но есть *для нас* здесь — непростые рощи и простые поля. Есть для Вас, дружочек, долмэны и гроты.

Если то, что Вы и я хотим, сбудется (не раньше 1го сент.!) Вы будете жить в Vaux-sur-Mer, в 1 1/2 кил. от моря и от меня, в полях, — хорошо? И лес есть. Там в сентябре будут дешевые комнаты. Там Вы будете просыпаться и засыпать, все остальное — у нас. Поэтому шестовские 100 фр. не шлите, берегите про запас, понадобятся на совместные поездки, здесь чудесные окрестности, все доступно, — игрушечный паровичок, весь сквозной, развозящий по всем раям.

Вчера вечер прошел в семье Лосских (философ) — большая русская помещичья семья с 100 лет. бабушкой — доброй, но *Пиковой*-дамой, чудаком-папашей (филос.) («un monsieur un peu petit»*), а про Сережу (местные) «un monsieur un peu grand»**), мамашей в роспускной кофте, и целым выводком молодежи: сыновей, их невест, их жен, друзей сыновей, жен и невест друзей — и чьим-то общим грудным ребенком.

Умные сыновья у Лосского, умней отца, — загорелые, с грубыми голосами и добрыми лицами. Цветет велосипед. Вчера, сидя со всеми ними над обрывом, под звездами, ноги в море, я с любопытством думала — заменили ли бы они все Вам — одну меня. Все они — куда образованнее меня! И все — велосипедисты (кроме 100 летней и месячного). Я, напр., вчера искренно удивилась, когда узнала, что Константинополь в... Европе! — мало удивилась: разъярилась. — «Город в к-ом есть ЕВРОПЕЙСКИЙ квартал!! Да это же вздор!!!» — «Если К-нополь в Азии, тогда и Петербург в Азии» — мрачно прогудел один из *лос*-ских. — «Петербург? На том свете» — установила я. ВСЕ ЗА-

---

* слишком маленький господин (*фр.*).
** слишком высокий господин (*фр.*).

МОЛЧАЛИ. (Все-таки — «поэтесса!») Потом дружно заговорили о тендерах, тормозах и педалях. Тогда замолчала — я.

Ненавижу «компании», всегда страдала дико, убегала, опережала. Так и вчера. (*Все* небо поделенное на разновидности звезд — и глаз, на них смотрящих — и гул, их называющих. Что же остается — мне?)

А В-ский опять без письма! (Так мало бываю одна, что тороплюсь, глотаю слова и мысли! М.б. и буквы, — простите и прочтите quand meme!*)

Ваше письмо про кошку получила за завтраком, читала — на авось — вслух, молоде́ц! всем было интересно, мне — нежно, всю кошку отнесла к себе, перевела на себя. Чувствовала себя — и ею в Ваших руках, и Вашей рукою. Целую Вас за это первое письмо в головочку, до того родную.

— Ничего не написала.

А ты пиши — как часто хочешь, о чем хочешь, *все* прочту *сквозь* (как тебя, себя — сквозь кошкину шерсть и блохи). Не удивляйся, если следующее письмо будет другое, сегодня пишу одна в доме. Знай все навсегда.

Обнимаю тебя.

М.

Пиши про свою жизнь (жизнь дня, дней) подробно.

<На полях:>
Читаешь ли мои книги? Au grand large**, Цвейга?
— Выспались наконец? —

19
ЦВЕТАЕВА — ГРОНСКОМУ

Pontaillac, près Royan
Charente Inférieure
Villa Jacqueline
13$\frac{20}{}$ июля 1928 г.

Ко́люшка, вот наш пляж, мой нелюбимый, к-му подвергаюсь ежедневно от 2 ч. до 5 ч. Вчера ходила (в первый раз од-

---

* как следует (*фр.*).
** На великом просторе (*фр.*).

на) в ту нашу рощицу — полдень — мой час — ни души, сидела на скале и читала немец. (греч.) мифологию, посмертный подарок Рильке. Из нее узнала, что жертвенный камень в Дельфах — тот камень, который Гея дала сожрать Хроносу вместо Зевеса, предварительно обернув его в тряпки. Когда Хронос, расчухав, камень изверг, он упал прямо в Дельфы (кстати, аэролит).

Приехали Андреевы, все трое, девушка — кобыла, ожесточает грубостью, непрерывные столкновения. Тех (молодых людей) слава Богу вижу мало, но очень неприятно сознание такой тройной животной силы по соседству. В воскресение приезжает (уже не к нам) Вера С<ув>чинская, за ней П<етр> П<етрович>, нынче — Карсавины, вся семья. Русская колония.

Вчера опять гуляли с Лосскими, был большой спор о море, я единственная *не люблю*, т.е. имею мужество в этом признаться. «Любить — обязывает. Любить море — обязывает быть рыбаком, матросом — а лучше всего Байроном (*и пловец, и певец*)*. Лежать возле и даже *под* ним не значит *любить*. Любить — знать, любить — мочь, любить — платить по счету. Как я смею сказать, что я люблю море, когда я не плаваю, не гребу, *не – не – не...*». Никто не понимал. — «Ах, море!» Кто-то мне даже предложил «созерцательную любовь», на что́ — я: «Спасибо. Меня та́к всю жизнь любили, пальцем не шевельнув. В России я с такой любви потеряла *от голоду* 3хлетнего ребенка. Смотрели и любовались, а я дохла. Любовь — прежде всего — *делать дело*, иначе это ТУПИК — как море для не-пловца: меня. ...Вот вы все, любящие, и я, *нелюбящая*, — *есть* разница? Да, в словах. Море вас не преобразило, вы им *не* пахнете, оно не стало вашей кровью и вашим духом, я, его нелюбящая, *с моим именем больше морская, чем вы*».

Родной, такими речами (т.е. всей собой) я всех отталкиваю. А Вам с ними было бы хорошо, п.ч. Вы разностороннее и любопытнее меня, для Вас спор — спорт, для меня — страдание. Познакомлю Вас со всеми, если захотите. Приезжайте на месяц, к 1-му сент., комнату найду. Вместе поедем.

Нынче получила книги, завтра вышлю. Пишу мало, у меня сейчас неблагодарная пора. Утешаюсь сознанием собственного усердия и упорства, остальное — дело богов.

---

* Еще бы немножко, и сказала бы: Посейдоном! — *Примеч. М.И. Цветаевой.*

Голубчик, пишите то, о чем я Вас просила, *очень* прошу. Если будут стихи, присылайте.

Это не письмо, а весточка, привет.

М.

<На полях:>

Не забудьте — Бальзака для Пастернака! И книжку Гончаровой.

Прилагаю Алину картинку.

20
ГРОНСКИЙ — ЦВЕТАЕВОЙ
<15 июля 1928>

Дорогая Марина Ивановна.

Помню всех, кто был при нашем прощаньи, и заметил то, о чем Вы пишете, еще тогда. Впрочем, опять пишу что-то не то. Помните, говорил Вам, что если довериться перу и чернильнице — могут продать. Рассказать Вам, как спасал барышню, вывалившуюся из поезда? (Вот бы Вас!) Но хочу сказать только вот что: все, кто были на перроне, только сторонились и не помогали. Нет, вот что будет лучше. Вчера у отца игра в карты и то, чего мне не нужно бы пить — вино. Мимо окна процессия по случаю 13-14-го июля. Я прыгаю в окно. Отец кричит: чего не видал? Ведь здесь же дрянь, нищенское. Я из сада: люблю или нищенское или королевское. Судьба этих слов быть оцененными Вами. Когда я их сказал (вырвалось как первые строки стихов), тотчас подумал о Вас (хотя и был пьян изрядно).

Кажется, наполнен Вами как бутылка с шампанским, а всё коли слышу музыку, Вас еще вспоминаю. А (еще о наполненности) если читаю, то тоже как еврей в Оливере Твисте видел: «смерть» (напечатано было на каждой странице, между строками), так и я, но: «Марина».

Слушайте. (Лучше, чем «Читайте»). Опять искушение (почти что лазорью). Отец говорит мне: поеду в горы. Я ему: Я в Royan. — Поезжай в горы. — Не поеду (знаю, что Вы лучше гор, да простят мне они).

Начал писать о встречах, вышла встреча (пока написал еще мало). Книг Ваших еще не читал, как скупец приберегаю. Окружен Вами и Вашими вещами. На спутника зарятся сотни глаз и рук. Помните, в Гаявате:

> Двадцать глаз за ним следили,
> Разгораясь любопытством

и еще:

> Двадцать глаз за ним горели,
> Как глаза волков голодных.

Ну что ж, «волка́м» даю подержать в руке, но только мущинам. Дней через 10 будет на пальце кольцо до конца дней.

Еще (Вы не сердитесь). Когда бежал «спасать» (гонки с поездом. Совсем как в cinéma*), бросил спутника (Ваша пиренейская палка) на землю, не Вы ли вырвали тогда его у меня из рук?

Простите за обрывки мыслей, их связать — письма не будет. Хочу рассказать о новом знакомстве. Вышел из одной двери — попал в другую (соседнюю с дверью моих знакомых. Живут на даче). — Причина помочь его (увидите кого) дочке нести по лестнице стулья — стулья были выше этой девочки вдвое. Француз огородник (правда, хорошо!): «Вашу руку». — «За что?» — «Зайдите к нам». — «На минутку. Тороплюсь на поезд». — «A, que j'aime causer avec les intellectuels!» — «On m'a dit que vous s'interesser beaucoup des doctrines sociales et politiques?»** Ответ его чуден — «Oui et non communistes»*** (благодарная улыбка). Он показал Горького по-французски и Ришепена. Говорить с ним много не буду, но смотреть ему в лицо приятно. Выхожу от него — бегу, и на улице все расступаются, открывают калитку при passage de niveau****, дают дорогу, прыгаю в поезд. Помогают. Как будто бы Вы это — поезд (как тогда).

Лучше я Вам вышлю 100 frs. Надо взять их у отца — он менял. Не забудьте если можно «назвать» стихотворения. Тяну к Вам руки, через все «версты, мили» (а они у меня длинные)!

---

* кино *(фр.)*.
** «А как я люблю беседовать с интеллектуалами!» — «Я слышал, что вы интересуетесь социальными и политическими системами?» *(фр.)*.
*** «Да, но не коммунистами» *(фр.)*.
**** железнодорожном переезде *(фр.)*.

Хочу в Вашу рощу. (Помните стихи Гумилева: «Печаль их душ»?..)

Обнимаете, — замыкаю. Николай.

21
ЦВЕТАЕВА — ГРОНСКОМУ
Pontaillac, près Royan
(Charente Inférieure)
Villa Jacqueline
17$\frac{20}{}$ июля 1928 г.

Мне хочется ответить Вам чисто-лирически, т.е. по самой чести, на самую чистоту. Давайте заведем издалека. Есть пытка *водой*, нет пытки небом. По этому одному уже горы (небо) выше моря. (Горы — доступное нам, земное небо). Могу ли я, не любящая моря и не любящая любви (то же) звать Вас нá море и в любовь. (Не-любить для меня: не чтить.) Могу ли я — снижать Вас, в самом прямом смысле слова (уровень понтальякского пляжа и — любой горы!) Могу ли я Вас звать *в гости*, когда Вы хотите *к себе* (ко мне). Будь я в горах, а Вы бы захотели нá море, Вы бы действительно захотели *от* меня, предпочли не мое — мне. Предпочитая горы — морю, Вы 1) предпочитаете меня — не мне 2) идею меня, вечную меня, заочную меня — достоверной и преходящей — живой — мне. *Мне*, живой, Вы просто предпочитаете конец Переулочков.

Это во мне говорит честь поэта.

———

Второе опускаю

———

Третье и самое важное, единственное, с чем нужно считаться. Вам море вредно, здесь жара, в горы Вы можете сейчас, а ко мне только к 1^{му} сент. В Мёдоне Вы задохнетесь. Не надо задыхаться — во имя мое. Будьте умником, поезжайте с отцом, не расстраивайте его лета. Он работает, труд свят. Это во мне говорит мать — Мура в будущем, чтобы *другая* когда-нибудь не низвела его от меня, с моих гор — на море.

———

«Вы больше гор» — это слово тоже гора, нужно поднять (мне).

———

И не даром же я Вам подарила горную палочку!

На́ море Вы поедете к той женщине, которая Вас будет любить меньше, чем я.

М.

<На полях:>
Езжайте с Богом!

22
ЦВЕТАЕВА — ГРОНСКОМУ

Pontaillac, près Royan
Charente Inf.
Villa Jacqueline
19го июля 1928 г.

Дружочек! Надеюсь, что мое следующее письмо будет уже по новому адресу — горному. Когда едете и куда едете? Так, у нас будет за́ лето две добычи: морская и горная, я привезу Вам живую нереиду, Вы мне — живого великаненка (великаны живут только в горах). Будет приток с двух сторон. (Зима — мель, — согласны?)

— Со мной делается странная вещь, начинаю кое-как втягиваться в море, т.е. не физическое (не люблю), *в понятие* его, в смысл его. Беру на помощь всех нереид и тритонов, — заселяю его, а во-вторых — осмысляю его. Закон оно или беззаконие, — смысл должен быть. Так, дою́ его (свое пребывание на нем, под ним, с ним, в нем) — по-своему, с непривычного для него краю. (Морскую корову дою́ с головы!)

Всё это, конечно, переплеснется в стихи. Абсолютное сходство с земной любовью, которую я тоже не люблю и которой я обязана своими хорошими стихами и — м.б. — часами. (Конечно, часами раз — стихами!)

На́ море — физически — бываю мало. Утром вожусь и пишу, после завтрака иду одна в ту рощицу (нашу, которую Вы никогда не увидите, вот листики), на́ море бываю с 3 ч. до 5 ч., купаюсь, сохну, чураюсь местной русской колонии, растущей с каждым часом, от 5 ч. до 7 ч. опять стихи и письма, — ужин — ночная прогулка — Лесков — сон. Во́т день и дни.

С Вами бы мы исходили все окрестности. Могла бы с Саввой А<ндреевым>, но у него велосипед, к-ый он, естественно, не променяет на мое общество. Могла бы с Владиком (приехал вчера), но он 1) дико обжёгся, 2) облезши будет еще обжигаться и опять облезать, — и все это либо лежа, либо плавая.

Кроме всего, по чести, мне после Вас ни с кем не ходится и не беседуется (ходьба: беседа: одно). Здесь много юношей, с каждым днем больше, храни их Бог! м.б. Бог и хранит, но *боги* не хранят, боги о них и не знают, как и они — о богах. А я друго́го ничего не знаю.

Нынче начнем снимать, в два аппарата, тождественных, — В.А.Сувчинская привезла свой. Сниму и дачу, и пляж, и ту рощицу. А Вы захвати́те свой и поснимайте мне повороты дорог, по которым...

Все хорошо, дружочек, все как надо.

Перед отъездом передайте ключи Ал<ександре> Зах<аровне>, если не собирается уезжать, а — собирается — бабушке Туржанской.

Дружочек, большая просьба, у Вас есть мои деньги, купите мне хороший стальной лорнет (серебряного цвета, не золотого) скорее *на коротком стержне*, крепкий, хорошо действующий, не расхлябанный, — в общем самый простой, и вышлите мне сюда по почте в коробочке. Стекла подберу в Ройяне, ибо №№ не знаю. Могла бы и весь лорнет купить здесь, но так как это вещь каждого часа и надолго — хочется, чтобы она была связана с Вами. Оправа, конечно, должна быть круглая <рисунок>. Если Вас не затруднит, осуществите это поскорее, хожу не только без глаз, но и без возможности их. Вторая просьба. Помните Rue Vaugirard (возле B^d Montparnasse) где мы с Вами были. Пойдите по нашим неостывшим следам, по правой стороне, и обратите внимание на витрину одного из первых антикварных магазинов, *с огромным количеством мелочей*, все цены обозначены, дешевые. Продает дама, средних лет, скромная. Купите там для Али коралловое ожерелье (не то 20, не то 40 фр.) просто кораллы на нитке, одна нитка, другой нет, висит в витрине. Хочу ей подарить ко дню рожденья (в сентябре). Вышлите вместе с лорнетом, оценив в какую-нб небольшую сумму. *Этот магазинчик* (у него 2 окна, бусы и мелочи в первом, если идти от Montparn.) *тогда был заперт*. Он не то первый не то второй по Vaugirard, *с правой* стороны.

Да! никому о нем не говорите, это *мой* магазин, а то всё растащут до моего приезда, я на многое зарюсь.

О моих поручениях (лорнет и кораллы) в письмах упоминайте какими-нб *общими* словами, хочу чтобы Але был сюрприз.

С бусами не откладывайте, их могут купить. Кораллы настоящие (помните Ундину и Бертальду? Чудное место!) — потому мне и хочется их для Али.

Да! Когда Ваш день рождения и имянины? Мои имянины 17/30 июля, поздравлять не с чем, но вспомнить можно. Хотя — есть с чем: с именем! Чудное имя, а? Назовете так дочь?

Хожу в Ваших бусах и в Вашем любимом платье, самом голом (для солнца, а не для мужчин!) т.е. с открытыми плечами, цвета мореного дуба (плечи, а не платье, платье с цветочками).

Деточка! Завтра же, по мере сил и возможности, окрещу стихи, нужно найти тетрадку и восстановить в памяти — что́ давала, сейчас тороплюсь на почту. Буду идти чудным выжженным холмом, который — один — предпочитаю всему морю. (Холм: земная волна).

До завтра, дружочек, пишите чаще, — *можно* — а мне — *нужно*.

М.

23
ГРОНСКИЙ — ЦВЕТАЕВОЙ
<20 июля 1928>

Дорогая Марина.
Можно Вас так звать? Неужели Вы не понимаете, что или к Вам или никуда! Как только я один, думаю о Вас, но в горах я всегда буду один и значит Вы хотите, чтобы я вечно думал о Вас, но неужели Вы думаете, что человек может всегда молиться, неужели Вы всегда пишете стихи. В горах мысль о Вас будет — тупик, т.к. она будет постоянна. А забыть Вас не забуду — разве забывают ласки орлов (-лиц), ведь и они любят и как еще. Хищные в воздухе — бурные и ласкающие в гнезде.

Сперва прочел Ваше письмо и, видно, его не понял, ибо родилась злоба, прочел второй раз и целую Вашу руку за честь (благородство).

Жаль, что не могу Вам часто писать (стесняюсь), и вот письма идут уже в другой час (минуту) другие, ну да Вы понимаете.

Посылаю Але то, что ей нужно. Пастернаку послал. Но к чёрту дела (простите за чёрта).

Вот хочу Вам рассказать: ночью должен был возвращаться домой издалека, от дома километров 20-22 (опоздание на поезд, комнаты в отелях искал, не нашел). Иду по дороге. Всё время мимо гады-автомобили, со светящимися глазами. В руке палка, — шел, не боясь и, как всегда в отчуждении от окружающего (ночь), думая о Вас. И вот мне было суждено испугаться 10-ти теней, из которых одна была моя. Около часу иду, уже подхожу к St. Суг'у (военное местечко). Тьма, окраина, ни фонаря. Навстречу 9 (потом сосчитал) солдат. Встретились. Обошлось спокойно. Были уже спинами друг к другу. Вдруг из-за угла (сзади меня) светящиеся гады. — Белая стена дома — на ней одна тень очень высокая с палкой в руке (догадался — я) и 9 других бегут в погоню. Я обернулся — солдаты спокойно идут своей дорогой, но вот эта секунда до того, как я обернулся, была жуткая. Потом всё было спокойно и оставшиеся 15 километров я частично провел в компании пьяного сержанта (тоже шел пешком и не мешал, расстались друзьями, а лиц-то ведь и не видали!), а большею частью один — т.е. вдвоем с палкой.

Да, вот, читаю Цвейга, не отрываясь, и за уменье его оттенять то, что людям кажется оттенками, прощаю ему всю декобровщину. Кроме того манера писать еще и благородна.

Николай.

24
ЦВЕТАЕВА — ГРОНСКОМУ
Pontaillac, près Royan
Charente Infér.
Villa Jacqueline
20-го июля 1928 г.

Дружочек! Помните, в предыдущем письме: *второе опускаю*. Вот оно. (Выписываю из тетради, куда сгоряча, не дождавшись письма, между строками стихов и столбцами *слов*, вбрасываю свои вздохи и вопли).

«Дружочек, конечно больно. Конечно каждый из нас тупо и слепо хочет, чтобы его любили больше всего, больше себя, больше него, против него, просто — любили. И еще — Переулочки останутся, а я пройду (дважды, — нужно ли объяснять?)

Как тот через 100 лет поглядел бы на Вас, на Вашей нынешней горе. Как Вы сами — через 10 лет — поправ все земные вершины — поглядите. («Поправ» не переносно, — пято́й!) Что́ бо́льше: *мое́* без меня, или не-мое́ — *со мной*. И нет ли в этом измены, дружочек, предательства родства, почти что: предпочесть мечту обо мне в горах — мне, живой, в тюрьме (море).

Это во мне говорит — хотела сказать: женщина, нет — просто моя движущая сила — тоска».

———

Тогда — опустила. Не хотела смущать, направлять, давить. Чуть-чуть — но в последнюю секунду рука не пошла! — не написала Вашей маме — или отцу (никогда бы — обоим!) о Вас и море (вред), о Вас и горах. Но — мне стыдно стало прибегать к отцу и матери в деле, касающемся только Вас и Вашей души*. И вот опустив всю *себя к Вам*, отправила Вам только *Вас*. Вас соблазняла Вами. (Примета тросточки — последний соблазн!)

Не вышло. Тем лучше.

«Еду в горы». Хочу понять. Что́ бы я почувствовала? Первое: радость за Вас, второе: боль за себя, третье: «я́ бы не так поступила. Для меня, ТАК любящей природу, человек — maximum природы, больше лес, чем лес, больше гора, чем гора. От *меня* — ехать в горы! То же, что взамен моего вечера (Лоллий Львов) идти на Турандот («Россия»), пусть на Виринею даже, — я́ — Россия, я — горы, я — я — я»...

Вы бы никогда ничего не узнали, я бы с радостью встретилась с Вами осенью, я бы втайне, может, рукоплескала Вам — Вашей молодости, Вашей безоглядности, тому Поликрату, которому и не снился перстень! — но — это было бы любование чуждым, а не родным. «Полюбоваться — и пройти мимо».

А та́к — я Вас просто бесконечно люблю.

Ваш довод. Улыбаюсь. Всякий другой бы на Вашем месте: «хочу к Вам, потому что хочу к Вам. Точка». Вы же: «хочу к Вам, п.ч. не хочу всё время думать о Вас». Довод по издалечности и сложности — мне родственный. Мы с Вами так много путешествовали мысленно, всю карту исходили! А вот Вам и уголок Carte du Tendre**.

———

* Такое обращение — отчасти — страховка от собств. слабости. Предотвратить возможность перемены, закрепить отказ. — *Примеч. М.И.Цветаевой.*
** Карты Нежности *(фр.)*.

Ко́люшка, не раскаетесь! Здесь не море (купанье) а ОКЕАН (понятие). Здесь, кроме понятья ОКЕАНА, чудные прогулки вдоль и *от*, т.е. вглубь страны. Здесь затерянные деревни, куда никто не ходит. Но приехать Вы должны не раньше и не позже 1‑го сент., как раз русский разъезд, здесь слишком много знакомых. И жара спадет, — первое легчайшее дуновение осени. Морская осень, океанская осень (синь), — звучит?

Здесь — т.е. за 4-5 кил., вчера была, целая приморская Сахара, с остатками — или останками? — боченков, якорей, — кораблей. Напишите непременно будете ли здесь к 1‑му сент. Ждать осталось месяц 10 дней. Спасибо за Алиных Нибелунгов, — чудесный перевод, нынче ночью буду читать. Алины кораллы (1) если достали 2) если еще не отослали) привезете сам, ее рождение 5/18‑го сент. Будем праздновать.

У нас сейчас полоса прогулок. Нынче снимались — Аля, Мур и я — в волне. В следующем письме пришлю.

Теперь о стихах. Давайте проще простого:

«К озеру вышла» — ПЕРСТЕНЬ.
«Разлетелось в серебряные дребезги» — ЛЕБЕДЕНОК.
«Не сегодня-завтра» — ГОСТЬ.
«Голуби реют серебряные» — ГОЛУБИ.
«Приключилась с ним странная хворь» — ОТРОК.
«Устилают — мои — сени» — ПАСХА.
«В день Благовещенья» — В ДЕНЬ БЛАГОВЕЩЕНЬЯ.

По-моему — все. Только не перепутайте! А если какие-нб забыла — напомните. Пишите чаще, — о прогулках, местах, книгах. А что в Цвейге от Декобры́? (В.Туржанский ничего лучше не нашел как дать мне Madonne des Sleepings, — просила не Декобру́, а вообще что-нб почитать. Не дочла, — слишком густо!)

В Цвейге есть какой-то *неуловимый* дурной вкус, тень дешевки, — в чем?

И только в единоличных вещах. У него есть чудесная книга: Der Kampf mit dem Dämon (Борьба с демоном, или лучше: Ратоборство с демоном) о Гёльдерлине, Клейсте и Ницше. И чудесная книга о Ролане. Обе безупречные. А та, что Вы читаете — *упречна*. Невнимание к слову? Еще не знаю. Человек большой души. Пишет ТО, но не ТАК. Какая вещь Вам больше понравилась? Не забудьте ответить.

— Что́ кошка? Неужели ни тени? М.б. она вернулась домой? Куда и когда едет Павел Павлович? (Простите, что в строку!) Аля пишет стих за стихом, я — увы — строку за строкой. А Вы?

25
ГРОНСКИЙ — ЦВЕТАЕВОЙ
<*23 июля 1928*>

Дорогая Марина.

Вот уже 5-ть минут, как я рожденник, поэтому позволю себе большую роскошь это письмо к Вам. Нет это не потому что я рожденник, а потому что сейчас прочел Ваше письмо. — Возвратился домой поздно и на камине (кто-то из родных мне всегда его хорошо кладет. Мать? — Не знаю и не хочу узнавать) — письмо. Простите, но кончу завтра, сейчас устал, вчера читал Вашу книгу, Бессонова (если лжет горе ему) и потому спал часа 4-5. Вы скажете «тогда» мог больше, но то с Вами было. Хотел только сейчас начать, так лучше (мне, и Вам авось разгон будет уже). Итак до завтра утром.

А вот и «завтра утром» пришло очень быстро (всего лишь одна красная строка). Вы не хотите оставить в покое Цвейга. Хорошо. Его недостаток (самый большой) однообразие фабулы: отель заграницей, дама с ребенком, приезжий элегантный болван и... Согласитесь еще, что то, что простительно г-ну Морису Декобра (не случайно о них двух вместе писали), то не м.б. прощено г-ну Цвейгу. Вот Вы не дочитали La Madonne de Sleepinga, а я прочел и ее, и Gondole aux chimeres, и даже начал читать Flammes de velours, но очень скоро бросил: — всё пошловато, бульварно-занимательно, и всё одно и тоже. Также Цвейг (т.е. не так же) пусть бежит бульварности, потому что он уже *сейчас* с бульваром большой писатель, а без...

Больше всего из его рассказов мне нравятся: Игрок (первый рассказ), история с проф. и студентом и тот, в котором разобрана психология мальчика. Есть один рассказ на очень низкий вкус — это про доктора, который попросил дорогой платы за свою помощь, — это Конан Дойль и еще похуже, — но это все молодость. Напишите мне, на какого писателя француза или немца он похож. —

Я с Бессоновым уже на Соловках и боюсь смертельно за него, что он лжец. Он себя описывает героем и пр., но что важно. —

В тюрьме он пришел к Богу — Любви, и если здесь хула, то не простится ему. Слухи о нем очень плохие (узнал недавно), но ведь слухи = сплетни = постоянно что-нибудь плохое.

Милая и дорогая Марина. Простите меня за это сверхсрочное письмо, больше не буду. Если Вас..., то не из-за меня.

Ваш Николай.

26
ГРОНСКИЙ — ЦВЕТАЕВОЙ
<26 июля 1928>

Дорогая Марина.

Сперва дела. Я дал два вторых Ваших стихотворения в редакцию П.Н. Было напечатано лишь одно и притом не первое, а второе. Спрашивал отца. Говорит, что не знает. Продолжать давать стихи или нет? Не лучше ли ждать пока напечатают первое? Ожидаю Вашего распоряженья на этот счёт. Еще о старых порученьях: пошел на Вашу квартиру (кошка не возвращалась, видно ей с ангорским хорошо), взял мерку со стекла, выходя, обратил внимание на мои ноги (чулки у меня светлые, цвета беж) и увидел легион, изголодались (впрочем, узнал, что кусается лишь половина, а именно только самки, тоже и о клопах). Однако будет сделано. Мой дядя обещал уже мне стекло и инструмент. Итак, блохи только меня радуют. Их надо преодолеть, ведь это же для Вас, и потому даже и блохи приятны.

Справьтесь Вы у Пастернака, получил ли он Бальзака.

Вот покамест отчет: консьержке — 25 фр., Бальзак 13 фр., итого 38. Остается 105 + гонорар (сколько, узнаю — немного больше 30-ти) + другой гонорар. Новые Ваши порученья по вине возмутительной манеры моего отца еще не исполнил, а он мой (Ваш) кассир. Надеюсь, даст мне завтра Ваши деньги, и тогда примусь. Простите ради Бога за задержку, честное слово или лучше «по чести», мне она гораздо неприятнее, чем Вам. Никогда больше не буду давать Ваших денег отцу.

А в горы я не поеду ни за какие деньги, только к Вам или никуда. Вот еще что, если пишете стихи о море, пришлите какие-нибудь, если не трудно мне, но, впрочем, боюсь просить и мне ли просить, когда Вы все нужное без просьбы.

Хочу Вам стихи (в обмен за листья).

Через писем тех разлуку
Протяни мне руку, руку.

Через рельсы, через трубы
Протяни мне губы, губы.

Через горы, через море
Дай мне глыбы, бездны горя.

Последнее двухстрочие еще не переписал в маленькую Вашу тетрадь, как: можно ли или она должна быть изменена?

Вот еще (назвал Море)

— Всех приемлю — хороню.
Всех подъемлю — на волну.
Всем Ундинам — колыбель,
Всем Маринам — колыбель. —

— Не сестра с родной волной
Буду рыцарю женой.
Вместо моря — землю, сушу,
Вместо пены — тело, душу: —

А Марина — Душу? Землю?
Не могу и не приемлю.
За зеленые глубины
— Только горы и вершины.

———

А вот еще, но это уже скорее посвящается еще двум, а формально 11-ому по ст. ст. июлю (— Ольгин день — день моего рождения.)

Ангела день.
— Ангельский день.

Крыльев двух тень.
— Синяя тень.

Ольга Полян
— Горе Древлян.

Через обман
Древлян и полян

— Горе Троянцев,
Горе Данайцев.

Кто я? Поллукс
Или Кастор?

Силами двух
Стих мой остер.

Третий из трех?
Четвертый из трех?
— бог!

Иногда гуляю. В лесу с Вами. Вот где был. Хорош дуб. Еще резко припомнил, не лучше ли «мягко»? Впрочем, не знаю. Припомнил, сидя на скамейке на pont Mirabeau. Там мы сидели: Вы, Аля и я. Но это принадлежит моим записям о Вас. Пока что дошел до дороги домой с чтения Федры. Писать ли Вам о Цвейге? Да, Вы правы: он стоит большого письма, но ведь Вы его знаете, и я тоже, — некоторые фразы у него перечитываю по три-четыре раза, — знает он сердце и дорога его хорошая. Был у В. Напишите ему, а то он обидится, — пожертвуйте любым письмом другому, мне, кому-угодно, только напишите В. Он будет у нас в четверг завтракать. Познакомлю тогда с ним мою мать.

Да, когда был у него, рассказал про кошку. Юмора он не понял. Говорит (когда я кончил рассказывать): «Ах, скажите пожалуйста, она теперь ГУЛЯЕТ». Что он хотел этим сказать, уж это Вы мне скажите, Вы лучше знаете его. (Ключ к отгадке, если он Вам нужен, — серьезная интонация). — В. был очень мил — читал Евгения Онегина и Расина (наизусть). Рассказывал и показывал книгу Квинтилиана (тот писал о искусстве говорить). В. указал на несколько поразительных совпадений теории Квинтилиана и его собственной (совпадения поразительные: вплоть до произношения отдельных букв, не говоря уже о тождественности общих принципов).

Марина, вижу Вас. Загорели, носите платье с цветочками, а вот солнцу завидую (правда, хороший соперник?) Ведь оно

Вас жжет — целует. Ну да с солнцем не грех и поделиться. Вы взяли с собой Ваш камзол Casanova и носите ли его когда-нибудь и вспоминаете ли черные бархатные шнуры, кто ими играл?

Обкуриваю второй мундштук — будет таким же красавцем, как и первый.

Здесь конец.

До свидания, Марина.

Николай.

P.S. Боюсь как смерти моих записей о Вас (мемуары? воспоминанья?). Знаю что петь (а все-таки подтвердите), но это слышно только через голос. И без голоса знаю и (да простит ratio*) верю. Верю — Люблю (а Надеюсь здесь ни при чем).

27

ЦВЕТАЕВА — ГРОНСКОМУ

Pontaillac, près Royan
Charente Infér.
Villa Jacqueline
<24 июля 1928>

Милый друг, вот Вам живой случай, как он был, без оценки. Плаж. Мы все. Знакомая Вам фигура Мура, чудного, шоколадного, в красном трико, направляется к сыну Лосского, Андрюше (11 л.), лежащему рядом с дочерью Карсавина, Сусанной (8 л.) и переливающему с ней песок — из пустого в порожнее — как и мы все, на плаже (за <что?> не люблю). Мур, уперевшись руками в колени — видите? — заглядывает в разговор, затем ложится тут же. Андрюша: «Мур, уйди пожалуйста, ты загораживаешь мне солнце». Мур, поняв или не поняв, остается. Я, срываясь с места: «Мур, иди сюда!» Мур не двигается. Тогда я как ястреб впиваюсь в него всего сразу, и — «Ты Андрюше загораживаешь солнце, идем!» — «Но мне с Андрюшей интересно». — «А ему с тобой — нет. И — ты застишь ему солнце! Ты, видишь ли, бросаешь на него тень! Уйдем, п.ч. это очень глупый мальчик!»

Ставлю на вид: плаж расплавлен от солнца, еще немножко — и стекло.

---

* разум *(лат.).*

Меня дома (беру своих и знакомых) никто не понял. Поймете ли Вы? Два вопроса: 1) откуда мое негодование 2) права ли я в нем (в *Ваших* глазах, в своих — права). Не забудьте ответить. *Что́ меня возмутило?*

А ну́-ка...

———

Вот карточки, — рады? Еще пришлю.

———

Мой родной, неужели сегодня (24-ое) Ваш день рождения? 19 лет? Спрашиваю, п.ч. у Вас (почерк) что ию*ня* — что ию*ля*. Думаю, июля, т.е. сегодня (11/24). Если бы июня — неужели бы Вы от меня скрыли, не оповестили? Такой чудный праздник.

С чем Вас поздравлю? С уже-судьбой, сущностью: «si jeunesse savait»* — Ваша — SAIT**! Чего Вам пожелаю? Меня еще на целый год. И шучу, и нет. В «меня» многое входит, особенно для Вас, Вашей породы, моей породы. Меньше всего говорю о себе, живой.

Да, дружочек, поздравленья — поздравленьями, пожеланья — пожеланьями, а подарок впереди. И непременно — осязаемый. Дайте только найти.

———

В-скому написала до́ Вашего письма. Он, конечно, не понимает юмора, особенно — положений, понимал бы — не был бы он. «Du sublime au ridicule»*** ... — он весь на грани. Очень оценила отмеченную серьезность интонации: «ГУЛЯЕТ», он думает, что это серьезное занятие. Писатель пишет, кузнец кует, кошка гуляет.

— А с ангорским конечно хорошо! (Особенно с по́лу-!)

———

Со стихами — если увидите, что данных долго не печатают — давайте другие, но по одному за раз, чтобы не было возможности выбора. Напечатают — следующее. Названия я Вам послала.

———

Относительно лорнета: если еще не купили, не покупайте, кажется С<ережа> хочет подарить мне на имянины, если же ку-

---

* «Если бы молодость знала» *(фр.)*.
** ЗНАЕТ *(фр.)*.
*** «От великого до смешного»... *(фр.)*

пили — тотчас же известите, чтобы мне успеть предупредить С. и не оказаться с четырьмя совиными глазами.

Опишите мне завтрак с В-ским. Как понравился Вашей маме? Отцу?

Что́ племянница?

Спасибо за стихи, о них особо.

МЦ.

28
ЦВЕТАЕВА — ГРОНСКОМУ

Pontaillac, près Royan
Charente Infér.
Villa Jacqueline
26-го июля 1928 г.

Милый друг, вот что случилось. Только что отослала конец Федры по адресу 9bis, rue Vineuse Paris, XVI Réd. de «Sowremennïe Zapisky», — а это адрес «Дней», а «Дни» издохли и наверное в них нет ни души. Позвоните, пож., в «Дни», если ничего не добьетесь — пойдите сами и извлеките мою рукопись с тем, чтобы передать ее в книжный магаз. «La Source», где настоящая редакция Совр. Зап. — А если в Днях никого нет? Сомневаюсь, так как Керенский жив, жив и Сухомлин, и наверное на имя газеты продолжает приходить корреспонденция.

Посылаю сопроводительное письмо в «Дни» с просьбой сдать Вам на руки рукопись (на обертке адрес отправителя).

С этим нужно спешить. Начните *с телефона*, чтобы зря не мотаться и не метаться.

Вот наш пляж. Сегодня на солнце 60 жары, у С. вроде солнечного удара, 38,5, сильная головная боль. То же у В.А.С-чинской. Жара́ по всей Франции, — кончились лимоны, с орех — 2 фр., и то последние. Тупо едим мороженое, от к-го еще жарче.

Я от жары не страдаю, хожу без шляпы, в выгорающих добела́ сеточках. Ни одного дуновения, море вялое, еле дышет.

Приехал проф. Алексеев, неутомимый ходок. Приехал в горном костюме вроде Тартарэна, комичен и мил, восторженно рассказывает мне о Савойе (Haute*), где жил прошлое лето. Уже живу мечтой о будущем: Савойе. Морем объелась и опилась.

———

Кончаю просьбой о срочном высвобождении Федры, я и так запоздала, боюсь затеряется совсем, а рукописи мне не восстановить, многое выправлялось на месте.

Как мёдонская жара? Здесь все-таки — пекло.

МЦ.

29
ГРОНСКИЙ — ЦВЕТАЕВОЙ
<28 июля 1928>

Дорогая Марина.

Предыдущее письмо пришло с опозданием на 2 два дня. Знаете, когда написал и не отсылаешь (забываешь), а нужно отослать — плохо, но если написал и не посылаешь, потому что нельзя посылать так часто, то это хуже, но о делах.

**Выискал один лорнет — серебряного цвета, но с синью, не знаю, вдруг не понравится, а бусы коралловые = 60, а не 40—20. Покупать ли?

Сейчас встал среди ночи — надо было писать, и вот все сразу забыл. Вниманье отвлеклось на белую бумагу, tabula rasa*** и все «до» пропало. Пойду назад. Писал про Вас (кончил знакомство с Волконским и простился ночью после Волконского). Боже, какой стиль! «Кончил знакомство» — что это значит? Столько сейчас думал о Вас и очень хорошо думал. Это не то, а все-таки, — завтра, т.е. сегодня (теперь часа 3 утра), придет (на двух ногах) старинный, но не старый, Ваш второй мне подарок (первый Вы) — Волконский. Значит сегодня утро четверга. (Бóльший Вы).

Марина, сейчас перестал писать и чтобы хоть себе доставить удовольствие начал Ваше письмо сызнова в третий раз (последнее) — и вспомнил. — Спорил вчера за Ваши стихи. Один такой критиковал, даже двое. Стихи эти: «Не сегодня-завтра растает

———

* Верхней (*фр.*).
** Еще не купил. Письмо Ваше — вовремя. — *Примеч. Н.П.Гронского.*
*** чистая доска (*лат.*).

снег». До того злился (дураки) и до того ликовал (за Вас!), что защита была очень плохая, т.е. самая лучшая.

Что-то там не понравилось — непонятно, дескать, да и стиль плох, вернее — «это хорошо, а вот то плохо». Я: «все хорошо» и «что тут непонятного» — «а вот это разве так пишут» — «а когда Пушкин писал (Пушкина приняли. Пушкин = Вы, а ну-ка чем похожи? не ищите сами мне как-то сказали), то ему тоже говорили — зачем то, это, непонятно et caetera*, а когда тот? а когда этот?..» и сразу на бочку примеров 20-ть. Чуть опешили, но люди не глупые, не сказали — «то Пушкин», и то слава Богу. Но формально-строго спор уже не могли вести. «Я тоже пишу стихи» — сказал один (первый, который начал) лысенький такой. «Я тоже» — моя реплика. Но слушайте, чем кончилось — моим молчанием (и победой) (Sic!**) — Нужно было под кастрюлю газету. Ищу, выбираю не с Вашими стихами. А тот: «Дайте сюда Цветаевой стихи», в ответ «Молчание» и только. Это было у моих знакомых, все они возмутились, а я молчал. Сам он себя убил. Хотел когда-то турнира, а вот пришлось и лучше чем на турнире. Кстати и кончилось все турниром. — После паузы (победы) я сказал, к сожалению как-то не слишком кстати: «печной горшок тебе дороже и т.д.» — ничего, и это слопал. Тогда я снова (он поклонник французов) о «Красине» и о прекрасном русском авиаторе (кстати, лицом он (Чухновский) не красив). —

Я: «Никогда не испытывал большей гордости вот уже за целых 10 лет. Когда узнал о благородстве русских, от гордости за них вся кровь к лицу».

Он: «Чем тут восхищаться не знаю» и пр. (Хвалит французов).

Я: «А про Вас скажу — родились Вы в России, но душа Ваша принадлежит короне французской. Это один умный человек сказал (я не сказал, откуда, но сказал, что это Фон Визин)».

Он (гордо, без тени иронии): «Вы совершенно правы».

(Марина, это сказал Иванушка из «Бригадира». Читали?)

Не помню, как мы дошли до турнира (стихотворного) и на этот раз вторичного, они не поняли, что турнир уже собственно был. Трое, каждый напишет стихи. Срок — 2 недели. Форма — произвольная, по 4 куплета в 4 строчки. Тема — поздравление с имянинами (кажется). Вот точно слова: «Вы принимаете

---

* и прочее *(лат.)*.
** Так! *(лат.)*

вызов?» — Во мне всё — «не принимай», поэтому и еще из-за всего предыдущего, и из-за слова «вызов» — «Да, принимаю».

Напишу Вам потом о результате.

Сейчас уже начало светать. Лягу спать, надо кусочек оставить и Волконскому (кусочек чего, догадайтесь, а то вот всё Вы, моя милая Марина, мне говорите — «догадайтесь»). Да, Марина, хочу еще сказать, что когда говорю «милая» (помните мои звуковые образы?) — кажется мне, что глажу Вашу щеку своей рукой, но поэтому осторожней, а то письму доверю слишком много, а этого не хочу, и так уж за прошлые простите.

Ваша жалоба на мой почерк вполне понятна, — получил недавно Ваше письмо.

Полагаюсь в описании случая целиком на Вас.

Мой ответ: от кого солнце можно «загородить» — тому солнце не нужно. Есть один случай — Александр и Диоген, но там было к месту, не буду говорить, почему — известно, но еще — Александр думал — «Я солнце!», а Диоген своими словами «а, вот и нет!». Но возвратимся к случаю. Мальчик сказал Муру одно безумное слово, — оно у меня выросло на всю страницу — *«МОЕ СОЛНЦЕ»*, тогда как солнце всех (или никого, что то же самое). Теперь сводка — 1) Ваше негодование от super-эгоизма мальчика, 2) Вы правы, Ваш ответ (увод Мура) это ему (мальчику) трижды по лицу.

Если отвечаю неверно, то напишите.

Лег я вчера в 5 утра и проспал поезд, чтобы ехать за Волконским. Все ждут — я бегу на вокзал, Волконского нет. У меня морда стала злая, на душе кошки (будто бы Вам грубость сказал, такое чувство).

Поехал потом к Волконскому, но не застал, тогда вечером к нему снова — застал и вместо завтрака был обед (но уже вдвоем, т.е. втроем (с Вами). Не подымайте бровей, и расскажу всё по порядку.

Прихожу к В.

В.: — Что с Вами? У вас вид больной.

Я: — Mea culpa* и прочие извинения.

В.: — Я уже написал Вашему отцу и т.д. Умойтесь и пойдем обедать.

Пошли втроем, сели. — Вы сидели рядом с В., а я напротив. В. вдруг показывает на отдаленный столик — «эта дама (какая-то жен-

---

* Моя вина (*лат.*).

щина-карлик) любительница своего пола». Он постоянно говорит со мною о подобных вещах. У нас были минуты молчания — это Вы говорили (sic). После гуляли по бульвару и сидели в кафэ. Потом пошел его провожать. Идем, что-то говорю ему. — В. «Это вы зачем мне сказали?» — Я — «для того, чтобы Вы сказали „Ах!"». — В. — «Представьте, мне говорили, — кто мне говорил? — что „Ах!" у меня совсем особенное». В. потом снял воротничёк.

До свиданья, Милая Марина, и еще раз Милая (чтобы рукой по щеке). А ведь мы были втроем и в том же ресторане, где уже были.

Ваш Николай.

30
ЦВЕТАЕВА — ГРОНСКОМУ
Понтайяк, 29-го июля 1928 г.

Дорогой Ко́люшка, до Вашего приезда остался месяц. Море будет бурное как сейчас, — нынче первый день люблю его. Не море — горы! Вчера в огромные волны купалась, т.е. скакала через них и по ним, нынче купаться уже нельзя — в три нечеловеческих роста и утягивают.

Кстати, идея: ничего Вам заранее снимать не буду, к 1-му сент. освободится пол-Понтайяка. Свалитесь как снег на́-голову, день-другой переможетесь у нас, и отыщете. — На две недели? На месяц? Сентябрь здесь почти всегда ясный и бурный, будем втроем ходить: он, Вы и я. К 1-му сент. из всех здешних останутся еще только Андреевы (до 10-го).

Напишите мне, Вы только хотите ехать или едете? А если не знаете, когда будете знать?

Завтра мои имянины и я, кажется, получу лорнет. Если купили — ни за что не отсылайте, выйдет обида. (Дай Бог, чтобы не купили!) А Алины кораллы? Кстати, Алино рождение 5/18-го сент. будем праздновать вместе. Если не боитесь потерять дорогой, привезите сам.

———

А вот нечто из письма С.М.

«Вчера я должен был завтракать у Гронских. В половине 12-го Николай должен был ко мне зайти, мы должны были вместе отъехать с Монпарнасского вокзала и быть встречены на Медонском его отцом, а его матерью в их жилище.

Но человек предполагает, а Морфей располагает. Николай

проспал, а я, дожидаясь его, читал у себя в кресле у окна. Вечером в восьмом часу он явился с объяснением. Можете себе представить растерянность в его красивых глазах, и неуверенность (!!!) в том, как я это приму (???). Я пригласил его пообедать в том ресторанчике, где однажды мы и с Вами обедали, и решили возобновить переговоры о замене несостоявшегося завтрака на будущей неделе».

―――――

Теперь я знаю чтó я Вам подарю!

―――――

Прошлое письмо писала нá-людях, потому такое. Кстати, чтó с Федрой?
Спешу кончить.

МЦ.

<На полях:>
Пишите немножко менее непосредственно, чуть-чуть.

<После подписи приписка карандашом:>
Бессонов, по отзыву С. и других, к-ым верю, развязный, пошлый авантюрист. То, как он пишет о Боге (чи стихи, чи нет) — само по себе пошлее всякой пошлости. Что Вы в нем нашли? Так к Богу не приходят, если бы пришел — так бы не писал. Просто — для красного словца. Вы очень добры, что верите.

31
ГРОНСКИЙ — ЦВЕТАЕВОЙ
<30 июля 1928 г.>

Дорогая Марина.
Позвольте поздравить Вас.
А подарок Ваш (мой), наверное, будет книга R.M.Rilke (кажется, новая вышла). Или Histoire de la Psychée* (Апулея). Или Manon Lescaut по старому изданию новое.
Увижу, что выбрать.
С Федрой будет сделано.

Ваш Николай.

* История Психеи (фр.).

32
ЦВЕТАЕВА — ГРОНСКОМУ
Понтайяк, 17/30 июля 1928 г.

Ко́люшка родной, сегодня день моих имянин, с утра с Алей в Ройян за дрожжами, исходили весь, наконец нашли на складе, — всё это, естественно, для имянинного пирога. Туда и назад в сквозном поездке, постоянно подымающем пожары. Прихожу — твое письмо, да еще какое! (объем). Прочла, три четверти поняла, поцеловала.

Слава Богу, что не удалось с лорнетом, т.е. именно удалось, — нынче утром получила от С. От Али красные эспадрильи (доживут ли до тебя?) и розовый передник (моя страсть!). По дороге на пляж пришли поздравлять все Евразийцы, нанесли шампанского и винограда, трогательно, а П.П.Сувчинский еще мундштук. Мужской. Одобришь. Имянины у меня евразийские, гости: С-чинские, он и она, двое Карсавиных, Алексеев и Владик. Самые милые и интересные люди в Понтайяке, зову не по примете Евразийства. Кстати с Алексеевым я подружилась, расскажу как.

В доме сейчас горячка, пироги и пирожки, начинки и закваски. Горюю, что тебя нет и тут же радуюсь, что будешь — на Алином рождении, 5/18го сент. М.б. все уйдем в ночевку, а? Месяц последних падающих звезд, мой любимый.

Родной, одну вещь тебе и о тебе, которую я постоянно забываю: *ты мне никогда ничем не показал, что ты человек*. Ты все мог. Божественно.

Еще одно: сколько в юноше — девушки, до такой степени столько, что — кажется — может выйти и женщина, и мужчина. Природа вдохнула — и не выдохнула. Задумавшийся Бог.

И как это чудесно, и как это больше всего, что потом. (С женщиной нет, ибо женщина обретает ребенка, целую новую себя, *окончательную и беспредельную*.)

И еще (возвращаюсь к тебе) соседство — перемежение — сосуществование детства и мужества (беру как эпоху), чем был и чем будешь. «И стало вдруг видно во все концы земли».

Богатство, которое ты мне несешь, равно только богатству, которое несу тебе я.

Кораллы? М.б. Бог с ними! Я думала: либо 20 либо 40, а 60 уже порядочно. Оставь те 100 фр. про запас, нам здесь понадобятся. Если довисят (кораллы) до моего приезда — судьба.

Родной, сейчас придут, не дадут, кончаю. О С.М. — Будь все-таки настороже, со мной он о таких вещах не говорил, а очень любил, значит — тебя или любит больше (пол!) или бессознательно пытает почву. Жаль мне такие вещи говорить, но не хочу в твоей памяти его искаженного (и та́к и та́к) лица. Вспомни гениальный по замыслу и чутью рассказ Цвейга.

— Неужели новая книга Р<ильке>. Его письма?

Спасибо за защиту, Vous plaidez *Votre* cause*!

М.

33
ГРОНСКИЙ — ЦВЕТАЕВОЙ
<1 августа 1928>

Первое письмо

Дорогая Марина.
Можно «лирики»? — Так вот:
Сегодня был вечер после дождя. На сердце была грусть — такая серебряная, что на закате бывает (правда странно — закат *золотой*, а грусть серебряная). Небо было море — облака, как песок на берегу, вот такие: <рисунок пяти вертикальных волнистых полос> (только мой рисунок плох), ну понимаете (лучше: знаете), волны на самом прибрежье оставляют свой след, свой отпечаток, свое подобье, свой рисунок (хочу, чтобы точно поняли) — это не дюны и не маленькие холмики песка, это и не волны морские (трех измерений), а волны двух измерений. Словом, тени волн, если бы я был математиком, сказал бы: проекция волны, производная волны, и Вы (если бы и Вы были математиком) поняли. Но, entre les poetes** (простите за тон — но Вам даю поэта, а не поэтессу, а себя при помощи поэта (м.р.)

---

* Вы защищаете *свое* дело! *(фр.)*.
** между поэтами *(фр.)*.

приравниваю к Вам, — не величиной, но дорогой, лучше: *следом*). Этот вечер был наш с Вами Grand Large, Марина, хотел туда с Вами, куда? — Вы знаете — туда, куда идет дорога через Поэму Воздуха. К «хрустальному дому Тристана», в «страну живых, в селения блаженных» Гайяваты. Словом, умереть (?), нет, получить новое бытиё, прошедши по светлой лестнице печали наверх. Не грубый EXELSIOR* (не спутайте с газетой Exelsior), а тот взлет, о котором пишу в стихах. Простите за слова, строчки — читайте через них.

Путь туда Вы мне показали. Лезу на гору (Пелион громоздится на Оссу, но не я гора, а мои мысли горы. — Иду как-то по улице в Bellevue, а улица поднимается. Опустил глаза к наконечнику палки и почувствовал справа и слева сине-лиловые, каменные громады или крылья, уходят наверх до облаков — мои мысли о Вас, о горах). Лезу и приходит в голову девиз (из Вальтер-Скотта, кажется) AD ASTRAS = к звездам, но это ночью должно быть, т.е. сейчас, а «сейчас» без 5-ти 3 ночи (утра). А ну-ка, как — ночи или утра? — В. говорит: — «Ах!, милый, и так и так».

Но вот что, Марина, за Лаокоонов спасибо. За порученья тоже, а то «осязаемое» подысчерпалось, — остались непрочитанными Рильке и Moscou sans voiles**. Что-то лгу, Марина, и Вам ведь. — А всё кругом, а мифология, мундштуки, палка и имя же их мильон-легион, а то, что стоит за ними, — *Вы* во мне, именно *Вы*, а не AMOR***.

Теперь реальности. Дядюшка что-то мямлит, но стекло будет. В редакции пойду завтра, обе они à côté****, а телефонить не буду — не умею, лучше помотаюсь.

Почему одно мое письмо Вам не понравилось? Худо было оно? Задело? Ради Бога скорей отвечайте. Это у меня ревность к самому себе (другой ревности не знал, не знаю и знать не хочу).

Немного поплакал Вам в письмах? Ничего, зато в жизни хожу, стиснув зубы. Здесь не сорвусь, но иногда бывает (по пути злобы): — «Ни черта вы в ее стихах не понимаете» (категориче-

---

* прав.: Excelsior — выше! *(лат.)*
** Москва без завес *(фр.)*.
*** ЛЮБОВЬ *(лат.)*.
**** рядом *(фр.)*.

ски-злая интонация), но обычно спокойно: — «Ах (не В-ского), да, Марина Ивановна» — равнодушная интонация. Понимаете, Р-А-В-Н-О-Д-У-Ш-Н-А-Я (а ведь через равнодушие тоже слышат, ну что ж «ни черта не поймут»).

До свидания, Марина.

Ваш Николай.

Второе письмо

Дорогая Марина.

Писем не рву, но зачеркиваю. После последнего Вашего зачеркнул в своем, не отосланном.

За Ваши карточки поблагодарю Вас при встрече (понимаете). — До того они хороши.

Познакомился с француженкой-евразийкой. Очень милая. Говорили о С.Я. Но буду писать только необходимое. — 1. На другой день после первого письма об освобождении Федры был в редакции «Дней», вернее, у дверей (non «in», sed «ad»*). 5 звонков = никто не открыл; во вторник прихожу, застаю какого-то мол. человека. Любезен и мил**, назначил rendez-vous*** с их (видимо) заведующим корреспонденцией (был я во время отсутствия этого последнего). Будет эта встреча в ред. «Дней» в четверг. Тот, кого встретил, — Лодыженский. 2. Надо вывести блох у Вас на квартире до приезда С.Я., а то его, бедного, съедят. Как это сделать? Вот буду выводить у себя (при помощи Fly-Tox), если удастся, попробую у Вас. 3. Я бы очень удивился, если бы узнал, что я не приеду к Вам числа 15-го сентября (Алино ведь 18-го?). Брошу писать стихи — буду работать в B<ibliotheque> N<ationale> и напишу статью в 2—2 1/2 недели. Начинаю завтра. Меркурий поможет. Если со статьей дело сойдет благополучно, то тогда наверное. Если за статью мне не заплатят так скоро, то даст деньги мне отец (я с ним по этому поводу говорил — говорит, что даст почти наверное). Наконец, может привалить счастье — заплатят за мои прошлогодние труды, по Советам (СССР). Не больно верю. Однако бывает, но это уже будет <одно слово нрзб> сюрприз.

---

* не «в», а «у» (*лат.*).
** Предлагал мне послать на дом. — Ясно, что я не согласился — забудут. *Примеч. Н.П.Гронского.*
*** встречу (*фр.*).

Итак, я был <бы> поражен, если бы узнал, что не приеду к Вам в середине (или начале, qui sait* (?) сентября.

<На полях:>
Трижды спасибо за карточки.
Верен ли мой ответ на Ваш вопрос?
Кошка не возвращалась.
Волконский еще не был.

P.S.
Про Бессонова. — Все знал до Вашего письма. Защищал его только тогда, когда его (лично, а не книгу) ругают.
До свидания, Марина.

34
ЦВЕТАЕВА — ГРОНСКОМУ
Pontaillac, 2-го августа 1928 г.

Мой родной, сейчас полная луна и огромные приливы и отливы. Вы приедете как раз в эти дни. Вчера луна была такая, что я, *я!* <подчеркнуто дважды> (меня — мать — Вы знаете?) выхватила из кровати засыпающего Мура: «На́-мол, гляди!» Мур, никогда луны не видевший (такая встает поздно, когда такая встает, такие как Мур уже спят), совсем не удивился, а, наоборот, еще нас всех удивил утверждением: «А вот еще луна» — оказавшаяся лампой в окне Андреевых. Вас Мур вспоминает часто и — всегда — озабоченно: «Почему Н.П. нет? Он остался на вокзале? Почему он не поехал в поезде? Ему больше хотелось в Мёдон?»

Да! Вас ждет здесь большая радость, целый человек, живший в XVIII в., а кончивший жить в начале XIX (1735—1815) — мой любимец и — тогда бы — конечно любовник! Charles-Francois Prince de Ligne, на свиданье к которому я в самый голод и красоту московского лета 1918 г. ходила в Читальню Румянцевского Музея — царственную, божественную, достойную нас обоих — и где, кроме нас, не было ни человека. Я тогда писала «Конец Казановы», где и о нем (он был последний, любивший Казанову, его последний меценат, заступник, слушатель, почитатель

---
* кто знает *(фр.)*.

и друг). Лето 1918 г. — 10 лет назад, я — 23 л. — тогда у меня появились первые седые волосы. Я сидела у памятника Гоголя, 4 летняя Аля играла у моих ног, я была без шляпы, солнце жгло, и вдруг, какая-то женщина: «Ба́-арышня! Что ж это у тебя волосы седые? В семье у вас та́к, или от переживаний?» Я, кажется, ответила: «От любви». А у себя в тетради записала: «Это — ВРЕМЯ, вопреки всем голода́м, холода́м, топорам, дровам Москвы 18 года хочет сделать меня маркизой (ЗОМ!)».

Тетрадочка цела. В Мёдоне покажу.

Я тогда любила двоих: Казанову и Prince de Ligne, и к двоим ходила на свиданье. Когда я просила — произносила: «Casanova, Memoires, v. 10» и «Prince de Ligne, Mémoires, vol. VI» я опускала глаза. Однажды

Продолжаю и кончаю на диком солнце, в рощице, куда ушла с Вашим письмом (карточка). Морда свирепая, такую иногда делает Мур. Говорю о треугольнике, головой вниз, бровей. У дьявола такие брови. Жара такая, что пот льется на руки, на платье и на тетрадь, боюсь — растает графит.

---

1) Ничем не задели. Меня. Или — та́к задели, как задевает крылом — ласточка. Но — у меня нет надежного места, либо при мне, либо в тетради, а тетрадь на столе, все ходят. Скоро Вы мне смож<ете> писать совсем открыто, извещу. (NB! Никто не прочтет, но *сознание*, что могут прочесть! То же самое что сознание бомбы в дому. Боюсь, по́просту, чужой боли, Вы меня поймете).

2) Что с теми стихами? (турнир). Пришлите.

3) Есть ли в Мёдоне *полынь?* Здесь — нет. Единств. средство от блох. Хорошо бы вывести, тем более, что здесь *ни одной*. Отвычка. А С.Я. едет уже между 4-тым и 9-тым, не позже. Голубчик, если полынь — мечта, купите того средства и шпарьте. Они его действительно съедят.

Ваш приезд. Неужели только 15го? Постарайтесь к 1^{му}! Провели бы вместе целый месяц — вечность! И лучший из всех. После 10го сент. наверное (непреложный срок отъезда Андреевых), а м.б. и до — сможете жить у нас, освободится целая большая комната. Сыты тоже будете. Так что все дело в дороге, т.е 200 фр. или даже меньше (aller et retour*). Если еще целы шес-

---

* туда и обратно (*фр.*).

товские — вот Вам aller, а retour возьмите у отца и — *заранее*. Бросьте статью! Стихи лучше. От стихов растут, я через них все узнаю, ЗНАННОЕ уже с колыбели! Осознаю. Так — с каждым пишущим. Гёте до Фауста ничего не знал ни о Фаусте, ни о Мефистофеле, ни о Елене, — разве что о Гретхен! Да и то... *После* Фауста (ангельского хора в тюрьме) Гёте бы уж не мог бросить ее, а если бы и бросил, — если и *бросал*! (*всю* жизнь! всех! отрывался с мясом!) — то с сознанием, что ни она, ни ее ребенок не пропадут, что есть Бог для бросаемых — и суд для бросающих. Стихи — ответственность. Скажется — сбудется. Некоторых вещей я просто *не писала*.

Пиши стихи, брось статью, бери у отца 100 фр., — устроится. — Кто знает, м.б. нам самим придется уезжать 20-го (если дождь и холод, у меня не будет никакого основания упорствовать на Понтайяке.)

Еду 1-го. Нет, — буду 1-го. Вот что́ я хочу увидеть черным по́ белу в твоем следующем письме.

———

Дошли ли последние карточки? (Отосланы 31-го. С., Мур, Аля — Мур, Аля, я — и еще несколько).

Приедешь — будем снимать.

— Аля все более и более отдаляется от меня. Целые дни с В.А.С‹увчин›ской, с к-ой может досыта говорить о кинематографе и газетных новинках. Я ей не нужна: тяжела. Если бы Вы знали, как она меня когда-то любила! А сейчас ей первый встречный — дороже? нет! — ПРИЯТНЕЙ. Она *дорогое* меняет на *приятное*, — если бы дорогое на дорогое — никакого бы промена не было! А здесь одну область на другую, весь *мой* мир — на весь *сей*.

Совершенно не рисует, до́-чиста — не думает. Bains de mer* — и всё. «Идем гулять!» Молчит. — «Не хочешь?» Молчит. Достаточно. Да со мной никому не *весело*, ищущий веселья и обходящий меня за́ сто верст — прав. А я от веселых — бегу.

———

А ты — веселый. Т.е. *моим* весельем, смехом победы над тяжестью. Твое веселье — бег! Так боги веселы! Твое веселье — без слов, просто — улыбка. Ты веселишься как собака. Не ты веселишься. В тебе веселится. О тебе веселится Бог!

* Морские купанья (*фр.*).

С грустными мне скучно, с веселыми мне скучно, с *тобой* мне весело. Ты — двусветный, двушерстный, двусущный как я.

———

Да! Чтобы кончить о Lign'e. «La vie de Charles-François Prince de Ligne» — Алин подарок мне *ровно 10 лет спустя* того романа. Тот же месяц. Случайность. Судьба.

Прочтешь ее здесь.

———

Как ты познакомился с Г-жой д'Ориоль? (Помнишь Алиного «Губе́ра», «macaroni»*, — ее сын!) Она очень милая. С. обожает, меня уважает, — Не забудь ответить.

Хорош — герб?

Обнимаю тебя.

М.

<На полях:>

Муру: *Солнцу!!* сказать: не засть! (Разгадка). То, что я почувств. за Мура, почувст. сам за себя Александр.

Читай Рильке.

35
ГРОНСКИЙ — ЦВЕТАЕВОЙ
2ⁿᵈ августа <1928>

Дорогая Марина.

Вот история с Федрой, которую освободил не я, а Лодыженский. — Сегодня в четвертый (и, как оказалось, последний раз) прихожу в «Дни» и наконец застал Лодыженского (он у них заведует корреспонденцией). Рассказал суть дела и подаю доверенность, а он сказал мне тут, что Федра уже в редакции «Совр<еменных> Зап<исок>». Так я Федры и не носил на своих руках. Ну, думаю, если дело сделали помимо тебя, так пойди справься — получили ли «Совр. Зап.» рукопись. Пошел туда, но там не было приема, и мне сказали, что прием бывает раз в неделю и тогда, когда я не могу зайти. Что, писать им письмо? Или Вы напишете? (адрес их 106, rue de la Tour). Лучше пишите Вы, и понятно почему.

* макароны (*ит.* — прав.: maccheroni).

Вот уже второй день работаю в Национальной Библиотеке. Статья моя (будет она напечатана под именем моего отца) близко коснется очень интересных мемуаров польских патриотов. Вот эти-то мемуары сейчас и читаю. Пишут они на прекрасном французском. Книги старые, пахнут как мой Гораций, что Вы мне подарили. Но кроме этого живого материала, есть много и мертвого — различные исторические труды. Когда статья будет напечатана, то подарю Вам экземпляр, который Вы никогда не будете читать, но который должен у Вас быть. Хотелось бы посвятить ее Вам (не по адресу, но «из-за»...), однако нельзя — автор ее официально мой отец. А ведь в этих мемуарах есть и стихи (к сожалению переведенные с польского на французский). Стихи очень хорошие. Тема: родина — Польша. Авторы: Мицкевич и Словацкий (польский Лермонтов).

Эпоху очень люблю — царствование Александра до 1812 года. Одного из авторов, которых я читаю, Вы должны знать (племянница Иловайского!) — это Чарторыйский, министр Александра Первого.

Два раза был у В. Оба раза не открыли двери. В. вообще куда-то пропал и я начинаю беспокоиться. Вдруг его дух вселился в двух собак, которые лают за дверью, когда я звоню.

3го августа

Дорогая Марина.

Ну, на сегодняшний день хватит с меня Разделов Польши и пр. Сейчас 12 1/4 — мое время.

Утром, идя в Н. Библиотеку, решил зайти за кольцом *до*, чтобы работать уже с кольцом на пальце. Возвращаюсь в 6-ть часов домой и по дороге думаю — послать или не послать письма Марине с печатью крылатого существа, что на кристалле кольца, и решил (т.к мне слишком хотелось) — не пошлю. Прихожу домой — письмо. Сзади печать (в моем гербе тоже есть стрела) и письмо, и какое еще письмо. — Как раз недавно вспоминал Казанову. Ваш герб, дважды оперенный для полета — стрела и крыло, и вот тяжелый ключ слева уравновешивает. — Ничто не случайно, Марина.

Вы меня зовете раньше и даже так предлагаете aller*, что нельзя отказываться, предлагаете, как мужчина, т.е. нет, как...

---

* деньги на дорогу в один конец (*фр.*).

ну, словом, честное слово (по чести), если не вышлют мне аванса за статью (что почти невероятно), то я их возьму. — Но раньше не приеду, ведь это значит (приехать так) ничего не сделать, чтобы к Вам приехать. Теперь понимаете, почему мне дороги эти мемуары, которые я читаю и перечитываю. Вы Польшу знаете — «но вал моей гордыни польской». Люди, что писали эти книги, и Вам дороги. На изысканном французском языке они рассказывают об Александре I, о выгодах России, но за каждой строчкою (а иногда и в строчку прорывается), за каждой мыслью — другие мысли, такие, если бы сердце могло мыслить, — вот какие. И эта мысль — Польша. Эту Польшу любят, как Тристан Изольду, и эту Польшу хотят каким угодно путем. Согласны даже на подмену (как и Тристан(?)).

Итак, ценою всего этого куплю приезд к Вам, или лучше не «куплю» — добуду (добуду то, что не нужно добывать).

Сейчас здесь гроза грохочет, льет свет и дождь. Молния из моего окна видна очень хорошо. Сейчас была шагах в 300-тах (я едва не оглох). Гром ударяет чаще, чем мое сердце. Это говорит Бог (помните, как он говорил Иову?) Кстати, гроза пришла от Вас — не было ли у Вас грозы? — Вот тогда на море хорошо.

Марина, а каковы relations entre Madame Efron et B<ibliotheque> R<usse> T<ourguenev>*? Вы ведь наверное всё давно просрочили. Пишите скорей — случайно увидел Ваш листик-бюллетень.

Что Вы пишете про полынь, не понимаю, разве в порошке.

А завтра бы нам пойти погулять, после грозы? Но завтра мы с Вами не увидимся — я в библиотеке — там солнца нет — свет рассеянный.

До свидания, Марина. Ваш Николай.

<На полях:>
Завидую Вашей libertas scribendi** (поняли латинщину?)
Марина, не могу не прибавить — завтра напишу письмо (первое из серии), которое должно ускорить получение моего старого гонорара, уже заработанного (но еще не полученного). Если получу, то буду, как только получу и кончу, а кончу через 2 недели, самое большее через 3.

---

* отношения госпожи Эфрон и Тургеневской библиотеки (*фр.*).
** свободе письменного изложения (*лат.*).

Да, совсем забыл! Кошку увидел из дома, у нас в саду она ГУЛЯ-ЛА. Выбежал, но знакомства она восстановить не захотела. Видел ее таким образом лишь мельком. — Жирна (сыта или беременна?)

О Муре думал вместе с Вами, т.е. когда Вы, то тогда и Мур. Извинитесь перед Алей, — до сих пор не ответил.

До свидания. Ваш Николай.

36
ЦВЕТАЕВА — ГРОНСКОМУ
Понтайяк, 5-го августа 1928 г.

Мой родной, пишу Вам после баснословной прогулки, блаженной, моего первого события здесь, прогулки, длившейся 12 ч. и длившейся бы еще сейчас, если бы не вернулись в поезде, т.е. лишили бы себя еще этого блаженства! (Крохотный поездок, меньше Му́риных жестяных, сквозь строй сосен).

Côte sauvage*, в 20-ти верстах от Понтайяка, 15 из коих сплошной сосной: смолой и иглой. К соснам приделаны ведрышки: сосна *дойная*. Смолу эту *ела*.

Иные места — Россия, иные — Чехия, иные — Шварцвальд, все вместе — рай. Вся дорога (шли линией поездка, только раз уступив ему дорогу) в кокосовых орехах, тут же, на рельсах, — кокосовых! каких отродясь не видывала на соснах. За́росли ежевики. Ни души. Поездок ходит два раза в день. Океан хвои, за которым — за невидимым валом дюн — другой океан. И все это не кончается, ты все время по самой середине, как в любви.

И — Сахара. Настоящая. Только — приморская. Точнее — две Сахары. (Ведь сущность Сахары не в безводии, а в жажде!) Сахара соли и Сахара песка. Ни жилья. Обломок корабля. Угрожающие жесты обгоревших — неведомо с чего — деревьев. Côte sauvage. Тянется на сотни верст.

Купались. В Понтайяке — залив, соединение Жиронды с океаном, здесь — океан. Другие волны, другое дно, другое всё. Чудесные раковины. Перемежение созерцания (здесь это слово уместно, что иного делать с океаном??) и игры. Созерцаешь океан и играешь с берегом. (С океаном никто не играл, кроме Посейдона! Игра *самого с собою!*)

---
* Букв.: дикий берег *(фр.)*.

Купалась с упоением. Но дело не в купании (подробность!) а в осознании: тебя лицом к лицу со — ВСЕМ!

Другой мир.

Я сегодня не жила, я *была*.

Решение: мы с Вами не будем жить, мы будем ходить. Уходить с утра и возвращаться вечером — и обратно. Мы все время будем отсутствовать. Нас нигде не будет, мы будем ВЕЗДЕ. Я не мыслю с Вами *жизни*: дня (здесь — плажа), *житности, бытности*. «В мою бытность в Понтайяке», этого Вы не скажете. «Когда меня в Понтайяке *не-было*» (активное) — так Вы будете рассказывать внукам. (ДЕНЬ *ПРИДЕТ*!)

Реально: день — ходить (не-быть, *БЫТЬ*!) день — жить. Жить, это, для меня, все мои обязанности, всё, что я на себя взяла. Их не будет в хрустальном доме Тристана.

Дай нам Бог хорошего сентября, такого, как нынешний день. Непременно приезжайте к 1^{му}, еще можно будет купаться *без содрогания*. Возьмите и это!

Беседовала с Вами мысленно целый день — и чего Вам не сказала! А сейчас, как всегда, тороплюсь, обрываю не начав.

Все реальности в следующем письме (Ваш приезд, вопрос жизни у нас, гонорар за стихи в Посл. Нов., блохи, прочее).

<На полях:>

Спасибо за Федру, за всю Вашу помощь. С.Я. возвращается 10го.

Дошли ли вторые ф-фии? Посылала *дважды*.

Как статья? Гонорар — не химера? *Непременно прочту*.

Готово ли кольцо? Обнимаю. Спокойной ночи!

М.

II

Простите за Алины раскаряки, но под рукой другой бумаги нет.

Дела

Первое печальное. Те 100 фр., на к-ые я расчитывала (философские, шестовские) мне нужны *немедленно*, так же как гонорар из Посл. Новостей, сколько бы ни было. При подсчете оказалось, что тратится последняя сотня (был такой блаженный конверт!) — деньги здесь *горят*, ибо цены вдвое против мёдонских, а сейчас самый сезон, всё растет.

Кроме того, пришлось одолжить сто А<ндрее>вым, к-ые пока что не отдают.

Итак, соберите, пож., гонорар Посл. Нов., попросите отца и, приложив шестовские, вышлите переводом или в конверте с объявл. ценностью. В кредит мы можем жить не больше недели (пишу 6го), здесь все богатый или достаточный купальщик («le baigneur»).

———

Надеюсь, что из Посл. Нов. можно взять без доверенности?

Вам на поездку, по размышлении, нужно порядочно, а именно: 200 (немн. меньше) дорога. 100 (немн. больше) на 2 недели комнату (1го — 15го *сент.*, А-вы навряд ли уедут раньше) — итого 300 фр., прибавьте minimum 50 на непредвид. расходы. По чести — не меньше 400 фр. Достанете ли их? Не можете ли, числу к 15^{му}, *поговорить серьезно* <подчеркнуто дважды> с отцом? Позже первого сент. ехать не стоит, м.б. нам придется уехать в 20-тых числах. Подумайте и ответьте. Вы все-таки выдержали экз. (отец) это — козырь.

Хорошо бы — выслали причитающиеся мне франки возможно скорее, С. едет в пятницу и на отъезд уйдет последнее. Чтобы я получила не позже 13го — 14го.

Простите за быт и разорвите бумажку. ЭТО НЕ Я.

37
ГРОНСКИЙ — ЦВЕТАЕВОЙ
<9 августа 1928>

Дорогая Марина Ивановна.

Сегодня начну, — завтра кончу.

Блохи на Вашей квартире — qu'ils aient peur*. У меня есть целая машина для борьбы с ними, но будет пахнуть керосином и лимоном (наз. FLY-TOX).

Хочу рассказать про чтение стихов. Все трое стихи написали. Кому читать? — Противники хотели, чтобы читал первый я (са-

———
* пусть трепещут *(фр.)*.

мый молодой!) — Я соглашался только на жребий. Жребий был признан. Он выпал на первого меня. Стихи были такие:

> Ты из наших земль,
> Из моих пришла.
> За Тобою Кремль,
> За Тобой Москва,
>
> За Тобой стена,
> Та стена — Любви.
> Два окна глаза,
> Две свечи в ночи.
>
> Нет, в Твоих глазах
> Верно Китеж-град.
> В водяных церквах
> Под водой звонят.

(И что-то вроде ENVOIE*):

> Ночью Ангел был
> Поздравлял во сне.
> Я без пары крыл,
> Поздравлять ли мне?

Только что получил Ваше письмо и окончание турнира (его кстати могло не быть) узнаете потом.

1. Скажите пожалуйста Ариадне Сергеевне, что если она хочет быть αριαδηα (зваться ею), то пусть уж лучше не читает чужих писем.
2. Шестовские деньги будут Вам отправлены в пятницу утром. Редакционные (но кажется не все) через 3-4 дня, когда их мой отец возьмет — я ему сказал, что Вам они нужны срочно.
3. Завтра поеду на Montparnasse встречать С.Я.
4. С отцом говорил серьезно. Самое худшее — (а) не приеду, (в) приеду на 4-5 дней, (с) на две недели.

---

* Анвойе *(фр.)* — заключительная строфа стихотворения, заключающего посвящения.

Если приеду, то запечатаю письмо Вашим кольцом, — по конверту и узнаете. Если же письмо кольцом не будет запечатано, то — не приеду. Приехать 1-го для меня почти невозможно. (Видимо мой старый гонорар украл мой знакомый, но пока еще ничего определенного не знаю). Новый же (будущий) получу не раньше первого (1-го числа), хотя и провожу ежедневно за работой часов 6-ть. Если гонорар мне во-время не пришлют, то в счет будущего моего заработка отец достанет мне 300 — на 2 дня к Вам и обратно, если отец мне этих денег не даст, то тогда почти наверное не приеду.

Пришел сегодня поздно и телеграмму (а также и письмо) застал позже, чем мог бы застать.

Ах, право, как жаль, что Ариадна Сергеевна читает и пр. — Мур не будет.

Карточку получил. Вас мне даже и такая Поэма не заслонит.

Кажутся и снятся необыкновенные вещи (очень хорошие). Что то (кто то?) снится Вам?

Потом напишу и про моего нового знакомого (он только вот умер в 1835 году), и про турнир, и про В. (завтра будет), и если можно, то и про *то*, но осторожность накладывает руку на бумагу (не на мысли). Наконец напишу и про tentation (charnelle)* — однако дело моего красавчика не вышло, обнял меня за плечи и дальше... всё. Ваш Николай.

P.S. Пришлю и стихи противников и другие свои.

38
ЦВЕТАЕВА — ГРОНСКОМУ
Понтайяк, 10го августа 1928 г.

Сыночек родной, все дело в том, очень ли, *крайне* ли ты хочешь приехать? Ибо тогда — препятствий нет.

Слушай внимательно: А-вы уезжают 5го, их комната свободна, и ты можешь жить в ней *сколько хочешь*. Сегодня же пишу их матери, что комната, с 6го, *сдана*. Об остальном не думай, где кров там и пища, одно ведет другое, ты у нас просто гостишь.

Дорога: делай, что можешь, чтобы достать, проси у отца та́к или в долг; постарайся установить дело с бывшим гонораром,

---
* соблазн (плотский) *(фр.).*

словом — предоставляю твоему воображению и — воле (ко мне, к *данной* вещи, — только в такую верю. Воля — *ОХОТА*.) Если же ничего не выйдет, т.е. у тебя ни копейки не будет, достану *тебе в оба конца*, только молчи, ничего не говори родным, — достал и достал. Мне от тебя нужно одно: «Дорогая Марина, буду у Вас 1го» (до 6го переможешься в моей комнате, я уйду к детям). Мне нужно это слово прочесть глазами.

Всё это — только в том случае, если ты этого сентября со мной хочешь так же, как я — его — с тобой, т.е. предельно.

Иначе — не для тебя писано

———

Итак, препятствий нет. Числа 25го ты мне окончательно напишешь, как дела. Ничего не выгорело — тотчас высылаю деньги на билет aller-et-retour, узнай точно сколько. Вышлю заказным письмом, чтобы не привлекать внимания (скажешь — карточки, или стихи). И 1го — или 5го — ты выезжаешь, а мы с Алей встречаем в Ройяне. Помирись с Алей, — не сто́ит ссориться. Кроме того, скоро её день рождения, поставь эту размолвку на счёт её уходящего четырнадцатилетия.

Ко́люшка, теперь слушай *ещё* внимательнее.

Этот сентябрь *невозвратим*. Хочу его с тобой всеми силами своей души. Для тебя как для себя. Если он тебе немножко менее нужен, чем мне — не езди. Всё это только при абсолютном равенстве *необходимости*. Проверь себя.

М.б. тебе и так хорошо: «пройдёт лето, будет осень, осенью увидимся, будем гулять». Если та́к — не езди.

А если ВСЕ ОБРАТНОЕ — не считайся ни с какими бытовыми соображениями, ты в середине текущей реки — меня, река уйдёт, — «никто дважды не вступал в ту же реку». — «Будущее лето» — вздор, не верь, не верю, жизнь безоглядна, а за ней, по пятам — смерть.

Ясные дни и лунные ночи, ясные дни и тёмные ночи, дороги, пески, звук слова ОКЕАН... — устала! не хочу ломиться в стену, ты сам должен знать, а если не знаешь — Бог с тобой, иди мимо или — оставайся позади.

———

Ни о чём другом сейчас писать не могу. Твоё письмо для меня большое горе. «Либо совсем нет, либо на 3-4 дня»... Перечти начало, вдумайся и ответь, — сигналов с кольцом не нужно, чёрным по белому: «буду 1го (или 5го)». Что́ мне нужно? Твоё согласие на заём у меня в 200 фр. Если ты МЕНЯ, НАС ОБОИХ можешь променять на ребяческое мужское самолюбие «не могу-де, ибо не знаю, когда отдам» — Бог с тобой, Бог с нами обоими, — ничего не было, ничего не будет, очередное недоразумение, тоска.

———

Tentation charnelle — твоя или его? Или — взаимная? Хочу знать. Кто́ он? И — конец турнира. Но — прежде всего — едешь или нет?

<На полях и между абзацами:>
Как была встреча С. на вокзале? А посещение В-ского? Пиши обо всем. Если ты решил не ехать, т.е. после этого моего письма *не решил ехать* — я просто меняю русло, мы просто — bons amis*. М.б. — тоже хорошо?

Пиши совсем свободно, о чем хочешь, как хочешь, сколько хочешь. Письма запечатывай сюргучем, погуще. О чем ТО́М ты хотел писать? («осторожность накладывает руку на бумагу»). Отвечай возможно скорей, ты меня никогда еще не мучил — не сто́ит начинать. Люблю тебя. М.

39
ГРОНСКИЙ — ЦВЕТАЕВОЙ
<*11 августа 1928*>

первое

Дорогая Марина Ивановна.
Вот мой сегодняшний день. В 8 часов был на Meudon'e Montparnasse с ключами. Встречал. Тут же вился у ног и обладатель мундштука. Говорили о разном. За три минуты до дому С.Я. меня спросил: «Правда ли, что у нас много блох?» Я сказал, сколько. Лестница. Мы наверху. С.Я. мне было жаль, а Р<одзевич> — поделом ему. Вошли. Чьи-то слова: «*Их* нет! Наверное подохли» — чье-то молчание в ответ. Вошли в столовую, окна закрыты. Открыли и глянули (я подал пример — светлые чулки) на наши ноги ....
....

---

* добрые друзья (*фр.*).

видите, сколько точек, так вот *на каждом их* было, пожалуй, даже больше. Я уже боролся с ними до приезда С.Я. — немного, видно, вышло. Выбежали, и я, по дороге, выбегая, захватил первую попавшуюся щетку (знаю по старым посещеньям). Стоя у Вашего подъезда, выбирали блох (очень хорош был Р.). Народ вышел (народ = лавочники, консьержка, прохожие etc.) — смотрят (с<укины> д<ети>!) и улыбаются.

Потом поехал я (но, конечно, предварительно изгнал блох из одежды) к В. — он должен был у нас сегодня завтракать и завтракал. Подарил Вам и мне по миленькой книжке. Пошлю Вашу с этим письмом. У нас, кажется, ему понравились — потолки, эскалопы (и отдельно от всего этого моя мать). Описывать завтрак не буду, а напишу про гораздо более важную вещь. — После завтрака мы пошли гулять на Avenue de Mâteau, сели в травку и В. три раза (за $1/2$ часа) успел заснуть. Да и за завтраком иногда «вспоминал» и не мог вспомнить. Сейчас хочу сказать — когда В. спал, я стерег его, но однако хватит этого — могу писать или всё или уж только о блохах (молод!) Надо добавить, что В. спал и у нас за завтраком. *Спал* — буквально.

Теперь вернусь в порядке хронологическом к блохам. Дело было так. — После того, как проводил В. — возврат домой. Встреча С.Я (у нас). Просит мою машину. Я пошел с ним (когда пишу, последние из могикан кусают). И если утром мы бежали, то теперь *ОНЕ* бежали. Все это однако паллиативы. Но С.Я. верит, хоть и жаль, а все его разубеждаю, но он из верующих. NB. — в Вашей комнате было меньше, чем в других. Больше всего в столовой.

Простите письмо мое = 0. Хочу видеть, говорить. Жаль, что Аля мешает мне Вам писать, что хочу, а хочу не много, но много.

До свиданья в Pontaillac'е

Ваш Николай.

<На полях:>
В. рассказал у нас за завтраком неприличный анекдот, что с ним? Правда, он сперва извинился, а потом рассказал.

второе

Дорогая Марина.
Сейчас (12 часов) получил Ваше последнее. — Хочу = Буду.
День и ночь пишу статью. Отца убедил, что нужно мне minimum 300. Он где-то достает для своих дел денег и 300 даст мне.

Милая Марина, Ты сейчас не можешь слышать, как бьется мое сердце, потому что, чтобы послушать его в *Твоей* груди, Тебе надо шею длинную как у лебедя. Никто дважды не вступает, но если я сейчас вступил и остаюсь в ней (то что?).

Первую часть статьи читал отцу — одобрил.

Теперь о «tentation».

Возвращались с имянин (он живет в Bellevue). Едем в поезде, хотя компания 5 человек, но мы вместе и отдельно. Он мне говорит сперва чужие, а потом свои стихи (это был один из двух турнирных соперников. N.B. — Турнир родили Ваши стихи). И вот читает мне о том, что «он пойдет, как зараза по улицам, куда-то где солнце, и встретит незнакомца, который так прост». Я ему говорю: «Не по форме, но по теме это стихи Кузмина». Молчит. Выходим из поезда. (Имянины кстати были пьяные). Он меня обнял за талию, нет, лгу, за плечи. Было темно и tertius gaudens* (с нами был и третий!, но *не* соперник) не заметил. Я чуть освободился. Прощаемся у выхода из вокзала. «Идемте выпьем» — говорит он. В ответ двойное молчание — tertius'a gaudens'a и мое. «*До* свидания» — он. Я: «Прощайте».

Чье было tentation — судите сами.

Марина, я хочу только до свидания (в Pontaillac'e) не «bons amis», т.к. «bons amis» = прощайте. Приеду я 1—15, но денег мне не высылай (не гордость) — самой Тебе они нужны.

<На полях:>
P.S.
Оставь мне счастье Кольца-Печати.

третье
Вот кстати и стихи. Если статью об моем польском знакомом (умер в 1835-ом) не кончил, то и стихи еще не отделал.

> На пальцах золотые кольца,
> Подобострастие в словах,
> Но бьется кровь и слышно: «Польша»
> — Она в клинках, она в сердцах.

---

* третий веселый *(лат.)*.

Шляхетской вольности надменной
Моэт свободы золотой,
Здесь в этой зале толстостенной,
Вот в этой книге небольшой.

Сто лет назад я был бы с Вами.
— Но книги, золотой обрез...
И за столетними листами
Последний Польши полонез.

Пишу их не исправленными, думаю, что годна последняя строка.

Посылаю книжку Волкоши, прочти и р<ади> Бога не суди. А вот что он рассказал за завтраком. (Больно уж не могу понять.) «Одна девочка говорила: Я понимаю, как ребенок выходит, но как входит туда — вот этого я не могу понять». Анекдот этот был ни к селу, ни к городу. М.б. он что-нибудь и значит, но это Волкушин секрет.

Марина, когда ложусь спать, ищу руки рядом, но ее нет. Снишься Ты мне. Но я хочу живую, хотя и во сне быть с Тобой так хорошо. Но я не хочу моих собственных мыслей, которые ведь и рождают вторую Марину, Марину сна. Но не думай, что только руками, глазами и ушами тебя хочу. Нет, если еду в поезде, куда-угодно, то всегда мысль — мне надо ехать. Говори со мной только на «нашем» языке, если будут «твой» и «мой» — конец. Но конца я не вижу, вижу (слышу?) один язык. Так и про других (прости за С<вященное?> П<исание?>) — «и разделил их "языки"» — про строителей Башни.

<На полях:>
Если есть Твой = мой = наш язык в этом письме, то напиши — хочу не иного. Твой Николай.

40
ЦВЕТАЕВА — ГРОНСКОМУ
Понтайяк, 12^{20} августа 1928 г.

Милый друг, мне совершенно серьезно, вне всякой лирики, желаний и нежеланий, необходимо знать, едете ли Вы или нет — и когда — и насколько. Ведь есть реальная жизнь, в пристрастии к которой Вы меня, поэта, ведь не заподозрите?

У меня со всех сторон просят комнату, я не знаю чтó говорить. Я с радостью оставлю ее для Вас (освобождается 6го), но если Вы колеблетесь и не знаете, я не имею никакого основания (ни внешнего, ни внутреннего) не сдавать ее людям, к-ым она нужна. Тáк, напр., у меня ее вчера просила А.И.Андреева, для своей дочери, к-ая, в зависимости от того, свободна комната или сдана, уедет с молодыми людьми 5го или *не* уедет. А нынче ее просит у меня Melle Туржанская, приехавшая вчера. Я не знаю, чтó им всем отвечать. Ибо это — только начало. Будут приезжать и просить, русских много, — чтó мне делать?

Повторяю — делайте всё, чтобы достать деньги помимо меня, не достанете — одолжу Вам 200 фр. на дорогу. С дорогой — тáк: билет «bains de mer»* на месяц 167 фр. (узнайте, есть ли «bains de mer» в сентябре, на Монпарнассе есть осведомительное бюро) aller et retour — 120, но это на неделю и, посему, вздор. Простой билет 105 в один конец и столько же в другой.

Еще одно: в комнате А-вых нет кровати, т.е. есть, но ее снимают в Ройяне. М.б. Вам придется истратить 50 фр. (меньше чем на месяц нельзя) на кровать.

Обдумайте и отвечайте возможно скорей.

———

Отъезда своего, *пожалуйста*, ни от кого не скрывайте. В первом же письме С.Я. мне пишет: «К Вам собирается Гронский? Узнал стороной». Это нехорошо, исправьте. *В сентябре*, п.ч. плохо переносите жару и любите ходить — КАК ОНО И ЕСТЬ.

Больше Вам обо всем этом писать не буду. И меньше всего хотела бы, чтобы Вы мою *деловую точность* приняли за душевную настойчивость. Мне человек нужен поскольку я нужна ему. Невзаимных отношений — нет.

М.

<На полях:>

Привезете с собою какое-нб учение, п.ч. я по утрам всегда занимаюсь.

_____

* «морские купанья» *(фр.)* — сезонный железнодорожный билет со скидкой.

Удобно ли Вам писать так часто? Ответьте, не люблю неловкостей.

41
ЦВЕТАЕВА — ГРОНСКОМУ
Понтайяк, 16-го августа 1928 г.

Дорогой Ко́люшка, Ваше буду — еду и книжку С.М. получила. Последняя — еще не разреза́ла — на меня производит впечатление наивности, но заведомо знаю, что не может быть наивной сплошь, что найду в ней и остроту, и зоркость, и точность. Таков будет В. до последнего дня. Любите его, Ко́люшка, — пусть себе спит. Спящий орел. Ганимед, стерегущий Зевеса. Всё — миф.

О наших с вами делах. А-вы (кажется — все) уезжают раньше срока, сегодня же окончательно запрашиваю их мать. Собираются 25-го — 26-го. Вы должны объявить отцу, что позже нет смысла (говорю о 1-ом), что твердо решили ехать 1-го. Вы говорите, что деньги достанете — тем лучше! — важно их достать заблаговременно, раньше 1-го, — иметь их на руках. Не выйдет — вышлю, но все делайте, чтобы вышло. (У Али развалились башмаки, Мур внезапно из своих — вырос, множество непредвиденных и насущных трат, не стесняюсь Вам писать, у нас с вами ведь cause commune*, и общий враг — БЫТ).

В доме у нас Вы застанете — нас, и еще З.К. с подругой, к-ая приезжает в конце месяца, но будут жить, собственно, в соседнем доме, нашего же хозяина. У нас в доме, кроме нас всех и Вас, никого не будет, как в Мёдоне, когда Вы, зайдя, застревали до вечера, варя кофе по собственной системе, предварительно накрутив его.

Будет очень хорошо — как бы ни было.

Начались отъезды: завтра Карсавины, после-завтра П.П.С-чинский, за ним — проф. Алексеев, 25-го — А-вы, к тому же времени В.А.С-ская. Из русских остаются только семья Лосских, и еще одна дама с дочерью и внуком, жена проф. Завадского, моего большого друга и, что́ важнее, большого друга Зелинского. На жене Зелинский не отразился, она просто милая дама, бывшая институтка и красавица (пребыло и то, и то).

---

* общее дело *(фр.).*

Рассказываю Вам все это, чтобы Вы немножко знали мое окружение, бытово-людскую констелляцию.

Жить мы всем этим с вами не будем, будем жить вне. Ко́люшка, две мечты. Осуществимая: городочек Talmont, в 30-ти кил. отсюда, с церковью XI в. на скале. Полу-осуществимая: *Бордо*, 100 километр., магия порта, юга и старины, но — 2 билета туда и обратно — 100 фр., 2 номера в гостинице — 30 фр., в общем, на двоих — полтораста. Можно обойтись и сотней, если без ночевки (жаль! лучше нет — утра в чужом городе, пробуждения в новизне!) — но эту сотню нужно иметь. С-ский недавно ездил, заворожен, один из лучших городов за его жизнь, а был — всюду. Жаль было бы отказаться. Во всяком случае — давайте мечтать! Поезд из Ройяна в 7 ч. утра, а обратно 6 ч. веч., у нас было бы 12 ч. на осмотр. Я на такие вещи жадна, упускать мне их больнее, чем что-либо. — Неосязаемые владения. — Чувство себя в данном городе и данного города в себе. Нечто — навек.

———

Мне уже трудно писать Вам о своей жизни, Вы уже отчасти здесь, мне м.б. надоело писать Вам, хочется быть с Вами. Раздражительно, даже тревожаще действуют чужие приезды. Кажется, что все едут, а вот Вы один ни с места. — Стосковалась по ходьбе. С Владиком уехали мои последние ноги, никто не хочет ходить, все всё время: к морю! к морю! особенно — отъезжающие.

Здесь чудесные поля.

———

— Как понравился С.М. Вашей маме? Общее впечатление и точные слова. Анекдот неуместен, но — глубок. Вход без выходов и *выход без входов*. Впрочем, я все перемалываю (ламываю) по своему. А что́ думал С.М. — один Бог его знает. (Такими он, очевидно, кормил папских гвардейцев!)

———

Не нужно ли еще стихов для Посл. Нов. Не забудьте ответить. А польскую работу Вы можете заканчивать здесь, я по утрам пишу, будете писать тоже. У Вас будет отдельная комната.

Итак, объявите отцу, что едете 31го вечером, установите дело с деньгами, *когда можно рассчитывать*, и — с Богом! 16ое — 31ое — две недели. Не забудьте справиться на Монпарн. вокзале о billets de bains de mer* (167 фр. туда и обр., срок — месяц) — даются ли

---

* билетах на морские купанья (*фр.*)

таковые <дальнейший текст написан на полях и между абзацами> на сентябрь. (Сезон: июль — авг. — сент.) Сделайте это тотчас же, ведь это большая льгота. (210—167). С.М. пишу благодарность. А что́ с турниром? Есть хорошие строки в Ваших стихах. М.

Когда отвечаете, всегда кладите письмо перед собой, иначе из 3х вопросов неизбежно опустите 2. Этому меня научила моя швейцарская бабушка (из La Chaux-de-Fonds, près Neufchâtel).

42
ГРОНСКИЙ — ЦВЕТАЕВОЙ
<19 августа 1928>

Милая Марина.
Получили ли Вы мое письмо?
Получили ли Вы Ваши 100 франков?
Получили ли Вы книгу Волконского?

От Вас так долго нет письма, что мне стало казаться, что Вы (Вы!) каетесь в своем приглашении, но тогда на какого чёрта, позвольте Вас спросить, но только не сердитесь ради Бога, я подлизываюсь к литовскому университету и пишу в моей статье то, чего никогда не было и не могло быть? Не затем ли, чтобы получить деньги, но зачем они мне будут, если я не поеду, — я их или пропью, или куплю на них книг, но не то (и не другое) употребление не сравнимы с третьим.

То, что я собирался к Вам ехать, я ни от кого не скрываю, но зачем же сообщать об этом с веселой улыбкой С.Я., раз он узнал (а узнал он — я знаю от кого), то это и значит, что я не скрываю этого, ибо то, что хочу скрыть est hors portée, même, de mon ami le diable*. Если увижусь с С.Я., скажу ему — хотя это мне и не слишком будет приятно.

Моя милая Марина, только не сердитесь на это письмо (ведь я бы мог рассердиться на Ваше (?)). Мне стыдно будет занимать у Вас денег (у Вас, которой они самой нужны), ну что ж делать, если нигде не достану, придется занять.

Начинаю писать стихи, кажется, всё хуже и хуже. Какая-то «турнирная отрыжка». Посвящаю (кроме тех, что Вам — приеду прочту) их каким-то незнакомым (ни разу не видел) людям.

* вне досягаемости даже моего приятеля дьявола (фр.).

Другой скажет: в этом-то и смак, а ведь это пожалуй горе. (Писать о человеке, зная его герб, девиз и титул). Ай! Свеча гаснет — знаю завтра от Вас письмо. Знаю это наверное, как всё что надо мне знать (что надо и не надо знать). До ответа (на Ваше письмо, которое будет завтра), прощайте, т.е. до свидания, да, *не будет, а есть*.

На моем подсвечнике уже костер, но он сейчас погаснет. Теперь еще — Вы меня наверное понимаете — я запечатаю, но и в письме будет написано, по конверту сразу и узнаете, милая, теперь поняли, так до свиданья.

Получил. Благодарю за Марину на дереве — она такая грустная Вчера ночью кончил — остается переписать моих поляков на машинке.

Считаю Ваши строчки — как бы П.Н. не ужилили (не ошиблись, когда дадут деньги). На дереве сидит печальная дриада, но это Марина, потому что она в профиль.

Помню бабушку — пишу, читая.

Стихи шлите — буду давать по паре.

Буду переписывать день и ночь. Кончу — пошлю. Каждый клавиш близит к концу музыкальную пиесу (люблю слово), но конец пиесы есть увертюра к музыке небесной. Каждый клавиш моей машинки будет бить по достоверности В-О-К-З-А-Л ....P-O-N-T-A-I-L-L-A-C — конец пути.

Внизу в саду — вижу из моего окна — проезжает дилижанс, но разбойник сидит в засаде; однако разбойник недоволен и из засады дает указания, как ехать, отложивши в сторону свои пистолеты. Здесь же крутится какой-то дево-мальчик.

Но, Боже, до чего скучно без Мура. — Совершенно не с кем говорить. Начинаю сам говорить, как Мур, но надо мной все смеются.

Милая Марина, до свиданья.

    Ваш (с Вами единородный) Николай.

43
ЦВЕТАЕВА — ГРОНСКОМУ
Понтайяк, 21-го августа 1928 г.

Дружочек, получила Ваше негодующее письмо — простите мне то́, меня просто зло взяло, что все едут, а Вы нет. Когда меня спрашивают, что́ такое *быт*, я не задумываясь говорю: препона. И, пожалуй, правильно: на том свете быта не будет.

«На кой чорт мне тогда деньги...» хочется, по Волконскому, сказать: «Как это мило». Рифмую этого чорта с Вашим — помните? «Я бы? Философом — или *меценатом*». Мне тогда это страшно понравилось, меценатство раскрылось как широкие ворота.

Милый друг, мне иногда жалко, что Вы мужчина, а я женщина, — было бы то же и — хотела: чище, нет! — стойче. Пол, в дружбе — вулкан (для совершенства подобия нужно было бы, чтобы погибла не Мессина, а Сиракузы). Взрыв — изнутри. Для дураков — лавина: накатывающая, вещь извне.

Такой я была 16 л., такова сейчас, такой умру. Тайное сопротивление не другому, не себе, а вещи. Яблока — червю. (Проверьте подобие: червь прогрызает нору, выжигает черноту, опустошает).

И — озарение! будь я не «она», а «он» — тогда бы мы уж наверно были вместе. Что́ другим гарантия, то нам — а ну-ка, обратное гарантии?

Ко́люшка родной, мне с Вами хорошо по всякому, как Вам со мной, несовпадения быть не может. Кстати, при встрече — любопытный спор с Саввой о Тристане, касающийся каким-то краем, — да пожалуй и всеми! если сверху: superposer*! — и Вас. В общем спор сводится к: герой или не-герой Тристан. Ответьте мне, что́ думаете. Потом расскажу и нападение и защиту (трудней, чем думала — ете).

— В воскресенье отправила письмо П‹авлу› П‹авловичу› — просьба о гонораре и — приглашение. Побудительные причины (несколько) Вы знаете: здесь *и* расчет, и ставка, и искушение судьбы (себя), и непосредственное желание доставить радость, и женски-светское приличие, и русское гостеприимство, и — «а ну́»?

Повторяю, нам с Вами по всякому хорошо, будет хорошо и та́к. — «Я тебе не помешаю?» — «Нет». Не уговаривайте и не отговаривайте, «под небом места много всем».

Приглашала убедительно, деловито, чистосердечно. Не приедет — останется *факт* приглашения.

— Очень любопытно, как встретил мое письмо? Сказал ли? Показал? Как вели себя — Вы? Безукоризненно, не сомневаюсь.

———

* наслаивать *(фр.)*.

Уехали К-савины, А<лекс>еев и С-чинский, 25го уезжают А<ндрее>вы, — твердо. Комната готова и ждет Вас. (А-вы превратили ее в логово, эманация — не точно, но по звуку лучше: *излучение* — останется. Не камин — очаг, не потолок — свод, а постели вовсе нет. Кстати, напишите, оставлять за Вами? И можете ли Вы с П.П. спать в одной? — Огромная. — Можно, как А-вы: один на ней, другой под ней, т.е разрознить тюфяк и матрас. За ней в первых числах сентября приедут. Оставлять или нет? Цена 75 фр., м.б. уступят за 50 фр. И можете ли Вы, в крайнем случае, спать на полу, на одеялах?)

Нынче 21ое, до 1го — 10 дней. Просьба: узнайте мне 1) цену Тилля Уленшпигеля (хорошее издание, хотела бы для Али) 2) что́ есть в продаже из каталога Тристана и Изольды (есть два издания, в моем нет каталога, м.б есть в другом. Спросите в книж. магаз.) То же из-во выпустило ряд эпических вещей — поэм — разных народов. Мне бы хотелось знать, какие сейчас *есть*. И цену тома. — Не забудете? — Простите за вечные просьбы.

Когда мне было 16—18 л. я тоже стихи вела от человека (посвящения), постепенно связь между данным и вещью ослабевала, видоизменялась.

<На полях:>
Пока, наконец, в Переулочках — не разорвалась. Герой — народ. Или — вещь (Лестница). Так будет и с Вами.

Зайдите как-нб к С.Я., вечерком, вытащите погулять или расскажите что-нб. Тут же скажете и о поездке: «м.б поедем с отцом» или — как знаете, спокойно, естественно.

Будем снимать, аппарат починён. До свидания, родной. М.

44
ЦВЕТАЕВА — ГРОНСКОМУ
Понтайяк, 23го авг. 1928 г., среда

Милый Николай Павлович, гонорар получила, поблагодарите отца. Посылаю Вам открытку из-за названия — «Богоматерь-Конца-Земли». И — правильно — везде где начало моря — конец земли и земли! — Рай для меня недоступный, ибо туда можно только на пароходе, а я укачиваюсь от одного вида. Стихи для

П. Нов. вышлю завтра. Уезжают последние русские (знакомые), погода чудная, как Ваши отъездные дела?

— У этой церкви хорошо расти — и жить — и лежать. Возле такой похоронен Рильке. Читаете ли его книгу?

МЦ.

45
ГРОНСКИЙ — ЦВЕТАЕВОЙ
<23 августа 1928>

Дорогая моя Марина, со мной несчастье — опухоль за ухом, только бы прошла до 1го числа. Деньги 80 фр. Вам вчера послал — получили?

Боюсь за В. — Прихожу к нему — свиданье. Он мне написал, что боится, дескать, что вел себя у нас неприлично, не Вы ли ему написали (но знаю, что Вы ему об этом не писали). Пришел. — Он юноше одному преподает ритмику. Потом вышли, дошли до «Льва», В. говорит: «Я поеду туда-то, как жаль, что Комедия моя осталась дома». Я ему: «Сейчас сбегаю в киоск, куплю. Подождите». Сбегал, а В. уже исчез. Куда? Это был coup de memoire*, увижу его — он вспомнит (через неделю, через две, но вспомнит. Я-то ему об этом не скажу ни слова.)

Скоро перепишу на машинке мою статью, однако отец сказал, что достанет мне 300 во что бы то ни стало, словом обещал, потому-то и тороплюсь со статьей — хотя это и не логично.

Получил сегодня Ваше письмо.

Уленшпигеля — думаю, что найду. Кстати, мой подарок будет не Рильке, зачем давать то, что уже есть, давать Ваше, если могу дать Вам то, что Вы не знаете совсем, и то, что Вы полюбите, как я люблю. Вещь эта форматом не in-8 или folio, куда меньше, как два коробка спичек, но содержание = ∞ <значок символа бесконечности>. Это, конечно, меньше Рильке, но увидите сами.

О гарантии. Есть выражение «гарантировать свободу» и поэтому пишу — обратное гарантии (по-русски — залог) есть свобода.

Тристан герой (сраженье со змеем, до змея еще был Морхольт — это формально). Здесь *он* <подчеркнуто дважды> ищет

---

* внезапная потеря памяти (*фр.*).

опасности — он вызывает (ибо даже Морхольта *вызвал* он (вызов отваги силе). Продолжая формально, говорю — с Изольдой тоже — он чист (опять-таки формально) — вина в вине волшебном. А по чести с Изольдой он «не более, чем благородный». Любовь его к Изольде это hymne de chasteté*. Или иначе — в этой любви завоеванья не было. Любовь пришла к любви — здесь нет геройства. Скажите Савве — пусть читает *до* <подчеркнуто дважды> Изольды, *до* <подчеркнуто дважды> напитка. Остального Савве не понять. Изольда для Тристана всё = смерть и жизнь, но ведь где-то смерть и жизнь сливаются, как + ∞ и — ∞ как говорят самые здравые люди — математики, сходятся где-то и дают ± бесконечность. Вот где les extrémites se touchent**. А Вы мне не верили еще, помните. — Но это, конечно, спорно. «Я опасаюсь Данайцев, даже дары приносящих». А по латыни еще красивее: quidquid id est, timeo Danaos et dona ferentes. — А математики и есть «Danaos».

Простите за дерзкое письмо. Но ведь что написал, то и отошлю, не порву. — Иначе солгу, а Вам не хочу (= не могу). А ответ мой был до письма написан. Это стихи. Вот они.

> От прибрежных снов
> Издалека зов.
> — Это кудри волн,
> Это кудри слов.
>
> — Это голос гор.
> Это старый спор.
>
> Глубже глубины,
> Выше вышины,
> Грань последних звезд
> — Царство Пустоты.
>
> Там не слышен звон
> Времени Времен.

---

* гимн целомудрия *(фр.)*.
** крайности соприкасаются *(фр.)*.

> Там не видят снов,
> Там не слышат слов.
> В царство Тишины
> — Мой последний зов.

Это, конечно, не стихи, а письмо Вам. Написал еще стихи В. — собственно, его книге, стихи были плохи, но с тенденцией, положим тем-то и плохи, но те я писал из Волконского, для Волконского. А эти, что написал, хоть плохи может быть, но они наши.

<На полях:>
Скоро письмам конец. Как жаль писем, но Конец всегда Залог (а не гарантия, не сердитесь, это я для В.). Вместо писем встреча. А что, письма наши по дороге не встречались? Николай.

46
ЦВЕТАЕВА — ГРОНСКОМУ
Понтайяк, 23-го авг. 1928 г.

Дружочек, пишу Вам накануне андреевского отъезда, едут рано утром. Знаете их последний Понтайяк? После ночного купания в фосфоре, голые, забрались в чужую лодку и выехали в открытое море. *Гребли руками.*
Везут в бутылке морскую воду и, в бутылке же, — смолу с Côte Sauvage. Литр смолы. Литр янтаря.
Их нельзя любить и ими невозможно не любоваться.

Ваш приезд начинает становиться необходимостью. Я осталась с Алей, Нат<альей> Матв<еевной> и В.А.С-чинской, из к-ых никто, кроме неупомянутого Мура, ходить не хочет. — Будь Мур на 10 лет старше! —

Аля вышивает, В.А. печатает фотографии, Н.М. убирает, я бешенствую. Такие дивные прогулки — и такие ночи! У меня тоска в ногах, как у лошади.
Сегодня, за ужином cri du coeur*: «Господи, да когда ж, наконец, Гронский приедет?» В.А. — «А что?» — «ХО-ДИТЬ!!!»

---

* крик души *(фр.)*.

Дружочек, Вы, случайно, не разучились?

А у нас кошка, — котенок, тигровый, красавица. Вся спина в кабаллистических знаках. Злая. Подобрали с В.А. на шоссэ. Спит у меня. (Чувствуете??)

24-го авг.

Проводили А-вых. Комната чиста и пуста. Нынче жду от Вас письма.

Письмо есть (Тристан и Изольда). Спор с Саввой — устно. Савва обвиняет его в *малой* любви к Изольде: «делил с Королем Марком». (Мещанское «не ревнует — не любит», отсюда до «не бьёт — не любит» недалёко!) Но не хочу комкать. При встрече.

Посылаю Вам стих для Посл. Нов., это *одна* вещь, несмотря на цифры, *разбивать нельзя*. Сдайте отцу, пусть объяснит, сдавая. (— Как раз на башмаки Муру! — Мур Вас помнит, но я ему еще не сказала, что Вы приедете, а то одолеет.) О стихах: сдавайте эти, в следующем письме пришлю еще.

Когда выезжаете? Можете хоть сегодня. Только непременно предупредите, встретим. Завтра напишу еще, хочу, чтобы письмо пошло сегодня же. А нельзя ли достать подержанного Уленшпигеля? М.б. есть?

В-скому о визите к Вам *ничего* не писала. Спасибо за него. Обнимаю.

М.

— Хорошие стихи? 11 л. назад. Лучше, чем сейчас пишут?

<На полях:>
Такая я тогда была.

47
ГРОНСКИЙ — ЦВЕТАЕВОЙ
<*24 августа 1928*>

Дорогая Марина.

Скверно — опухоль моя растет, как у того мальчика, что Вам розы подарил; но приеду, ведь не опухоль же меня остановит. Есть мне очень больно, с трудом жую.

Но есть дела поважнее: получил сегодня от С.Я. письмо — пишет, чтобы я занес ему ключи на голубом шнуре, которых у меня нет. Что это за ключи? — Если они на квартире Вашей, то где?

Вот что худо — опухоль сильно мешает думать — как-то глупее стал. А жаль — ведь сейчас я читаю Рильке. — Думаю, что перевод все-таки груб. — Есть места, где взяты (видимо переводчиком) «слишком выразительные» — не тонкие слова.

Запомнил пока хорошо, что он пишет про стихи, стихи, писанные в молодости, говорит он, значат очень мало — почти ничего. Умник большой. Но есть у него и маленькая ошибка — случайно могу судить — он говорит, что в Национальной Библиотеке все читают — это не верно, как в храме не все молятся, а кто ставит свечи, кто молится, кто глядит по сторонам на молящихся, так и в Национальной. Еще он не заметил, что половина, даже больше половины там — пишут, но, упрекая его, упрекну и себя: — Он, как читающий, думал, что все читают, а я, как пишущий, что все (или многие) пишут. Главное он схватил — все там заняты — это почти верно, все отчуждены, погружены. Чувствую (но *не* знаю), что он под влиянием французских писателей. Человек этот (Рильке) сочетает в себе и мыслителя и поэта и философа — редкость. Вот Тютчев — этот был философ (большой) и немного поэт. — Очень его люблю (Тютчева). Рильке — пессимист. То, что другие назовут болезнью, я назвал бы (как это назвать?) его бытием, что ли, а бытие = реальность и очень страшная. Книга эта замечательна тем, что ничего похожего не знаю, вот разве R<?>, но R<?> — щеночек по сравнению с Рильке. Одна черта Рильке меня совсем поразила — он до страха прост (а это и есть признак Истины, что никто не сравнивал, ибо не принято, он сравнивает — и вот это-то сравнение и есть истинное). Рильке не увлекся опасностью очень большой для таких, как он, — символикой, символ — форма идеи, зачем ему символ и аллегория — когда сам символ уже не форма, а идеи его — реальность. Если бы Рильке был философом, то м.б. он был бы побольше Платона или Канта, но и так он больше них, ибо от философии он видимо отказался. Но, Боже, ведь я прочел лишь 106 страниц, а говорю так много резкого.

Из поэтов читал Кузмина — очень много понимает, но путь его беден. — Любит названия и имена и гаерничает, но поэт он хороший.

У Андерсена прочел про нас — «она поцеловала мальчика и стала совсем одного с ним возраста». — Ведь никогда не обращал раньше внимания, а сказку эту читаю часто («Бузиновая Матушка»).

Мифология. — Ваш подарок истинное сокровище — читаю ее вслух моей матери. До чего мил-наивен профессор, ее написавший.

Простите меня за тирэ (их много) моего письма.

Ваш Николай.

Лучше tuus*, «u» бесконечно тянется — а не русское короткое «Твой». Твой — это предельное ограничение и вот поэтому-то его римляне и наполнили бесконечно-длинным «uu».

<26 августа 1928>

Дорогая Марина.

Узнал от С.Я., каким образом сообщается Royan с Pontaillac'ом, куда и как надо садиться и пр. Он мне хочет поручить передать (кажется Вам) какой-то пакет.

Писал Вам про Рильке много неверного — поэтому отправляю первые две страницы, не перечитывая, но вот что важно, Рильке описал одну вещь, которую Вы со мной пойдете смотреть (она находится совсем недалеко от того сада, где мы сидели — помните, тогда Вы впервые мне рассказали подробно про Аренскую?). Что это за замечательная вещь, скажу по приезде.

Много очень хочу знать: можно ли погреться о теплую от солнца кожу, попробовать языком — соленая или нет, покусать ее и еще многое другое. — Какого она цвета — наверное загар.

Сейчас у меня голова забинтована — сегодня моя опухоль проявилась — оказался простой нарыв, но это вещь весьма неинтересная.

Думал выехать 31—1-го, если только прибавление за ухом не отсрочит на 1—2, но «тогда уже нет смысла ехать», а что ежели приеду?

Но (дай Бог!) думаю не будет ничего.

Сегодня был у нас С.Я. (Кстати, ключи нашлись.) Прихожу, а его бедного все «кроют» так, что мне захотелось стать на его

---

* твой *(лат.)*.

сторону, но стать было нельзя. — Удалось свести разговор на темы соглашательские — т.е. говорить о вещах, на которые у нас всех взгляд одинаков.

Милая Марина.

Ваш Николай.

P.S.
Странный конец письма (?)

48
ЦВЕТАЕВА — ГРОНСКОМУ
Понтайяк, 27го августа 1928 г.

— и в этом, собственно, все мое письмо.

Ко́люшка, крайняя пора знать — Вам и мне! Чего Вы ждете? Если отец деньги дает — берите, если не дает — пишите мне. Ведь мне нужно еще время на пересылку.

Мне досадно за каждый синий день. Сейчас луна, скоро будет полная. И Вас встретит — самый большой отлив.

Руку на́ сердце положа — мне нечего больше писать. Нет! есть: как ухо? Но можно лечить и здесь, здесь скорей пройдет. Я надеюсь — не вопрос кокетства? В каждой женщине — не спит, а бодрствует — сестра милосердия. (Во мне — брат!)

Дружочек, езжайте!

М.

Перед отъездом лучше бы зайти к нам, м.б. у С.Я. есть поручения. Сделайте это во всей простоте и чистоте: *роли*, которые нас заставляет играть жизнь, всегда фальшивые, будемте больше их.

Если отец даст что́ обещал, купите на свои Уленшпигеля — нового или старого, верну здесь.

Как я хотела бы, чтобы это письмо было предпоследним!

Не берите ни в коем случае недельного билета, я Вам и обрадоваться не успею, бессмысленно. И — непременно с ночным поездом — как мы!

49
ГРОНСКИЙ — ЦВЕТАЕВОЙ
<28 августа 1928>

Милая моя Марина, мне надо было бы запечатать письмо Вашим перстнем, но сюргуча у меня сейчас нет.

Выеду я или вечером в субботу или утром в воскресенье (если есть поезд).

Думаю, что лучше уже ничего мне написать сегодня не удастся. Сейчас 1 ч. 20 ночи.

До свидания.

Ваш Николай.

50
ЦВЕТАЕВА — ГРОНСКОМУ
Понтайяк, 29го августа 1928 г., среда

(30ое — четверг, 31ое — пятница, 1ое — суббота)

— Сыночек родной! Только что — Ваше большое письмо, отъездное. 31го — 1го — 2го, когда бы ни было — непременно телеграмму.

Efron Villa Jacqueline Pontaillac

Arrive* такого-то утром (или вечером) — причем не число, а день недели, я в них меньше путаюсь, они — *крещеные* (среда напр., — чем не имя? А четверг? Даже *род* есть!)

Часа не надо, справлюсь. Если выедете с нашим поездом, будете в Ройяне в 8 ч. утра. Хорошо с вечерним! Конец дня — конец данного отреза жизни. Новый день — новый мир. Это — *в законе*. Но конечно делайте, как хотите. Встречу во всяком случае. Русская страсть — провожать. А у меня и — анти-русская.

Позвольте мне материнский совет: непременно захватите фуфайку, ночи холодные. И непромокаемое пальто, — нет-нет да и дождь. — Нынче, напр., после сияющего вчерашнего дня. Но петухи уже поют — погода на повороте. Приедете в самое полнолуние.

Если приедете в субботу утром, встретитесь на вокзале с отъезжающей В.А.С-чинской, жаль, что уезжает, без него — беско-

---

* Приеду (*фр.*).

нечно-мила. В пятницу уезжает в Россию Аренская, у меня с ней сейчас не переписка, а перестрелка, нечто вроде «перед смертью не надышешься». Поедем с Вами осенью на кладбище к ее брату? Она мне завещала, а я одна не найду. И — мне так хорошо с Вами всюду!

Радуюсь перстню на руке. А печать так же ощутила на письме, как если бы была! О Р. много правильного, кроме одного: *никаких влияний*. Влияет сейчас на всю молодую Францию. Не франц. писатели повлияли, а Франция — влилась. Недаром — вторая родина. (Первая — Германия, до́-родина — пра́-родина — Россия: Я.)

Вы мой большой умник (линия Р. — Платон). Отказавшись сразу перерастаешь.

Осиротеет С.М.! Ничего, будем ему писать. Люблю его.

Спасибо, что зашли. Всё — хорошо, и должно быть — хорошо, и будет — хорошо. Передали ли стихи для Посл. Нов.

Непременно — телеграмму. Ушко залечим: подуем.

51
ГРОНСКИЙ — ЦВЕТАЕВОЙ
<31 августа 1928>

Дорогая моя Марина, дочитай это письмо до конца. Вчера я был у Ал<ександры> Зах<аровны>, чтобы условиться относительно посылочки, сегодня должен зайти — зайду, но посылочки не возьму. Мое белье лежит еще в шкафу и всегда там будет лежать, сегодня я *не* возьму у отца денег и не поеду покупать билета. Целую ночь я ходил по коридору. И слышу, что кто-то ходит тоже, шаги у него надломлены, разбиты — он волочил ноги, и все ходил — я теперь знаю, что это был я один. Я не знаю сколько *часов* назад было другое. Моя мать уходит из дому, вот и все, и только, и ничего другого. Может быть, Ты не поняла: она уходит, — и больше *не* вернется. Мой отец останется один (нет, не один: со мной, и, Боже, как это мало: я один). Это должно было быть вот уже год назад и этого не было и вот это теперь.

Марина, Ты от меня из-за этого не уйдешь? что я к Тебе не приехал? но я не могу. Мама уйдет сегодня или завтра, и папа будет один в комнате, и если я уеду, я сделаю подлость, но этого *не* боюсь — я знаю что такое будет Твое ответное письмо.

Я знал, что я не уеду. Год назад я говорил моей матери: «Тебе нужно уйти из дому» и вот знаю, что такое горечь пророка. Хуже, я знаю, что другого выхода (и мой отец тоже и она сама знают) нет.

Марина, слушай, мой дом разоряют, мою мать возьмут, у меня останется только папа. Я пойду всюду просить кусочки дому, у Тебя тоже попрошу, Ты мне дашь? (хотя я к Тебе и не приехал). Уже три дня я не плакал, почти не спал, наверное что-нибудь ел, а вот когда теперь пишу, я плачу (если бы день назад сказали, что я заплачу — я не поверил бы). Марина, я Тебя целую. Ты мне наверное все это простишь (*не*приезд и слезы). Но мой папа стал совсем маленький. Я его одеваю, я не могу приехать. У нас еще будут дни потом? Марина, ведь 25 лет они жили вместе. До свидания, Марина. Я целую Твои глаза.

А вот другое: Ваши стихи для П.Н. у меня — только теперь понял — о-громный громкий. Их еще не отдал, ибо другие старые взяли, а еще не напечатали.

Але Уленшпигеля (*speculum* sed non speculorum*) пошлю. И еще вот что: Вам наверное смогу прислать денег, они Вам нужны. Поедут деньги, а я не поеду. Ваш Николай.

<На полях:>
Я соберу все, что Ты мне подарила, и буду думать: я в Royan. Марина, пришли мне Твои волосы (если хочешь)

52
ЦВЕТАЕВА — ГРОНСКОМУ
Понтайяк, 1-го сентября 1928 г., суббота

Сыночек родной, а сегодня я тебя уже встречала на вокзале. Поезд пришел, с поезда шли, тебя не было. Но я не удивилась, ибо ждала телеграммы. Сейчас половина второго, я только что сказала Але: «Аля, а возможно, что все-таки приедет сегодня. Вдруг письмо не дошло, где прошу о телеграмме? Отсюда письма долго идут». И Аля, не успев ответить мне, кому-то в дверь: «Merci,

---
* зеркало, но не зеркал *(лат.)*.

Monsieur». В руке пачка писем. Але: «Вере Александровне» (вижу *мой* голубой конверт и край ее улыбки) — «Зинаиде Константиновне» и — молча — мне. Гляжу на вид письма, вижу, что большое, и сразу знаю — то, что знаешь ты. Первое письмо, которому я — в руках — не обрадовалась. Нынче было *не время* для писем.

Милый друг, ты поступил как надо, как поступила бы, и всю жизнь поступала, и поступать буду — я. Ты поступил не как труднее (труднее было бы оставить) а как больнее (остаться). Ты поступил *как больше*.

Всё — судьба, Ко́люшка, не даром ты на послéдок, на последнее «до-меня» оставил себе книгу Р., *оду боли*. Р. подготовлял твою нынешнюю, ее в тебе и тебя к ней. Вспомни его всего, всю — его, ее — всю, и тебе будет легче нести свою, мою.

Неси свое горе в чистоте, никому ничего, — *утешая обкрадывают*. Неси свое горе, как свою любовь — молча. (Не все ли равно как это называется: горе — любовь — мать — я — раз оно заставляет молчать!) Не пей и отцу не давай, вино еще больше обкрадывает, чем друзья. Не утешайся, родной, и не утешай: утишай. Пусть не будет шума.

Однажды, когда я выбирала между домом и миром (хорош «выбор»! РАЗРЫВАЛАСЬ) — я сказала (третьему, конечно! *себе*) — «Здесь язва (гной), там рана (кровь). Не могу гноя». (Совести.) И — осталась. И остался ты. А твоя мать — ушла, и гнойник уже в ней, и отравит ей все. Так недавно еще — третьего дня! 30го — я в связи с твоим приездом (ее отъездом, уехала нынче утром) рассказывала В.А.С-ской о твоей матери: «Волосы черно-синие. Старше меня на 10 с лишком лет, и ни одного седого волоса. Не сын — брат, не внучка — дочка. Индусская царевна. Или прабабушкин медальон. Тишайшая, — как те — громчайшие. А сын — чудесная смесь отца и матери, дитя обоих, воплощенная несовместимость, чудо. Такого бы сына я хотела!»

А помнишь, как ты мне о ней рассказывал. Мы — Аля, ты и я — шли к Шестову, ты нас ждал, вышли — мост, линия эл. ж.д. — ты рассказывал о ней и том, ты был суров, а я, вспомнив ваши — всех в доме — громкие голоса: «Вы ее просто оглушили. Дайте ей отойти — с другим! Детей она вырастила, дар загубила, — всё честь честью. Молодости — еще час, дайте ей этот час, она на него в праве».

В праве-то в праве, *ино* не у всякого из нас хватает силы на свое право, у меня, например, бы не хватило — никогда не хватало. Сила или слабость? Не знаю, нет, знаю: отвращение к усладе, презрение к счастью, «с ним буду счастлива» — это не резон. Я с тем, кто без меня жить не может, не будет, кому я — счастье? нет, *жизнь*. Как и ты сейчас.

Мы одной породы, Ко́люшка, раз навсегда запомни: идя против себя, пойдешь против меня! Иного противу-меня — нет. Так и твой приезд *сейчас* был бы для меня — ударом, крушением всего здания — того, знаешь, с окнами? (Тристан).

Дарю тебе чудное слово Ролана: «Il n'est permis à personne de préférer son coeur à son devoir, mais aussi ne faut-il pas reprocher au coeur de ne pas être heureux en faisant son devoir»*. *Наш* случай. Но дело не в счастье.

Взгляни назад. Пора возле Пасхи. Ты получил мое первое письмо, оказавшееся *зовом*, ты пошел со мной в лес, думая, что идешь со мной в лес, вошел в мою жизнь. Наша встреча тогда — разве не подготовление твоей сейчас разлуки с матерью? Бог, знавший, подумал: «Ему еще нужна мать. Его — уже ушла (для Бога *ушла*, раз уйдет!) — дам ему — на первую трудную пору — эту». И я, прослышавшая:

...Влагаю.
Солгали,
Что мать и сын!

(уже оспаривая, т.е. утверждая!)

— Как все — издалека — проясняется! Не верь после этого стихам! Мать я тебе не заменю, — (кощунство созвучия мать: замена) — я буду твоей невозможной матерью, каких не бывает, или бывают только в снах или детских сочинениях, где с возрастом не считаются. (Для того, чтобы иметь такого сына как ты, мне нужно было бы выйти замуж 13ти или 14ти лет!) Буду твоей матерью-однолеткой, как ты мне однолеткой-сыном, ибо, Колюшка, если я, «поцеловав мальчика, стала совсем одного с ним возраста», то и ты, поцеловав меня, стал совсем одного с моим, т.е. ВСЕГДА.

И еще одно: войдя в мою жизнь, ты этим вошел в порядок ее, перешел из своего порядка — в мой, попал в мой закон, а мой за-

---

* «Никому не разрешено предпочитать сердце долгу, однако нельзя упрекать сердце, что оно не испытывает счастья, исполняя свой долг» *(фр.)*.

кон — неосуществление, отказ. Наша невстреча, разминовение, несбывание сейчас — только внешне идет от тебя. *Мой* закон — чтобы не сбывалось. Так было всю мою жизнь, и, клянусь, если бы я *глазами* увидела тебя на ройянском вокзале — я бы глазам не поверила! Отсюда моя спешка, и то письмо, на к-ое ты обиделся, я звала на помощь факты, даты, быт. Деньги? Добудем! Ты *будешь* со мной на песках. — Вот и не сбылось, ибо сбылся *мой* закон. Я понадеялась на тебя, порядок твоей жизни, *твою* удачу, и — пересилила. Ты не приехал, п.ч. это была я, а не другая.

———

Чуяло мое сердце и недаром я тебя звала с отцом.

———

Будут ли у нас когда-нибудь дни с тобой? Дни, не знаю, — вечность уже есть. Жить с тобой в одном доме и спать с тобой под одним кровом мы конечно уже не будем. Для этого все должно было сойтись как сошлось. Дважды этого не бывает. (И четырежды — только не у нас!)

Что́ я хотела от этого лета? Иллюзии (плохое слово, другого нет) непрерывности, чтобы ты не приходил и уходил, а *был*.

Я еще не плачу, но скоро буду.

Ты просто предпочел бо́льшую боль — меньшей: боль отца по уходящей — моей по тебе, не-приехавшему. Боль кровную, с мясом — боли блаженной, душевной. (Уйти больше, чем не-приехать, не говоря уже о 25 годах и *ни одном дне* совместной жизни! Разве — сравнимо?!) Боль *чужую* — своей. Нынче ты мне еще лишний раз не-доказал, что ты — человек.

———

После письма надела твои бусы — в первый раз за все лето, — не выношу ничего нашейного, висели на иконке.

———

Но одну боль ты мне причинил. «Теперь я у всех буду просить дома, попрошу и у тебя». О, домов у тебя будет больше, чем хочешь, люди *жадны* на чужую боль, — только объяви! Первая рана и уже сразу всем — зализывать? *Дом* заменять собирательным? Имея *меня* нуждаться в других? «И у тебя»... — «*Ты* мой дом», так это должно было звучать.

Дружочек, вспомни Р., не дававшегося и не давшегося врачам (умирал в страшных муках, без морфия) чтобы познать СМЕРТЬ во всей ее чистоте. Что́ ты будешь знать о себе, если сразу пойдешь к другим? (Заговорят, залечат, залижут). И как ты узнаешь себя, если не через боль? — «Стисну зубы» — этого я от тебя ждала. Прости за суровость, — настолько чувствую тебя сыном! Другого бы я — просто — пожалела.

Видишь, письмо двоится, троится. Горе твое — о матери, твое — об отце, отца — о ней, и еще твое — о нас, нет времени подумать о своем. (Одного не упомянула: *ее* — о тебе, м.б. потому, что оно еще впереди!) Во́т — жизнь: сделай шаг, и все основы потрясены. Так лавина шагает, Этна дышет.

И — кто знает? М.б. всё к лучшему. Отказ от *меня*, любимой и любящей, это пожалуй было бы не под силу даже мне. (Говорю не об отказе неприезда, ра́зовом, — о другом, отказе присутствия, ежечасном!) Ты, никогда не видавший меня на воле — увидел бы — не оторвался бы — не мог бы без меня дней и ночей. Лучше тебе меня — такой — не знать! И еще об одном (говорю совсем тихо) может быть в одну из этих ночей начался бы, Ко́люшка, твой сын, сын *твоих* 18ти лет, как Аля дочь моих 18ти, дитя дитяти, первенец мальчика. — А таких *люто* любят! — О, наверное было бы так. И это было бы — конец всему: моему с другим, моему с тобой. Ты бы, обретя (?) сына, потерял меня — в жизни, в днях, мы бы не могли не расстаться. Вижу, только однажды виденный мной, твой взгляд, именно взгляд, а не глаза, ибо глаз — двое, а это одно, и оно плыло, растопленное в чем-то. Это был взгляд самой *ночи*, понимаешь? И вокруг — *глаз* на этот раз — весь легкий пожар бессонницы.

Ко́люшка, целый вечер вчера (31го, пятница) я, не зная почему, одна в комнате, впрочем был уже 3ий час ночи, и следовательно 1ое — напевала припев старинной немецкой песенки):

Behüt' Dich Gott! es wär zu schön gewesen —
Behüt' Dich Gott! es hat nicht sollen sein.
(Que Dieu te garde! Cela aurait été trop beau.
Que Dieu te garde! cela n'a pas dû être.)*

---

* Храни тебя Бог! Это было бы слишком прекрасно —
Храни тебя Бог! Этого не должно было быть *(нем.; в скобках фр. перевод этих строк)*.

Ах, Ко́люшка, Ко́люшка, как я нынче (креплюсь с 2 ч., сейчас 7 ч.) одна — наконец, даже не с тобой, ибо письмо дописано, одна с собой, одна без *тебя*! буду плакать наконец! (Уложив Мура, — который тебя ждет, — дошив Але лифчик, проявив вчерашние снимки.) Прости мне эту правду, но иначе, боюсь, ты меня примешь за совсем не-человека. Ко́люшка, я тебя люблю не меньше любой любовницы, но я не любовница, а любящая, любящ*ее* <подчеркнуто дважды>, и поэтому не могу не думать о тебе (думать *о себе!*) Мне больно, как зверю — понимаешь? И — знаю себя! — это только начало. Завтра (слава Богу, сплю одна в комнате) проснусь в слезах, опережающих сознание. Из них — узнаю. После твоего письма, с ним в сумке, сразу ринулась к Муру — «мы сейчас идем в St. Palais (через ту рощицу!), а оттуда поедем в поездке́». Понимаешь, чувство *своего* долга, в противувес твоему. Жажда *его* радости, в противувес моему горю. Пошли — Нат. Матв., Мур и я — (Аля с Зин. Конст. и ее подругой отдельно) — жара, синь, утверждающаяся внутри боль, чем краше — тем больнее, глаза бы не смотрели! — дошли до St. Palais — и обратно. Хочу приготовить мелочь на билеты, смотрю: забыла деньги, еле-еле на два, а поезд уже стоит. Всовываю Нат. Матв. деньги в руку, вталкиваю обоих в вагон, машу́ удивленному Муру, и — пешком через все это сияние. Непрерывно говорю с тобой между непрерывной чередой автомоб. с одной стороны и непрерывной чередой поездков с другой, вкапываясь записываю то или другое, чтобы не забыть, потом, поняв, что ведь так раздавят (шоссэ, движенье адово) слезаю в овраг, сажусь в хвою (слой в 5 вершков толщины) и — слушаю. Что́? Боль. Не в горле, не в груди, нигде. Везде. Глотаю.

Это — 1ое сентября и первый день, а всех до отъезда — 29. (Алино рождение без тебя, от этого одного готова плакать!) Для Мура и Али должна желать и *желаю* их чудными, «для себя» — в расчет не идет.

Позволь мне тебе еще одно сказать на прощание (с тобой — моим, с тобой — здесь, с теми песками, помнишь? С СЕГОДНЯШНИМ полнолунием! Господи, как я радовалась, что приедешь в *самое*. NB! Гомерический отлив сентября, — версты!) — на прощание: Ахилл, любя Патрокла больше жизни, непреложно предпочел бы ему — Пелея. Для того, чтобы тебя не заела *со́весть*, нужно поступать та́к, как велит — *честь*.

———

Волосы? Дружочек, только что стриглась в St. Palais, и так коротко, что ничего не отхватишь. Зачем мои? Вот тебе — больше чем мои, мои извнутри меня — Мурины.

<На полях:>
Запечатай письмо кольцом! Теперь я прошу. Обнимаю тебя за головочку, прижимаю к груди, раздвигаю твои губы своими, пью, пою. М.
Пиши — как отец? Как — дни? Не уехать ли тебе с ним куда-нб? Или он не может?

53
ГРОНСКИЙ — ЦВЕТАЕВОЙ
<1 сентября 1928>

Милая Марина.
Можно ли Вам писать, я даже еще не знаю (ведь я написал и обеими руками подписался: к Вам не поеду). Вот еще — не буду Вам сейчас о том ничего писать — потом уже Вам расскажу. Лучше вот Вам история настоящая благородная — ровно сутки назад я был у Ал. Зах., уславливался относительно поручения С.Я. для Вас через меня. — С.Я. тогда не было у Ал. Зах., а она очень печалилась за других: умерших и умирающих. Я был как радостный колокол и звон, верно, она слышала: я еду, я еду, я еду. Сегодня вечером должен был зайти взять (отказаться) посылочку. Прихожу (трудно было идти, но пригладил волосы, умыл лицо и хотел даже выражение на нем сделать, но не вышло, зато голосом владел и руками), у Ал. Зах. 3-ое: С.Я., Женя хромой без ноги — Чирикова сын и дама. Смотрю на лица — кто-то умер вижу (забыл тогда, что это мальчик такой, — от менингита умер, верно Вам С.Я. писал), и говорят: вот тот мальчик умер, но он не мучился уже под конец, и что это большая редкость, а то умирают тяжело. С.Я. говорит: — Сейчас приготовлю Вам пакет, а я ему: — Я не еду, — он: — Т.е. это как не едете? Совсем не едете или потом? М.б. у Вас денег нету, я могу Вам дать. Я ему: — Нет, спасибо. И чего еще можно на такое ответить. — Деньги, — говорю, — у меня есть, а вот не еду. Оба мы стояли и только мы. Вы понимаете, Марина, — предложил мне деньги, чтобы

ехать к Вам. Он мне. И так предложил, как Волконский бы это сделал.

Не знаю, все еще не кончено. Завтра его жду.

Марина, Вы для меня стали такой маленькой, как драгоценный камень — так Вы далеки теперь от встречи там у Вас в Ройяне.

Марина, если бы я сошел с ума, то построил бы себе домик из книг, которые Вы мне подарили и там Ваш портрет был бы — Вы. И палка из Пиреней зацвела бы, как жезл Тангейзера. Подумайте, какой был бы дом: в нем как раз не было бы четвертой стены: крыша — мифология, Ремесло правая стена, После России — левая, сзади альбом для стихов. — Это была бы хорошая комната: без четвертой стены, — такая Вы для меня. Но я не сумасшедший, могу лишь притворяться. Да, сколько мыслей: Тристан — сумасшедший. Мой домик и его дом. Но я говорю о настоящем сумасшествии, а если бы я притворялся, то мой дом тот хрустальный, Holy land*.

Вот еще что: у меня завтра будет франков 100. Послать Вам? — Это мой ненужный билет. Билет, который не нужен.

Если бы у нас в доме не было отца и маленькой внучки с курчавенькой головкой, — я бы куда-нибудь ушел. Худо жить дома, когда дома нет, а есть стены, комнаты, мебель и воспоминанья. Странно, что я пишу, сижу, ем и буду спать. Когда вечером сегодня вернулся, я уже и лестницу с трудом узнал, а живу уже давно. Вспоминаю все Рильке, который так всю жизнь наверное и прожил, и на душе его было еще столько и еще столько того другого Рилькевского, отраженного в книгах (книге для меня), но не написанного.

Для моего отца это конец конца — ему хуже всех.

Еще строчка и я спрошу Вас: что делать? Но Вы и сами напишете или я пойму из Вашего письма, что делать.

До встречи (я Вас встречать), Марина. Или лучше до письма (Вашего). Ваш Николай.

<На полях:>

P.S. Какой парижский магазин продает Ваши старые — новые — книги? Мне есть поручение на этот счет.

---

* Святая земля *(англ.).*

54
ЦВЕТАЕВА — ГРОНСКОМУ
Понтайяк, 3-го сентября 1928 г., понедельник

Мой сыночек родной! Что ДЕЛАТЬ? Читать Ролана. Jean-Christophe. Жаль, если уже читал — значит, читал не во-время. Р. для *тебя*, 19-ти лет, еще слишком косвенен, 19-ти годам, даже твоим! Даже самого Р.! нужна прямая речь. Она в наши дни есть только у Ролана. Еще — у Конрада, но Ролан — родней. На билетные 100 фр. купи себе всего Жана-Кристофа — сразу — и дома, над Парижем, над деревьями, под небом, по ночам — читай. Если бы я сейчас была — хотя бы в Мёдоне! тебе бы не нужно было Ролана. Дороже прямой речи — прямая *живая* речь. Но меня весь этот месяц не будет, доверяю тебя Ролану.

Мне весь день хочется писать тебе, верней я в непрерывном состоянии письма к тебе, из к-го, когда сажусь, выхватываю. «Сколько мыслей!» говоришь ты (твой трехстенный дом — хрустальный дом Тристана — «если бы я сошел с ума» — Tristan fou*—) мой родной мальчик, как люблю тебя за такой возглас в самой гуще горя. «Сознание своей юности есть уже бессмертная юность», так сказала одна молодая девушка, любившая старого Гёте и по детски равнявшаяся с ним возрастом. Сознание своего горя есть уже бессмертное горе, т.е. ГОРЕ БЕССМЕРТНОГО, — так скажу я. Ко́люшка, я не шучу и не преувеличиваю, у тебя все данные для полубога, что́ собственно рознит тебя от Ахилла или Тезея? Века, протекшие, — только. А ведь какой это вздор — даже с точки зрения геологии! У меня совершенно ясное сознание, что я люблю существо божественное, которое всё может. Предела можения своего ты мне еще не показал.

Такого сына как ты я бы хотела. Понимаешь? это *я* говорю.

И С. породы божественной, только старше тебя в довре́менном. С. из чистых сынов Божьих, меньше герой, чем святой. (В тебе совсем нет святости, другое ответвление божества). Для ГЕРОЯ, даже звука этого, С. слишком — внутри себя и вещей. Он — праведник, а в жизни — мученик. Ты ни то, ни другое, ты — Heroïca** чистейшей воды: чистейшего мрамора. Ты все

---

* Безумный Тристан *(фр.)*.
** Героика *(нем.)*.

то же сделаешь, что и С., но по другому, из-за другого. У тебя — *честь*, у него — любовь (совесть, жалость: Христос). И Ваши костры разные: твой *веселый*. Помнишь, я тебе говорила о *веселии*, — взываю к нему в тебе. А вчера к Р. в тебе: боли. Бетховенское: «Durch Leiden — Freuden»*. Потому не хочу, чтобы ты пил, не хочу, чтобы ты таскался по знакомым, все это меньше тебя.

Но — возвращаясь к С.: иного не ждала. Во всех больших случаях жизни — божественен. (Ни *тени* жеста! т.е. осознания поступка.) А ты думаешь я за другим могла бы быть 15 лет замужем, — я, которую ты знаешь? Это мое роковое чудо.

Рада, что увидел его помимо меня.

Ты не пишешь о матери. Ты на нее сердишься? Судишь? Вспомни, какая она всегда была отдельная среди вас. Все вы — и она. И воздух ее комнаты — другой. Разве она, по существу, могла быть замужем? Женой? Не знаю другого, но знаю, что и он — не тот. Я бы больше поняла ее, если бы она ушла — на свободу. «Хочу жить одна». *ОТ*, а не *К* —

Где будет жить? В Париже? (Тогда у тебя — два дома). Я сразу поверила тебе на́-слово, но может быть это — вспышка? И все уляжется. (Не верится.)

Ко́люшка, давай считать дни. Нынче 3ье, в сентябре 30 дней. Еще 27. (Боюсь, что уже отгорю, как ты бы меня любил — такой!) Погода *адова*, т.е. самый блаженный сентябрь.

А вот стихи, все откладывала, (все лето было — канун приезда!) — накануне не стоило. —

Пиши мне каждый день, пиши мне много, иди домой, чтобы писать мне письмо.

До свидания, мой обожаемый мальчик.

Не на высоте событий, а на высоте замыслов.

М.

<На полях:>
Днем позже получишь мой запоздавший подарок к рождению, — как раз в срок.

Не пожалей времени, напиши мне все как было и как есть, хочу знать твои *дни*. А не лучше ли тебе куда-нб уехать с отцом?

---

* «Сквозь страдание — радость» *(нем.)*.

Это — возможно? На волю, в природу. В какой-нб другой загород.

<На отдельном листе:>
Оползающая глыба,
Из последних сил спасибо
Дубу юному, обвал
Задержавшему как знал.

Издыхающая рыба,
Из последних сил спасибо
Близящемуся (прости!)
Силящемуся спасти
Валу первому прилива.

Иссякающая лира —
Божескому, нелюдску
Бури чудному персту.

Как добры, в час без спасенья,
Силы первые — к последним...

Пока рот не пересох:
Спаси, боги! Спаси Бог!

Иссякающая сила —
Из последних сил — спасибо.

Понтайяк, 12-го июля 1928 г.

———

Хлябь! Сплошная маслобойня
Света! Быстрое, рябое,
Бьющееся без забрал...
Погляди, как в час прибоя
Бог играет сам с собою. —

Так и ты со мной играл.

———

МЦ.

55
ГРОНСКИЙ — ЦВЕТАЕВОЙ
<3 сентября 1928>

Дорогая Марина.

Думаете, что я с Вами. Ведь вот как я деньги, что были у меня, использовал и истратил: 100 Вам пошлю завтра или послезавтра, и еще 3 книги (2 вам) одну Але (на 5/18 сентября). Пошлю их заказным, хоть оно и тихо, но в пути не растеряются, и моей Марине Райнера «прямо в руки». Я сказал 2 Вам, а м.б. это 1 1/2, но 1/2 (маленькая, красный переплетик) — я, вторая (а не первая ли?) — Вы (это: Rilke). Вы — Рильке, а какие дороги разные.

Марина. Я не еду, но не избываю (она не избывает во мне — Вы), а растет. Ведь даже еще вчера про Вас стихи писал, а голова болит (от удержанных слёз и от пролитых, скупых, мужских), словно обруч железный завинчивают на верху лба. Ну вот стихи не удались дальше:

    Во славу имени Марины,
    Во славу гор, во славу вод.

Боже, как странно сейчас я их изменил, было: «Во славу первой и единой», а теперь:

    Звенящий стих, мой стих единый —
    Бессильный клекот мой орлиный,
    Бессильный взмах, бессильный взлет.

Понимаете, почему «единый»?

Рильке — это последний из переведенных на французский (репродукции просмотрел — плохи, кроме «Six bourgeois»*...). Потом дадите почитать.

Апулея берегите пуще зеницы ока. Когда-нибудь про него будет письмо. «Так» про Апулея нельзя. Вы тоже Психею написали, Вы поймете, почему мне Апулей не дорог, а — я.

Теперь про Алю. Надпись не из примирительных. Не нравится — вырвите страницу, но только тогда дарите от своего име-

---

* «Шести горожан» *(фр.)*.

ни. Мой подарок (с надписью) — но менять не буду. И вот еще: подарите в день рождения, потому что в этот день я как бы у Вас в гостях, помните (прибора на столе не прошу, а просить думать, когда и так думаете, — это уже слишком).

Уленшпигеля было найти очень трудно, вот это и хорошо для меня сейчас. Так по магазинам хожу и спрашиваю, всё книги ищу.

Боже, Вам ли писать, Марина: о предыдущих письмах (о моей матери) никому ни пол-слова. Ухо — нельзя говорить. С.Я. знает, что это не ухо, но что-то другое, но что — не знает.

Сегодня целый час говорил один, когда пять молчали. Уговаривал мою мать. — Опять ждать до завтра. — М.б. останется, не уйдет.

До свидания (сейчас лунная ночь, но не наша, наши, думаю, у меня будут деньги, поедем Фонтенбло, Шеврёз и др.)

Николай Ваш.

P.S. Что бы подарить Муру?

56
ЦВЕТАЕВА — ГРОНСКОМУ
Понтайяк, 4го сентября 1928 г., вторник

После 33^х кил. — на Côte Sauvage туда и обратно — загнать тоску. (Загнала, но внутрь.) Ходили втроем — я, Аля и еще одна барышня, одни через огромный лес, как в сказке. На Côte Sauvage была один единственный раз, второй должен был быть с тобой. Это был *наш* раз (ты приехал 1го, первые три дня ушли на рощицу, Vaux (деревня в полях, церковь XI в.), St. Palais, ежевику.) Всю дорогу на тебя оглядывалась. Côte Sauvage. Иссиня-исчерна-лиловое море, такое как нигде, с наступающей в полном боевом порядке армией волн — черный остов затонувшего корабля — песок, свистящий под ногой как птица или рвущийся шелк. Спала. Собирала раковины. Купалась с Алей и той барышней (кстати, замужем и мать 1 1/2 годов. ребенка, но 22 года — на воле — девичество!), купались в луже, оставленной океаном. Лужа журчащая, прозрачная, глубокая. С доброе озерцо. Мы бы с тех песков (дюны, сосна) не ушли до утра. Мы просто *не ушли* до утра, сейчас лунная ночь, лежим с тобой — одни на всем побережье — на всех песках одни! Растянувшись на всю Côte Sauvage.

(Увидала сейчас мысленно твое лицо, то, что я так люблю: румянец под глазами: карее, отблеснувшее алым, и вместе дающее жар: огонь.)

День не прошел, а прошагал, промчался моим шагом. Возвращаюсь (с 8 ч. утра до 8 ч. вечера) — Мур в безумном волнении ждет. Даже смутился: поздоровался сперва с собакой (не гуляла, но вбежала вместе с нами.) Уложила — посидела — простилась — сижу ужинаю — вопль: «Мама! Ма-а-ама!» Прихожу — рыдает (*никогда* не бывает!) «Мур, что с тобой?» Все тело ходуном. — «Вы меня обидели: Вы ушли обедать!» (ОБИДЕЛИ: УШЛИ.)

Нет измены мужу. Есть измена сыну. Нет детей — нет измены.
— Но о другом: о тебе. Почему меня нет с тобой в эти адовы дни? Ты бы забегал ко мне на минуточку, или я бы к тебе — на сколько хочешь, к тебе наверх, в твою чудную комнату, где я была только раз и которую никогда не забуду. Сидели бы с тобой на краешке кровати, м.б. молча. (Ах, Ко́люшка, сглазил ты свою поездку: «Жаль, что не будет писем» (последнее — до того) — вот письма и пребыли!) Внизу — что́ угодно, наверху — ты и я (ты: я). Ты бы у меня набирался сил. Ты бы просто отдыхал. И может быть — я бы тебя даже не целовала. (Обнимала — наверное.) — Все письмо из сослагательного наклонения. —

А если — безумная надежда! — все «наладится», ты бы не мог ко мне *на неделю*? Если мать скажет *остаюсь*. Не сразу — через несколько дней — *на несколько дней*. Не говори нет

(Дружочек! ради Бога, не бросай моих писем на столе. Либо рви, либо прячь.)

Подумать о тебе 5/18го? Да разве я о чем-нибудь другом думаю? Не думаю, а льну к тебе всем телом и всей душой, всей мною к всему тебе. Эти дни просто не выпускаю тебя из рук. Ах, Нинона, Нинона, пролежавшая трое суток в постели с таким-то и *думавшая, что любит!*

— От всего, что шлешь, мне больно. Ты что-то добиваешь (наш сентябрь). Так армия, отступая, взрывает мост. Единственное, что я могу, сберечь деньги для *той* осени, Фонтенбло, пр. Октябрь по чешски (и по польски?) ЛИСТОПАД, будем шуршать. Давай утешаться, Ко́люшка, я вернусь в последних числах сентября — через три недели — беспредельности *суток* не будет (о *ней* горюю!), но будут часы, «нечислящиеся на часах». И совсем простая вещь будет: рука в руке.

Не думай о прошлом (настоящем!) минуй Ройян, *точно он уже кончился* — он все равно бы кончился! — *минуй Ройян, как я — жизнь* (всю).

Поздняя ночь. Ты мне дорог беспредельно, навсегда. Засыпай и просыпайся со мной, как я с тобой. Не чувствуй себя одиноким, пока я жива у тебя есть дом — РАСТУЩИЙ ВМЕСТЕ С ТОБОЮ. Навсегда, Ко́люшка, и это *я* говорю.

Пиши мне каждый день (ты предвосхитил мою просьбу) — как сейчас, хотя бы несколько строк.

Прошу это *в первый раз в жизни*. Я знаю, что я тебе необходима, знаю это всей необходимостью тебя — мне.

— С. написала, что не едешь «по каким-то сложным семейным делам», дома сказала, что очевидно твоя мама больна, м.б. даже предстоит операция, и ты не хочешь говорить.

У меня волчий страх *глаз* (соглядатая) и твои дела — мои.

Спокойной ночи, сыночек родной! Сажусь к тебе на колени, обнимаю за́-голову и, баюкая, убаюкиваюсь сама.

М.

— уже 5ое, третий час утра.

С рыцаря срежь весь белый кант (всю бумагу), иначе будет вещь, а не рыцарь. Срежь белый кант и окантуй, будет вроде missel*. — Нравится тебе?

<На полях:>
Пиши *подробно* про свою жизнь. Впечатление — бредовое. Спишь ли ты, по крайней мере? Боюсь за твое сердце. О тебе, явно, никто не думает. А я — только о тебе.

Мур все тебя ждет.

57
ГРОНСКИЙ — ЦВЕТАЕВОЙ
<4 сентября? 1928>

Дорогая Марина, спасибо Тебе за письмо. Оно мне радость (Радость = Страданье — знаешь, у Блока — «Роза и Крест» (?) Я-то читал позавчера, а Ты, чай, забыла). Ведь все, что Ты написала, уже я матери говорил. Как хорошо (В. сказал бы: аккорд,

---
* картинки в требнике *(фр.)*

а мы: совпадение). Знаешь, у древних (и у греков, и у римлян) поэт и прорицатель одно слово: vatis. — Прочел это в большой мифологии (Твой подарок), но знал и раньше. Так вот и Ты — Кассандра, которую никогда не слушали, но ведь Гомер слышал, слушал.

Другим моей печали не понесу, не м.б. помощи кроме Тебя. Хочется мне Тебе сказать, как Давид говорил Богу: Ты мой щит, мой лук, мое прибежище.

Что делать с Саввой? Дружить не хочу (не могу), а у него добрая воля (как Вы говорите). Ну, пусть пишет портрет, не растаю.

Дни мои? — Кухня, переноска вещей — Быт. Бытие — ночь и Твои письма. А ночь или один, или с Блоком, с Рильке (перечитывать буду): с друзьями.

Марина, стихи Твои мне тоже — Радость = Страдание. Хороши они, хороша Ты, моя Милая! Милая с Большой, большой буквы, как и моя Маленькая, маленькая тоже с огромной.

Отцу ехать нельзя: все еще полу-труп, а был совсем. Буду ходить в гости к маме наверх. Три этажа 4 квартиры (4 быта, жизни, прозябания). Лестница мамы (Знаешь ее? Помнишь?) светлый пролет туда.

Наконец высылаю Вам деньги (а J.Cristoph'a не куплю, Вам нужнее — Муру сапожки).

Получили ли книги?

Своих заставляю улыбаться. Сестре <?> — вот она — читал то Твое письмо и улыбался (люди были в комнате).

<На полях:>

                                              Твой Николай.

И опять Тебя (умницу) в глаза целую.

58
ГРОНСКИЙ — ЦВЕТАЕВОЙ
<5 сентября 1928>

Дорогая и милая Марина.

Спасибо большое за Ваше письмо. — Оно такое печальное и такое хорошее, что даже нельзя благодарить. Как Вы про Блока писали:

«Имя Твое — Ах, нельзя!
Имя Твое — поцелуй в глаза».

Так и письмо Ваше мне.

А еще спасибо за волосы, того, который златокудрый (Ваш Мур). Лучших волос Вы мне и прислать не могли. Или, нет, стойте, а волосы того, незачатого? Ну не надо. Стиснем зубы.

(Простите за письма. — Упреки Ваши все до единого помню — все в мой глаз (а не в...) Пусть обе печали будут всеми <?> Твоя, моя (здесь, разделил: Твоя обо мне и то, моя и за отца и мать.) А вот не я словами играл, а они сейчас сами сыграли.)

Переверните страницу. Вот я другой.

После четырех бессонных ночей я даю решительную битву и последнюю ночь читал и думал и придумал. Письмо Ваше было уже в дороге, и ANIMUS (вроде духа мужества, бодрости) вырос.

Пишу (и лгу) — все был план, все был расчет. — Я остаюсь (не уйду к Вам), чтобы осталась мать, и она осталась, но как <оуез> (как говорили жонглеры). Моя речь, с ней наедине, *до* и *после* Вашего письма, помня Вас и думая о Вас: «Ты не хочешь ни того, ни другого — а только одиночества». И латинская моя логика как-то чем-то добавилась и вдруг чувствую: у меня с матерью один язык. И доказал — она все, все кивала головой и глазами утверждала.

Реально: не уходит, а я и дядя уступаем ей верхнюю комнату: — Знаете ли Вы ее, Марина? Та, в которой раз была Богиня, которую Вы можете видеть только в зеркало.

Я знал (лучше узнал) чего хотела мать: уйти и от того, и от другого (ну и болото тот другой) и жить (всегда хотела) одной.

Мысль моя ужасна — полумера, но ведь отец у меня жив, дышит и умрет, если матери не будет в доме. Так на истине и обмане я поселил свою мать в мир идей (простите, говорю о ней и потому ее языком).

Горька, горька моя победа, цена ей Вы, Руаян, я — мы, но победа уже есть, растет и еще вырастет. — Я ей в ученики ремесла (помогать отливать и пр.) напросился и буду.

Теперь о другом: дома и матери у меня нет и не было. Она всегда была одна (сам отец как-то до этого дошел: «Ты уже год как ушла», а по мне: «Ты и не приходила»). Я — бездомный, просил возврата того, чего и не имел, и Вы мне дали уже до того, как я просил. — Вы всегда правы.

———

Еще о другом: официальная версия *Ухо*. Савву встретил и ему это было сказано. Подружились. Жаль, что глуповат — зато в нем есть источник <?> молодости, впрочем и умные бывают молоды, и как. Подружились не <то> слово, а лучше ехали в одном купэ.

———

Я читаю книгу настоящего, но ветер ворочает листы в будущее и там, как и в настоящем, читаю: Марина. Спасибо ветру. Великая Печаль — не может разъединить. Будем жаждать. Боги жаждут. Бог: жажду! — губка с уксусом, знал, но просил и вкусил, и даже уксус был сладок на кресте. Это уксус на земле, а в Доме (вот он *дом* Ваш, мой) мы будем пить вино, но это будет после смерти.

Итак, сцепи зубы. Сколько их, других К<арл> XII, P<.>, J. d'Arc и все они — стискивали.

До свидания, Марина, Милая, моя смуглая.

Николай.

P.S.
С 100 чуть запоздаю.
Стихов что-то не печатают.
Когда получите книги, напишите. До свидания.
Руку, губы, сердце — я Тебе, Ты мне.

59
ЦВЕТАЕВА — ГРОНСКОМУ
Понтайяк, 5-го сентября 1928 г., среда

Милый друг, пишу Вам со смешанным чувством растроганности и недоумения. Что за надпись на Алиной книге и что она должна означать?

Во первых — у всякого человека есть ангел. Ариадна — не Октябрина, и празднуется 18-го сентября. Это — формально. Второе: у Ариадны еще особая святая, по чьему имени и названа, — тá Ариадна, с двух островов: Крита и Наксоса. (Говори я с другим, я бы настаивала только на христианской великомученице, но я говорю с Вами). В третьих: раскройте мою Психею, где нужно, и прочтите:

> Ангел! ничего-всё-знающий,
> Плоть — былинкою довольная,
> Ты отца напоминаешь мне, —
> Тоже ангела и воина.

Здесь установлена Алина — более, чем ангело-имущесть, а это — раз навсегда. Кто ангелом был, тот им и пребыл.

В четвертых: Вы человеку дарите книгу на день рождения. Время ли (день рождения!) и место ли (первая страница *такой* книги!) считаться обидами?! — Вы поступили — но удерживаю слово, не хочу его закреплять на бумаге и — тем — в Вас. (О, не бойтесь, не бранное, простое определение жеста, иного нет.)

— Странная вещь: если бы везде, вместо Ариадна стояло: Марина, я бы истолковала совершенно иначе. *Ты* — родоначальница своего имени, — никаких Марин до тебя и — сотни, в честь твою, после. Та́к бы я прочла. Но Вы меня предупредили: надпись не из примирительных. Скажите мне, дружочек, в чистоте сердца, что́ Вы хотели сказать? С надписью в таком (моем) толковании во всяком случае не передам. Обида — в день рождения! За кого Вы меня принимаете? Помимо материнского чувства к Але, во мне здесь говорит простая справедливость. Я бы и Вам не передала, если бы надписала — она. Через мои руки не должно идти ничего двусмысленного. А если настаиваете — перешлю Вам обратно, посылайте сами, — дело Ваше и ее.

Очень жду Вашего толкования, ибо задета за́живо.

Апулеем умилена. Знала эту сказку с детства, она была у меня в немецкой мифологии, как всё в Революцию — утраченной. Не перечитывала давно. В памяти моей слилась с «Аленьким цветочком». Нынче ночью же прочту и буду спать с ней — в ладони.

Р. еще не трогала: посмотрела и отложила. Р. — всегда прямая речь («а вчера — косвенная?») Р. *для меня* — всегда прямая речь. В этой книге его живой голос. Скульптура? Все равно. Для меня Родэн — его недостроенный дом, мы с Муром, мы с вами на тех холмах, — вся весна 1928 г. И — больше всего — посвящение Р. Родэну одной его книги: «A mon grand ami Rodin»*.

---

* «Моему великому другу Родену» (*фр.*).

Дружочек, как мне жалко, что мое чувство благодарности к Вам — двоится. Как я бы хотела — писать Вам, как вчера! Но никакая любовь не может погасить во мне *костра* справедливости, в иные времена кончившегося бы — *иным* костром!

Мне очень больно делать Вам больно, больней — сейчас, чем Вам — тоже сейчас (в минуту прочтения). Но я бы себя презирала.

М.

60
ЦВЕТАЕВА — ГРОНСКОМУ
Понтайяк, 7го сентября 1928 г., пятница

Ко́люшка, мне дико жаль твою маму. Как она кивала и кивала... Если бы она ушла, мне было бы жаль ее наперед, та́к мне ее жаль — сейчас. Ей предстоят тяжелые месяцы. Если бы я могла, я бы усыпила ее на всё избывание несбывшегося. У меня над женщинами большая власть, Ко́люшка, — куда бо́льшая, чем над — вами. С детства. Из-за меня (не ко мне!) 14-летней ушла от мужа 36-летняя женщина, после 18-ти лет брака. Мою дружбу с женами (не подумай дурного!) плохо переносили мужья, еще хуже — друзья. Эту силу в себе знаю и никогда не употребляла во зло. Я женщин люблю та́к, как их никогда не полюбит ни один мужчина, я для них l'amant rêvé*, они *льнут* ко мне (прочти это с задержкой на *ль*, тогда поймешь!) — вот и сейчас, последнее письмо А<рен>ской...

Они будут любить меня и тогда, когда и *твой* след простынет, дружочек! Я многое могу для твоей мамы, больше чем кто-либо, и СМОГУ — если захочешь. Не ревнуй, все вернется в тебя.

Люблю ее еще и за то, что она слышала тебя — когда тебя никто не слышал, знала тебя — когда никто не знал. И не такой ли ты потому, что она, нося тебя в себе, сама была — в мире идей.

Я много знала 18-летних, — и сверстников, и младше себя, когда опередила. Такого как ты по чистоте я никогда не встречала. С тобой все чисто, и ты, что бы ни делал, чист во всем. Оттого мне так невозможно — противоестественно — ставить между нами какой-либо предел. Пусть об этом позаботится (и кажется уже заботится!) жизнь.

---

* сновиденный возлюбленный *(фр.)*.

Странно, я совсем не думаю *о том*, до того он неважен. Ее глаза так долго глядели в одну точку (отсутствовали) что точка зашевелилась, затуманилась (туманность Ориона) и проступила — лицом. Она просто выглядела его из стены. Мне все равно какой он, его нет, есть она.

Ты возьмешь меня когда-нибудь к ней в гости? На тот верх? И приведешь ее когда-нибудь *ко мне?* Не бойся «втроем», будет два вдвоем, одно вдвоем: мое с тобою, все остальное — включено.

«Как Вы можете жить среди таких?» спросила я ее однажды, наглотавшись твоей сестры и ее мужа, — при муже и сестре: «Как Вы могли уцелеть такой, какая Вы есть, жизнь проведя — с такими?!» И она, так же тихо, как я громко, так же кротко, как я гневно: «О, не судите их! И не верьте им нá слово! В них много такого, о чем они и не знают...»

Скажу по чести, я не люблю твоей сестры. Чистая линия отца, а в женщине это ужасно. У него рассудок, у нее резонерство. *Без* его мужского размаха. Прости, если больно. Кроме того, все еще может прийти (и *уйти!*) с ребенком.

— Хочешь правду? Сейчас после твоего письма о *перемещении* взамен *ухода*, 3^{ем} этаже дома взамен — прыжка в неизвестность, я так же, почти так же, рвусь к ней, как к тебе. М.б. — схлынет.

Все вспоминаю простую как смерть песенку Лоренцо:

O ché bella giovinezza...*

— знаешь конечно? («И на завтра не надейся», — плохой перевод.) А у нее и на сегодня надежды нет. Люби ее до моего приезда.

Об отце думаю меньше. Знаю одно: ему станет тяжелее ровно в тот час, когда ей станет легче — и ровно на столько же. Сейчас он отстоял, она утратила. Потом он увидит малость отстоянного, она — громадность обретенного. — Хорошо бы ей куда-нибудь — на зиму — уехать. Боюсь за ее здоровье.

О другом. О Савве. Не надо. Юбочник. Сластолюбец. Дня не живет без бабы. Пишет страстные письма и бегает за другой — другими. Притирается. Весь потный и плотский. Влюблен

---

* О как прекрасна юность *(ит.)*.

в свое тело и преувеличивает ему цену. *Итальянец*. Сплошная Santa Lucia. Для меня Савва явно нечто низкое. («Как Савва»...) Дружи со всеми, я же никогда не ревновала! — только не с ним. Я им брезгую. Улыбка до ушей, того гляди вывалится язык. — «Такая хорошенькая! Какая фигурка!» (про очередную). Грязи, если хочешь, в этом нет, ибо природа (NB! его), но есть — слизь. Так и вижу его, лежащим и дышащим. У него здесь был роман с прелестной девочкой, француженкой, Франсуазой, она уехала, он хотел вслед, был в отчаянии, я было поверила, переводила ему его (и ее!) письма, и — в итоге — т.е. через неделю — другая француженочка, а за ней — младшая дочка Карсавина, та уехала — еще какая-то... Физическая потребность в губах. Разве это — любовь? Никогда не забуду его расплывшейся физиономии — конверт в руке — «Какие она чудесные письма пишет!» а у самого вечером свидание с «Марьяшей». Я была оскорблена за ту девочку, поверившую. («О, Savà! Savà!»)

(Рисует отлично. Если портрет — у них — напиши мне впечатление от дома. При встрече расскажу. В этом доме ты должен был быть, когда я читала Федру.)

Ты скажешь: Казанова. Но Казанова — КОЛИЧЕСТВО СТАВШЕЕ КАЧЕСТВОМ. Не говоря уже об уме (Савва — 0) о жизни по всем фронтам (Савва по двум: спорт и «барышни», рисованье не в счет: *не любит*), об эпохе, воплощенной в Казанове. Ты прав, переправив «подружились» на «ехали вместе в купе». Если бы ты мог быть другом Саввы, ты бы никогда не мог — другом моим.

Спасибо за деньги. Грустно. Сберегу на нашу осень, — отрывочную, всю из «который час?» и «домой». («Домой» — но значит: «по домам». — Будешь писать, держись *просторечья*. Об этом — подробнее — в другой раз, есть что сказать.)

Возвращаюсь к са́мому тебе. Эта осень — какая проба сил! Кто-то торопит тебя с ростом. Нынче днем, идя по слепящей известковой дороге (жара — июльская, заново загораем) я подумала: «когда маленькие дети чихают, им говорят: «будь здоров — расти большой — будь счастливый», когда большие дети чихают им говорят *только*: расти большой».

Кончаю ночью, черной, со всеми звездами. Океан совсем у дома — огромный прилив. Мы бы с тобой сейчас продирались сквозь какую-нибудь рощу (гущу), или — лучше — шли бы полями: КАКИЕ ЗДЕСЬ ПОЛЯ! Местами — Россия. Но не думай, что я тебя люблю только в большие часы жизни, на больших фонах, — нет! обожаю тебя *в быту*, завтра, напр., на имянинах Нат. Матвеевны, на которых ты не будешь.

И подумать, что мы с тобой полгода прожили бок-о́-бок, в одном саду, не зная, не чуя.

Прочла Психею. Как — по латински! Сказано всё без остачи. Почему Апулей — *ты*? И зачем отождествлять себя с таким бесконечно-милым — и малым? Хорошая сказка — и прекрасный символ (Психея (Душа) соперница Венеры. Психеей (Душой) пленённый Амур. Душа на Красоту: коса на камень). Но — как весомо, как осязаемо, как земно. Сказка, которую нужно написать за́ново: одухотворить — Душу. Недаром я люблю немцев и греков.

Но с книжечкой сплю и буду спать.

(По моему «Аленький цветочек» — помимо эпизода с Венерой — точь-в-точь то же. Но — насколько лучше!)

Р. еще не читаю, именно потому что очень хочу. Страх радости и — может быть — страдания. Чего-то жду, это не книга, нельзя просто. А ту́ — тебе дарю.

Высылаю тебе завтра две книжки, *пока* без надписи, прочти и напиши. Одну из них ты, верно, знаешь, прочти еще. Одну из них любил Гёте, другую — Р. Не считайся с моим мнимым мнением, пиши свое. До моего приезда осталось 3 недели. Радуюсь кольцу, печать чудная, вожатый — либо Эрос, либо Вакх. — Пиши о маме. —

Прилив у самой двери. Впущу тебя — впущу его.

<На полях и между абзацами:>
Что С.М.? Давно у него не был? (Я — давно не писала). Пойди, окунись в *родное*. Обнимаю тебя. М.

Когда-нибудь — когда ты будешь большой, а я старая, ты приедешь сюда, в Понтайяк, пойдешь — один — лесом на Côte Sauvage? Ты же меня здесь — не терял! Только тогда — потеряешь.

61
ГРОНСКИЙ — ЦВЕТАЕВОЙ
<8 сентября 1928>

Слушайте, моя Милая Марина:
Года 3 тому назад в Париж приехал старинный знакомый (по Константинополю — древность ли?) моего дяди, бывший семинарист, потом офицер Д<обровольческой> А<рмии> (из храбрых — по свидетельству одного свидетеля, но один свидетель — никакой свидетель). Года 1½ он ходил в наш дом, и однажды (моя мать и мой отец были за границей, французской, разумеется) у нас на пьянстве в нашей столовой отличился среди других как своим поведеньем, так и неприличною песнью (в присутствии женщин).

Когда моя мать одна (без отца) вернулась домой, он (человек большой воли и терпения) стал бывать в доме и все понимали (постепенно поняли), что он ходит в дом для нее. Когда мой отец вернулся, место его было занято.

Впрочем, я все это Вам уже рассказывал и перейду к последующему.

Все в доме и, наконец, и сам отец с ним поссорились, моей матери остались переписка и свиданья на стороне.

Не удержусь и расскажу о благородстве моего дядюшки. Дядя мой (его большой и первый друг, теперь, как человек религиозный, враг его вдвойне) человека этого, по просьбе моей матери, когда тот умирал без работы, устроил его на очень хорошую работу — сделал его маляром (он и до сих пор маляр). Вот благородство, а все желали его смерти.

Медленно и неохотно (кому такая охота?) мой отец понял, что он ушел совершенно из жизни моей матери (в которой он никогда и не был, полностью не был). 6 дней назад, когда я спустился вниз, чтобы собирать свои вещи для отъезда к Вам, я увидел, что мой отец плачет, закрыв лицо подушкой. Моя мать плакала тоже (до этого была у моего отца вакханалия отвлеченья — игра в вист, — партия он, мой дядя и я).

5 часов подряд не выходя из комнаты, мы говорили втроем. Я и отец убеждали ее (под конец разговора) уйти — иначе тогда и быть не могло. «Там» святая, большая любовь, но... и но сперва не было. Все уже знали: в субботу вечером мать уходит, но мой отец просил ее еще зайти вечером и «но» начало расти

(она увидела, что вся семья плакала и то, что было за слезами — любовь, которой, думала она — моя мать, не было к ней у нас, а она была у всех; знала она, впрочем, что отец, дядя и я ее любили, но думала, что сестра моя и ее муж к ней хладнокровны, т.е. ненавидят, и убедилась, что это не так. Сестра моя оказалась так хороша, так хороша). «Но» возросло и к понедельнику утру и я повел атаку и, как знаете, выиграл.

Послезавтра мать одна в моей бывшей комнате. Одна с работой.

Итак, напишу правду: мать ушла, но ушла тихо и недалеко, как думают у нас в семье. Да будет так и иначе и быть не могло. Но мой отец будет снова улыбаться, и моя мать понимает, что свободна от всех: от отца, от того, от семьи, *от себя*. М.б. потом уйдет. Куда? Не знаю, но сейчас ей уходить нечего — уже ушла. Довольно.

Спасибо за рыцаря. Помню о нем Ваши стихи. Никто не заметил моего горя, что к Вам не поехал, могу скрыть печаль (вот и хвастовство, но это тоже родное, для Вас с другого конца правда, но чуть к тому же: Польша). Знаю, *что* Вам Рыцарь. Ваш подарок лучше моего — Вашего за деньги не купишь, Ваш подарок Вы знаете, а я из 2-х книг знаю (и наизусть почти) только Психею, мою Психею, Вашу.

Зачем сейчас не могу ехать к Вам? (А хочу, хочу, хочу один вечер, день, ночь, час, поцелуй, взгляд). А вот зачем, и пусть скобки берегут написанное, мать мне: только от тебя хотела бы зависеть, но не хочу и не пущу тебя работать, сейчас не возьму. Еще: Ты у меня неизменен. Ведь только я смогу с ней быть по-настоящему наверху, кормить ее, носить ей, помогать ей, заменить ей натурщика (и натурщицу, как она мне сказала). Каждому свое, мне все вышло, как и Тебе, и «славить», и «править», и «лукавить» (знаешь откуда? — Твои старые стихи) и еще что-то мне, а что не знаю. — Ты напишешь, а славлю Тебя («мне славить имя Твое»), правлю собой, а уж насчет лукавлю — это при свидании, но цель оправдывает и пр. — Покровитель уж у меня (нас) такой — Меркурий.

Каждый осенний вечер — нож. Будет ли у нас Версаль осенью? Драконы, помнишь, Гады (от «гада» — ж.р.). Там за Трианонами стена слева. Была двести лет назад стеной ненависти, теперь для меня: — любви. Ты для меня стена, та, что обнимает, окружает, от других защищает. Твой Николай.

Сегодня Твое письмо (с раковинкой — разбита она).

Хочу Тебе стихи (вроде письма, полу-письмо — полу-стихи) — времени нет на отделку — возьми, не суди.

> Заключу, закую, заколдую печаль.
> Запою, заиграю про синюю даль.
> Приговором моим, заговором моим,
> Каплей воска пчелы, звонким перстнем Твоим,
> Каплей крови Твоей, каплей крови моей
> Запечатаю бога за семижды дверей,
> Запечатаю сына, что не был и был.
> Не истрачена сила, — сила Ангелов-Сил,
> Не исхожено поле, не испытана сталь,
> Не исплавано море, — сплавом слита печаль.

Письмо 2-ос

Милая Марина.

Не нравится надпись на Алиной книге — вырвите.

1. а) У каждого человека есть ангел. — Верно. Но: это ангел-хранитель, а сей ангел есть ангел безымянный. Христиан называют по имени святых (и по имени ангелов, сих имен ангельских, имен архистратигов воинства небесного, суть 7: Михаил, Гавриил, Рафаил, Уриил, Салафиил, Иегудиил и Варахиил). Кроме перечисленных имен ангельских, других нет, исключая: Ангел, Сила, Серафим.

в) Ангелы суть духи бесполые — имена их хотя и мужские, но пола они не показывают. Употребляя одни только имена мужского пола для архистратигов, можно говорить, что ангелы бесполые духи, но едва лишь будем употреблять наравне с этими именами имена женские, ангелы приобретут пол.

ERGO*:

Имянины любого человека, кроме тех людей, которые носят имена: Михаил, Гавриил и т.д., не могут быть названы «днем ангела» с полной справедливостью, а тем паче ни одна женщина не может иметь «дня ангела».

— Это ежели смотреть с точки зрения христианской.

---

* Следовательно (*лат.*).

2. Языческая вера об ангелах не толкует, и Ариадна у греков ангелом не была (ангелы-хранители у греков были, называют их демонами — это последнее читал у Платона). С точки зрения языческой, я прав кругом, ибо мученицы и знать не хочу, а знаю только ту Ариадну.

Марина, не путайте в *данном случае* <подчеркнуто дважды> христианства с язычеством, а со мной говоря, говорите языком языческим, лучше пойму.

3. Вы начали формально (Ва!), и на первые два пункта и получили ответ формальный; перед третьим складываю оружие, но одно скажу: в ангельском Алином чине я не судья (на стихи возражаю!), но Ангел детей не может иметь ангельских, и Аля человек, хоть и С.Я. — вот то самое. Знаю другую родословную, здесь наследство есть — Аля дочка богини, значит...

С четвертым пунктом был бы согласен, если бы Вы меня *выбранили*, но того слова *не* бранного, лучше не берите того слова, о нем и думать не хочу.

———

Теперь о Вас. «Как ни один человек никогда не носил имени Рембрандт, — говорит Муттер, — так и т.д.» — Муттер прав: отец Рембрандта Рембрандт, и дед Рембрандта Рембрандт имени своего не носили, не имели. Была Марина (Мнишек), опозорившая имя — *неверная* <подчеркнуто дважды> Марина — прочтите в Вашем «Ремесле»:

«...Ты — Лжедимитрию смогшая быть Лжемариной!»

С этой Мариной у Вас общее только имя и только польская кровь. Для меня Вы *Марина Верная*, мраморная (верить, верная, верить в мрамор, быть язычником).

———

Теперь возвращаюсь к Але. — Возьмите Нибелунгов, там написано «Але», но она пишет мне: «Я Ариадна Сергеевна», если Ариадна, то и неси всю Ариадну, то и получай по счету за Ариадну, то и не имей святой (больше имей: — богиню), то и не имей ангела. Вот моя речь.

Страницу, повторяю, можете вырвать — дело Ваше (мое).

Милая моя Марина, клянусь Твоей головой и Святой Волчицею (это уже Ты вся сама) Але книг больше никогда надписывать не буду, ибо надписи на Алиных книгах не могу делать. При «клянусь» нужно ли «ибо»? Догадайся сама.

Ну вот какое у меня вышло глупое письмо, Ты сама хотела такого — дай ответ и дай ответ.

Отец мой едет в Белград на съезд, вот уж незадача (для меня), а я-то хотел к Тебе на день, но ведь приеду на день и останусь на 3 недели, вот в чем беда, вот в чем счастье, вот в чем Радость = Страданье. — Вечный удел.

Когда приедешь, когда? Вечера уходят, вечеров таких Ты не увидишь раньше будущего года (ишь куда забрался). Я никуда не хожу гулять, в комнате, в тюрьме, без тебя гулять не могу, даже один. Для меня не-гулянье — смерть. Приезжай. Будет Версаль, всё, всё.

Твой Николай.

62
ГРОНСКИЙ — ЦВЕТАЕВОЙ
<10 сентября 1928>

Дорогая Марина.

Получил сегодня две коричневые с золотом книжечки. Сейчас поеду в город (вчера меня «гуляли» — насильно), возьму с собой. Город — сейчас нужно к моим знакомым — 10 дней не был, и после в Т<ургеневское> о-во — В. там будет говорить о Толстом. А ту штуку он отлично помнит — отцу говорил (видно, хоть через 3 недели, а вспомнил) — «не обиделся ли на меня» Н.П.?

Вот, что я о нас вчера придумал (при—*думал*), вот что было и будет. Оба, знаете, тогда мы бываем беззащитны, как два бойца, которые оба сдаются на полную волю победителя. Вчера лежа в огромной кровати, думал о Тебе и подумал — Марина р дом — «это», нет — просто м.б. уснули бы и волосы наши смешались бы на подушке. «То» — тоже прекрасно, но не хотел бы на постели, — где не знаю. Постель — сразу вспомню самую большую, которая будет, знаешь, ту, — «все на одной постели, как жених с невестой» — Бульба казакам.

Вот еще о любви. Вчера, когда меня «гуляли» по лесу (отец и одна знакомая jeune fille de 45 ans*), ветер тоже гулял и рвал листья. — Деревья существа (все чувства одно — ощущение), знают только любовь — сплетаются. Приходит ветер, хочет всех

---

* девушка 45 лет (*фр.*).

них иметь (ну и сила!), рвет со стыдливых юных и старых одежды, срывает одежды, и существа умирают от стыда. Ветер плачет по ним. — Вот мысль вчера пришла в голову. Будут ли это стихи? — не думаю. Начал писать прозой, посмотрю, что выйдет. Предшественник? — «Гайявата» (— Шавондази и одуванчик), японская легенда (какая не знаю — ветер и яблочный цвет), Алины стихи (Корни сплелись — Лес Любви). Мама постоянно мечтает о Вашем портрете. Приезжайте, с Вами матери будет хорошо. Не могу о ней писать — все снаружи у меня ушло в глубину (вышину — то же самое).

Целую Ваши книги и нюхаю. С Алиной поступите как хотите — на полную Волю отдаю ее, себя, все.

<На полях:>
Марина
Береги свою кровь и слезы.
Твои письма — ими полны.
Каждый день чаша Твоей крови в мои жилы.

63
ЦВЕТАЕВА — ГРОНСКОМУ
Понтайяк, 11-го сентября 1928 г.

Дружочек! Посылаю Вам морской подарок, какой не скажу, чтобы ждали и не знали. Надеюсь, что Вам понравится. (*Я* это соединение люблю, и символически, и та́к.) Дома можете сказать, что я Вам проиграла пари и что Вы попросили «что-нибудь с моря», а это — морское. Пари придумайте. Чтобы не увидели — показывайте, не спрашивали — говорите сами.

— Был у меня целый ряд ядовитых реплик Вам по поводу «дня ангела», но сто́ит ли (Вам и мне) по поводу ангела разводить — змей? Мне не хочется с Вами ссориться. Но и Алю — надписью — обижать и *явно восстанавливать* против Вас — не хочется. Посему, разрешите подарить ей мне — Уленшпигеля, тем более, что у меня никакого другого подарка для нее нет. — Идет?

— Получила от Т.Л.Сухотиной «La vérité sur la mort de mon père» — читали? По-моему — мягко. М.б. как дочь обоих и не могла иначе (мог же однако Аксаков, как сын обоих, — в Семейной хронике!) — С<офья> А<ндреевна> встает только-несчастная. Дана мать, жена, но не дана лгунья, сладострастная старуха, нечисть. Он бежал не только от ее рук, рыщущих, но и от ее губ, целующих (ИЩУЩИХ — лучше!) Такая жена Толстому — за грехи молодости!

Толстой обратное Пушкину: Толстой *искал*, Пушкин — *находил*. Толстой обратное ПОЭТУ. Поэт может искать только рифмы, никак не смысла жизни, *который — в нем дан*. Искать формы ответа.

Я, конечно, предпочитаю поэтов, и — они не меньше страдают. Решила ехать 27го (любимое число Р.). Погода блаженная, много снимаю, но более или менее неудачно. — Будем снимать?

Радуюсь и я драконам. (Кстати, никогда не была в Версале осенью, а ведь — лучшее, что есть?) Спешу на почту с посылкой. Пишите о себе и своих.

М.

64
ЦВЕТАЕВА — ГРОНСКОМУ
Понтайяк, 11го сентября 1928 г.

Дружочек! Помните, с чего началось? «Ко мне временно переезжает чужая родственница — по хозяйству и к Муру. Я впервые за 10 лет свободна. Давайте гулять».

Нынче этой свободе — конец: «чужая родственница» уходит к своим настоящим, по их требованию, даже не доехав до Мёдона. Я опять с утра до вечера при-шита, -паяна, -клепана к дому, к *его* надобам. С утра рынок, готовка, после обеда прогулка с Муром, — чай — ужин — (посуда! посуда! посуда!) — все как было.

Вы, отказываясь от поездки, отказались от бо́льшего, чем думали. Вы (мы) думали: «но есть Версаль». *Нет Версаля*, п.ч. Аля должна учиться, а я — быть с Муром. Сентябрь 1928 г. в Понтайяке был моей последней свободой вообще. 5 1/2 мес. свободы* (как когда-то — советской службы!) Моя свобода называлась — Вы.

Le sort se sert de moyens humbles, c'est à cela-même que je le reconnais**. — «Наталья Матвеевна» — «Анна Ильинична» — родственная размолвка — моя свобода — МЫ.

---

* ОЦЕНИ НЕПОЛНЫЕ ШЕСТЬ, — тоже судьба! — *Примеч. М.И. Цветаевой.*
** Рок оправлен в скромную оправу, потому я его и узнаю (*фр.*).

— «Но: нет дня — есть вечер». Нет — вечера, п.ч. С. целый день работает и не должен, возвращаясь, находить пустые стены. *Вы* меня поймёте.

Дружочек, есть выход, милосерднейшая из погрешностей — компромисс. То *тирэ* между либо — либо, именуемое у католиков чистилищем. Не вдвоём, а втроём. Вы, Мур, я. В мои одинокие прогулочные часы, Вам совсем неподходящие, ибо учитесь. От 2 до 5-ти. Не два билета в Версаль, а 2 ½. И — иногда — вечерок.

Это будет Ваш час. Пользуйтесь им, когда хотите. Через день — два раза в неделю — раз — этот час Ваш. Я его ни у кого не отнимаю: Муру втроём веселей, чем вдвоём! Если бы Мур был ревнив, не было бы и этого.

— Спасибо за казачью постель — ни конца ни краю. Перекличка с Тристановым домом. *Всё* об одном!

———

Другое. Не из-за Вас и меня, ибо — судьба (не судьба!), из-за меня и стихов — ибо *СУДЬБА* — должна быть! — ведь у меня совсем не будет времени писать, пожалейте меня просто по-дружески, утопленница — Левку́: «парубок, найди мне мою мачеху» — Коленька, найди мне «чужую родственницу» — «в тихий дом, — по хозяйству и с "ребенком"*, 200 фр. на всем готовом, отдельной комнаты нет» — ведь у тебя знакомая вся русская колония, у меня никого кроме Адамовичей и К°, неужели не найдется такая сирота — старая дева какая-нибудь — лучше не воровка — и т.д., все, что знаешь.

Миленький, спрашивай у всех. Клянусь тебе, что не думаю ни о тебе ни о себе (*не* о тебе-и-себе) — устраивать свою сердечную жизнь — низость, на это — боги! и весь *тот свет* (grand large**! — а только о Перекопе, к-ый пишу и должна дописать, потому что никто за меня не напишет, ни на сем свете, ни на том.

Я ОДНА МОГУ ТО, ЧТО́ ДЕЛАЮ, ибо Я ОДНА МОГУ БОЛЬШЕ, ЧЕМ МОГУ.

Поэтому (панночка, — а я ведь тоже панночка, и имя панненское: польское) — парубок, найди мне мою мачеху!

— «Не было печали»... — Всегда накачают! Качай и ты — в обратную сторону.

---

* ЛЬВЕНКОМ! — *Примеч. М.И.Цветаевой.*
** великий простор *(фр.)*.

— Как подарок? Мой последний *свободный* жест. (А то письмо — Ильиничны к Матвеевне уже шло, мало — шло: я с посылкой на почту, почтальон с почты с письмом).

Обнимаю тебя.

М.

<На полях:>

Будь я не я, я бы отстояла Н.М., но я — я, и руки опускаются. Исконная неспособность на НЕ-СВОЙ поступок.

Мне уже не живется здесь. Доживается.

Ходить с Муром (нашим шагом!) можно только неся его на плечах. Помнишь холмы Родэна? Моя любимая окрестность. Туда — в складчину — плеч хватит.

65
ГРОНСКИЙ — ЦВЕТАЕВОЙ
<12 сентября 1928>

Дорогая Марина.

Ты — умница — подарила мне книгу, которую часто, часто буду перечитывать. Ни одного большого божества — все: Пан, Нимфы (нет, одно есть = Любовь). Поразила более всего меня (читаю в первый раз, и самой фабулы никогда не знал) та подробность, что «любви» Дафниса научила другая, не Хлоя. Природа (козлы и козы, бараны и овцы, и Мудрость — старик, довели его до порога, а последнему научила его очень сомнительная maîtresse) (vous devinez le jeu?*) — это жутко. Автор той чудной мифологии, что Ты мне подарила, наверное попытался бы доказать, что эта сказка — реклама местной музыки, — очень люблю этого профессора за груду знаний и прекрасно-наивную глупость.

Смотрел в латинский словарь (сию минуту — «Daphnis — молодой пастух, по преданию сын Меркурия, сочинивший первые пастушеские песни»). Почему-то приходят (знаю почему) в голову слова Памятника Горация ET QUA DAUNUS AGRESTIUM REGNAVIT POPULOR («и где Давн правил пастушеским народом» — этот Давн отец Турна, а Турн царь Италии до Энея) — это стихия слова сыграла со мной маленькую шутку.

---

* любовница (угадываете игру?) *(фр.)*.

Как умно история кончается — соединение — последним, крайним познанием любви (самое худшее — конец; самое лучшее — всё впереди). Ты писала мне, милая, что ее (историю), их (Дафниса и Хлою — обоих) любил Гёте — полюбил (уже люблю и любил раньше *не* прочтя) и я. Что-то даст любимая книга Рильке — ей сегодняшний вечер (если время будет) — найду — есть ночь.

Теперь о В. Был на чествовании Толстого вчера. (Дочь Толстого и три внучки в первом ряду — одна из внучек Тебе бы очень понравилась. В. и я в восторге (хотя оба незнакомы). Трибуна — я у ее ног, на ступеньке. — Места нигде не было, и ступенька-то по знакомству одного юноши.) Ораторов — 4-ро, все кроме В. — идиоты. NB. Среди них Сперанский — сплошное прилагательное и Цицерон. Очередь В. всходить на трибуну (я сижу уже на приступочке, у ног его), и опирается на мое плечо. Я сижу (и знаю: та самая колонна, на которую, нет, ваза, не знаю что — мрамор! — Боги! Какое мнение о себе — на которую опирался, почем я знаю, — Гомер, Гезиод — кто-то в этом роде).

Волконский читает (посылаю его речь), и читает очень хорошо, после прибавляет нечто «о семейных связях» и как всегда к месту. У ног его было очень хорошо. Потом был полонез (к сожалению, не Огинского, а Шопена) и что-то еще — (к чему)? Затем Сперанский, В. и я пошли в кафэ (бежал В. от семейного чая и хорошо сделал). Но вся эта история имела конец странный. Провожая, В., я опоздал на последний поезд. Иду ночью пешком (места не застава, а «за заставой»). — Звезды, Ты. — Не боюсь (как оказалось потом, «до сих пор не боюсь»). Свет направо — полицейский комиссариат. Иду мимо (спутник в руке) и, чувствую, — иду не естественно. «Pst! Monsieur!» — не оборачиваюсь. «Pst! Vous, là!» На третий окрик (как чорт на третье приглашение) обернулся. «C'qu'avez vous'ans vot'main?» Естественный ответ: «C'est une canne, Monsieur!» «Et ben v'lez vous l'montrer». Показываю и говорю: «Mais c'est une canne basque, Monsieur». «Elle est plombée votre canne!» «Non!» «Si». «Non! Il est vrai qu'il y a un clou là-dedans, mais elle n'est point plombée». «Voyons voir votre canne». (Полицейские у двери своего дома — комиссариата осматривают Твой подарок.) «Il est defendu de porter de cannes pareilles!» Мое ложное, и явно ложное: «Je ne savais pas, Monsieur». «Où habitez vous?» «Meudon, non Bellevue plustôt...» (тот вывод, который они должны были сделать: он не знает, где живет — ПОДОЗРИТЕЛЬНО, не сделан ими). Время таким образом упущено, и я нахалю: «Mes papiers sont bien avec moi, Monsieurs, voulez-vous les voir?» «Non!» Пауза. Я не ухожу (ибо спутник мой переходит из рук в руки — режет мозг — что ежели отберут). Минута всеобщего замешательства — последний их аргумент: «On peut bien assomer qulqu'un avec cette canne», — это уже не мне, а между собою, — «Et bien, mon vieux, je le pense...» — (любимое французское слово), и снова ко мне: «C'est dé fendu de porter cette canne-ci» (Боже, будто бы именно эту палку, а другие можно) — но палка отдана. Я: «Bonjour Monsieur, — (все время обращаюсь лишь к одному) — et merci pour votre avertissement»*, — и ходу. Но с полицейскими пришел страх (черная собака напугала, не та ли, что днем видел, на В. была похожа?). Милая Марина, напишите В. — это совершенно необходимо. Таков был мой первый выезд в город.

Хочу тебя просить об одном (бесчестно ли) деле. — Приезжай на 2-3 дня раньше, мне это нужно, и пиши, когда приезжаешь. — Поеду встречать, — нести.

Целую Тебя, моя Маленькая. Надо идти стряпать (Ганимед на кухне).

(не кончил)

Твой Николай.

Теперь могу кончить, хорошо, что печать моего кольца еще не втиснута в красное — иначе нельзя писать. У меня есть Ты, перо, бумага и 5 сотен километров, которые нас разделяют, чего я еще могу желать? (А внутри как всегда говоришь, и растет гора противная.) — Твоего приезда? Да: но ведь это уже очень много — Ты, 500 километров и т.д., да это очень много (Ты много, а 500 мало).

---

* — Эй! месье! — Эй! вы тут! — Что это у вас в руках? — Это палка, месье! — Ну-ка, покажите-ка! — Но это баскская палка, месье. — Она залита свинцом, ваша палка. — Нет! — Да. — Нет! Правда, внутри в ней есть гвоздь, но она без свинца. — Покажите-ка вашу палку. — С такими палками запрещено ходить. — Я не знал, мсье. — Где вы живете? — В Мёдоне, нет, вернее, в Беллевю. — У меня документы с собой, показать, мсье? — Нет! — Ведь кого-нибудь можно пристукнуть такой палкой. — Да, старик, я тоже так думаю... — Запрещено ходить с такой палкой. — Всего доброго, мсье, и спасибо за ваше предостережение *(фр.)*.

К статье В. поправка. Мальчишки Гостиного Двора кричали «что такое за искусство», — в том-то и соль.

Книгу я Тебе подписал плохо, ну вот моя будущая надпись (которую теперь уже нельзя над-переписать): Ты больше, чем Ты есть. (Так похоже. — Вспомнил, один средневековый теолог: «Что есть Бог?..» «Бог это Бог, нет, Бог это архиБог».) — Всё и больше ничего. Теперь Ты знаешь. Какая только книга возьмет эту надпись? Музыкой слышу (о Боже, странное слово, не моими путями, устами: ЕВАНГЕЛИЕ). Хочешь? Есть у Тебя? Я не придумал — первая книга, о которой первая мысль. Я Тебе бы должен Библию, а вот Евангелие. Я — Тебе. Это более нежели странно, это архистранно.

Твой Николай.

66
ГРОНСКИЙ — ЦВЕТАЕВОЙ
<12 сентября 1928>

Милая Марина.

Да разве так можно — Вы раз-зоритесь. Целый день носил ее (его?) сегодня — очень идет. Ну вот как получил. Звонок (открыла мать), письмо и пакет, а из пакета вылезает красное и синее. Сперва открыл письмо и любовался головой, которая не знает, что делают руки, потом прочел письмо, а потом увидел ее (его) и сейчас же надел. О пари, которое я упорно совал всем в нос, как и ее-его, никто не справлялся, а ею кто любовался, а кто и осуждал — дескать юнион-джек — английский национальный флаг и прочие глупости. Сам я от зеркала не отходил. Думал сперва про цвета — Твой и мой. (Твой — синий Марина, мой — красный — цвет моего поля (щита), но вижу белый тоже — это чей?) Итак, цветов истолковать не смог. Сразу стал красавчиком (слова моего знакомого художника). Со спутником мы всетаки ходили по улицам (он мне и нужен, как это полицейские не могут понять, ежели еще буду ходить ночью пешком, то ведь когда-нибудь и будет «встреча». Знаю и место встречи — дыра ворот, где черная собака бегала).

Письма португальской монахини прочел и задумался над ними, — кто был этот ноль, который хвастался ими (ноль, — нуль, — Нулин). И что это был за сволочь, недаром прозвали comte de Saint-Léger*. Видно, что между некоторыми письмами 5—10 лет прошло — до того они розны и неизменны. Девиз ее: quand mesme j'estoit, il est vray, moy-mesme** — перевода ласкают глаз и выкупают некоторую вычурность стиля. Б‹ыть› м‹ожет› это лучше, что стиль изыскан — лучше слышно сквозь него (что? — сердце). Да, Гётевское проще, Рильковское — сложнее, но первое ближе, ибо первое язычество, а второе не без христианства. А в Португалии дамам плохо приходится — дома замо́к, на улице провожатый (и это и *теперь* ‹подчеркнуто дважды› — со слов очевидца, которому можно верить).

Дома — чертовщина. Буду выпутывать, запутывать, опутывать et que dieu Mercure me protége!*** — не надо об этом. Рвите страницу — «идет»! Ту книгу не читал. О Толстом и Пушкине — умнейше.

27 — 12 = 15 = 2 недели + 1 день. Очень хорошо. А что я подарю Але? Что-нибудь из тех маленьких книг (как Ваша «Психея»?). Завтра в Париже — ищу. Вам же хочу подарок странный очень сделать (вот отец едет в Сербию — наверное едет), он мне привезет, а я Вам, если «он» хороший выберет — боюсь — чужие руки, чужие глаза — не то возьмет.

Письмо кончу еще завтра, а то сейчас наше время — позднее, завтра — работа.

Милая Марина, а разве Тебе нельзя помогать мыть посуду и подметать комнаты? Орел на воле хорош, а разве он не величественнее в клетке? — ибо знаю его и другого, вольного. Другая птица (птичка) радует на воле, а Ты будешь радостью и в вольной (добровольной) тюрьме.

Нет дня, нет вечера, есть минута, есть «приходите к нам» (неделю я буду жить один без отца). Такой «третий» как Мур не смутит — он находка, хоть при нем и рукам и губам запрет, — а глазам?

Ту «родственницу» буду искать. А то, что Ты пишешь про себя, разве я не написал уже Тебе надпись на несуществующей книге (Евангелия)? Вот она странность.

Шерсть подарка касается, как Ты, — так тонка. В один день вчерашний он завоевал все права гражданства.

---

* граф Сен-Леже; Леже — легкий (по весу) и легкомысленный, ветреный (*фр.*).
** и всё же я была самой собой (*фр.*).
*** и да поможет мне бог Меркурий (*фр.*).

Пойду на днях к В., принесу ему цветов (молодых подсолнухов) — это будут солнца. 10 — 1 франк, а я куплю на 10 франков — 100.

Сегодня 13-ое число, но не хочу «примечать» Твоего письма. 13 лучше, чем 12, ибо: 27 — 13 = 14. Здесь моя арифметика: Hic est arithmetica mea. А есть и геометрия.

Все, что знаю по геометрии (а знаю мало) — матери — для ее работы, для пропорций, прекрасных кругов (греки говорили: круг и шар суть формы совершенные), для еще более прекрасных эллипсов.

За благородство (тюрьмы) благодарствую. Эней тоже носил на плечах (своего отца — Анхиза — любовника Венеры), он же носил на плечах Трою и любовь (отца, Париса, Менелая).

Так и кариатиды несут на плечах (раньше носили (у греков) на головах целый храм, ибо храм = крыша = дом (богов): на языке поэтов одно).

Одно худо — писать не будешь, но пусть будешь писать, ведь надо только поискать. — Найти.

(Глупый вопрос) — а почему Маталья Матавевна уходит? — разве не козы воспитывают львов (у старой козы было семь козенят — тульский говор, что ли? — Это у В. (напиши ему, пожалуйста) можно найти).

Лучше «это», чем:

Je ne la verrai plus! que fais-je sur la terre? Pourquoi rester en proie à des soins superflus? Heureusement bientôt doit finir ma misère: Je dois mourir, je ne la verrai plus*.

Твой Николай.

67
ЦВЕТАЕВА — ГРОНСКОМУ
Понтайяк, 12bis сентября 1928 г.

Дорогой друг! К книге «Дафнис и Хлоя» чувствую отвращение, потому не надписала. Эта книга у тебя не от меня.

Позволь конспективно: отвращение к идиллии вообще, ибо

---

* Больше ее мне уже не видать! Что мне тут делать на этой земле? К чему мне терпеть эти лишние муки? К счастью, кончаются скоро страданья: я умираю, и мне уж ее не видать *(фр.)*.

идиллия есть бездушие (душа — боль, отсутствие боли — отсутствие души). Отвращение к сладострастию. Книга сладострастна насквозь. Содрогание от сладострастия у детей. Дафнис и Хлоя — сладострастные дети. Презрение к бездарности этих детей — в их же пороке. — С чего начинается любовь Хлои? С того, что она МОЕТ Дафниса (может ли быть ТОШНЕЕ?) Вся книга из притираний и принюхиваний. Кто Дафнис? Никто. Кто Хлоя? Никто. Не кто, а что́: она — свой пол, он — свой. Непросветленный пол. И — глупый пол (м. б. — всегда глуп? не утверждаю). Пол не знающий ходу к другому.

Всё мне здесь омерзительно, сплошное jeu de mains*, — неужели ты не почувствовал? Вспомни Ромео и Джульету — *тоже* дети! А Manon и Desgrieux! А себя — с первой. — Ты был таким? Ты ТАК — домогался? И фон тошный: все эти козы и козлы.

Уайльд с мальчиком — да, Дафнис с Хлоей, — нет.

Оскопите Дафниса — будет ли Хлоя его любить? Нет. А Элоиза — Абелиара — любила. Дафнис с Хлоей — козел с козой. Поучительно? Нет. Я — не коза, чему мне здесь учиться? И какое мне дело — как у животных? Лишь бы плодились!

Книга не только плотская, — скотская.

———

А Гёте любил и советовал непременно, раз в год, перечитывать. П.ч. сам — всю свою жизнь — по десятку в год — любил таких Хлой. (Kätchen — Gretchen). Гёте, написавший Фауста, *бежал* трагедии. Хлоя (ТЕЛО) — его прибежище.

А я ничего родного не бегу, пусть оно даже зовется ад (Мо́лодец).

———

Другая книга. Книга не любовницы, а любящей. *Моя* книга — если бы я не писала стихи. Думал ли ты хоть раз, читая, что она с ним — лежала (NB! Дафнис и Хлоя — ЛЕЖАЧАЯ книга). А ведь *ты* тоже был — первый раз! И пуще, чем Хлоин первый, — МОНАШКА! ИСПАНКА! Но все сгорает, чистота пепла. *Эту* книгу я тебе надпишу. Знаю ка́к.

———

Я еду 27-го. Зайди как-нибудь к С.Я. и спроси, не нужна ли ему будет помощь с вещами на вокзале, когда мы приедем. «Я бы

———
* рукоблудие (*фр.*).

очень хотел помочь, но не хотел бы помешать», — говори то́, что есть. И не сейчас, ближе к сроку, — после 20го. А лучше так, С.Я. встретит нас на Montparnass'e, а ты — в Мёдоне, м.б. тележку достанешь там же. Можно с Владиком сговориться, чтобы не носило характера исключительности. — Почему на 2-3 дня раньше просишь? Я уже написала С.Я., что 27го.

— Спасибо за статью В. О книге ему уже написала, напишу и о статье. Хорошо, что ты сидел у его ног и хорошо, что чувствовал себя мрамором. Любовь — соучастие. Любя Зевеса становишься Ганимедом. (Ганимеда — Зевесом, это уж — долг В-ского.)

Как я рада этому Вашему союзу.

        Как добры — в час без спасенья
        Силы первые — к последним...

— разве не о тебе и о нем?

— Статья хороша — как может быть хорошо то, что делается без любви. (Ему — не скажу).

Сейчас иду пешком в Ройян, по блаженному ветру. Но я уже здесь томлюсь. Если бы ты знал, как мне хочется в Версаль! Одно из моих любимых мест на земле.

                                          М.

68
ГРОНСКИЙ — ЦВЕТАЕВОЙ
‹14 сентября 1928›

I
27−14 = 13

Марина Милая, я Тебе сейчас скажу — о, не бойся — не гнусное слово, а наверное очень хорошее: христианка. Тебе и Психея не нравится. «То», Марина, бо́ги-козлоно́ги, греческие болотные чертенята, — это не самое мое любимое, но отрицать, что это в значительной степени Природа, нельзя. (Ты скажешь, но я уже слышал, Ты мне говорила). Неужели когда я Тебе писал то письмо, ты думала, что я, говоря: «здесь одни только второстепенные боги», не делал отсюда вывода. Слова Твоего подарка пусть будут Тебе ответом: «...et Daphnis: "Oui, une chèvre m'a nourri de même que

Jupiter..."»* Пан играл на дудочке, Мидасу нравилось, но Аполлон пришел и победил Пана в искусстве игры, — я с Аполлоном, но, Марина, не трогай моих боженят — они хорошие. Впрочем, ведь я согласен: книга скотская и лежачая.

В. получил Твое письмо. В. очень доволен. Я был у него сегодня и принес ему букет (увы, не солнц), но астр. В. очень доволен. Ходит утром с <защиптнутыми?> усами (но это entre les gentilshommes**, Марина, — хорошо, что Ты не видишь!).

А вот если бы Ты знала, что за книгу я сейчас читаю, то Ты ко мне прониклась бы полным презрением: «Наука Любви» — слышишь, как кощунственно звучит, но я ее очень люблю, ее написал Овидий. — Это сборник формул-советов, в поэтической форме, для любовников (именно любовников) обоих полов. Все, начиная от чистки зубов до «бросимся в костер и пусть наши пеплы смешаются» — но за последнее он, пишущий для легкомысленных, извиняется перед читателями. — За что, спрашивается, за то, что в нем поэт прорвался?

Но руку, довольно спора, ибо спорить с Тобой это спорить с очевидностью во мне. (Марина, пощади моих боженят, про них даже матросы дурного не говорят, а уж как они «в Бога кроют». К ним я привязан так, как другой к приметам.)

Итак, 27<-го>? и ни днем раньше? Но сейчас уже и *«27<-ое> без трех»* теряет смысл предыдущего письма. Судьба.

Мое число на письме: 27—14 = 13.

Твой Николай.

II
27—15 = 12

Отец мой уехал — я один в комнате и в кровати. Теперь я понимаю очень хорошо, почему моя мать и мой отец могли спать в одной комнате и на одной кровати в течение последних двух лет: они друг друга не касались, — так велико это ложе (скорби), а бывают еще: смерти — любви. На этой великой кровати нам найдется краешек, где посидеть, и так, чтобы занять очень мало, как можно меньше места — Ты у меня на коленях, увы, на ней ли нам лежать? Нет, не лежать, т.к. я могу принять ее

---

* «...Дафнис [стал говорить]: "Верно, меня, как и Зевса, вскормила коза..."» *(фр.; пер. С.Кондратьева).*
** между нами *(фр.).*

в наследство только пустую. — Так взять наследство можно, но повторять ненаследное не хочу. На этой кровати они лежали без света, но не спали и глядели открытыми глазами в темноту — это и есть страх (а м.б. ужас, где тут различие, скажешь Ты) — страх — темнота. Темнота прежде всего — небытие окружающего мира, из него (мира) остается лишь темное.

Я хочу Тебя: умом, дыханием, телом и только в этом порядке, т.е. всячески = сердцем. Т.е. все равно в каком порядке, в порядке беспорядка. Дыхание есть жизнь, живое существо, *существо* жизни, существо жизни как таковой (всякое дыхание да хвалит Господа). (У греков: дыхание — жизнь для человека и животного, высшее ее доказательство, т.е. не требующее доказательств.) Бог и боги не обладают дыханием, ибо они суть его податели (не знаю, что делать с ветром — дыханием Бога и бога?).

Вот еще мысль, так лучше уж так: Бог и боги им не обладают, ибо они и есть дыхание (Бог есть *дух* всемогущий, всеблагий и т.д.). Дух = Дыхание. Первыми богами были души умерших. Душа = дыхание. Странное рассуждение (и притом филологическое!) contra legem logicam*, но против ли оно истины? — Не думаю, хотя второе (про богов) несколько сомнительно по доказательству. Что ты об этом думаешь, Ты, которая должна знать это хорошо? Смешать дыхания, смешать души. У некоторых людей изо рта пахнет — сии ли не имеют души нехорошие?

Вот что нашел в комментариях к моему Назону (это примечание): «Пастух из Сицилии... влюбившийся в нимфу одного источника (Хлою?!), которая вынудила его на обещание никогда не вступать в любовное отношение ни с одной женщиной, кроме нее. Нарушив данное обещание, Дафнид был ослеплен своей прежней возлюбленной. По другой версии, Дафнид умирает вследствие гнева Афродиты за то, что он воспылал страстью к недоступной девушке, и бежал от той, которую по желанию Афродиты должен был любить». А вот текст, к которому это примечание: «бледностью было покрыто лицо Дафнида от нерешавшейся ему отдаться наяды». — Каковы «варианты»? Теперь понятно непонятное, т.е. понятое неверно (история с не Хлоей, а с maîtresse**).

---

* против логического закона *(лат.).*
** Любовницей *(фр.).*

Вот ежели бы Лонг использовал один из этих мифов. Вот почему Хлоя усомнилась в клятве (без основания!).

Твой Николай.

<На полях:>
Сейчас 12—1 ночи, значит 27—16 = 11.
Получишь: = 10—9!

69
ЦВЕТАЕВА — ГРОНСКОМУ
Понтайяк, 15-го сентября 1928 г.

Дружочек! я очень счастлива, что куртка пришлась, мне она в витрине сразу понравилась. Как я бы умела тебе дарить, если бы мне сейчас за 100 строк платили то́, что через 50 лет — моим потомкам — за одну! Редко кто умеет брать, ты чудесно берешь, просто — радуешься. Знаешь, что́ мне очень нравится в твоем лице? то, на что я в других лицах совсем не смотрю — раскраска. Согласованность глаз, щек, губ. Карее в глазах отблеснувшее на щеках — румянцем. Румянец — продолжение глаз. Говорю это тебе, как говорила бы о портрете 500 лет назад. И ты так же примешь.

О Д. и Х. — Еще? — Еще! (Мережковский прочел бы: о Дионисе и Христе, не смущаясь последовательностью. Нет, только о Дафнисе и Хлое.) Выписываю из записной книжки (шла с Муром на пляж):

«Дафнис и Хлоя. Книга первого удивления. Я люблю, когда первые удивления — позади.

———

Дафнис и Хлоя — des niais* (недаром — déniaiser**). А вся книга — des niaiseries***.

———

Одно — любовь от взгляда, другое — от прикосновения. Франческа, Джульета, — всё лики *Психеи*. Поэтому — трепет от строк. В лепете Джульеты и молчании Франчески трепет крыл бабочки.

---

* Простаки / глупцы *(фр.)*.
** Лишить невинности *(разг. фр.)*.
*** Глупости / вздор / пустяки *(фр.)*.

Мы этих детей ЧТИМ, к Д. и Х. мы (не я!)... снисходим».

Колюшка, Колюшка, не доверяй слову «язычество». Только ПРЕОБРАЖЕННОЕ оно — довод. А Д. и Х. язычество в чистом виде. Такими, может быть, были боги и богини, когда «в первый раз»... А — может быть — те боги только сейчас доросли до себя? В нас.

— И все-таки, я не ошиблась, посылая тебе эту книгу. Во-первых и *не* в главных — ты должен ее знать, ибо читаться она будет пока мир стоит. А в главных — она тебе, ты ей все-таки — соответствуешь.

Ведь она *по тону* родная сестра Апулеевой Психее. (Чортовы римляне: что́ Психея, что́ Хлоя — им все одно.) И именно этот тон (все латинство ВО ВСЕМ, ЧТО НЕ МЫСЛЬ) мне непереносим. Возьми у своей мамы моего Мо́лодца и открой где хочешь — вот мои Дафнис и Хлоя! Пастух и пастушка — парень и девка, оливковая роща — околица, ИДИЛЛИЯ — ПРЕИСПОДНЯ! Эти книги рядом *не* будут лежать, как *я* не буду — да ни с кем, пожалуй, потому что меня сожгут. («Не будут» как: не смогут: не ВЫЛЕЖАТ!) А Португальская монахиня с Мо́лодцем — да еще ка-ак! Такого ей было нужно, а не графа St.-Léger!

— Lettres d'une religieuse portugaise*, — пять или шесть? И ВСЯ ЖИЗНЬ, вся эта, вся *та́*. Лет ей было наверное столько сколько Хлое. Увидела с балкона. Балкон обвалился в ад. О, Гёте этой книги бы в комнате на́ ночь не оставил! — Р. с ней не расставался.

В ней ничего особенного, кроме всей СТРАСТИ СТРАДАНИЯ. Эта книга вечная, потому что ее всегда будут писать заново, и сейчас пишут — какая-нб комсомолка в Тверской губ. — комсомольцу же. Любил — оставил. Жаль, что нет ее портрета (никогда и не было). Одни глаза.

Спасибо, сыночек, за предложение помощи по дому. Ты меня умиляешь. Такое слово — уже́ дело, «давайте подмету» для меня — уже́ выметено. Ничего мне от тебя не надо, кроме твоей души, подсказывающей тебе такие слова. Нет, дружочек, мы с тобой будем мести — леса, с ветром, октябрьским метельщиком. Ты меня тронул и с Муром.

---

* Письма португальской монахини *(фр.)*.

...Жалко — письма кончатся? Как ты похож на меня — ту́ (еще второго десятка!) И 500 километров, как 500 верст собственной земли. — Будет из тебя или нет — поэт?

М.

<На полях:>
Почему дома — чертовщина?

<На новом листе:>
— Жалко — письма кончатся? Как ты похож на меня — ту́! (еще второго десятка). И 500 километров разлуки как 500 километров собственной земли... Будет из тебя или нет — поэт? О стихах скажу: в тебе пока нет рабочьей *жилы*, ты неряшлив, довольствуешься первым попавшимся, тебе просто — лень. Но — у тебя есть отдельные строки, которые — *ДАЮТСЯ* (не даются никаким трудом). Для того, чтобы тебе стать поэтом тебе нужны две вещи: ВОЛЯ и ОПЫТ, тебе еще не из чего писать.

Не бросай стихов, записывай внезапные строки, в засуху — разверзтые хляби.

— Скоро на Вы. Скоро — отчества. Но скоро и твой стук в мою дверь, может быть — мой в твою. Где и с кем ты живешь? Кака́я — комната? Ту я видела во сне.

———

Почему дома — чертовщина? Не слишком ли веселое слово для всей той тоски (всех тех тосок?) Школьное — слово.

70
ЦВЕТАЕВА — ГРОНСКОМУ
Понтайяк, 16^{20} сент. 1928 г., воскресенье

Ко́люшка родной! Меня во сне всегда осеняют самые чудные мысли. Сегодня (только что!) мне снилось, что твоя мама лепит голого Мура. Давай это осуществим! Если бы ты знал, как он сейчас хорош! Посылаю тебе слабые подобия.

Понимаешь — возраст амура. Все — амура. Другого такого нет. Опасения: необходима ли долгая *поза*? Мур на нее заведомо-неспособен. То есть: ходить мы с ним будем хоть месяц каждый день, но как он будет сидеть и стоять — увы, даже не вопрос!

Я бы тоже твоей маме могла попозировать — тело. Меня тоже во второй раз не найдешь, не шучу, худых много, но моей худобы (худоба не как отсутствие, а как присутствие, наличность, самоутверждение, насущность, — *сущность*!) я еще не встречала. Собственно, — мужская сущность женского тела*. Природа колебалась, решила в последнюю минуту.

Милый, если бы я была красавица, я бы не предлагала, но я *не* красавица, я — я, мне ничего не стыдно, и дурно обо мне еще не думал никогда никто. — Но это я ей сама предложу, тебе неловко, обо мне, *прошу*, не упоминай.

Поговори с мамой о Муре, покажи ей карточки. ВОЗМОЖНО ли? Второе: можно начать в октябре, хотя бы с 1‑го, но — не холодно ли в мастерской? Есть ли возможность тепла, сильного? (Твоя мама (как я!) всегда мерзнет, ей как раз будет хорошо.) Какова печка в мастерской — твоей бывшей комнате?

Говорю, точно все уже решено.

Ко́люшка, это необходимо! Главное — обе стороны (обе матери!) равно заинтересованы, для обеих — приобретение. Вот она, твоя «находка». Заходили бы по дороге в парк — часам к 2 1/2, оттуда гулять — иногда — с тобой.

Еще одно — сходство. Я — *за* сходство. И твоя мама — *за*, не знаю как — словами, но — ДЕЛАМИ. Ты — похож, твой отец — похож. Мур *должен* быть похожим, ибо дело художника уже сделала природа, как *во всяком совершенном творении*. (Этого маме не говори, — ничего о сходстве — художники обидчивы.)

Ко́люшка, очередное поручение, справься в надежном умном книжном магазине существует ли перевод *Eckermann* Gespräche mit Goethe — ПОЛНЫЙ <подчеркнуто дважды>, не выдержки. Какого времени. Мне нужен наиболее современный, т.е. с наиболее полного издания. Хочу подарить тебе. Эта книга будет твоя насущная, она тебе нужна на всю жизнь. Сам не покупай, только подробно осведомись, ты должен ее иметь из моих рук. Сделай это скорее, тотчас по моем возвращении получишь. Ты не знаешь, что́ тебя ждет. Будем читать вместе: ты — франц. изд., я подлинник. (ГЁТЕ НА ФРАНЦУЗСКИЙ ПЕРЕВОДИМ ВПОЛНЕ.)

Самое интересное:

* Верней — женская трактовка мужского тела — *Примеч. М. Цветаевой.*

«Николаю я всегда рад. Но наши встречи редки и вращаются больше вокруг меня, нежели вокруг него. Мать его мне скорее понравилась, но мне кажется, что наш друг очень там одинок. Отец мне не нравится, хотя он со мной очень внимателен, любезен; а чем не нравится, тоже не могу сказать. Вообще я с людьми только в редких случаях определенен, а в большинстве — никак. Сестра и ее муж были там, когда я завтракал; скорее приятное впечатление. Николай приходил на мое чтение (Вы наверное уже знаете). Сказал мне много приятного, и я ему верю в его впечатлениях: это как будто я сам говорю, только без *САМО*-хвальства. Встретил отца на следующий день; сказал ему, что сын меня одобрил, прибавил, что я ему очень верю.
— "Да, он мальчик рассудительный". Он мне показался очень... посторонен».

Не будучи близка твоему отцу, по существу согласная с С.М., здесь скажу, что он реплики твоего отца не понял, явного холода и скрытой гордости (радости) ее.

<На полях:>
Он здесь бежал от того же *САМО*-хвальства, от к-го всю жизнь бежит В-ский. Но у В. детей нет, и он не *ЗНАЕТ*, что САМО- может распространяться и на сына — ошибочно, конечно. Я за и на своих всегда *явно* радуюсь, СКРОМНОСТЬ ПОЭТА, ЗНАЮЩЕГО, ЧТО ЛУЧШАЯ СТРОКА — САМА.
Но этого не знает — твой отец!
Обнимаю тебя М.
Страстно жду ответа насчет Мура (лепки). Я не знаю твоей мамы, ты ее знаешь, не испорть НАТИСКОМ дела!
Все лето и каждый день благодарю тебя за аппарат.
Твой подарок.

71
ГРОНСКИЙ — ЦВЕТАЕВОЙ
<18 сентября 1928>

Дорогая моя милая Марина, Твое письмо (последнее) не письмо, а подарок (мне и матери). Прочел 10 строк и сейчас же к матери с предложением и фотографиями мальчика сына Гефеста и Амура. (Почему двух мущин? — а я почем знаю. В его рождении ангел уж был ни при чем). Согласна и очень, очень благодарна. Думала сперва лицо, и очень обрадовалась, узнав, что и тело. Она верно почувствовала, что подарок. Показывал ей и другие Мурины фотографии. — Очень заинтересовалась. Потом (и теперь о важном тоже!) — показал ей первую карточку, что Вы подарили (до отъезда, задолго до него) — на этой карточке Вы очень сходны с Дианой (и кокошничек сетки для волос, как серп луны) — мать очень заинтересовалась Вашей фигурой (одетой! — скульптор). Я, конечно, не сказал ни слова, но почва есть, грунт. Можете подарить и это. Только вот что: ту книгу не дарите, ибо скоро так Вы снимете кожу и сошьете мне кафтан (вот последний подарок! — после такого уже не будет других, — умрете без кожи-то). Итак, мать Вас очень благодарит, и я — (двойной подарок).

Ваш Николай.

Милая Марина, еще о Ваших подарках. — Ваши подарки замечательны тем, что они сами обладают даром дарить. — Слушайте (пишу еще черновой текст): французский флаг трехцветен: белый — королевский цвет, синий и красный — цвета г. Парижа. На площади, где происходили казни, стояла статуя Свободы; жирондисты, когда их казнили (пятерых главных — Бриссо, Барбару, Верньо и т.д.), пели Марсельезу. К чему? — узнаете.

Помните Ваши слова о поэте каком-то; Вы читали его стихи: «...в плаще Жиронды...» и «...штык...». Помните еще Вашего «Мо́лодца» и запах кумача? Здесь рождение. А вот мое (это большой исток, который будет началом другого стихотворения, но пока дал эти стихи. Повторяю: первая строфа *отдельна* — это рождение).

> Я зажгу краснослезный огарок
> То сургуч, а не капли крови́,
> И надену Твой красный подарок,
> — Знамя-тунику бога любви.

Троецветное знамя безумных,
Что зажгли Революцию, — ТУ!
Этих страстных, холодных и юных,
[Кто народ обратили в толпу.

Знамя лилий ногами топтали;
Цвет оставили, — «лилиям смерть!»
Гильотину святою назвали,
[Митровали не пику, а жердь.

Марсельезы рыдающей звенья,
Барабаны и голос трубы
[И великий алтарь обновленья.
Площадной ликованье толпы.

Ты священною станешь, машина,
Обагренная кровью святых,
И тебе я точу, гильотина,
Звонкий <сбоку: Вар<иант>: (острый)> нож — металлический стих.

[Плоской площади серы каменья.
Эй, Свобода, что ж думаешь, — Ты?
— Марсельезы рыдающей звенья,
Барабаны и ропот толпы.

[↔ это отметка плохой строчки. Синяя черта — удачные строки. Ваше мнение (особенно важно: можно ли оставить предпервую строфу — или это другое стихотворение? — отвлечение (и развитие) слишком велики (далеки)).

Нужен ли эпиграф (эпиграфов множество, как и вариантов тоже). Что делать с плохими: нужна ли перемена слов или всех строк? И пишите еще не только по форме, но и прямо по смыслу, хотя первая и второй и слиты.

Боюсь, просьба моя Вам не приятна — стихи эти «живописны» — не более. — Неужели, о Боже, это и есть «мой стиль»? Живописно-героический. Zut*, какая мерзость. Но, по чести, — лучшие мои стихи. Вот подарок Вашего подарка. О том, что Дафнис и Хлоя подарили мне, узнаете потом.

Вчера в два ночи я родил эти стихи, а беременен был задолго (зачаты они «плащом Жиронды» и красным, трехцветным подарком — это их родители, т<ак> ч<то> Вы уже или бабушка или родили их одни).

* Черт возьми *(фр.)*.

Красная одежда ускорила родовые схватки, и таким образом они были рождены из трех цветов Вашего подарка.

Деревья (помните, — писал?) кончил, но боюсь плохи (есть и эстетизм и эстетство, в особенности под конец).

Спасибо за «самое важное». В. — умница, я никогда в этом не сомневался. Пойду его слушать (вечер повторяется, 20-го), но он будет читать другое, потом будет о Тургеневе, на это уже вместе?

Так, наполнив письмо собой, кончаю и целую.

Твой Николай.

72
ЦВЕТАЕВА — ГРОНСКОМУ
*Понтайяк, 5/18го сентября 1928 г. —
двойной цифрой всё сказано*

М.Волошин, когда увидел меня в первый раз, сказал: «Двойной свет Возрождения». Мне было 15 лет, Волошину за тридцать. То же мне сейчас говоришь — ты. Христианка. Невытравимая. Но — до Христа, без Христа. Рассеянный свет христианства. М.б. не могу перенести мысли, что Христос *уже был*, что нечего ждать. (О как бы меня обспорили богословы!) Что *БОЛЬШЕЕ* — позади. Идти к Христу для меня — физический оборот головы назад, в *те* поля, в ту Палестину, в *было*. (Господи, Колюшка, до чего странно: смотри первую строку: «двойной цифрой все сказано», — я об Алином рождении говорила, и вслед — почти слово под словом: «двойной свет Возрождения», без всякой связи. — Переигралось.)

Сегодня подарила Але твоего Уленшпигеля, надпись не уничтожив, а закрыв. На столе лежали две книги в одинаковых обертках — твой Уленшпигель и твой Рильке. Я, думая, что Уленшпигель, раскрываю: Франческа и Паоло — Р. — Родэн, изумительная вещь. Вот! вот! вот! О как бы меня с Хлоей и Франческой понял Родэн, уже понял, — ее! Она рукой закрывает ему глаза, не то вцепилась в волосы, не то: «не гляди», это — борьба, это — СТРАДАНИЕ. Где тут *услада*? Не переношу благополучия в любовной любви, очевидно — не переношу брака. Верней, — брак сам не переносит *любовной* любви, она его разрушает, разрушит. Люблю *любовников* (и слово и всё) — или уж братьев и сестер (лучше оба в одном) — а не женихов и невест, ибо чтó же Хлоя как не «невеста», Дафнис — как не «жених». О, ИДИОТЫ!

Невинность? Невинность, когда *так* любят, что о ПОЛЕ не думают, уничтожают его — объятьем. Франческе все равно, что Паоло друг, а не подруга, для нее Паоло — ЛЮБОВЬ. Для Хлои Дафнис — мужчина.

Понял меня?

Франческа до книги играла в куклы, Хлоя до Дафниса — сказала бы, да... Хлоя Дафниса раз-любила на кусочки, Франческа — того — целиком, ни queue ni tête*, *ОН*.

Я говорю сейчас не как христианка, а как монашка, — ТА. Бог Франческу удостоил *ада*, мог бы и рая, — а куда с Хлоей? Куда с телом? В землю, гний. Хлоя, понимаешь, неодушевленный предмет. Если *это* природа, я за *против*-природу.

———

> ...Мне синь небес и глаз любимых синь
> Слепят глаза. Поэт, не будь в обиде,
> Что времени им нету на латынь.
> Любовницы читают ли, Овидий?
> Твои — тебя читали ль? Не отринь
> Наперсницу своих же Героинь.

Я — 20-ти лет. Предшествующая строка:

> «Нечитанное мною Ars Amandi.
> Мне синь небес...»

Всего сонета не помню. Я — сонет, а? Да, потому что — Овидию. Кóлюшка, я не пишу сонетов и баллад не потому что я их не могу писать, а потому что *отродясь могу*, и отродясь можá — НЕ ХОЧУ. — Хороший был сонет. Ars amandi так и не читала, удовлетворилась однострочным признанием. Думаю, грубая книга. Если уж до чистки зубов... Вроде Моисеева Второкнижия (?) — где всё предусмотрено. *Название* хорошее, им и пленилась.

———

* Sans queue ni tête — без начала и без конца *(фр.)*.

Помню, читала эти стихи старику на 55 лет старше меня, мне — 20 л., ему 75 л. — КАК СЛУШАЛ! Мариус Петипа́, актер, в 75 л. игравший Сирано.

Итак, мы с тобой и здесь встретились, — *твои* 20 л. — с моими! Я не твое лучшее я, а твое да́льшее я.

Алин день рождения. Сияет. Я ее недавно остригла — теперь как я — очень хорошо. Очень похорошела, похудела и выросла. Волосы золотые, — как у меня когда-то.

С утра получила Уленшпигеля, потом басский бэрет, потом целый ряд писем и открыток, потом Мур преподнес вино — а потом пирог (с абрикосами) прощальный дар Нат.Матв., а совсем потом, к-го еще не было — Мозжухин (не терплю!) в «Le Président», в Ройяне, куда идем после ужина пешком. Аля очень хорошая девочка, вам с ней нужно помириться.

Дружочек, просьба! Пиши разборчивее, я ровно трети не понимаю, просто не знаю о чем речь. Другая, отвыкай на ты (и себя прошу) и от Марина отвыкай, *та* свобода кончилась.

Сентябрь застыл в синеве. Это уж не погода, а душевное состояние. *Чище* сентября не запомню — и не увижу. Но с твоим неприездом я уже примирилась:

> — Линии мало,
> Мало талану —
> Позолоти!

Это ведь настоящие слова — мне — цыганки (в грозу). Вот ты́ хотел позолотить — не сбылось. Твой неприезд — *моя* судьба, а не твоя.

Спасибо за собак. Трогательно. Только не вздумай дарить ему собачки, ему можно только растительное. Я когда-то подарила ему живой лавр — чудесное деревце, он его любил.

Я тебя люблю за то, что ты сам — терн и лавр, что мне с тобой в любую сторону просторно.

Пожелай мне благополучного отъезда, у нас столько поколотого и треснутого, безумно боюсь *метаморфозы* хозяйки-Пенелопы в фурию.

Ты конечно был за праздничным столом.

М.

73
ГРОНСКИЙ — ЦВЕТАЕВОЙ
<18 сентября 1928>

Милая Марина, боюсь, что это мое письмо покажется Тебе неинтересным: опять наполнено мною (Тобою). Говорят: они любят и, увы, ставят точки (не поэты, те точки не ставят). Я люблю Тебя (логика (!) на помощь).

Primo*: как человека (существо),
Secundo**: — поэта,
Tertio***: — женщину. — Термин «женщина» включает: мать, любовница, из него здесь исключены: a) жена, b) сестра, c) дочь. Или так:

фиг. I.   фиг. II.

     или полнее:

Такое изображение наз. символическим в формальной логике. Река (чего? а?), впрочем, нелогична. Вообще, эта безумно-глупая попытка напоминает такую: — искание стихотворных размеров для, ну скажем, ста́туй.

Прямее, честнее так: могу Тебя не иметь (в кавычках), не читать, но отказаться от общения (глаза и языка) не могу. Вот, я говорю по чести.

―――

Отец уехал и стихи не могу давать в редакцию (там и гонорар должен быть, *но* маленький: 20–40 фр.).

―――

* Первое *(лат.)*.
** Второе *(лат.)*.
*** Третье *(лат.)*.

Листок (абонементский) Т<ургеневской> Б<иблиотеки> у меня, что с ним делать? Ждать приезда или зайти к С.Я. и отнести? — На это необходимо ответить, ибо это само (а не я) требует ответа.

―――――

Так, весело. Но у меня не вышла, а вошла тоска. Все-таки дома не ладно, но не буду об этом. Думаю о встрече, о привете.

―――――

Ежели отец не забудет, то привезет мне вещичку, это будет Вам подарочек («Мама! принесите мне подарочек». — Так вот, именно так, пустяшного сорта).
27—18 = 9 (два дня и неделя)
Странное письмо? — какие-то обрывки.
Смотрю в Твои глаза (никогда так не пишут — пожатие плечей).

Твой Николай.

Продолжение.

Вывернул левую руку. Двигаю — больно. Пусть бы прошла к 27-му. — Есть правая: пожать, нести, обнять. В ухе снова увертюра («молоточки бьют часочки»). NB.: читали стихи Кузмина о Г<еоргии> П<обедоносце>? — Видимо, подписано с Вас или неужли самостоятельно он написал такие хорошие (хотя и с девой) стихи? — Вам знать (мне читать), но скажу «лишь местами»:

Богов нет,
Богинь нет.
Эхо: нет.

М.б. Вы их не читали. Ежели нет, то достану. Несколько строчек, как внутренним содержанием, так и внешним построением (зрительным) напоминают Ваши стихи. — Ежели он дошел самостоятельно — хвала, а ежели с Вас списал — Вас ведь от этого не убудет. — Сотни копировали «Тайную Вечерю» и только.

О другом.

История статуи. Стоит у меня на столе. — Sexus XVIII-го века. Работа: Прадье. Подарила мать. Сюжет: une femme sans (вернее retirant) chemise*. Вопрос моей матери мне: «Знаешь, чья поза?» Я: «Греков», — она: «Да, Праксителя».

―――――

* Женщина без (вернее, снимающая) рубашку *(фр.)*.

Стихи свои я Вам перехвалил: теперь меньше нравятся. — У Верхарна лучше (правда, те немного о другом). Знаете?

Чем больше Вы с матерью, тем лучше. (NB.: Вывих (его почти нет) у нее на работе, моя работа — столярная: молоток, дерево, гвозди; ее — мастера, моя — apprenti*). Кончит эту (а кончит она скоро — только перенос (в три раза больше) с незначительными измененьями).

Наконец-то вести о моем старинном гонораре (это ли не Фонтенбло?!). Ежели пришлют: Але подарок (не из лести, не из любви — подарок ради подарка), а что Муру?
Целую обоих: ЕГО и Тебя.

           Твой Николай.

74
ЦВЕТАЕВА — ГРОНСКОМУ
Понтайяк, 21го сент. 1928 г.

Дорогой друг, Ваш почерк — чудовищен, будь я Волконским я бы сказала Вам, что такой почерк непочтение к адресату, нет просто бы *сказала* — без Вам, Вам бы он этого не сказал — потому же, почему не говорю — я. Если *мой* неразборчив, то — существом своим, замыслом каждой буквы, а не неряшеством. У меня нет недописанных букв. Клянусь Вам, что в последнем письме я при первом чтении не поняла $2/3$, я — отлично читающая почерка! $1/3$ так и осталась непонятой. Отдельные слова, без связи.

Сосредоточьте руку. Пожалейте букв, — этих единиц слова. Каждая — «я». Есть союзы, но, как и у нас, не больше двух. Примеры: «зритель» — зр — зонтик — другое з, но каждый раз с р дает — зр, — такие вещи законны, беззаконна только случайность. А у Вас — сплошной союз, у Вас единица начертания письма не буква, а слово, одно сплошное слово, — ах, как Вам сейчас легко вывернуться («конечно: ЛЮБЛЮ»).

Не сердитесь, родной, Вы так обскакали свой возраст — мино-

---

* Подмастерья / подручного (*фр.*).

вав разум — *мудрость*, самолюбие — *гордость*, и т.д. что мне досадно неожиданно видеть в Вас — просто школьническое.

Пишите не так скоро — вот и всё.

———

За Эккермана сержусь. Ведь это — поручение. И все равно у Вас эта книга будет, — не затрудняйте мне достачи ее. Я прошу только об осведомлении. Покупать пойдем вместе. Сделайте это, родной! Вам дарить — одно блаженство.

———

Плацкарты на 27‑ое взяты, выезжаем в 9 ч. 15 мин. утра с Rapide*, не экспрессом. Аля сама брала и не потеряла billet de famille**, — вот она какая умная.

Скоро укладка. Привезу тебе ра́кушки.

———

Только что твое второе письмо, с рекой.

Я всю жизнь хотела такого как ты. Слушай историю. Я была в возрасте Франчески — 14, любви совсем не любила (сейчас — не совсем люблю!) — живой любви, с поцелуями. И вот — сон. Лужайка. Кудрявые облака и бараны. Я зову: «Жильбер!» И — с холма — холмов — всех холмов весны — мальчик, подросток. Целует. Целую. И всё. Этот сон я запомнила на всю жизнь, — как *всю* любовь. — Бо́льшего я от нее не хотела.

(Странно, что я обычный глагол «иметь» заменила «быть», — только сейчас осознала: «*БЫТЬ* с кем-нибудь», иначе не говорю. Как хорошо, глубо́ко: «я с ней *был*», как однозначуще самой вещи, как *односмысленно*. И вот — я, конечно с тобой *буду*.)

Мы с тобой странно-похожи, страшно похожи, — до страсти похожи! Сплошные соответствия. Я, думая об Алином детстве: ангел, о Мурином — амур (или Амур!) и вдруг в тот же день читаю то же в твоем письме.

———

О стихах. Ты еще питаешься внешним миром (дань полу: мужчины вообще внешнее женщин), тогда как пища поэта — 1) мир внутренний — 2) мир внешний, сквозь внутренний пропущенный. Ты еще не окунаешь в себя зримость, даешь ее как есть. Оттого твои стихи поверхностны. *Твои стихи моложе тебя.* Дорасти до самого себя и перерасти — вот ход поэта. Ты сейчас отстаешь (ты многое знаешь, чего еще не умеешь сказать — оттого, что не-

———

* Скорым <поездом> (*фр.*).
** «Семейный билет» (*фр.*).

достаточно знаешь) — вровень будешь лет через 7, дальше — перерастание, во всей его неизбывности, ибо — чем больше растет поэт — тем больше человек, чем больше растет человек...

Это я о насущном, внутреннем.

О внешнем: ты еще не умеешь работать, в тебе еще нет рабочьей жилы, *из которой* — струна! Слова в твоих стихах бо́льшей частью заместимы, значит — не те. Фразы — реже. Твоя стихотворная единица, пока, фраза, а не слово (NB! моя — слог). Тебе многое хочется, кое-что нужно и ничего еще не необходимо сказать. В прозе ты старше. Давай лестницу: моложе всего — на́ людях, постарше — в беседе, еще старше в мысли, — старше всего в поступке.

А поступок — сущность. Ты отродясь знаешь как поступать.

———

«Гляди вокруг себя!» (окрик отца). — «Гляди внутрь себя!» — моя тишайшая просьба.

И, чтобы закончить о речах и о стихах: ты еще немножко слишком *громок*.

———

Сейчас, укладывая Мура на дневной сон, взяла его на́ руки — горизонтально, а не вертикально. И он: «Вы меня держите, как Николай Павлович», — помните, в кламарскую грозу?

(Кстати, никогда не целовала в рот Алю, и никогда *не* в рот — Мура.)

———

Тург. библиотека? Передадите, когда приеду. Теперь у нас своя будет в Мёдоне.

Лапу жалею (левую). Но м.б. сама судьба хочет, чтобы *не* встречали? Если не были еще у С.Я., м.б. *лучше не заходить*. Увидимся 28го, без свидетелей. С.Я. будет стесняться сказать: нет, а м.б. ему хочется одному. А если уже были — тоже судьба.

Везу чудные снимки Мура. Аппарат чувствую Вашим подарком, — сколько радости Вы мне им доставили! Без Вас никогда бы не купила.

До свидания, родной, на Вы́, на ты́, ртом, рукой, — обеими!

Люблю *Вас* и люблю *тебя*.

М.

Ne laisser pas traîner mes lettres!*

———

* Не разбрасывайте моих писем! *(фр.)*.

<На полях:>
Дома плохо? Естественно. Ваш отец избрал худую долю. Тот — благую. А мать?
...mais il est bien permis au coeur de ne pas être heureux en faisant son devoir...*
Жалею ее и люблю.

75
ГРОНСКИЙ — ЦВЕТАЕВОЙ
<21 сентября 1928>

27—21 = 6

В последний раз Милая Марина, потом будет: Милая Марина Ивановна, но Милая останется.

«Vous avez fait revenir l'été avec Votre habit rouge, monsieur Nikolas! Gardez le longtemps»**, — слова нашей femme de menage*** (которая не знает, кто такой Виктор Гюго и что такое университет) — правда, хорошо (в смысле неподдельно)?

Вчера слушали В. Когда расставались, я ему сказал: «Прошлый раз Вы говорили о Толстом и Тургеневе, сегодня о Толстом и Достоевском, оба раза Вы говорили больше, чем о Толстом. Отношение: два писателя — созвучные слова, Ваш доклад — третье между ними: рифма (нечто большее или о чем-то большом)». — Еще говорил о его логике: «Вы даете определения, которые противоречат одно другому (сущности Тургенева и Толстого, сущности Достоевского и Толстого), но определения эти найдены правильным путем, каждое самостоятельно, а не так: белое есть не черное, а черное есть не белое».

Потом говорили о Вас. В.: «Марина меня *всегда* хвалит». Марина, объясните В., почему Вы его хвалите — это обязательно нужно сделать.

---

* ...но нельзя упрекать сердце, что оно не испытывает счастья, исполняя свой долг... *(фр.).*
** «Вы возвращаете лето Вашей красной одеждой, мсье Николя! Носите ее подольше» *(фр.).*
*** прислуги *(фр.).*

Написал ему стихи (которые прочту ему, ежели только будут отделаны). Эпиграф (которого он не узнает): HONNY SOIT QUI MAL Y PENSE.

> Любовь моя растет, как Лавр вечнозеленый,
> Как стройный ствол дорической колонны,
> Как обелиска тень в пустыне раскаленной,
> Как Памятник Поэтом вознесенный.
> Любовь моя растет, как эхо меж горами,
> Как башни Nôtre-Dame растут колоколами,
> Как своды готики — органными трубами,
> Созвучными громам, рожденными громами.

— Еще не кончены (хотя по форме не сонет, но по содержанию очень похоже. Итак, простите за сонет).

Стихи не к Вам, но идут от Вас (кто подарил Волконского?). Ему ж посвящу и «деревья».

Целую тоже в последний (?) раз. Так письмам «таким» конец? Доверюсь встрече. Правая рука остается, и она нам послужит (а левая заживает, но трещит).

Целую Тебя, Николай.

76
ГРОНСКИЙ — ЦВЕТАЕВОЙ
<23 сентября 1928>

4-го до!

Милая Марина Ивановна
(так? — это проба пера)

Во-первых — почерк. — Ответ читайте в каждой букве. Мне очень жаль, что пишу плохо. Почему? — Вам трудно читать: — глаза жалею.

О С.Я. — не судьба: — *пред*определение. Не был (оттягивал до 20-го и после, и не пошел), а после Вашего письма только убедился в совпадении. — Сколько уже их было, но каждое подарок (обоим).

Теперь о другом — судите, что лучше: Девкалион и Пирра после потопа, им сказано: кидайте за спину *кости* <подчеркнуто дважды> вашей матери, — они догадались: камни. (О том же в Голубиной книге: откуда у человека кости? — от камней.) Сравните со словами персидского поэта (имени не помню): «осторожно с землей, о гончар, — это прах умерших», и еще: «ступайте легко и не мните цветов, кто знает, из чьих уст они растут?» — книгу эту не читал, но мне рассказали. Разница: земля или мертвое тело или мертвые тела. Что лучше? — не первое ли? (божественно-титаническое) — второе только человеческое.

Теперь о другом: утром вчера входим в мастерскую (что в саду — плющ и внутри и снаружи), мать работать, а я мерить, не работать, а подмасте́рить. Мать: Что это? Смотри! — Два орла ли подрались на ее барельефе, или кто пальцами (ногтями) ковырял, или кто палкой... не знаю. — Фон исцарапан, рука женщины прошлого изорвана. Призвана консьержка: кто да как? Она: это мой сын (прозван он девомальчиком: bonjour mon petit, bonjour ma petite*, — оказывается, был он все-таки мальчик, а не девочка). Допрос с пристрастием: C'est toi Marcel? Dit moi la vérité**. Слезы и отрицательное движение головой (я это движение еще маленьким назвал: кудярки (!?!)). Et bien, si jamais tu me dit pas vrais, le bon Dieu te punira, tu mourra lendemain, n'est-ce pas M-me Gronsky*** (моя мать, возмутившись: — Non, Madame!****). Si tu ment, le pêre Noël ne viendra pas te faire cadeau*****. Слезы и снова головой: нет. — Non m-me, alors ce n'est pas lui******. Затем находим еще разбитую статуэтку. Через 2-3 часа консьержка догадалась: — Mais m-me, c'est un chat*******. — Никто другой, она права, но только надо было бы сказать chatte********. Это она, наверное она, это — месть.

Какое Евангелие хотите: русское или французское? Первое? — И хотите ли Вы Его вообще?

---

* Здравствуй, малыш, здравствуй, малышка *(фр.)*.
** Это ты, Марсель? Скажи правду *(фр.)*.
*** Ну, хорошо, если ты так и не признаешься, Бог тебя накажет, ты завтра умрешь, правда, госпожа Гронская? *(фр.)*
**** — Нет, сударыня! *(фр.)*.
***** Если ты лжешь, Дед Мороз не принесет тебе подарки *(фр.)*.
****** Нет, сударыня, это действительно не он *(фр.)*.
******* Так ведь это же кот *(фр.)*.
******** кошка *(фр.)*.

Непреложная истина: 27—23 = 4.

Не разучился ли ходить? А Вы? — оба нет.

То, что Вы пишете о Ваших глаголах, я с первого раза помню (перевел так *бытие* и *обладание* — в существительных это уже истина — глаз и ухо знают).

Ваш Николай.

<На полях:>
P.S. Под конец почерк испортился. Что делать (?)
Последнее письмо пошлю 25-го.
В моей комнате не может быть уюта. В ней чисто прибрано. Преобладают блестящие и холодные поверхности. Свет электрической лампы бел и совершенно мертв. Пыли в ней запрещено садится. Холодные глиняные бюсты моего отца и мой стоят на камине. Я перечел свои стихи: всю тетрадь, и вспомнил очень хорошо Рилькэ. Вот сейчас достану книгу и перепишу:
Oui, mais des vers signifient si peu de chose quand on les a écrits jeune! On devrait attendre et butiner toute une vie durant, si possible une longue vie durant; et puis en fin, très tard, peut-être saurait-on écrire les dix lignes qui seraient bonnes. Car les vers ne sont pas, comme certains croient, des santiments (on les a toujours assez tôt), ce sont les expériences. Pour écrire un seul vers, il faut avoir vu beaucoup de villes, d'hommes et des choses; il faut connaître les animaux, il faut sentir comment volent les oiseaux et savoir quel mouvement font des petites fleures en s'ouvrant le matin. Il faut pouvoir repenser a des chemins dans les regions inconnues, a des rencontres inattendues, a des départs que l'on voyait longtemps approcher, a des jours d'enfance dont le mistère ne s'est pas encore éclairci, à ses parents qu'il fallait qu'on froissât lorsqu'ils vous apportaient une joie et qu'on ne la comprenait pas (c'était une joie faite pour un autre), à des maladies d'enfance qui commençaient si singulièrement, par tant de profondes et graves transfomations, à des jours passés dans les chambres calmes et contenues, à des matins au bord de la mer, à la mer elle-même, à des mers, à des nuits de voyage qui fremissaient très haut et volaient avec toutes les étoiles, — et il ne suffit même pas de beaucoup de nuits

d'amour dont aucune ne ressemblait à l'autre, de cris de femmes hurlant en mal d'enfant, et de légères, de blanches, de dormantes accouchées qui se refermaient. Il faut encore avoir été auprès de mourants, la fenêtre ouverte et les bruits qui venaient par à-coups. Et il ne suffit même pas d'avoir des souvenirs. Il faut savoir les oublier quand ils sont nombreux, il faut avoir la grande patience d'attendre qu'ils reviennent. Car les souvenirs euxmême ne sont pas encore cela. Ce n'est que lorsqu'ils deviennent en nous sang, regard, geste, lorsqu'ils n'on plus de nom et ne se distinguent plus de nous, ce n'est qu'alors qu'il peut arriver qu'en une heure très rare, du milieux d'eux, se lève le premier mot d'un vers*.

Моей матери нет дома целый день. Она ушла и еще не вернулась.

Что такое веревка: это вещь, которой человека связывают, — она же его освобождает.

Сколько жалких сотен раз я обошел вокруг стола? — Столько, сколько нужно, чтобы покончить после этого самоубийством,

---

* Ах, но что пользы в стихах, написанных так рано! Нет, с ними надо повременить, надо всю жизнь собирать смысл и сладость, и лучше долгую жизнь, и тогда, быть может, разрешишься под конец десятью строками удачными. Стихи ведь не то, что о них думают, не чувства (чувства приходят рано), стихи — это опыт. Ради единого стиха нужно повидать множество городов, людей и вещей, надо понять зверей, пережить полет птиц, ощутить тот жест, каким цветы раскрываются утром. Надо вспомнить дороги незнаемых стран, нечаянные встречи, и задолго чуемые разлуки, и до сих пор не опознанные дни детства, родителей, которых обижал непониманием, когда они несли тебе радость (нет, та радость не про тебя), детские болезни, удивительным образом всегда начинавшиеся с мучительных превращений, и дни в тишине затаившихся комнат, и утра на море, и вообще море, моря, и ночи странствий, всеми звездами мчавшие мимо тебя в вышине, — но и этого еще мало. Нужно, чтобы в тебе жила память о несчетных ночах любви, из которых ни одна не похожа на прежние, о криках рожающих женщин в любовном труде и легких, белых, спящих, вновь замкнувшихся роженицах. И нужно побыть подле умирающего, посидеть подле мертвого, в комнате, отворенным окном ловящей прерывистый уличный шум. Но мало еще иметь воспоминанья. Нужно научиться их прогонять, когда их много, и, набравшись терпения, ждать, когда они снова придут. Сами воспоминания ведь мало чего стоят. Вот когда они станут в тебе кровью, взглядом и жестом, безымянно срастутся с тобой, вот тогда в некий редкостный час встанет среди них первое слово стиха и от них отойдет *(текст приводится в переводе с оригинала; пер. Е.Суриц).*

т.е.: сделать гадость. Ход по лестнице (пять ступеней). Это мать? (сейчас только 10^{35}) надо наверное ждать, как тогда, до 2 ¹/₂ ночи. — Это кто-то, т.е.: не она. Только три дня терпеть, а 27-го приедет Марина. (Когда Волконский говорит «Марина», что с Мариной, вы имеете от нее письма? — Я говорю: «Письма? Да, Марина (и вдруг вспоминаю: Ивановна) мне писала».) Опять ход — тоже кто-то.

Когда Марина приедет, она будет: загорелая и молодая, не такая молодая как: он молод в 20, 30, 40, 50, 60, 70, 80 (хочется спросить: а в 127?). Эта молодость у ней так: 0, 1, 2, 3, 4 и т.д.: 33<-х> лет. Вот какая она молодая (Марина), вот какая древняя (ее молодость). Я в первом, во втором или в третьем этаже идут часы. — Я слышу это, значит — maximum тишины, а поезда за окном? Это тоже тишина — Россия, 10 лет назад, запасные пути, мы идем под вагонами. 3-ое идут с нами (они за деньги тащут вещи). Подлезаем под вагон. Они стали и курят. Свистят в морозной ночи поезда. Один из солдат, мне: сынок. Почему они нас тогда не убили? Боялись?

$$27-25 = 2$$
Дойдет ли? Пометил завтрашним: днем отправки

Милая Марина Ивановна.

Я думал, что отправил Вам письмо, был убежден, а оно лежало у меня <в? на?> столе, тогда пришлось сделать ужасное дело — распечатать (и сорвать печать).

Сегодня видел смерть (а м.б. он умер после) на вокзале Montparnasse. Вхожу: толпа. Посередине прохода на полу тело в судорогах (как будто бы танцует), шагах в пяти от него молодой человек плачет и прыгает, как козел (это и было настоящее горе). Однорукий, — видимо, инвалид, а лицо у него было сизо-красное, на губах кровь. Кто-то подобрал его шапочку, держит, подержал, подержал, положил рядом и ушел. 2-3 человека снимали с него воротник, и т.к. их было 2-3, то они и возились очень долго (за ажаном было уже послано, кто послан и кем, не знаю). Ни одна женщина — ни жеста, ни слова. Делали дело только мущины — они говорили молодому плакавшему (сыну? племяннику?): Et toi, pleure pas toi, dit-donc, Il'n'est pas mort*.

---

* Слушай, не плачь же, он не умер (*фр.*).

И любимое французское слово тут же. Я сказал: видел смерть — неверно, я ее слышал — это было хрипение *умирающего*, кое-кто это тоже понял, а звук хрипения такой: звук машинки для того, чтобы молоть кофе, или — еще лучше: кто-то часто, часто бьет деревянной палочкой по целлулоиду (второе: — сразу мне в голову «там» и пришло, первое — это была вторая мысль). Зачем-то я полез в карман за деньгами, у меня как раз были, но рука не достала — понял, что кончено (если не сейчас, через 20—30 минут). Т.к. сделать я ничего не мог, то счел нужным уйти, ибо «так смотреть» — подлость. Я ушел и по дороге встретил полицейского, тот шел не спеша и свистел, хотя ведший его *человек* почти бежал, это был тот, который выразил ужас — бегом — побежал за полицейским. Так как то, что пишу, есть правда, то прибавлю: у трупа, который еще не умер, разговор. — Хлыщ (брюки гольф, пробор (чудовищный), air nonchalant et fainéant*) — проститутке, которая тут же смотрит: Et bien c'est samedi que tu viendra?** — Тон и выражение лица его точно сказали мне, зачем она придет к нему (к чести проститутки — слушала она невнимательно).

Знаете, об чем сейчас подумал? — Вот: когда у людей такие судороги бывают, эта дрожь по телу и дыхание (почти хрипящее), ежели они это делают в первый раз. И еще: мы (все, кто стояли вокруг), ежели будем умирать, так также будем дергаться или иначе, или совсем не будем дергаться? То, что приложено здесь (цитата из Рильке) — я написал вчера вечером, когда мне было страшно, это не было письмо к Вам — поэтому и не судите строго.

Ваш Николай.

Это и есть последнее письмо. Коне́ц Разлуке — разлуки — в одном городке, что же, м.б. это лучше. — Нет (т.е.) — да!

77
ЦВЕТАЕВА — ГРОНСКОМУ

Дорогой Ко́люшка, последний привет с Côte d'Argent, — едем послезавтра в четверг 27го утром — rapide, 9 ч. 15 м., всё это Вам ни к чему.

---

* Вид ленивый и равнодушный *(фр.)*
** Так значит ты придешь в субботу? *(фр.)*.

Вот два последних (пред, — остальных везу непроявленными) Мура. Хорош?

Пишу в самую разборку и раскладку (уборку и укладку). Погода до конца не дрогнула. Непреложная синь.

Если не будете на вокзале приходите 28-го — к 2 ч., я наверное буду дома, но не позже, сразу после завтрака.

До свидания!

М.

Понтайяк, 25-го сент. 1928 г., вторник

78
ГРОНСКИЙ — ЦВЕТАЕВОЙ
<4-5 октября 1928?>

Милая Марина Ивановна.

Приласкайте мою мать. — Она ходит по комнатам и думает, что бы такое Вам подарить. — Желание вполне естественное, но преждевременное (я говорю ей: подожди, а то неудобно и пр., и она соглашается). Кончились ли Ваши судороги? И когда Вы придете ко мне (и к матери) = к нам? — Мой кашель становится глубже. Дней пять я не буду выходить.

Прочел Petit testament*, которое уже читал раньше, буду читать Grand**, которое никогда еще не не приходилось читать.

Раненый Оливье, встретившись с Роландом, нападает на него и ударяет Роланда мечом по шлему, ибо глаза его не видят. Упрек Роланда: Je suis Roland qui tant vous aime...***

Ответ Оливье: Je vous entends parler. Mais sans vous voir; ami(e), que Dieu vous voie!****

Лучшего не напишу.

Ваш Николай.

---

* Малое завещание *(фр.)*.
** Большое *(фр.)*.
*** Я Роланд, который так вас любит... *(фр.)*.
**** Я слышу, что вы говорите. Но я не вижу вас, друг, пусть Бог вас увидит! *(фр.)*.

79
ЦВЕТАЕВА — ГРОНСКОМУ
Мёдон, 5-го Октября 1928 г., пятница

Дорогой Николай Павлович, я уже успела по Вас соскучиться. Лежу второй день, жар был и сплыл, но нога (прививка) деревянная, а когда не деревянная, то болит. Двигаться не могу, разве что на одной. Лежу в чудной розовой ночной рубашке — новой — подарке Али, жаль, что Вы меня в ней не увидите, — и не только в ней, вообще — лежащей, т.е. самой доброй и кроткой. Завтра вторая прививка, м.б. будет еще третья, во всяком случае встану не раньше вторника. Рука еще болит — видите, как пишу? Вчера у меня был в гостях Товстолес, просидел на сундуке до сумерок, говорили о Балтике (оттуда) и черной магии. Оказывается, мы оба под знаком Сатурна, все приметы совпадают. Очень радовался не-евразийской теме беседы (евразиец).

А почему Вы тогда сказали: «После того как я от Вас тогда ушел, мне уже было все равно — на людях или одному»... Вам было так хорошо? Или так плохо? Или так — КА́К? Ответьте. Вообще напишите мне — как здоровье, что́ делает, что́ читаете, скучаете ли обо мне. Какая дикая жалость — *такое* совпадение! (болезней). Вы бы сидели у меня целый день — или 1/2 — или 1/4 — сколько смогли бы и захотели. Нынче с утра налетела А.И.Андреева и забрала у меня Н.М. на два дня. Справляемся с Алей, вернее — справляется одна, я лежу и ничего ускорить не могу. Если придет Ваша мама, передам Вам через нее «подарочек». До свидания, родной, Вы мне снились, спрашивала Вас о том же (вопрос по середине письма).

Пишите про здоровье, как я была бы счастлива, если бы Вы сейчас вошли. — Сидите дома. —

М.

80
ЦВЕТАЕВА — ГРОНСКОМУ

Я — здесь, а с других хватит и закрыток.

МЦ.
5-го окт. 1928 г.

81
ЦВЕТАЕВА — ГРОНСКОМУ
Мёдон, 6-го октября 1928 г.

Дружочек родной! Вчера заснула с мыслью о Вас и всю ночь видела Вас во сне. Мы были вместе на юге, одни, Вы без родителей, я без детей (никогда никакие слова не передадут сна, — воздуха, всей *иной атмосферы* его!) Был канун отъезда, пошли к старой старухе в глубокую деревню, она нам говорила, т.е. нам гадала. Помню голос, убедительные и усовещевательные интонации, слов не помню, да все равно не поняла бы, проснувшись. Ключ к сну — сам сон, только в нем — понимаешь. После этого сна еще больше Вас люблю, потому что была с Вами на полной свободе, какой нет на земле.

Вчера, в разговоре с Вашей мамой, она — мне: «...Вы настолько моложе меня», т.е. то́, что я так часто говорю — Вам. И я поняла: я как раз на полдороге от Вас к ней. Полдороги, пол-поколения. Потому я равно-близка Вам и ей. (Не знаю как Вы, *мне* это на Вашем месте слышать было бы больно, поэтому: Вы мне сейчас ближе всех, ни одной секунды не приравниваю, говорю только о возможности понимания). Говорю с *нею*: Вы, в ее освещении, для меня — сын, говорю с *Вами*: она, в Вашем освещении (*ОТСВЕТЕ* верней) для меня — мать. Не совсем-сын, не совсем-мать. Думаю, что я — та точка, на которой вы лучше всего сойдетесь, ГАРАНТИЯ РОДСТВА.

— У нее Ваш смех, — знаете, когда смеетесь тихо, внутри себя, как куперовский Следопыт. Много говорили о Вас, больше — она, о Вашем младенчестве, детстве, росте, — со сдержанной любовью, *чуть* с иронией — точь-в-точь так же, как я слушала.

На одном мы — *страстно* сошлись (для нее настоящее, для меня будущее) — «Нельзя *жить* ребенком» (подразумевалось — сыном) — «нельзя, чтобы кроме — ничего, нужен противовес» (Бог, работа, любовь, — другого, кажется, нет) «иначе — *ЗАЛЮБИШЬ*».

Она, пожалуй, *еще* отрешеннее меня. Может быть — лишнее десятилетие.

———

Ты пишешь «приласкать»? О, как не умею. Только Мура и тебя (тогда уж — заласкать). А твою маму особенно трудно, — она в броне. Я никогда бы не решилась лишний раз взять ее за руку.

Да ей и не нужно, не моя рука ей нужна сейчас. — Но было очень хорошо, — два духа. Немножко напомнило мне первые беседы с тобой. Ей не хотелось уходить, а мне не хотелось отпускать. Она мне всегда нравилась, но источник *этого* тяготения — конечно, ты.

— Незадача, дружочек! Как ты бы чудно у меня сидел весь день — на *своем* сундуке! Все сидят, кроме тебя, а мне никого не нужно, кроме! И Н.М. нет, и дети гуляют, мы бы были совсем одни (ты бы иногда слезал со своего сундука? Ты бы на него и *не сел!*) Думай сам дальше.

— Сегодня попробовала встать, пишу за столом. Самочувствие, когда хожу, старого (и доблестного) инвалида. Или еще — деда Лорда Фаунтельроя. А вечером — вторая прививка, и опять в лежку. Кстати, ни 40° ни судорог, сразу заснула как убитая, а на другой день — 38°, пустячек. «И яд не берет», — вроде Распутина.

Дивная погода. Как мы бы с тобой гуляли! Если бы у тебя не было родных, я бы к тебе нынче, до второй прививки — сбежала, (т.е. шла бы к тебе ровно 2 ч.!) — просто поцеловать.

— Аля тебе изложит мою просьбу — исполнишь? Дело в Георгии Николаевиче. Впрочем, для ясности: 1) и насущное — окантовать гравюрку Петербурга, *подклеив* до нормы, т.е. срезав рваные куски и *надставив*, бумагу посылаю, а м.б. подклею сама, так что — только окантовать, но непременно до понед., к понедельнику (имянины С.Я.). Картинка *краденая*, вырванная на глазах владельцев, — чистейший патриотизм, Георгию Н. не говори. Кант простой черный.

Второе: попросить Г.Н. как только сможет вставить у нас стекло, по ночам холодно, а С. кашляет.

Посылаю тебе Stello, читай не пропуская ни строчки: сам Stello — условность, повод для трех рассказов. *Лучший* — последний, но не опережай. Читаю Калевалу, а ты Stello читай сейчас и скажи мне потом — не крупнейшая ли вещь на франц. яз. за все прошлое столетие? Прочти и крохотную биографию, — *та́к* нужно писать.

— Кто же раньше: ты ко мне или я к тебе? Если *три* вспрыскивания, встану не раньше пятницы, *два* — в среду.

Скучаю по тебе и нет часа, чтобы не думала.

— Тебе очень плохо было в последний раз (у меня) со мной? Все думаю о твоей фразе.

Замечательное слово Оливье к Ролан<д>у, спасибо, *ТА́К* читает — только поэт!

Обнимаю тебя, родной, рука устала, пишу в первый раз.

М.

II

Вторые сутки *люто* болит нога (отравленная). А жар маленький, 38 (докторша гарантировала 40 и бред). — Мне очевидно легче умереть, чем бредить. Но довольно о болезнях.

Читаю Чортов мост. До чего мелко! Величие событий и малость — не героев, а автора. Червячок-гробокоп. Сплошная сплетня, ничего не остается. *Сплетник-резонер*, вот в энциклопед. словаре будущего аттестация Алданова.

Такие книги, в конце концов, разврат, чтение ради чтения. Поделом ему — орден 5ой <подчеркнуто дважды> степени от сербского Александра!

Читала его после камфары, негодование вернуло меня к сознанию.

———

Калевала. Хорошо, но Гайявата лучше. (*Народ* хорошо, но *поэт* лучше? Всегда утверждала обратное.) Несостоявшаяся эпопея, отсутствие главных линий, *одной* линии.

В общем — журчание ручья по камням. Пока слушаешь — пленяешься, отошел — остыл. *Материал* для эпопеи.

— Но довольно о книжках.

———

Встану, если не будет третьей прививки, в пятницу, в субботу или воскресенье *(верней)* зайду к Вам, если сами раньше не выберетесь. Как Ваш кашель? Топите ли? Кто бывает? Как Stello? Под всем сказанным о франц. (и *всякой!*) Рев<олюции> подписываюсь обеими руками. Вот Вам *Виньи*, а вот *Алданов*. М.б. пришлю Вам обе книжки (Джима и Чортов мост) через Алю.

Напишите мне письмецо, чем больше, тем лучше. Да! попросите П.П., если можно, достать гонорар из Посл.Нов., как мал бы ни был.

До свидания. Не забывайте меня.

М.

Дружочек, пишу Вам после 2ой прививки (7го) от которой чуть было не отправилась на тот свет. Обморок за обмороком, сердце совсем пропало, все: дышите глубже! а мне совсем не хотелось дышать, хотелось спать. Звон в ушах был — *грозный*, ни с чем несравнимый, звенели все 4 стены + потолок. К счастью (или к несчастью) Н.И.Алексинская еще не уехала, праздновала имянины Лелика у А<лександры> З<ахаровны>, Радзевич побежал за ней, пришла, вспрыснула камфару (лошадиную дозу).

Наблюдение: мне, чтобы не потерять сознание, все время хотелось — выше, навалили подушек. Казалось, что — лягу — умру. Это был — инстинкт. А первое, что сделала докторша — уложила меня плашмя. Как понять? Разве сердце (физическое) ошибается? Повторяю, последними остатками сознания хотела — выше, стойком.

Я теперь немножко знаю как умирают: ждешь сердца, и его *нет*. Смерть будет — когда *не* дождешься. Но это только первая половина смерти, во вторую — если есть — не заглянула.

82
ГРОНСКИЙ — ЦВЕТАЕВОЙ
<16-17 октября 1928?>

Милая Марина, когда Вы позвонили, я, вставая из-за стола в моей комнате, уже знал, что это Вы. Прекрасна Ваша повадка входить: в тот самый миг, как распахнулась дверь, Вы сделали шаг и тотчас же отступили назад, как бы боясь войти в темноту открытой двери. Случилось так, что концы Вашего плаща заколебались, как синие опускающиеся крылья, и как бы упали вниз. — Так же упали мои *неподнявшиеся* руки. Не было ответа на Ваш вход-приход, единственного ответа, которому подобало быть, и который могли выполнить только руки. Вы вошедшая были для меня кавалером, рыцарем (о, не хочу сказать мущиной, хотя мужественность именно в Вас и была. Так говорю: юношей). Шаги Ваши по коридору в мою комнату были уверенны. Таковы они были у Вас *входившей*, но совсем другая походка была, когда Вы *выходили*. — Плащ Ваш, накинутый мной на Ваши плечи, вернул мне, дважды вернул пол (один: не-женский и другой: под ноги). Потом вот еще почему: выходили Вы беспомощно, не зная и не желая искать, где выход. Так ли? Вот стихи про этот приход и про Ваш приход вообще ко мне, не про Ваш ли *вход*? Куда — говорят стихи:

> Отпер дверь я. —
> Два синих крыла.
> Отступила на шаг и вошла.
> «Друг, поверь, я...»
> И крыльями складки плаща.
> «О, не в дверь я, в жизнь твою я вошла».

Письмо, как видите, передаю Вам сам. Вот еще про Вас: когда уходите от -: не оборачиваетесь никогда, никогда не смотрите вслед уходящему от Вас. Правда хорошо? Ваш Николай.

<На полях:>
Письмо запечатываю — от самого себя.

83
ЦВЕТАЕВА — ГРОНСКОМУ
Мёдон, 17-го октября 1928 г.

Вы знаете, я сразу поцеловала Ваше письмо, как вчера — руку — в ответ (на ответ: «не совсем чужая!») Подумать не успев.

Думаю, что целование руки во мне польское, *мужско*-польское (а не женско-сербское, где *все* целуют, даже на улице. Кстати, мой прадед с материнской стороны — Данило, серб.)

Целует руку во мне умиление и восторг: Вашей руке *долго* быть целованной!

Письмо. Я была *залита* восхищением. Та́к нужно писать — письма, стихи, все. Та́к нужно глядеть и понимать. Вы предельно-зорки: я, действительно, шагнув — отступаю — перед тьмой всего, что не я, всем не-мною, ожидая, чтобы оно меня — чуть ли не взяло за́-руку. (Звонок, как стук, далеко́ еще не: ВХОЖУ! а: «можно войти?» *НУЖНО* войти?»)

До двери я — я, за нею — я + все, что *за нею*.

Я отступаю так же, как тьма, в которую мы выходим. Чуть подаюсь.

— Шаг назад — после всех вперед, мой вечный шаг назад.

А выхожу я — опять правы! — как слепой, даже не тычась, покорно ожидая, что выведут. (В окно бы — сумела!)

Наблюдение об уверенности шагов по коридору — простите за слово: гениально, ибо — клянусь Вам — идя, сама отметила:

«та́к сюда иду в первый раз». — А вчера вошла как тень — дверь была открыта всем — значит и мне.

(А Вы хотите, чтобы я пришла к Вам потом — если уйду раньше Вас — или будете бояться?)

— Как мне хорошо с Вами, легко с Вами, просто с Вами, чисто с Вами, как Вы всегда делаете что́ нужно, ка́к нужно.

Еще одно, чем бесконечно восхищаюсь: Вы не задавлены полом (для людей — *всё*, если не *ничто*), Вы в него ныряете. Так Антей касался земли.

(Попутная мысль о Метаморфозах: символы больше, чем их разработка, МИФ больше чем Овидий, — а Гомер — нет.)

Тем, что для Вас любовь не чувство, а среда (воздух, почва, нечто *в чем* и *из чего* происходит) Вы ее приобщаете к таким огромностям как *ночь* (тоже среда, а не время дня!) как *война*, выводите ее из тупика *самости*, из смертных — в бессмертные!

— Вы знаете много больше, чем еще можете сказать.

— Соскучилась по Вас у себя, — Вас на пороге, Вас на сундуке. А знаете — как *Вы́* входите? Дверь открывается, кто-то стоит с видом явно не при чем, с лицом явно: «не я стучал» (может ветер, может я). Если у меня при входе — одумка, у Вас явно сопротивление. Мне всегда хочется сказать: — нну?

Вы необычайно долго (секунды на три дольше, чем полагается) *не* входите.

— Знаете, что меня внезапно осенило в связи с Вашим последним письмом — В-ский С ДУШОЮ. — Вы понимаете какая это вещь?

Нынче и завтра свободна до позднего вечера, никто не ждет (вчера ждали, и было очень тяжело) — *Вы́* ждете — а я не приду, ибо нельзя — будучи мною — злоупотреблять благосклонностью матери и широтою взглядов отца.

Ах, шапка-невидимка! Ковер-самолет!

Кто-то взял у нас и осень. А какая нынче (продолжаю в четверг) — блаженная! Как хочется в лес и в лист. В мёдонском лесу не была еще ни разу.

До свидания. Зайду, как смогу — или завтра или в субботу, занесу стихи для Посл. Нов. Кстати, надеюсь достать из Праги мои «Юношеские стихи» (1913 г. — 1916 г.) — нигде ненапечатанные, целая залежь. Стихи ради которых мне простят нынешнюю меня. Хорошие стихи. Прокормлюсь ими в Посл. Нов. с год, если не больше. Так Вы, постепенно, будете знать меня всю, весь ХОД КОНЯ (название книги Шкловского, которой не читала).

— В пятницу или в субботу, в зависимости когда буду свободна (не на учете ожидания).

Обнимаю Вас, дружочек! Просьба: уберите все мои письма с Вашего стола, завяжите в пакет, пакет в стол. Прошу Вас.

М.

84
ЦВЕТАЕВА — ГРОНСКОМУ
<Ноябрь 1928 г.>

Милый Николай Павлович,
Будьте завтра у меня в 6 ч., пойдем в Кламар за женой Родзевича и Владиком, а оттуда все вместе на Маяковского.
Непременно.
Завтра, во вторник, в 6 ч. у меня. Жду. Это его последнее чтение.

МЦ.

85
ЦВЕТАЕВА — ГРОНСКОМУ
Meudon (S<eine> et O<ise>)
2, Av. Jeanne d'Arc
1го января 1929 г., вторник

С Новым Годом, милый Николай Павлович!
Давайте к Гриневич в воскресенье, — все остальные вечера у меня разобраны. Заходите за мной к 8 ч., к 9ти час. будем у них.
Как Ваше здоровье? Аля сказала, что Вы кашляете и хрипите. Я тоже.
Всего лучшего, поздравьте от меня ваших, особенно — маму.

МЦ.

Если не трудно, напишите г-жам Гриневич, что в воскресенье.

86
ЦВЕТАЕВА — ГРОНСКОМУ
<начало января 1929>

Милый Николай Павлович!
Если можете, зайдите ко мне к 2 ч., не можете — как писала, в воскресенье в 8 ч.
Жду Вас до 2 ч.

МЦ.

87
ЦВЕТАЕВА — ГРОНСКОМУ
<январь 1929>

Милый Николай Павлович,
Можете ли Вы завтра утром проехать со мной в чешское консульство, *срочно* необходимо, боюсь, что и так опоздала.
А вторая просьба: узнать, где это консульство (*кажется*, что Av. Kléber, но только кажется, и № не знаю). Именно консульство (Consulat tchèque) а не посольство.
Ответьте, пож., через Алю.
— Перевожу сейчас письма Р.
— Да! Не поедете ли со мной *в пятницу* на Miss Cavel (Convention «Magique»). Подумайте!

МЦ.

<На полях:>
Пятница — завтра. К<инематогра>ф дешевый и чудный.

88
ЦВЕТАЕВА — ГРОНСКОМУ
<конец апреля – 1 мая 1929>

Николай Павлович! Приходите завтра утром ни свет ни заря по делу выступления Волконского. Ведь у меня читает Св<ято-полк->Мирский и Волконского нужно *предупредить* (не знаю их взаимоотношений). А объявление (платное) в П.Нов. должно быть сдано завтра до 12 ч. — кого же объявлять?? Словом, будьте у меня *не позже 9 ч.* <подчеркнуто дважды> (девяти). А то — неизвестно что́.

Благодарная днесь и впредь

МЦ.

89
ЦВЕТАЕВА — ГРОНСКОМУ
<май 1929>

Милый Николай Павлович,
Будьте у нас в 7 ч., мы вместе поедем к С.М., с которым я еще должна посоветоваться о его чтении, а Вы направитесь в зал, — мы с С.М. приедем вместе.
Не запаздывайте!

МЦ.

Стало быть Вы отвозите меня к С.М.

90
ЦВЕТАЕВА — ГРОНСКОМУ
<май 1929>

Милый Николай Павлович,
Заходите как только сможете — дело спешное, с вечером — я дома до 2 ч. и после 5 ч., но если можете в течение утра.
Готова ваша карточка с Сергеем Михайловичем.
Итак, жду.

МЦ.

91
ГРОНСКИЙ — ЦВЕТАЕВОЙ

Милая Марина Ивановна.
25 пройденных километров, 5 осмотренных деревень, почти бочонок выпитого пива и: ничего подходящего. Меня уж наверное знают во всех кафэ городка, что на от-

крытке. «Un monsieur qui cherche deux pièces et une cuisine»*.

Всюду один и тот же припев: «Mais allez vous à la mairie, trouvez monsieur le maire et il vous dira»**.

Отправляюсь в mairie***. Все открыто, нигде ни души. Совсем та же история, что пять лет назад: faîte des conscrits****, по нашему набор рекрутов. Попал как кур во́ щи.

Но де́ла так не оставлю. Возвращусь послезавтра и найду мэра, хотя тамошние хозяева кафэ и говорят, что все виллы — большие и маленькие — сданы, но надо еще искать и искать.

Неподходящих комбинаций очень много, но к чему о них писать.

В деревне, где я живу, Деникин меня предупредил. В день моего приезда мой хозяин получил письмо от некого русского, который писал ему, что если можно что подыскать, — пусть снимет «pour la famille de mon ami, célèbre général russe Denikine qui a lutté contre les bolchevicks»*****. Деникину что-то нашли, но и то уж мой хозяин всю деревню излазал.

В четырех километрах от меня есть домик, но на шоссе.

Буду еще и еще ходить, искать, пить отвратное пиво (заставляют пить бутылками) и расспрашивать. О, как они разговорчивы, но почему это, черт возьми, не могут никуда направить, кроме мэрии или хозяев, которые сдают по одной комнате.

Всю будущую неделю посвящаю поискам и в конце ее (в субботу через неделю), ежели ничего не найду, то и напишу Вам в отрицательном смысле.

А хорош городок на открытках? — на него вся моя надежда.

Простите за длинное письмо ничего-не-нашедшего, но ищущего.

Шлю Вам привет и остаюсь Ваш Николай Гронский.

---

* «Господин, который ищет две комнаты и кухню» *(фр.)*.
** «Но пойдите в мэрию, найдите мэра и он вам скажет» *(фр.)*.
*** Мэрию *(фр.)*.
**** Разгар призыва *(фр.)*.
***** «Для семьи моего друга, знаменитого русского генерала, который боролся с большевиками» *(фр.)*.

<На полях:>
Субб. 15/VI/<19>29.
chez C.Manin
Allemont: ISERE.

92
ЦВЕТАЕВА — ГРОНСКОМУ

Сердечное спасибо, милый Николай Павлович, и глубочайшие извинения за *гвозди*. — Что ж: не судьба! верней: судьба. Утешаюсь холодной погодой, человека *сжимающей*, обратно жаре, выгоняющей его из кожи и из квартиры (что́, впрочем, то же!) — Пишите о своей жизни: ландшафтах, прогулках, знакомствах. Пришлите снимки, если есть. — Дальше конечно не ищите: явно-бесполезно. М.б. отправлю Алю на́ две недели на́ море (в Бретань) гостить к знакомым, а сама осенью на столько же в Прагу — давняя мечта.
Еще раз, спасибо от всего сердца — и за это, и за все. Вы удивительный человек.

МЦ.

Числа не знаю, *конец июня 1929 г.*

93
ГРОНСКИЙ — ЦВЕТАЕВОЙ
Allemont
2/VII/<19>29

Милая Марина Ивановна,
письмо Ваше получил и мне стало стыдно, — не того, что я Вам ничего не нашел, а того, что у меня есть комната и каникулы в горах, а у Вас нет. — Некий стыд своего благополучия.
За эти две недели мой хозяин получил более *десяти* писем с просьбой приискать что-нибудь в деревне или в окрестностях — и на все письма послал отказ, ибо последние комнаты были уже задержаны Деникиным, как раз в день моего приезда. — Это не оправдание, а объяснение моих неудач.

Все мне здесь любо: и горы, и часовни на перекрестках, и встречные крестьяне. Allemont — это деревня красивых стариков. С двумя я подружился — старики падки на внимание молодежи. Рассказы: война 1870 года, или: «Когда я был маленьким» (а рассказчику 84 года!), или: «pour se rendre invisible: volez un chat noir, à l'heure du nuit égorger le de la main gauche...» etc.* (последний рассказ я записал дословно).

Чтобы досказать про людей, прибавлю: я долго всматривался в лица старух, особливо же стариков, и не мог ничего понять — какие-то странные черты лиц — потом прочел в путеводителе, что: аллоброги, римляне, французы, итальянцы и сарацины (sic!) — вот предки здешних жителей. Про аллоброгов можно догадаться и по названию деревни: Allemont. Другие названия ставили меня сперва в тупик: Oz, Huez, — зная же теперь про сарацинов, понял все: и названия деревень и черты лиц. Хорошá смесь?

Вот все про людей и деревни.

Совершаю восхождения совершенно один. В «последней деревне» расспрашиваю, кáк да кáк идти дальше. — Вечный окрик вдогонку: «et vous êtes tout seul, tout seul comme ça?»** Или встреча: «а, вы идете туда-то, а знаете, там двое разбились в прошлом году».

Когда буду снимать, пришлю (хотя это и соблазн). А пока названия: pic de Belledonne («где-нибудь рядом — вход в ад» — вот первая мысль, когда увидел), pic de l'Etandard, rochers des Passions***, «4 дома» и «Семь мест». Реки: Romanche, Sonnant**** (про дьяволóв и не пишу — так много).

Вспоминаю Россию (ее же помню — но это другое): ели, рожь, кошкины лапки — такие цветы.

Но есть много и не русского. — Однажды я принес цветы, лилии пламенного цвета, с запахом мощей святых (мысленно называю по запаху: essence baudelairiènne***** и вот мой хозяин говорит (а ему за 70), что он не только никогда не видел, но и не слышал ничего об этих цветах. — «Ah, que ça sent mauvais Mr

---

* «Чтобы стать невидимым, надо украсть черного кота, и в полночь убить его левой рукой...» и т.д. *(фр.)*.
** «И вы один, совсем один?» *(фр.)*.
*** Пик Белладонны, пик Знамени, скала Страстей *(фр.)*.
**** Романш (древне-романский язык), Звенящая *(фр.)*.
***** Бодлерианская эссенция *(фр.)*.

Nicolas»* — это он понюхав, а я «mais non Mr Manin, c'est un peu pourri, mais ça sent très bien»**.

Множество фиалок, земляники, смолы (смолу ем, как землянику) — только все надо найти.

Многие озера еще подо льдом. Ем снег.

————

С сегодняшнего дня прогулки кончились — пришли материалы, касающиеся человека, о котором, как я говорил Вам, я пишу поэму. Семь часов не вставал из-за стола — читал. Завтра буду делать выписки. Человек, о котором я пытаюсь писать, был в жизни очень сдержан (в письмах тоже), — почти неуловим. И вот я его *добываю* (Вы бы сказали: *восстанавливаю*). — Работы по горло.

————

Получил очень милое и трогательное письмо от В. Ответил как мог.

Радуюсь за Вашу Прагу (HIC, EST PRAHA VESTRA***). Ежели встретите моего безумного (не щедро ли наделять его безумием? «но (или ну?) как не порадеть родному человечку», — сказал бы Волконский, после Грибоедова, pardon, je suis en marge****). То поклон от меня ему там:

> Где Фауст под плащом
> Бессмертный Праги Гений,
>
> Тиары римских пап
> Повсюду вечный след.

Это его стихи в строгой последовательности, вплоть до запятой. Кланяйтесь от меня Сергею Яковлевичу и Але (с Бретанью!) Муру разрешите заочно поцеловать, — ежели он ко мне равнодушен, то не я к нему.

                      Остаюсь Ваш Николай Гронский.

P.S. Передала ли Вера Степановна Вам ту книгу, что я дал ей читать?

---

  * «Ах, до чего ужасный запах, мьсье Николя» *(фр.)*.
 ** «нет, мьсье Манен, немножко подгнило, но пахнет очень хорошо» *(фр.)*.
*** Это Ваша Прага *(лат.)*.
**** Простите, это я на полях *(фр.)*.

94
ЦВЕТАЕВА — ГРОНСКОМУ
*Meudon (S. et O.)
2, Av. Jeanne d'Arc
7-го июля 1929 г.*

Милый Николай Павлович! Очень возможно, что мы с Вами скоро свидимся. В С<ен->Мишеле (немножко *над*) есть дом — очень дешевый — с двумя кроватями и столами. Дело в стульях и в тюфяках, первые можно осуществить ящиками, вторые — соломой (NB! БЛОХИ!!!) Часть скарба придется везти отсюда (посочувствуйте!) остальное купить в С.Мишеле на базаре (NB! и тащить на себе в гору — 20 мин. или больше). Жду окончательного ответа от русского полковника рабочего, который там живет уже третий год. С.Мишель — густо-лесной, римская дорога и развалины. Жители старые и в старом.

Узнайте на всякий случай сколько туда (и обратно) дорога от Вас, м.б. я попросила бы Вас побывать там до нашего приезда и встретить. И немножко устроить (ящики, напр., ибо таскать придется мне одной: Аля — с Муром, а полковник на заводе) — испытать плиту, м.б. купить кое-что из хозяйственного. Напишите 1) цену ж.д. 2) возможно ли это *в идее*, т.е. пожертвовали ли бы Вы 2-3 днями блаженства в Аллемоне на муку в С.Мишеле. М.б. и не придется. М.б. дорóга настолько дорогá — я ведь не представляю себе расстояний, — *мой* путеводитель Вы увезли. На мой запрос ответьте скорее.

Второе — важное. Какова — нормально — (на не-норму нормы нет!) погода в августе и в сентябре? Стóит ли вообще ехать? Меньше чем нá два месяца не имеет смысла, а выедем мы к концу июля, — *не* раньше 20-го, т.е. в расчете на август и сентябрь. Спросите у своего хозяина — есть ли смысл, т.е. не попадем ли мы *в стужу*. Но Вы ведь тоже будете до конца сентября?

— Есть (будут) ли грибы? Черника? С.Мишель — сплошь-лесной, преувеличенная Чехия. Расспросите о С.Мишеле Вашего M.Manin, м.б. он был или знает.

Итак 1) что Вы думаете о предварительной поездке туда (не забудьте цену проезда, деньги вышлю как только решу — *если* решу) 2) норма ранне-осенней погоды.

У нас поздне-осенняя: ветер, тучи, ни дня без дождя, полная ненадежность. Жары — и в помине.

— Служит ли Вам моя палочка? Очень хотелось бы с Вами полазить.

До свидания — может быть скорого.

МЦ.

P.S. Наш дом среди десятка таких же, — *не* тот страшный одинокий за 60 фр.

Пришлите мне какие-нб виды Аллемона, обожаю горы.

Сердечный привет от всего семейства.

———

Вы — Isère, а мы — Savoie!

95
ЦВЕТАЕВА — ГРОНСКОМУ
<12 июля 1929>

Дорогой Николай Павлович! Спасибо.

Дела таковы: мне предлагают дом — дешевый — в горах. Предлагает человек бессемейный — военный — рабочий, м.б. не знающий всех трудностей связанных с семьей и оседлостью. Свободен он раз в неделю, времени на подробности у него нет. Ехать в слепую — боюсь.

Что́ за дом? *Возможный* или нет? Кто соседи (группа в 10—12 домов над С.Мишелем) и что́ у них *наверняка* можно достать? (Молоко, яйца, зелень). Есть кафэ, — есть ли в нем табак и спички?

В <сверху: На> каком точно расстоянии от С.Мишеля? Сколько ходу? Полковник писал о 2 кроватях и столах (одну «пару» дает он, другую хозяин). *Реальность* ли? Можно ли в С.Мишеле купить ящики — вместо стульев и полок? Ведь нельзя же жить на полу — я всё-таки надеюсь заниматься.

Приеду я по всей вероятности одна с детьми, — *все* будет на мне. — Как с водой? (есть ли колодец?) Боюсь *заехать*.

По-моему, самое лучшее было бы *сев на поезд* (проще! погулять мы с Вами успеем) доехать до С.Мишеля, познакомиться с полковником и сообща всё обдумать — он *очень* милый человек. Вместе осмотреть дом и взвесить. М.б. — если *такая гора* (устройство!) — заслонит все горы и — просто — *не сто́ит*.

А м.б. только издалека́ так страшно. У полковника нет времени и у него другой строй жизни, он не может войти в мое положение. Вы — можете ибо живете семьей и знаете, что́ это значит.

Решите за меня и отпишите.

Действует ли плита? (на случай порчи примуса) Чем топят? Очень важно расстояние от С.Мишеля: придется неустанно таскать тяжести — продовольствие, керосин — учтите. Сильно ли в гору и сколько ходу?

Кто соседи? Где живет хозяин? (Большая ли семья и нет ли *ведьм* — о, не киевских! — *бытовых*).

Мое письмо возьмите с собой.

— Каков С.Мишель? Аптека? Лавки? (Красота — потом. На *то́м* — (свете!))

Будь я Вами я бы списалась с полковником, *когда* он свободен, и проехала бы прямо к нему. После осмотра — отписала бы мне, в освещении собственного впечатления (NB! живой Волконский). Я бы решила, и тогда мы оба принялись бы действовать: я выслала бы Вам деньги на самонужнейшее обзаведение и Вы бы нас, в означенный день, встретили.

Все это очень трудно, но может выйти и чудно, — Вы бы к нам наезжали, гуляли бы вместе, и т.д. Странно: прошлым летом Вы́ ко мне (сорвалось!) теперь я — к Вам — и м.б. *не* сорвется.

Адр. полковника:
M. Georges Gaganidzé
Usine de la Saussay
St.Michel-de-Maurienne (Savoie)
Георгий Романович Гаганидзе.
Посылаю Вам его письмо — вчитайтесь.

Напишите ему, что Вы по моему поручению и т.д. хотели бы осмотреть дом. Пусть он Вам назначит день и сообщит свой домашний адрес.

Пока всего лучшего, спасибо, буду ждать вестей.

МЦ.

P.S. Если он свободен только в воскресенье — в это (нынче пятница) Вы уже не поспеете, а ждать следующего — долго. Вы могли бы с ним повидаться вечером *после его службы*, переночевать у него (если возможно), и утром отправиться самостоятельно — de la part de M. Gaganidzé pour une famille russe* и т.д. Так лучше, а то я к 1^{му} августу и не соберусь. Напишите об этом Гаганидзе, т.е. можно ли у него переночевать и приведите доводы. Я ему о Вашем возможном посещении пишу нынче же.

— М.б. у него за это время что-нб другое наладилось, более удобное, — тоже не исключается.

МЦ.

Очень хочу в горы.

96
ЦВЕТАЕВА — ГРОНСКОМУ
<*20 июля 1929*>

Remettez départ lettre suit

Marina**

97
ГРОНСКИЙ — ЦВЕТАЕВОЙ
<*20 июля 1929?*>

Дорогая Марина Ивановна, — вот эта самая открытка должна была быть брошена мною завтра в 10 часов (St. Michel за горою) с единственным словом: ИДУ.

А когда я встал из-за стола и пошел предупредить моего хозяина, что ухожу на несколько дней, явился бегущий мальчик с телеграммой.

Завтра я должен был быть на этой дороге (1/4 пути до St. Michel'я), но вот телеграмма, остальное Вы знаете (а я еще не знаю), — смертельно боюсь одного, впрочем, следует ждать Вашего письма.

(От полковника получил любезное письмо — пишу ему одновременно о Вашей телеграмме.)

А сегодня прошло уже не знаю сколько времени со дня прихода Вашей телеграммы, а письма́ от Вас все нет.

---

* От месье Гаганидзе для одной русской семьи *(фр.)*.
** Отложите отъезд письмо следует Марина *(фр.)*.

Одержимый демоном ходьбы, я предпринял труднейшее восхождение (надо же было заменить чем-то путешествие в St. Michel?). Был так высоко, что не только видел вдали горы St. Michel'я, но и Италию и даже Лион (верст двести). Жду письма́ от Вас. Полковника предупредил: «не ждите». Жду письма́.

———

А, остался краешек.
Когда живы будем, то гулять по лесу будем.
А мне все снятся мертвецы и Владик. И паршивые мертвецы. Толстые и богатые (будто бы есть богатые мертвецы?).

———

Поэма моя почти кончена — много риторики и немного истины. *Мо́лодо*, но уже не *юно*.

98
ЦВЕТАЕВА — ГРОНСКОМУ
Meudon (S. et O.)
2, Avenue Jeanne d'Arc
24го июля 1929 г.

Дорогой Николай Павлович! Не сердитесь, — все вышло помимо меня. Вы ведь знаете, что я от себя не завишу.

Первое: ответ полковника, что тот дом в 80 фр. — ушел (NB! оказалось — и кровати можно достать, и столы и даже шкаф, — чего же не говорил раньше??). Второе: дела С.Я., не дающие ему возможности выехать — что-то случилось, случается — что́, рассказать не могу, словом — деньги с вечера целиком должны уйти на жизнь. Об отъезде и думать нечего.

Простите за все беспокойство, — вопросы, расспросы, поручения. Мое единственное оправдание — полная уверенность, что поеду. Рухнуло сразу.

Алю надеюсь на 2 недели отправить в Бретань, к знакомым. О себе пока не думаю, знаю только, что дико устала от Мёдона и хозяйства, хозяйства и Мёдона и что ни хозяйство, ни Мёдон, ни усталость не пройдут. Радуюсь за Вас, что Вы там, и горюю за себя, что Вас здесь нет — вспоминаю прошлогодние прогулки. У меня нет спутника, не гуляла уже — да с нашего последнего раза. Никого не вижу, не знаю почему. Должно быть — еще скучнее, чем с собой. Да и многие разъехались: письма из Швейцарии, с Пиреней, из Голландии. А мои — всё из Мёдона. К В<ере> С<тепановне> не тянет, — она все о «втором Христе» (Кришнамурти), с С.М. изредка переписываемся, он тоже никуда не уехал, но у н<его> нет хозяйства. Гончарова на Средиземном море. (А я в Мёдоне).

Ваш папа рассказывал чудеса об аллемонских грибах. Соберите и насушите — и подарите, я вскоре совсем обнищаю (не шучу!) а это — чудный рессурс. Мне когда-то из каких-то лесов прислал мешочек Шингарев, — полгода ели. У нас грибов еще нет, — недавно ходили целое утро — всем семейством — ни поганки! Ваш хозяин наверное знает как сушат грибы. (А может он gentilhomme* и даже не знает как они растут? Тогда его домоправительницу — если не померла.) Шингарев сушил на солнце, разбросав на листе бумаги, это лучше, чем связками. Можно и в духовке, которой в вашем замке наверное нет. О грибах — мечтаю.

18го/31го июля 1929 г. — А вчера были мои имянины (17го). Были: Карсавины — всем семейством, — Ивонна, Радзевичи, Владик и В.А.С-ская. Подарки: от Али — серебряный пояс, кошелек (копытом) и грам<мофонные> иголки, от С.Я. 2 тома Пруста «La Prisonnière», от Ивонны почтовую бумагу (не терплю коробок — только блок-ноты!), от Радзевичей тетрадь и чернила, от Карсавиных: фартук, папиросы и дыню, от Владика дыню, от В.А. цветок и вино. Было чудное угощение, очень жалела, что Вас не было, сидели поздно. Мур побил Сусю (младшую Карсавину) ружьем. Вчера он в первый раз в жизни был у парикмахера и обнаружил совершенно отвесный затылок. — «Ça Vous étonne? Moi non, — il y en a, il y en a des têtes!»** — философический возглас парикмахера.

Да! нынче открытка от С.М. Горюет, что не видит ни Вас ни меня. Написал Вам письмо по старому адресу. Завтра еду к нему и дам Ваш новый, — напишу и приколю на стенку.

Прочла совершенно изумительные мемуары Витте — 2 огромных тома. Советую. Обвинительный приговор рукой верноподданного. *Гениальный* деятель.

— Из новостей: бракосочетание Максима Ковалевского с Ириной Кедровой и бракосочетание Сосинского с Адей Черновой (*не* близнецом! «близнец» — остался -*лась!*) Но это уже давно. На свадьбе Ади был убит — сбит с велосипеда автомоби-

---

* Дворянин *(фр.)*.
** — Вас это удивляет? Меня нет, есть, есть такие головы!..» *(фр.)*.

лем — один из гостей, Шарнопольский, варивший пунш. Хороший юноша, большой друг Гончаровой и, немножко, мой (видела его во второй раз). Последний с кем говорил — со мной. Ужасная смерть. Расскажу при встрече. (Погиб на тихой улочке Pierre Louvrier.)

— Когда возвращаетесь и успеем ли мы с Вами, до зимы, погулять? Навряд ли. Я по Вас соскучилась. Пишите.

МЦ.

<На полях:>
Пишите о природе и погоде. У нас опять холода, но я уже не обращаю внимания.

У меня был дикий скандал с лже-евразийцем Ильиным — у Бердяева — у которого (знакома *16* лет!) была в первый раз. Присутствовала Вера Степановна. Скандал из-за царской семьи, <про> которую он, Ильин, обвиняя евразийцев в большевизме, говорил как большевик 1918 г. — Теперь таких нет. ХАМ. При встрече тоже расскажу.

P.S. *Когда* Ваш день рождения? Что-то в этих числах. У меня для Вас есть подарок.

99
ГРОНСКИЙ — ЦВЕТАЕВОЙ
<не позднее 4 августа 1929>

Дорогая Марина Ивановна, просто: ух, как жалко. Вы к себе так благородно-безжалостны, что хоть я и знаю Вас, а все дивлюсь.

Посылаю Вам две исторические открытки и прошу у Вас прощения за мое молчание (10 дней у меня было 15 с<антимов> в кармане и завтраки в кредит, а это объясняет почему я Вам долго не отвечал). Конечно не может быть и речи о каком-то моем беспокойстве или обиде, когда речь идет о том, что Вы — в Мёдоне.

У Мура весь ум во лбу, а потому на затылок не достало. П-ра же не корите: проф. самолюбие.

По грибы пойду после дождя, а как их сушить узнаю на практике от г-жи Деникиной (обещал набрать ей, но теперь ей шиш, хоть она и очень милая дама).

О Вашем дне знал, но по вышеупомянутым обстоятельствам не мог ни поздравить, ни подарить. Ждите подарка (или пришлю или привезу). В этот день был я зван на имянины Вашей тезки — дочери ген. Деникина, девочки 10-ти лет, очень белокурой и очень милой. Ставили там шарады, которые взрослым были не под силу (а я-то все шарады отгадывал с первого слога — потому что еще не взрослый). Из всех взрослых вдруг дети вызывают меня.

«Что прикажете?» — спрашиваю я имянинницу. Та что-то лепечет, а что не пойму — наконец: «дайте мне на минуточку ваше кольцо, кольцо». Я минуточку поколебался, а потом: «нате». Имянинница его на палец и руку вверх (чтобы не свалился), и всей толпе взрослых: «а у меня подарочек: кольцо». Шарада была ПЕРС-ТЕНЬ. И не знала она, что я ей дал надеть на палец только потому-что и прочее.

Отец ее возбуждает во мне уважение (скромен, скуп на слова, честен). Вот пока единственная моя о нем запись (списываю с тетради):

«Слышал много раз и от моего отца и от молодого Т., что Деникин стеснен в средствах и живет только своими книгами.

23 июля он передал мне через г-жу Т., что хочет поговорить со мной, обошедшим все окрестные горы, о намеченной им прогулке из Allemont в Sardonne, Huez и т.д. с ночевкой.

— «Ваше превосходительство, в Huez есть, кажется, два отеля и, кажется, оба недорогие». —

— «А мы уж лучше на сеновале», — сказал генерал».

Кстати, о записях. У меня целая тетрадь записанных Ваших «слов». Есть очень хорошие. Это все достояние Вашего будущего биографа (одного из ста — достойнейшего — оставлю по духовному завещанию). Впрочем, всего-то две тетради, одна в Bellevue, а эту, написанную целиком по памяти в Allemont, можно печатать хоть сейчас, *та* <подчеркнуто дважды>, пожалуй, и по духовному завещанию м.б. никому не достанется.

Вот одно *примечание* к одной Вашей мысли:

«ОПРЕД. IV. Под АТРИБУТОМ я разумею то, что́ разум представляет о субстанции как бы нечто, составляющее сущность ее». (Бенедикта Спинозы Этика.) Прочел и поразился совпадением. Книга Спинозы замечательная. Он *деист* и *безбожник*. (NB. Курсив Спинозы и мой.)

———

Как я люблю горы руками, ногами и дыханием — видит Бог, но Мёдонский лес тоже моя жизнь, мой ход (и ходьба). Но горы, послушайте только: внизу юг (грецкий орех, тополь — для меня это Крым 1917-го года), повыше какие-то границы, границы и Россия — север России: ель, береза (без подделок береза), ольха и рожь и рябина и осина, а еще выше моя родина Финляндия: ель, ель, ель, вереск, вереск, вереск, камень, лишай, мох; а еще выше тоже Россия, но та Россия гиперборейцев: скалы, лед, снега, а после ничего — небо. (Виньи о горах: «trône des quatre saisons»*.) Горы это моя самая старая отчизна, род мой из Карпат. <Сбоку абзаца на полях фигурная скобка и надпись: вся Россия>

———

Но боюсь Вас утомить письмом и растравить горами.

———

От В. прекрасные письма. Посылаю ему ответ. Там одна страшная горная история, ежели будете когда у С.М., ежели вспомните, и ежели С.М. не потеряет моего письма... (Ах!)..., то спросите его об этом письме.

<Сбоку от этих строк на полях фигурная скобка и надпись: Сколько «ежели» — едва ли. —>
Хочу насушить Вам черники, но как ее сушат? — Здесь ее собирают ГРЕБЕШКАМИ!!! Узнайте, как ее сушат, а то ее здесь презирают.

Поклонитесь от меня С.Я., Але и МУР*Е* <подчеркнуто дважды>, а Вам привет и спасибо за письмо. Остаюсь Ваш Николай Гронский.

<На полях:>
Вылезаю на поля: Витте читал, но буду перечитывать. — Воспоминания: — Вы правы.
Заочное спасибо: я в Ольгин день родился, моя мама мне это напомнила письмом.

———

* «Трон четырех времен года» *(фр.)*.

100
ЦВЕТАЕВА — ГРОНСКОМУ
Мёдон, 12-го августа 1929 г.

Дорогой Николай Павлович, было у меня к Вам большое письмо, но неотосланное во́-время, затерялось. Если найду — дошлю. Пока же:

Аля уехала в Бретань, в старинный городок, где Мария Стюарт ждала жениха-дофина. С.Я. в Бельгии, уехали в один день и час (9 ч. 30 утра) только с разных вокзалов, — Аля с Montparnasse, С.Я. с Nord. От Али блаженные письма: все в национальных костюмах, старый город, (молодые годы!) и постель без блох. (У нас засилье вроде прошлогоднего, С.Я. с Алей, собственно — сбежали, мы с Муром отдуваемся).

Итак пасу Мура с утра до вечера, в промежутки убираю и готовлю, вечерами сторожу. Я думаю, что в жизни не встречала такого непротивленца как я. Что ни заставьте делать — буду, где и как ни заставьте жить — вживусь, втянусь и в этот сон. NB! у меня совершенно нет сознания реальности собственной жизни — точно я *чужую* жизнь живу, или не я — живу. «Что ни заставьте» — лишь бы безлично, т.е. не X или Y, а жизнь, необходимость. Я даже не могу сказать, что я несчастна — говорю не о данном отрезке жизни, а вообще, о всей — сознание несчастности ведь тоже действенность, — я по поводу своей жизни ничего не чувствую. И кое-что — думаю.

Всё для меня важнее чем я, т.е. *моя душа*, — чего же в конце концов она — я — мы с ней — стоим? Да как раз того, что имеем (*не* имеем, ибо здесь имеем — бессмыслица). «Душу отдаст за други своя́», — но тогда не нужно быть поэтом! Как жизнь меняется: раньше я, непрерывно греша перед Богом, была чиста перед богами, теперь, чиста или нет перед Богом — не знаю, но перед богами — грешна. Просто — *не успеваю* писать, всё важнее, чем мои стихи (не мне, — жизни!) Друзей у меня нет, говорю это спокойно. Никто не выручает, никто не негодует. *Никто не приглашает* (а сколько вилл в 10 комнат, из которых пустует 5!)

Я к себе беспощадна, поэтому и другие. Это я задала тон. И не пеняю.

Конечно Вы мне друг, но как только человек мне друг — его-то и не хочется отягощать.

Мур чудный, веселый, послушный, и если бы не непрерывные разговоры об автомобилях, которыми он меня уже дразнит... Сегодня мы с ним нашли *свою* Савойю: холмик в 10 мин. ходьбы от входа в лес. Я штопала, Мур играл, — так и прошел день.

...Все же промчится скорей *штопкой* обманутый день... (В подлиннике — ПЕСНЕЙ. Стих, кажется, Овидия).

До свидания! Пишите

МЦ.

101
ГРОНСКИЙ — ЦВЕТАЕВОЙ
⟨19 августа 1929⟩

Не сердитесь за эту приписку (a vaut la peine*: конверт был уже запечатан, но поздно вечером возвратясь домой, нашел письмо от С.М. Он в Рокка *Марина* (!) Вильфранш. A.M. Вот вывод его мысли, последние слова шестнадцатистрочья: «...Вот почему в искусстве любим «пребывать» и стремимся в него; а перед жизнью смиряемся в невозможности выйти из нее». И то́ что́ я в 20 лет — я, не видевший жизни, не посмел Вам сказать, пусть *«невольно»* скажет Вам Волконский из своих 75 лет, который, впрочем, был и есть, но м.б. никогда не́ жил.

Дальше пишет он так: «Так я и не знаю ничего про Марину. Выехала или не выехала? Куда? Надолго?» — этими словами он дает мне в руки ответ: «Нет, она не *вы́*ехала ⟨приставка подчеркнута дважды⟩, а *в*ъехала ⟨приставка подчеркнута дважды⟩ в жизнь. Зарылась, закрылась». Когда-нибудь прочту Вам все письмо — лучшее из всех писем С.М. ко мне. — Письма же В-ского не стареют. — Что́ это? — спросите Вы. — Это некто сохранил Ваши 10 талантов и возвращает уже 20.

— Знаете про раба.

Ваш Н.Г.

---

* Она этого стоит *(фр.)*.

102
ЦВЕТАЕВА — ГРОНСКОМУ

Милый Николай Павлович! Не удивляйтесь моему молчанию — очень болен С.Я. На почве крайнего истощения — возобновление старого легочного процесса. Страшный упадок сил, — так называемая под-температура: 35,8–37, т.е. то же повышение в сутки на один градус. Все эти дни — исследование крови, рентген<овские> снимки и т.д. *Основная* болезнь еще не найдена, — она-то и точит. Все врачи в один голос — воздух и покой, — то, чего нет в Мёдоне: воздух — сплошной пар, а покой — Вы сами знаете. Вся надежда на людей (друзей). Еще большое горе (особенно для С.Я., близко знавшего) — умерла Н.И.Алексинская, — сгорела в 4 месяца (туберкулез легких).

Бесполезно спрашивать как Вы́, раз все равно не можете ответить. Надеюсь, что все хорошо, ибо плохого не слышу. Будет ли у Вас *полная дезинфекция*? Иначе не представляю себе встреч. Зараза годами живет в стенах, — очень уж страшна болезнь. Надеюсь на дезинфекцию из-за Вашей племянницы, — где-то она? Не в одном же доме, или Вы́ — вне?

До свидания, не будьте в обиде — всякий день хотела писать Вам, но всё отрывало — поправляйтесь, дезинфицируйтесь и пишите. (NB! Ни у кого из нас (тьфу! тьфу!) не было — чего, Вы сами знаете, Муру сделано две прививки, Аля — будет, мне не советуют из-за сердца, С.Я. и подавно, — следовательно: будьте осторожны!)

Вскоре напишу еще. Привет вашим — если с Вами.

МЦ.

1ᵉᵒ дек. 1929 г.

<На полях:>
Как странно, помните Вы мне за неск. дней рассказывали про еврея-врача, не побоявшегося? А болезнь уже в Вас *сидела*.

103
ЦВЕТАЕВА — ГРОНСКОМУ
<20 марта 1930>

Милый Николай Павлович! Если свободны приходите завтра вечером, пойдем в наш к<инематогра>ф (хороший фильм) и расскажу Вам новости про свой вечер. *Завтра – пятница*. Жду Вас до 8 1/2 ч., но лучше будьте к 8 ч. 1/4.

МЦ.
Четверг

Не сможете — заходите в субботу, не позже 3х ч. Кстати передам Вам библиотечную книгу.

104
ЦВЕТАЕВА — ГРОНСКОМУ
<*1 или 8 апреля 1930*>

Милый Николай Павлович.

Письмо от Тэффи, ждет меня завтра в среду *к 11 ч.*, чтобы составить заметку для Возрождения. До завтра мне *необходимо* знать *в каких книжн. магаз.* продаются билеты.

Нынче я дома от 5 ч. весь вечер, завтра еду поездом 10 ч. 50 мин.

Ради Бога — известите, а то зря поеду.

У Вас в доме никого, только белье кипит в одиночестве.

МЦ.

105
ЦВЕТАЕВА — ГРОНСКОМУ
<*9 июня 1930*>

Милый Н.П.

Нынче забыла у Вас ручку — тростниковую, маленькую, рядом с чернильницей.

Ради Бога тотчас же спрячьте и занесите мне ее в пятницу. Поезд в 10 ч. 50 мин. Будьте не позже 10 ч. 30 м. *у нас.*

До свидания! Спасибо.

МЦ.
Понедельник

106
ЦВЕТАЕВА — ГРОНСКОМУ
С<ен->Лоран, 18-го июня 1930 г.

Милый Н.П. В саду ручей, впрочем не сад, а лес, и не лес, а тайга: непродёрная. Над щетиной елей отвес скалы. Все прогулки — вниз, мы последний жилой пункт. Почты нет, пишите на: St.Pierre-de Rumilly Château d'Arcine (H<au>te Savoie) мне. Завтра у Вас экз., ни пуху ни пера! Третья гроза за 2 дня. Электричество потухло, пишу при уютной керосиновой лампе. Мур спит. Немножко обживусь — напишу подробнее. Спасибо за проводы и неизменную преданность.

МЦ.

<На полях:>
МУР — ЧИТАЕТ И ПИШЕТ!!!

107
ГРОНСКИЙ — ЦВЕТАЕВОЙ
<22 июня 1930>

Милая Марина Ивановна.
Очень обрадовался Вашему письму. Радуюсь, что Вы в горах. «Тайга непродёрная» — очень хорошо — продираться не продерешься — дергает и дерёт.
Так Вы там, где и почты нет?
Дай Бог Вам покоя и поменьше забот.
Нельзя ли помимо всех château* (по-тамошнему, по-горному cheseau — слышите пропавшее t? а ведь когда-то было castellum, chasteau) прибавить к адресу ROCCA MARINA?
Очень тронуло меня, что Вы вспомнили о моем экзамене. Это вычисление дальности: ежели мой экзамен так далек от меня, то как, должно быть, далек от Вас.
Что Аля? Расстались мы с ней на лестнице XVIII-го века. Аля показала на новенький голубой шнур звонка: «это я оборвала» (я не поверил, но не посмел возразить).

* Замок *(фр.)*.

Попросите, пожалуйста, Мура приписать мне. — Напишутся: ПАЛОЧКИ, ПАЛОЧКИ.

Ах, чуть не забыл: побывайте хоть раз в области скал. Там живет мертвый нечеловеческий страх.

О Свистуновых помню (и исполню).

На Мейерхольда, увы, не попал — дешевле 40 фр. уже не было.

Волконский писал о «Ревизоре» в газете. — Статья оскорбленного. Ежели Вам интересно будет прочесть, могу достать и прислать.

Когда я жил прошлым летом в горах (первый месяц совсем один) — говорил сам с собой по-русски. Громко читал Ваши стихи в горных цирках и слушал — иногда ШЕСТИКРАТНОЕ — эхо. Я и не подозревал, какие Иерихоны у меня в горле, а вчера узнал. Сила моего голоса превосходит силу аплодисментов ста человек — покрывает.

Простите, что зачеркнул. <Выше — две строки зачеркнуты.> Привет Муру, С.Я., Але во всей несомненности ее успеха.

Муру — «чтоб выше гор расти».

До свидания — остаюсь —

                              Ваш Николай Гронский.

108
ЦВЕТАЕВА — ГРОНСКОМУ
<23 июня 1930>

Милый Н.П. Большая просьба.

28-го июня, т.е. на днях, в нашей квартире будет трубочист, необходимо, чтобы кто-нб был в ней с 8 ч. утра. Если можно — переночуйте, чтобы не опоздать. Печка у нас в ужасном виде, прочистить необходимо, а звать отдельно осенью будет дорого, да и не дозовешься. Ключ у Али, т.е. у прислуги Жанны — 18 bis, Rue Denfert-Rochereau, кв. Лебедевых. Можете взять в любое время. Потом оставьте у себя до отъезда, кому передать — извещу.

У нас все грозы, но теперь по ночам, а дни чудные.

Палочку пришлю недели через 2, возьмете в Мёдоне, адрес сообщу. Выберу покрепче. Как Ваши экз.? Напишите словечко. Привет и спасибо заранее за трубочиста: 28-го июня 8 ч. утра.

<На полях:>
Числа не знаю, знаю что нынче — понедельник.
Если увидите С.М. — горячий от меня привет.

МЦ.

109
ГРОНСКИЙ — ЦВЕТАЕВОЙ
<4 июля 1930>

Милая Марина Ивановна.
Поздравляю Вас с Алей, Алю с отличием. Множество ртов я закрыл и много пар глаз заставил сделаться круглыми. («Вот вам и недорослиха, вот вам и "не учила Марина Цветаева свою дочку"».)
Все порученья Ваши исполнены (и трубочист). Я могу стать хранителем Вашего ключа, ибо провалился и никуда из Бельвю, ниже из Франции не собираюсь.
По выходе из театра, где видел мейерхольдовского Ревизора, встретил чету Черновых: оба в ТИХОМ ИДИОТИЧЕСКОМ восторге. — О Мейерхольде. —
Две сцены — одна внизу, другая за моей спиной (оборачивался). Хихиканье и смех животом. Единоутробный хохот, единодушные рукоплескания. Публика евреи (я сидел на галерке среди молодежи). На меня не аплодировавшего смотрели как на идиота. Впрочем, трусы — в антракте мне крикнула знакомая (еврейка): «Ну как Мейерхольд!?» Я (на всю залу) — «сволочь» — явственная пауза, всеобщее молчание — боялись.
Сущность Мейерхольда — ложь, она потопила все.
Да, новость. Карсавин принял литовское подданство (сообщила это мне его старшая дочь). Это Сувчинский, по-моему, довел партию евразийцев до того, что ответственный редактор (С.Я.) полумертвый уехал в Савойю, а один из т<ак> н<азываемых> корифеев принял литовское подданство.
Ирина Карсавина, кажется, от нечего делать влюбилась в меня и т.д.

Большое спасибо за горную палку, которую я получу. Буду ходить с ней по здешним лесам. Мои каникулы будут тремя днями в возлюбленном мною лагере Цезаря в лесу Компьен. И как когда-то Волконский показал мне рукой в садик (в том старом, желтом, милом доме), так теперь я с высоты моего окна повторяю его слова: «вот мои каникулы».

До свидания, привет Але и Муру,

Ваш Николай Гронский.

Да, отец мой просит синий гид у С.Я., ведь, кажется, С.Я. увез его в горы? Ежели да, пожалуйста, пришлите.

Чуть не погиб страшной трамвайной смертью. Обошлось. Хранил Бог.

110
ЦВЕТАЕВА — ГРОНСКОМУ

St. Pierre-de Rumilly
Chateau d'Arcine
(а в общем — St. Laurent, тесовый сруб)
8го июля 1930 г.

Милый Николай Павлович,

Спасибо за трубочиста.

С экзаменами — удивили, головой бы поручилась, что — выдержите. Но м.б. — к лучшему.

Мейерхольда не видела, но отзыв Ваш о нем самый эмигрантский: белградский. Мейерхольд в истории театра во всяком случае — этап, Ваше отношение не серьезно. То же самое, что ничего не понимая в стихах и, главное, не любя их, ругать Маяковского. Я лично уже слышала о Мейерхольде многократное обратное (галлицизм).

Ирина Карсавина добрая девушка, но резонерша (именно -*ша*), выйдет замуж — образуется, но замуж хочет только за богатого, чтобы были и выходы и выезды. М.б., любя Вас (?) переменится. Отцовский склад, без его *ума*. Марьяша куда лучше, и цельнее, и умнее. Марьяша — в мать, а мать — замечательная. Во всяком случае (пока сами не влюбитесь в Иришу) пишите мне о Ваших делах, я в этой семье — свой.

Большая просьба, безболезненней (бло́хи!) но сложнее, чем с трубочистом.

Эренбург выпускает книгу «Русские писатели о Франции и Германии», ему в первую голову нужно мое «О Германии». Он очень занят и в крайнем случае обойдется без меня, поэтому необходимо ему статью — доставить. Для этого пойдите в Дни и отыщите (нужно думать — есть оглавление за́-год) №. Вещь печаталась либо в декабре 1925 г., либо в первых месяцах (март включая) 1926 г. «О Германии» (выписки из дневника). Можете, если будут трудности (коих не предполагаю) обратиться к А.Ф.Керенскому от моего имени: «М.И.Цветаева *издает книгу прозы* и ей очень нужна вещь "О Германии", печатавшаяся у Вас (тогда-то). Разрешите поискать». № Газеты (не вырезая) перешлете мне («imprim(recommandé»*), а я, исправив, отошлю Эренбургу. Эренбург очень торопит, поэтому тороплю и я. Книга будет переводиться на все яз. и пойдет в Сов. Россию, жаль было бы, если бы мой голос отсутствовал. *Очень, очень* прошу.

Посылаю Вам 200 фр. на Ундину (помните, у Арбузова?) Попытайтесь выторговать за 200 фр. (было 200 с чем-то) не сможете — доплатите остальное из своих. Верну через неделю. Это необходимо сделать мгновенно, боюсь, что книга уже ушла. Если нет, т.е. купить удастся, оберните ее хорошенько и вышлите мне imprimé recommandé, причем я всем буду говорить, что это — Ваш подарок (каковым, в сущности, книга и является). Буду ждать с нетерпением, умоляю не откладывать. Поторгуйтесь, но если не уступит — давайте что́ просит (225? 250?) Спросите еще Арбузова, нет ли у него (не бывает ли) *Русских сказок Полевого*, издание с раскрашенными картинками, приблиз. 1850 г. — там есть Бесы, напр.: дядя на дереве, а внизу, в зеленой гуще — рожи и хвосты. Издание для детей, посвященное дочке Полевого — Лизе. Сразу узна́ете.

———

Начались грибы. Есть земляника. Чудная погода. После 1-го августа освобождается чудная комната за 200 фр. (дешевле нет), не соблазнились ли бы? Кормились бы у нас. Так что весь расход — билет и комната. Подумайте. Помечтайте. Места — чудные. Комната в нашем же дворе, но у других хозяев. М.б. уступят за 150 фр. Заниматься в ней чудно: три окна, тишина. От-

---

* Заказным отправлением *(фр.)*.

сюда прогулки в Aix, в Annecy (30 кил., дивное озеро) в Chamonix (50 кил.), много-куда. Палка Вас уже ждет.

Подумайте. Помечтайте. Но, если Вам не подходит, не сообщайте об этом никому из знакомых, предпочитаю, чтобы хозяин сдал французам: у русских склонность пожирать чужое время и терять свое.

Итак: 1) Дни (о Германии) — 2) Ундина — 3) приезд. С нетерпением жду ответа.

Да! Если Ундина ушла (не дай Бог!) сообщите: хотел Вам подарить Ундину, но, увы — ее уже купили, в этом роде.

Нынче С., Аля и Тася (Вы ее знаете) ушли за 20 верст в горы, в деревню Troulala, я сторожу Мура.

До свидания, пишите обо всем.

МЦ.

Бываете ли у С.М.? Если да, передайте ему мой самый нежный привет и самую верную память. Так и скажите.

И узнайте у него адрес *Елены Николаевны*, мне он необходим.

<На полях:>
Аля меня много снимает. Скоро пришлю карточки.
Если ку́пите Ундину сотрите резинкой цену.

111
ЦВЕТАЕВА – ГРОНСКОМУ
С.Лоран, 10-го июля 1930 г.

Милый Н.П.! Посылаю Вам пока 100 фр. — на задаток. (Если книга ушла, верните так же, простым заказным.) Узнайте, кстати, последнюю цену и сообщите где-нб сбоку письма, мелко, просто цифру — пойму. И через неделю дошлю остаток. Перед покупкой проверьте хорошенько книгу, нет ли вырванных листов или гравюр. Поаккуратней заверните.

А это — La Roche-sur-Foron, чудесный городок, куда ездим на рынок, вернее — ходим. А сегодня за нами увязалась собака (моя, благоприобретенная: chien-berger-quatre-yeux*) и при-

---

* Пастушья собака, четырехглазая *(фр.)*.

шлось — так как обратно из-за груза ехали поездом — платить за нее 5 фр. 50 коп., т.е. *вчетверо* дороже, чем за человека.

Вчера ходили с хозяйкой (пришла из города за земляникой) и набрали — ходили мы́ с Тасей — каждая по литру. 2 часа сбору. Места самые змеиные, ноги и руки изодраны в кровь, но ни одного змеиного хвоста не видала.

II

Мимо этого замку ходим каждый раз, — не знаю какого века, жил кардинал. (Мур, зараженный древностью: — «Мама! Когда Томми родился?» Томми — лошадь хозяев Сережиного замка, возящая и отвозящая «les hôtes»*, к тому же пашущая).

Здесь три замка: Сережин, рядом — другой — Comte de Chambos и кардинальский. Все — разные. Замки и избы, домов меньше всего, мёдонского образца совсем нет, — как будто не строят. Нашему дому ровно 100 лет, еще застал Гёте.

Пишите — как дела с Ир<иной> К<арсавиной> (бываете ли в доме, самая лучшая мать, потом Марьяша, она *очень* добрая и гораздо умнее сестры.) Кланяйтесь им всем от нас и узнайте *их письменный адрес*, знаю дом только с виду.

Итак, с нетерпением жду насчет Ундины. Простите за вечные хлопоты. Что — «О Германии»? Надо торопиться.

Фотогр. получились *отлично*, вышлю через неделю — заказаны.

МЦ.

112
ГРОНСКИЙ — ЦВЕТАЕВОЙ
<12 июля 1930>

Милая Марина Ивановна.

Дело, о котором пишите, принимаю к сердцу (а что, дело можно принять к сердцу? — да Вы сами знаете) и еду завтра же, т.е. сегодня (1 ½ ночи!) в «Дни». Пропустить случай быть напечатанной в России было бы для Вас нарушением долга. Ежели, даст Бог, завтра достану, завтра же и вышлю.

Об «Ундине». Простите мне то, о чем не знаете. Простите мое умолчание. Уплыла Ундина. Продал ее Арбузов через два

---
* Постояльцев *(фр.).*

дня после Вашего вечера. Вы верно догадались: я хотел подарить ее Вам. И деньги уже начал копить, но приезжаю к Арбузову и узнаю́: продана.

«Кто купил?»

«А разве его сыщешь?»

А сам грустный такой.

«Да вы понимаете, дело не старости и редкости, а в самой книге? Книга прекрасна».

На другой день

Непредвиденная, но преодолимая (временная) задержка. — Был в «Днях». Номер найден (13ое декабря 1925 г.). Купить нельзя: не продается. №№-ра 25-го года *ВНЕ ПРОДАЖИ*.

«Так разрешите, я спишу».

«А вы кто будете?»

«А Керенский здесь?»

«Нет, Керенского нет».

«Так (!) я сын Гронского».

Ну, и переписал половину. Переписывал, пока не выгнали. Завтра доперепишу. Говорил со мной СОЛОВЕЙЧИК (!) (голос бабий и механический).

Решаю так: рукописью пошлю Вам. Ведь машинка отняла бы еще один день.

———

До свидания. Ждите заказным письмом.

А Вам спасибо за все.

(Хвала Артемиде

За всё и за вся

Лесное!)

Теперь покончу с Мейерхольдом. Заметьте: 1) вопрос о доверии (кому доверяете? — сведущие люди, о которых поминаете в письме, знают ли, что́ добро, что́ зло, где правда и где ложь? — уверены ли Вы в них до конца?)

2) о технике — не судья, не знаю, — нет, знаю — во многом здорово. Но разве о технике я сказал и повторяю: ложь? — Об общем впечатлении.

3) (меньше двух предыдущих). Не осуждайте меня (заочно) на очарование одиночества. От Мейерхольда все в восторге. Слепой восторг: аплодировали (в партере) люди с европейскими именами, увы, ни слова не понимающие по-русски. Знаю — не с ними бы Вы были в одобрении. Ваше одобрение — единст-

венное, личное, свое. — Но оставьте мне мое личное презрение.

4) (поймите меня хоть так). Ежели бы какая сволочь посмела поставить так *Вашу* вещь, то вот уж здесь бы не удержался.

5) Вы, конечно, знаете, как сам Гоголь толковал свою вещь (город — душа, чиновники — страсти, две совести: светская — Хлестаков, и та последняя, страшная — Страшного Суда).

Я глазами видел у Мейерхольда Хлестакова, идущего в отхожее место (все чиновники показывают «куда»), но совести не видел. Были застывшие куклы (явный подмен застывших людей, а это куда страшнее). Слишком легко сказать: Гоголь громада, а Мейерхольд — вошь. Простите, Вы не знаете, о какой гадости идет речь, и потому заблуждаетесь. Заметьте: я очень редко противуречу Вам, здесь я настаиваю.

Я Вам верю дальше, глубже и выше множества. Но здесь Вы судите меня увидевшего, Вы, не видавшая. Кончаю. Многое подразумевается, многое отбрасывается.

―――

Рассчитываю завтра окончить переписку Вашей вещи и завтра же послать. Крайний срок: воскресение до 12-ти.

―――

Простите за длинное письмо.
Простите детский почерк (нет, увы, хуже детского) 25-ти страниц рукописи Вашей вещи. Хранят Вас Бог и святой Бернард с озера Аннеси (покровитель горных людей).

Ваш Николай Гронский.

<На полях:>
P.S. Старушка Гриневич меня заездила. Тоска. Живет по соседству. В Sèvres. Адрес Ваш никому не даю.

113
ГРОНСКИЙ — ЦВЕТАЕВОЙ
<не позднее 14 июля 1930>

Милая Марина Ивановна.
Посылаю, что есть (опять выгнали на два дня — 14 juillet).
Еще раз простите за почерк. — В гимназии учитель словесности думал, что я *нарочно* (!) плохо пишу.

―――

Письмо от Вас. Между двух замков лежало сокровище, которое отсылаю этим письмом обратно, в рукописи (вот уж им в ней не место).

———

Соломонова цена собаки. Очаровательна описка: «5 фр. 50 коп. <подчеркнуто дважды>»
5 руб. 50 сант. было бы уже ненаписуемо. Вы даже и ошибаетесь разумно.

———

14-го ночью.

Человек из России. — Умерла В.А.Аренская. (Об остальном — он много и умно рассказывал — потом.)

———

Спасибо за линии направленья (о Карсавиных). Хочу увидеть мать. — Ирина сказала о себе: «я убожество» — и слово-то не ее (говорят: Сувчинского (?)) — а это уж поистине убожество.

———

Очаровательное письмецо от Волконского. (В горах он.)

———

Ждите окончание собственной вещи.
М.б. завтра попаду в «Дни». Чуть повременю с этим письмом. Авось, завтра утром, тогда: всё разом. Простите, тороплюсь, сил моих нет.
Ваш Николай Гронский.
15 июля. Кончил. Проверил. Посылаю. Простите: торопиться, когда пишешь, не следует, но я, торопимый, торопился.

<На полях:>
P.S. Сокровище на 15-ой странице. В рукописи.

114
ЦВЕТАЕВА — ГРОНСКОМУ
St.Pierre-de Rumilly (Hte Savoie)
Château d'Arcine
26-го июля 1930 г.

I

Дорогой Н.П. Спасибо за все. Простите, что не писала раньше: болен Мур — вот уже почти месяц. Свалился в ручей и, хотя тотчас же был извлечен и высушен, застудил себе весь bas-ventre*, — вроде воспаления пузыря. Д-р сначала подумал, что — нервное, прописал бром, бром не помог, тогда прописал ежедневные (даже 2 раза в день) горячие ванны, приволокли за 12 кил. цинковую бадью — и с третьей ванны — простуда. Лежит в постели уже неделю, на строгой диэте, очень похудел. Я никуда не выхожу и нигде еще не была, ни в Annecy ни в Aix'e ни в Chamonix (куда мне совсем не хочется, хочется в Annecy — из-за Руссо, к-го я только что кончила).

Болезнь Мура затяжная — когда-то вылезет? Условия для лечения } невозможные: холод, льет, топить нечем.
лежания

II

Погода *ужасающая*, злостный ноябрь. Дела полны руки, у нас на пансионе Извольская, нужно хорошо кормить, в деревне ничего кроме молока, хлеба и сыра — нет, бегаем в La-Roche — 12 кил. aller-et-retour**, времени на писанье (даже писем) совсем нет. Один примус вообще угас, другой ежеминутно заливается нефтяными фонтанами. Целый день отмываю копоть с кастрюль, — с рук уже не сто́ит.

Все простужены. Вот тебе и горы! С.Я. нечем доплачивать за пансион (Кр. Крест дает 500 фр., нужно еще 500 фр., 2 раза доплачивала я, но иссякла).

Вот наши невеселые дела.

Эта дорога рядом с Château d'Arcine, внизу шумит зеленочерный Борн, высота страшная. — Напишите о себе, своем лете, всем. Занимаетесь ли? Куда и когда едете? Как погода? Как здоровье Ваше и Нины Николаевны? Поцелуйте ее за меня.

МЦ.

<На полях:>
Еще раз спасибо за Германию. Деньги нашла: пошли Муру на ванну (Ундина!)
Пожелайте мне к моим имян. (17/30го) Муркиного выздоровления.

---

* Низ живота (*фр.*).
** Туда и обратно (*фр.*).

115
ГРОНСКИЙ — ЦВЕТАЕВОЙ
<29 июля 1930>

Милая Марина Ивановна.
Получил Ваше письмо и очень загрустил. Мне стыдно моей сытости. — В прошлом году я, живя в горах, вечерами голодал, а в этом круглый день сыт как скот.

День Ваших имянин мне памятен, но мое письмо и подарок идут с запозданием, ибо вот уже два дня как я в горах.

Люди, приехавшие из России, мне очень полюбились. Вот ежели бы здесь все походили на них, а ведь оттуда *все* хороши, кто голодал, кто был лише́нцем.

Он высоколобый датчанин, перешедший давно, давно в православие по убеждению.

Жена как жена. И девочка, которая, когда смеется, закрывает глаза подолом платья, как крестьяночка.

От него я узнал о том, что все есть в России, но все ушло в подполье: философия, проза и поэзия. Пишут и рукописями передают друг другу. Вещей никогда не подписывают.

Один человек СОХРАНИЛ ВЕСЬ АРХИВ Гумилева — это стоило ему 3-ех лет тюрьмы.

Неизданную и нигде не напечатанную вещь Гумилева «Отравленная Туника» мой датчанин привез с собой. — Я ее переписал на машинке. — Прекрасная ЗРЕЛАЯ вещь, высокий строй струны. Дам Вам почитать.

Сперва я усомнился: Гумилев ли, но вот с первых строк должен был узнать. Ежели только можно будет, ежели согласятся в России, я отдам ее в печать. Гумилева возьмут везде. Гонорар — родным (в Россию), поэтому продадим дорого. Что это? — трагедия из времен Юстиниана.

———

Хотелось бы пешком к Вам, но боюсь далеко (тогда и примус починю!).

Муру привет. — Худой Мур — страшное дело. Но знаю воспаление пузыря — бывает, проходит бесследно. Дай Бог.

———

Поздравляю Вас и целую Вашу руку.

                                          Ваш Николай Гронский.

<Приписка карандашом:>
Да! Ключ-то увез в кармане! При мне здесь.

116
ЦВЕТАЕВА — ГРОНСКОМУ
St. Pierre-de Rumilly (H<au>te Savoie)
Château d'Arcine
— мне —
5-го авг. 1930 г.

Дорогой Николай Павлович! Сердечное спасибо за чудный подарок, — держа в руке долго гадала: что́? И оказалось — самое нужное и приятное.

Идея: почему бы Вам не проехать в С.Лоран? Ночевали бы на сеновале, где часто ночует С.Я., засидевшись до срока закрытия замка. Сеновал чудный, свод как у храма. Из Гренобля в С.Лоран совсем недалеко, С.Я. дважды ездил к Афонасову. Могли бы, при Вашей любви к ходьбе, полдороги сделать в вагоне, остальное пешком. — Серьезно. — Буду Вам очень, очень рада, проедем вместе в Annecy, на дивное озеро. Повидаете снежные горы (Chamonix, Mer de Glace). Все это *осуществимо*, и — странно, что Вам самому не пришло в голову. Погостили бы недельку. С голоду бы не умерли, еда простая, но много, и готовлю я, как Вы знаете, на целую артель («на *мало* — не сто́ит труда!»)

Словом — жду. Помните, в Понтайяке не удалось, пусть удастся сейчас. Пойдем компанией в ночевку на Môle (высшая гора поблизости, 2 тыс. 500, С.Я. с Алей были, там цветы с кулак, и любимая Вами «область скал». Вверх — 5 ч., вниз — 7 ч.)

Никаких отговорок, мы сейчас соседи, вообразите, что Вы в Bellevue, а я в Мёдоне. Не сможете на неделю — на три дня. Отвечайте тотчас же: во-первых *да*, во-вторых — *когда*. Мы с Вами столько лазили по холмам, что не грех разок и на́ гору.

До свидания (скорого). Предупредите заранее, п.ч. может статься, что получу днем позже — из-за осложнения с почтой. Узнайте час прихода поезда, встретим.

———

Итак   МЦ.

<На полях:>
Угощу Вас чудным малиновым вареньем: еще горячее! Собирали Аля и Наталья Николаевна.
Никаких доводов не принимаю.

117
ГРОНСКИЙ — ЦВЕТАЕВОЙ
<начало августа 1930>

Милая Марина Ивановна.
Сижу с больным горлом и горюю над Вашим письмом. Позавчера ночевали высоко, высоко на сеновале (крыша кораблем, а не храмом, как Ваш. Как это храмом?) — сено отсырело от туманов. — Я и простудился: из шестерых нас заболело трое.
Пью таинственные заварки, которые мне дает Ксения Вас.Деникина. Сижу дома и хожу в шерсти.
Горами Вы меня не соблазнили, но повидать Вас очень хочу.
— Горы в снегах надо мной — из окна видно — а сколько раз они бывали подо <подчеркнуто дважды> мной. Горы еще и во мне. Но вот *на Ваши* <подчеркнуто дважды> не могу попасть — это мне жаль.
Ежели только горловая болезнь не станет ангиной и отец не растрясет все свои деньги, соберусь.
До свидания.
Поклон Муру, Але, С.Я.
Целую Вашу руку,

Ваш Николай Гронский.

118
ГРОНСКИЙ — ЦВЕТАЕВОЙ
<2 сентября 1930>

Милая Марина Ивановна.
Каникулы мои кончены. Я вернулся в Париж. Знакомый мой из России, кажется, наделал без меня глупостей: отдал рукопись Гумилева Лоллию Львову. (Помните — собачонка, которая привязалась к Вам в кафэ после прошлогоднего Ваше-

го вечера, ночью, и объясняла: «Я хотел соприкоснуться с Россией и на ваш вечер не пошел, а пошел туда-то». — Глупость простительна (Бог не дал ума), но невежливость по человечеству не заслуживает прощенья.) Впрочем, что взять и с моего знакомого — сам помешан: «Я вижу у каждого еврея на голове рожки», — на что́ ему один человек с сериозной рожей: «А хвост у них вы видите?» Тот: «Нет, хвост у них под платьем».

Все это было бы только смешно, ежели бы Лоллий не собирался печатать вещь Гумилева в «Россия и Славянство». — Очевидно, гонорар будет до смешного мал, а надо, чтобы он был очень велик. — Ведь деньги пойдут Ахматовой.

Пойду ругать моего знакомого. А Лоллию тоже не поздоровится.

———

Читаю замечательную книгу. Все документы Пугачевской канцелярии. Царственный слог указов и приказов. Екатерининские манифесты никуда перед пугачевскими. Впрочем, вот образцы: «ТАКОВЫМ МИЛОСТИ НЕ БУДЕТ: ГОЛОВЫ РУБИТЬ И ПАЖИТЬ РАЗДЕЛИТЬ».

Кто погибнет «ПУБЛИЧНОЙ», в кто и «ПОЛИТИЧЕСКОЙ» смертью.

Он всегда обещает, угрожает и жалует.

Подписывался тоже замечательно: «Я, ВЕЛИКИ ГОСУДАРЬ АМПЕРАТОР...»

или:

«ГОСУДАРЬ ИМПЕРАТОР, РОССИЙСКОЙ ДЕРЖАВЫ СОДЕРЖАТЕЛЬ, САМ ПЕТР ТРЕТИЙ РУКУ ПРИЛОЖИЛ».

Далее узнается, что слово «император» можно писать и так: «ІМПЕРАТОР». Впрочем, пребывает он всегда в неизменном мужицки-царственном величии, даже когда требует водки и маку.

Вместо «гаубица» пишет «ГОЛУБИЦА», вместо «мортиры» — «МАТЕРИ».

Но вот еще что: будь я в XVIII веке русским мужиком, я бы ни секунды не сомневался, что Пугачев — царь.

А сейчас думаю, что в нем было больше царственности, чем в Екатерине.

———

Что Вы и Ваши? Когда собираетесь обратно? Как здоровье Мура?

Ключ Ваш храню.

До свидания,

Ваш Николай Гронский.

В-ский где-то странствует.

P.S. Письмо заночевало у меня, а утром узналось, что В-ский успел объехать Корсику. Вот куда он заехал.

Умно пишет об островах в жизни Наполеона. (Рождение — Корсика, Отречение — на острове, Бегство — Эльба, Смерть — Св. Елена. Так подсчитал я в уме и вижу, что В-ский прав.)

119
ГРОНСКИЙ — ЦВЕТАЕВОЙ

Милая Марина Ивановна.

Пересылаю Вам письмо, пришедшее на Ваше имя в редакцию газеты «П.Н.».

Был у В-ского, — у него, как и у меня, нет от Вас писем. Вы бы ему написали (простите за совет). Он много о Вас расспрашивал, а я мог рассказать очень мало.

Целую Вашу руку,

Ваш Николай Гронский.
23 сентября 1930. Belleveu

<На полях:>
Адрес В-ского. 9, square Port-Royal. Paris (XIII (?))

120
ЦВЕТАЕВА — ГРОНСКОМУ

Здравствуйте, милый Николай Павлович!

Буду рада повидаться. Не забудьте ключ.

Лучше всего к 3 ч., когда выходим на прогулку с Муром.

До скорого свидания!

МЦ.
14²⁰ окт. 1930 г.

121
ЦВЕТАЕВА — ГРОНСКОМУ
Мёдон, 18-го окт. 1930 г.

Милый Н.П.
(Так Царица писала Саблину)
Вот листок для France et Monde. Если думаете зайти ко мне в понедельник, заходите *не позже 6ти*, ибо уезжаю.
Если же не можете — во вторник утром.
Сердечный привет.

МЦ.

122
ЦВЕТАЕВА — ГРОНСКОМУ
<20 октября 1930>

Милый Н.П.
Только что письмо от Фохта, где он пишет, что денег в Редакции нет, что он сам мне передаст деньги и т.д., — словом обычная морока.
Но Вы все-таки поезжайте. 1) М.б. и сказки, т.е. все-таки заплатят (мое положение *ужасно*) 2) если скажут, что платежами заведет Фохт, Вы им вручите прилагаемое письмо, к-ое Вас уполномачиваю прочесть.
Спасибо заранее. Если сможете — зайдите рассказать *до шести*, не сможете — завтра утром.
М.б. они Вам сразу передадут несколько номеров журнала для меня, *попросите*.

МЦ.
Понедельник

123
ЦВЕТАЕВА — ГРОНСКОМУ
<конец октября – ноябрь 1930>

Милый Н.П.
Сейчас получили вторичную повестку на кв<артирный> налог — 450 фр. — *saisie en huit jours**, т.е. 7-го нас будут описывать.

---

* Наложение ареста на имущество через восемь дней *(фр.)*.

Нужно во что бы то ни стало выдрать фохтовские деньги, т.е. —

заходите за мно́й завтра, чтобы вместе отправиться в Humanités Contemp<oraines> (France et Monde) и попытаться наконец получить. Возьму с собой повестку.

Приходите та́к, чтобы вернее застать кого-нб в редакции. Итак, жду

МЦ.

124
ЦВЕТАЕВА — ГРОНСКОМУ
<*февраль 1931*>

Милый Николай Павлович!

Большая просьба: у меня есть надежда издать Перекоп отдельной книжкой, но для этого необходимо переписать его на машинке. — 1000 строк. —

Отдельного беловика, с которого бы можно было переписывать, у меня нет, пришлось бы с голосу, т.е. мне — диктовать. Думаю, если бы по 100 строк (коротеньких) в день — справились бы дней в десять. Вы же знаете мою строку — короткую.

Ответьте пожалуйста — можете ли? Обращалась в контору, но безумные цены.

Если *да* нужно было бы приступить сразу.

Всего лучшего.

МЦ.

Утром я почти всегда свободна, но об этом сговорились бы потом.

Если да, сообщите свои более или менее свободные часы: утро? après-midi?* вечер? Я очень связана отъездами в город С.Я. и Али, но выкроить бы можно было.

У Вас ли книги, бывшие у Странге: 2 тома Дюма и Гёста Берлинг? Я его совсем не вижу, боюсь — книги пропадут.

* Послеобеденное время? (*фр.*).

125
ЦВЕТАЕВА — ГРОНСКОМУ
<конец февраля – начало марта 1931>

Милый Н.П.
Перекоп более или менее готов. Когда Вы можете *ко мне* прийти печатать? Мое самое удобное время *5 ч.*
Если дома — ответьте.
Привет

МЦ.
Вторник

Нет ли у Вас хоть немножко свободных денег?
Мы погибаем. Все рессурсы разом прекратились, а Новая газета статьи не взяла.

126
ЦВЕТАЕВА — ГРОНСКОМУ
<февраль – март 1931>

Милый Николай Павлович!
Приходите нынче на блины к 12 1/2 ч., после попечатаем. Машинку накормим тоже.
Если случайно *не* можете (на блины) приду к 2 ч. — я.
Но лучше сможете.
До свидания. *Не* запаздывайте и не забудьте машинку.

МЦ.
Воскресенье

127
ЦВЕТАЕВА — ГРОНСКОМУ
<конец февраля – март 1931>

Дорогой Николай Павлович,
Принесите мне нынче все уже напечатанное, мне нужно спешно исправить и представить. Просьба: пока никому о моих планах и надеждах насчет устройства Перекопа.

Итак, жду Вас к 4 ч. 1/2, нам нужно сделать нынче возможно больше.

Сердечный привет.

Вы меня *очень* выручаете.

Нынче же уговоримся насчет поездки к В.С.

МЦ.
Понедельник

128
ЦВЕТАЕВА — ГРОНСКОМУ
<конец февраля – март 1931>

Милый Николай Павлович!

Очень жаль и чувствую себя очень виноватой, хотя на пятницу не сговаривались, а вчера в субботу была дома ровно в 5 ч., т.е. 2 или 3 мин. спустя Вашего ухода, — даже немножко пошла вслед.

Но у Вас ноги длинные.

Нынче сдаю (на просмотр) первые главы, а завтра та́к или иначе извещу Вас, скорей всего зайдем с Муром утром. А м.б. и сегодня возле 3 ч. Когда Вы вообще дома?

МЦ

129
ЦВЕТАЕВА — ГРОНСКОМУ
<между 12 и 19 апреля 1931>

Милый Н.П.

Я совершенно запамятовала *когда* вечер с С.М. А мне как раз нужно провожать на днях свою приятельницу, в путь еще более дальний.

Ради Бога нынче в течение дня оставьте мне записку под дверью, — нас целый день не будет — с *днем*, *часом* и *местом* нашей встречи.

Если Вы к С.М. едете из города могу приехать сама, адрес в кухне на стене, но для верности напишите еще раз.

Мне нужно знать *нынче* — когда??

МЦ.
Христос Воскресе!

130
ЦВЕТАЕВА — ГРОНСКОМУ

Дружочек!

Сейчас ко мне заходил Ваш папа и, не застав С.Я., сказал, что зайдет к 9^{ти} ч., с поезда.

Поэтому — приходите раньше, часам к 6 1/2, вместе поужинаем и, если не будет дождя, пойдем ходить, или еще что-нибудь придумаем.

Мне не хочется, чтобы Ваш папа думал, что Вы всё время у нас — ПОТОМУ ЧТО ЭТОГО НЕТ.

А м.б. — Аля, Вы и я — втроем в кинематограф? (наш). Говорю на случай дождя.

Словом, увидим.

М.б. уже к 6^{ти} придете? Не настаиваю, п.ч. боюсь отрывать Вас. Но на 6 1/2 настаиваю.

До свидания!

МЦ.

131
ЦВЕТАЕВА — ГРОНСКОМУ
Воскресенье

Cher ami,

Venez me tenir compagnie avec Mour*. Все уходят, я сижу с ним целый день. Приходите сразу после завтрака, если будет дождь посидим дома, солнце — Вы проводите нас с ним в Кламар. У меня есть для Вас приятная находка, душевного порядка.

Варенье *не* несите, ибо завтрашний день *не* упраздняется.

Жду.

МЦ.

P.S. Если *солнце* — не позже 2 1/2 ч. Лучше к 2 ч.

---

* Дорогой друг, Приходите составить компанию нам с Муром *(фр.)*.

132
ЦВЕТАЕВА — ГРОНСКОМУ

В субботу идем. Выясните, может ли Павел Павлович. Остальное как условлено.

МЦ.
Среда

133
ЦВЕТАЕВА — ГРОНСКОМУ

Милый Н.П.
Простите, что не дождалась, — пришлось неожиданно ехать в город.
Жду Вас сегодня вечерком, после 8 ч. Посидим-побеседуем.

МЦ.

134
ЦВЕТАЕВА — ГРОНСКОМУ

Милый Николай Павлович,
застаю пустынный дом, такой же как улицы, которыми шла. Жду Вас завтра к 12 $1/2$ ч. (завтра рынок и, боюсь, что к 12 ч. не управлюсь). Но не позже. Спокойной ночи!

135
ЦВЕТАЕВА — ГРОНСКОМУ

Милый Ник. Павлович.
Приходите ко мне если можете завтра часа в два — пойдем за ящиками (4 уже есть) — если есть, захватите пилку для полок.
Итак, жду до $2\,1/2$ ч.

МЦ.

136
ЦВЕТАЕВА — ГРОНСКОМУ

Итак, жду Вас завтра (вторник) в 9 ч. веч.
Спросонья Вы очень тихи (голосом) и злы.

137
ЦВЕТАЕВА — ГРОНСКОМУ

Милый Николай Павлович! Я приехала и очень рада буду повидаться. Если П.П. сейчас нет дома, попросите его захватить письмо завтра и, если не трудно, занесите. А то оно давно лежит.
Жду Вас либо нынче вечерком, либо завтра.

МЦ

138
ЦВЕТАЕВА — ГРОНСКОМУ

Милый Николай Павлович!
Вы мне *очень* и *срочно* нужны. Я дома от 12 ч. до 2 1/2 ч. и вечером от 5 ч. до 7 ч.
Дело важное.
Привет.

МЦ.
Вторник

Если не спите и дома — скажите Але когда будете.

139
ЦВЕТАЕВА — ГРОНСКОМУ

Милый Николай Павлович, увы, увы пролетает и вторая башмаковая сотня: мне крайне нужны деньги, дайте Але те 28 фр., а если еще спите, занесите их мне сразу после завтрака (до 2 1/2 ч. — потом уйдем).
Итак, жду

МЦ.

Кстати, расскажете про Ивонну.

140
ЦВЕТАЕВА — ГРОНСКОМУ

Милый Николай Павлович, большая просьба, у нас беда с водой: ванна заткнута, а горячий кран в умывальнике не закрывается, чорт знает что́.

С.Я. болен четвертый день, не встает и починить не может, кроме того нет отвертки.

Не зашли ли бы Вы с инструментами (если есть) сразу после завтрака (завтракать не зову, ибо обнищали), после к-го мне нужно в город — м.б. поедем вместе? Если можно — ответьте через Алю. Всего лучшего, простите за беспокойство.

МЦ

141
ЦВЕТАЕВА — ГРОНСКОМУ

Милый Николай Павлович,
Будьте у меня в 7 ч., после 7^{ми} поездов много, а В.С. просила, чтобы приехать пораньше, иначе она очень устает.
Итак, жду.

МЦ.
Суббота

142
ЦВЕТАЕВА — ГРОНСКОМУ

Милый Николай Павлович,
С.Я. очень Вас просит обменять ему книги в библиотеке, вместо 4 книг взять 3 (там знают). Взять последние №№ сов. журн. — Крас<ная> Новь, Кр<асная> Звезда, Печать и Рев<олюция>. Мне, пожалуйста, обменяйте Лескова на Лескова же (*не* Соборяне) или — Мельн<икова->Печерского. Я вечером (к 9 час.) часто дома, — м.б. сегодня зайдете? Завтра меня не будет. — Когда Волконский? Всего лучшего.

МЦ.

143
ЦВЕТАЕВА — ГРОНСКОМУ

Дорогой Николай Павлович,
Если будете нынче в городе, не могли бы завезти Гончаровой следующую записку, — крайне нужно. (Либо 13, Visconti, либо 16, Jacques Callot, — вернее *первое*.) В крайнем случае воткните в дверь мастерской, а в лучшем (случае) привезите мне ответ. М.б. с моего вокзала поедете? Тогда зайдите, — столкуемся о Яннингсе.
До свидания!

МЦ.
Вторник

— Хорошо бы, если зашли. М.б. к 12 ч.? Тогда у нас позавтракаете.

144
ЦВЕТАЕВА — ГРОНСКОМУ

Милый Николай Павлович!
Предложение: хотите нынче вечером в Кламар, на хороший фильм (Fievre, американский). Приходите как условлено в 7 ч., поужинаем и отправимся.
Расскажу о своих вечеровых делах. Только не запаздывайте.
До скорого свидания!

МЦ.
Воскресенье

145
ЦВЕТАЕВА — ГРОНСКОМУ
<первая половина января 1933>

Милый Николай Павлович.
Если Вам не трудно, пришлите мне пожалуйста точный адр. русской гимназии и адр. того преподавателя (фамилию, имя и отчество) к-ый, по Вашим рассказам, хорошо относился к моим стихам.

Мой адр. до 15-го
Clamart (Seine)
101, Rue Condorcet

———

Всего лучшего и спасибо заранее.

МЦ.

Не странно ли, что попала к Вам как раз в день (а м.б. и час?) Вашего переезда.
Заходили с Муром.

Приложения

Марина Цветаева

СТИХОТВОРЕНИЯ, ОБРАЩЕННЫЕ К Н.П.ГРОНСКОМУ

ЮНОШЕ В УСТА

Юноше в уста
— Богу на алтарь —
Моря и песка
Пену и янтарь

Влагаю.
Солгали,
Что мать и сын!
Младая
Седая
Морская
Синь.

Крив их словоряд.
День их словарю!
Пенка говорят.
Пена говорю —

Знак — по́ синю бел!
Вопль — по́ белу бей!
Что перекипел
Сливочник морей.

Бой или «баю»,
Сон или... а все ж —
Мать, коли пою,
Сын, коли сосешь —

Соси же!
Не хижин
Российских — царь:
Рожок плаксивый.
Руси — янтарь.

Старая любовь —
Море на Руси!
Старую любовь
Заново всоси:

Ту ее — давно!
Ту ее — шатра,
Всю ее — от *до*
Кия — до Петра.

Пей, не обессудь!
С бездною кутеж!
Больше нежель грудь —
Суть мою сосешь:

Лоно — смену —
Оно — вновь:
Моря пену,
Бора кровь.

Пей, женоупруг!
Пей, моя тоска!
Пенковый мундштук
Женского соска
Сто́ит.

Сто их,
Игр и мод!

Мать — кто по́ит
И поет.

29 мая 1928
Мёдон

***

Чем — не боги же — поэты!
Отблагодарю за это
— Длящееся с Рождества —
Лето слуха и ответа,
Сплошь из звука и из света,
Без единственного шва

Ткань, наброшенную свыше:
С высоты — не верь, что вышла
Вся — на надобы рекламм! —
Всей души твоей мальчишьей —
На́ плечи — моим грехам
И годам...

Июнь 1928

***

Лес: сплошная маслобойня
Света: быстрое, рябое,
Бьющееся как Ваграм.
Погляди, как в час прибоя
Лес играет сам с собою!

Так и ты со мной играл.

Июль 1928
Понтайяк

***

Оползающая глыба,
Из последних сил спасибо
— Рвущееся — умолчу —
Дуба юному плечу.

Издыхающая рыба,
Из последних сил спасибо
Близящемуся — прости! —
Силящемуся спасти
Валу первому прилива...

Иссыхающая нива —
Божескому, нелюдску.
Бури — чудному персту.

Как добры в час без спасенья
Силы первые — к последним!
Пока рот не пересох —
Спаси — боги! Спаси — Бог!

1928

Марина Цветаева

СТИХОТВОРЕНИЯ ПАМЯТИ Н.П. ГРОНСКОГО

***

О, девушки на выданьи
Ведь каждую из вас:
Молила: не завидуйте
Оставьте мне мой час
....
Бесплотный (между ставнями
Рассвет мигнул швее...)
Я все часы оставлю вам —
Последующие

<25 ноября 1934>

***

Есть счастливцы и счастливицы,
Петь *не* могущие. Им —
Слезы лить! Как сладко вылиться
Горю — ливнем проливным!

Чтоб под камнем что-то дрогнуло.
Мне ж — призвание как плеть —
Меж стенания надгробного
Долг повелевает — петь.

———

Пел же над другом своим Давид
<Хоть пополам расколот>
Если б Орфей не сошел в Аид —
Сам, а послал бы — голос

Свой, только голос послал во тьму,
Сам у порога лишним
Встав — Эвридика бы по нему
Как по канату вышла...

Как по канату и как на свет,
Слепо и без возврата
Ибо раз *голос* тебе поэт
Дан, остальное — взято.

Собственный голос взамен себя
В   — посылаю.
<*Ноябрь-декабрь 1934*>

НАДГРОБИЕ

1
— «Иду на несколько минут...»
В работе (хаосом зовут
Бездельники) оставив стол,
Отставив стул — куда ушел?

Опрашиваю весь Париж.
Ведь в сказках лишь да в красках лишь
Возносятся на небеса!
Твоя душа — куда ушла?

В шкафу — двустворчатом, как храм, —
Гляди: все книги по местам.
В строке — все буквы налицо.
Твое лицо — куда ушло?

———

Твое лицо,
Твое тепло,

Твое плечо —
Куда ушло?

3 января 1935

2
Напрасно глазом — как гвоздем,
Пронизываю чернозем:
В сознании — верней гвоздя:
Здесь нет тебя — и нет тебя.

Напрасно в ока оборот
Обшариваю небосвод:
— Дождь! дождевой воды бадья.
Там нет тебя — и нет тебя.

Нет, никоторое из двух:
Кость слишком — кость, дух слишком — дух.
Где — ты? где — тот? где — сам? где — весь?
Там — слишком там, здесь — слишком здесь.

Не подменю тебя песком
И па́ром. Взявшего — родством
За труп и призрак не отдам.
Здесь — слишком здесь, там — слишком там.

Не ты — не ты — не ты — не ты.
Что́ бы ни пели нам попы,
Что смерть есть жизнь и жизнь есть смерть, —
Бог — слишком Бог, червь — слишком червь.

На труп и призрак — неделим!
Не отдадим тебя за дым
Кадил,
Цветы
Могил.

И если где-нибудь ты *есть* —
Так — в нас. И лучшая вам честь,
Ушедшие — презреть раскол:
Совсем ушел. Со *всем* — ушел.

5–7 января 1935

3

За то, что некогда, юн и смел,
Не дал мне заживо сгнить меж тел
Бездушных, замертво пасть меж стен —
Не дам тебе — умереть совсем!

За то, что за руку, свеж и чист,
На волю вывел, весенний лист —
Вязанками приносил мне в дом! —
Не дам тебе — порасти быльем!

За то, что первых моих седин
Сыновней гордостью встретил — чин,
Ребячьей радостью встретил — страх, —
Не дам тебе — поседеть в сердцах!

7-8 января 1935

4

(Неоконченное)

Удар, заглушенный годами забвенья,
Годами незнанья.
Удар, доходящий — как женское пенье,
Как конское ржанье,

Как страстное пенье сквозь косное зданье
Удар — доходящий.
Удар, заглушенный забвенья, незнанья
Беззвучною чащей.

Грех памяти нашей — безглазой, безгубой,
Безмясой, безносой!
Всех дней друг без друга, ночей друг без друга
Землею наносной

Удар, заглушенный, замшённый как тиной.
Так плющ сердцевину
Съедает и жизнь обращает в руину...
— Как нож сквозь перину!

...Оконною ватой, набившейся в уши,
И той — заоконной:
Снегами, годами, пудами бездушья
Удар — заглушенный.

А что — если вдруг — ведь жила же Помпея
Века под золою!
А что если вдруг   — прозрею
Ушами, душою

А что если — вспомню?
Боль — кровью и солью.

<Начало января 1935>

Николай Гронский

БЕЛЛАДОННА*

Альпийская поэма**

Посв. L. Xavier Drevet

ПОСВЯЩЕНИЕ

В ночи, из стран моих бессонных,
В странах иных услышь мой стих,
Внемли, Владычица Мадонна,
Глаголам уст моих живых.

Услышь псалтирь моей печали,
Глубин отчаянья псалом,
Ты, прозирающая дали
Миров иных мечом-лучом

Очей бесплотных и нетленных.
В бессмертный слух — мой смертный стих —
Прими. Коленопреклоненный,
Склонясь на сталь рогов кривых

Собрата смелых восхождений,
— Топорика альпийских гор, —

---

* Название горной цепи под Греноблем в Дофинейских Альпах. — *Здесь и далее к тексту поэмы примеч. Н.П.Гронского.*
** Первоначальное название поэмы — «Поэма пика Мадонны и трех альпинистов».

Чту. Да очистят соль молений
Святой Бернард* и Христофор**.

Там луч луны читает руны,
Там горный дух трубит в рога.
Во всей подсолнечной, подлунной
Чту область ту, где облака,

Ветра, луга, снега, туманы,
Твердыни скал, державы вод,
Просторы и пространства, страны,
И горизонт, и небосвод —

Все — горное, — как в мире сущем,
Все — тленное, — как в мире том
— Бессмертное...
———

В руинах первозданных зодчеств,
В пространствах каменной страны
Снега безмолвных одиночеств
Полны суровой тишины.

Над Цирком Копий стран скалистых,
Над зеркалами трех озер
Пречистая в снегах пречистых
Владычица окрестных гор

В громаде каменной десницы
Хранит гранитного Христа:
Птиц высочайший пик двулицый,
Вершина горного хребта.

Склон монолита к монолиту.
В порфирах каменных пород

---

* Победитель демона (Юпитера-Истукана), податель помощи путникам, надежда угнетенных, честь отчизны. Святой Бернард Мантонский дан Римом в покровительство альпинистам ко дню празднования тысячелетия со дня его рождения в 1923 г. Надпись на медали св. Бернарда: «Кто взглянет на изображение св. Бернарда утром, будет цел ввечеру».
** Св. Христофор чтим в православии, как и в католичестве. Часто изображается с песьей головой.

— Щека к щеке: гранит к граниту —
Глядят на солнечный восход.

Седых туманов Божья слава;
Держава — камни и снега;
Лик Умиления* двуглавый;
Текут, как мысли, облака.

Мадонны лик отображенный
На гладях вод, и вечный ход,
Ход облаков над Белладонной
Из года в год, из года в год.

Исполнен черною тревогой,
Ломает воздух шестисвист**.
В стране, где искушает Бога
Любовник смерти — альпинист.

Выходят в небо караваны
Взойти под Божий небосвод,
Увидеть каменные страны,
Познать величие высот.

С тех пор,
          как под хрустальной твердью
Бог караванов слышит ход,
Здесь двое гибнут горной смертью
Из года в год, из года в год.

Вниз! — обрывая рододендрон***...
Вниз! — с камнем, обманувшим вес,
Врозь разрывая жилы, недра, —
Все сокровенности телес.
И труп всегда неузнаваем
В сих откровенностях нагих...

---

* Ликом Умиления называются иногда иконы, на коих Божья Матерь ласкает Младенца.
** Шестисвист — альпийский сигнал бедствия.
*** Рододендрон — альпийская роза. Смолистый лиловый цветок. Растет кустарником. Цирк Белладонны славится рододендронами на всю округу.

По совершеньи страшных таинств
Уходит дух в страну живых.

Не емлют чувства ощущений. —
Дик умозрительности — сей
Лик сущности преображений:
Слух без ушей, взгляд без очей, —

Но в утвержденьях отрицаний,
Как в море, тонут. Разум пуст,
А стих, елико прорицает,
Божественную стройность чувств

Находит.
             Ветров и отвесов
— Поэма — мертвых и живых.
Колеблется, дрожит завеса,
Гортань немеет, молкнет стих.

Из книги летописи смерти,
— Играй! — торжественный орган.
Дыханью ритма — вторьте, ветры,
Вторь рифмам — эхо горных стран.

ВЕЧЕР

С колоколами колоколен
Молитвы ангельской в горах
Плыл час вечернего покоя.
Лишь на вершинах-алтарях

И на снегах высоких скиний
Огонь торжественный пылал.
Погружены во мглы и дымы
Долины были. Трех зеркал

Озер подножья Белладонны
Стемнело синее стекло.
Миг — мнилось: в воздухе студеном
Вдруг стало времени крыло.

Замедлил вечер час прихода,
Ствол света — луч — стал зрим очам,
И воздух сводов небосвода
Потряс орган высоких стран.

Из края в край, по всей пустыне
Пространств невидимых миров
Труба архангельской латыни
Рекла мирам: коль славен Бог.

И светел час был, глас был строен,
Но в теневых своих правах
Шел вечер гор. Их было трое,
Все трое в первый раз в горах.

Шли. Встали вдруг: на перевале
Цирк начинался из-под ног, —
Жерло в жерле, — провал в провале.
Один сказал: «Высоко Бог
Живет».

«Ну, магометовой тропою*
К любителю высоких мест».
Идут, и вдруг над головою,
Как человек, чернеет крест.

«Две тыщи девятьсот тринадцать?»
«Да».
  «Где Мадонна?»
            «Этот пик».

«Теперь и черту не взобраться
На женщину».
            «Ой, темен лик!»
«Который час сейчас, ребята?»
«Сейчас, — сказало эхо, — час».

---

* Магометова тропа — райский мост мусульман. Узостью своей подобен мечу.

Архистратигова заката
Взор дозирающий погас.

———

Властитель головокружений,
Смутитель смелых: томный страх:
Великий демон искушений
Живет на горных высотах.

Там грань последняя гранита,
Там резок воздух высоты.
Недвижны дали, и открыты
Все горизонты высоты.

Доверьте руку мне, читатель,
Не прéзрите из высших сфер;
— В дворянстве смелых родом знатен:
Высоких пиков кавалер.

Я был там. Там четыре бездны
Открыты с четырех сторон,
Свистят отвесы, грозы снежны
И страшно близок небосклон.

Смелее! — звонкий камень в руку,
Да так, чтоб хрустнуло плечо,
С размаху — вниз. Внимайте звуку.
Вы слышите? — Еще, еще:
Вот раздалось, вот отозвалось,
Передалось, и весь гудит
Просторный коридор обвалов,
Дрожит базальт, гремит гранит.

Но тише, тише, глуше, глуше:
Летящий камень ищет дна.
Там молкнут камни, гибнут души.
Дно — тишина и глубина.

«Черт! — с Леяницей женихаться
Не пожелаю и ежу.
Кто хочет, может оставаться:
Что до меня — я ухожу».

СУМЕРКИ

На пике тихо холодало.
Ночная поросль — темнота —
Росла, вставала из провалов,
И младший расклеил уста.

В ногах томительная слабость,
В глазах властительнейший страх,
Страх гор и смертная усталость
В неразгибаемых плечах.

Сказал: «Не ноги, а колонны
Свинца. Друг, глянь, гляди, вглядись,
Отроги Цирка Белладонны —
Кратчайшая дорога вниз.

Слышь, водопады шепчут лесу».
Подполз и глянул в глубину.
Отрог в отрог, отвес к отвесу
Бежали вглубь, и вдруг ему

Привиделось: в глаза очами
Вперился страх. — Крик — и в горах,
Загрохотав дробовиками*,
Отроги грянули. В рогах

Органных эхо перекатов,
Зарокотал по скалам шквал:
Отрог отрогу слал раскаты,
Гранит базальту отвечал.

Смолкала перестрелка эха...
«Веревку вниз, — сказал второй, —
Спускаемся». А дробным смехом
Еще гремел раскат глухой.

---

* Дробовик — дробовое ружье.

Ну, вниз. — Неловок, без сноровки
Дрожит рука и, как о бронь,
Скользит нога, пенька веревки —
Огонь, сжигающий ладонь.

Уступ, и на уступе двое,
Чуть треплет ветер волоса,
Дыханью отдых, вздох покоя,
Теснит веревка пояса.

Меньшо́й: «Пытаем счастье розно.
Веревку к черту». Ножик звяк.
Второй: «Постой!» — «Теперь уж поздно:
Смерть надвое, и так и так».

Подстерегая из расщелин,
Таясь в базальтовых камнях,
Властитель головокружений,
Двупалым свистом горный страх

Высвистывал сигнал падений
И свистом мерил глубину
Обрыва каменных крушений,
И эхо вторило ему.

Сапожный гвоздь по камню свистнул...
Повис, схватившись за карниз,
 — Ногой в провал, рукой за выступ, —
Врастая в пласт базальта, вниз...

И ахнув, рухнул. Повернулись
Все оси чувств: легко, легко
Все чувства душу обманули,
Цирк несся прямо на него.
И в этом рухающем своде
Эреба каменных небес
Великолепен и бесплоден
Стремил свой неподвижный вес

Огромный обелиск базальта.
Живые жилы ног собрал
И дернул страх. — Качнулись Альпы:
Он перевертываться стал.

Крутились своды: свод небесный
И каменный альпийский свод.
Сто метров чистого отвеса,
Последний тела оборот, —

И грохнулся. Увлекши камни,
Подпрыгнул — (мертвый) — рокоча,
Проснулось эхо в горных замках,
В отрогах грянули рога.

И — только труп окровавленный
Лежал расплющенный, как плод,
В бездонном Цирке Белладонны,
В гробу любовников высот.

Наг, обнажен от мышц непрочных,
Одежа кожная в куски,
Шесть переломов позвоночных,
Весь череп вышел в черепки.

НОЧЬ

. . . .
. . . .
Крепчал мороз альпийской ночи.
Высок, пронзителен и чист,
По скалам смертных одиночеств
Шел посвист, отсвист, пересвист...

То — альпинист, живой, бессонный,
Живым слал бедствия сигнал:
Шел хохот Цирком Белладонны,
Рос грохот по отрогам скал.

УТРО

И утро в сферах совершилось.
Весь горный воздух задрожал.
Как синеструйный дым кадила,
— Миг — лик Мадонны заблистал.

Се Бог, в пространствах одинокий,
Взглянул из стран небытия...
И вспыхнули престолы Копий
От алтаря до алтаря.

И, в смертный слух неуловимы,
Без уст, живым дыханьем слов,
Высоко в небе серафимы
Рекли мирам: коль славен Бог.

Один в громадах одиночеств,
В крови все дуло от свистка,
Кровь на губах. Подарок ночи:
Повыше левого виска

Есть прядь волос, седых, как иней,
То страха изморозь прошла.
Глаза — громадные пустыни —
Прошедшей ночи зеркала.

«Кровь расплещу, хребет разрушу.
— Что ж, в день Суда не дрогну труб!
Спасу твою живую душу,
Живую душу или труп.

Обратно — легкая дорога,
Но только к ночи будут здесь
Искатели». И по отрогам
Кратчайший путь избрала честь.

Впиваясь в щели горных трещин,
Врастая в камни — распростерт —

Спускался. Руки не трепещут,
Веревка держит, камень тверд.

Бессильны силы тяготенья:
Столь мощны мышцы смуглых рук.
Преодолевши страх паденья,
Не падают. — Он, как паук,

Как ящер. — В каменных завесах
Лицом в скалу, спиной в простор.
Да сохранят тебя в отвесах
Святой Бернард и Христофор!

Дно. В небо отошли отроги.
Господь не выдал, страх не взял.
Четверорукий стал двуногим;
Встал, покачнулся, устоял.

Глазами мерил Цирка стены.
Был узок горный кругозор.
....
....
Въезд разомкнувшейся арены:
Восток был отперт на простор.

По каменным зыбям морены,
Лугами — зябью трав живой, —
И хвоей — мертвой, но нетленной, —
Бежал. Горела под ногой

Земля. Дома! — но не жилые...
Тропа! — и пропадом тропа
Ушла под корни неживые...
Глушь. Оступается стопа;

Кругом дремучая дремота...
В ушах ли звон? Святой Бернард!
Навстречу из-за поворота —
Деревня горная Моллард.

Чту белокурую отвагу,
Чту смелость смуглую твою.

В раскатах струн угасим сагу
Альпийских стран.

ЭПИЛОГ*

Я беден: слово у поэта
И снедь и сущность естества.
Да будет стих скалой завета
В долинах братства и родства.

Да будет между нами:
— Единый слог, единый звук,
— Безмолвный всплеск рукоплесканий,
  Полет ладоней правых рук

Под козырек. Мильон значений.
— Единый смысл (лгут словари).
Из всевозможных разночтений
Я выбираю только три:

Приемлется стократно чисто,
Как молот по хрустали сфер,
— Как горный гром, — у альпиниста,
В глубинах слуховых пещер.

У летчика светло и сухо,
Как ветра свист, как крыльев хруст,
Не в органы — в орга́ны слуха,
Воздушные органы чувств,
И так великолепно глухо,
Как выстрел с дальних берегов,
— Как моря всплеск, — в отрогах слуха
Двух раковин у моряков.

---

* Славословие эпилога родилось не только от русского слова «честь», но и от английского honour и французского honneur.

Марина Цветаева. Николай Гронский

Пока суда под вымпелами,
И самолеты о крылах,
И сталь рогами-лезвиями
Блестит в альпийских топорах.

— Хвала, — доколе плещет море,
Доколе ветры в небесах
И громы в каменных просторах,
— Сей голос Господа в горах.

Покуда мир стоит под Богом,
Покуда слава в трубах есть,
Одним стальным и строгим словом,
Сухим и светлым словом: честь.

———

В ночи, из стран моих бессонных,
В странах иных услышь мой стих,
Внемли, Владычица Мадонна,
Глаголам уст моих живых.

И мне в мой час в гробу бездонном
Лежать, дымясь в моей крови.
Альпийских стран, о, Белладонна,
Мой смуглый труп благослови.

1929 – 1930 – 1931
Аллемон-Беллевю – Аллемон-Беллевю

Марина Цветаева
ПОСМЕРТНЫЙ ПОДАРОК

Вот уже двенадцать лет, и с каждым годом все болезненней и предрешенней, идет в эмиграции спор: может ли в эмиграции возникнуть поэт или не может, и почему не может, а если может, почему его нет? — спор, после двух-трех на наших глазах разлетевшихся поэтических мыльных пузырей, постепенно сведшийся к единогласному врачебному приговору: — Поэта в эмиграции быть не может, ибо нет почвы, среды и языка. Нет — корней.

Опуская свое уже двенадцатилетнее *коренное* возражение, ныне покажу на деле, какие почва, среда, язык, — *корни* оказались у только что скончавшегося — для нас начавшегося! — здесь начавшегося и скончавшегося поэта Николая Гронского.

Стихи Гронского я знала в 1928 г. — 29 г., в пору его восемнадцати-девятнадцатилетия. Я знала самые истоки поэта. Последующие пять лет до меня не донесли ни строки. Поэтому суждение мое — суждение совершенно непосредственное, без давности, в ответ на данность, суждение читателя, открывшего 9 декабря 1934 г. «Последние Новости» и, вместо ожидаемого прозаического фельетона и даже двух, увидевшего — вещь в газете исключительную и даже неправдоподобную — поэму, раскинувшуюся на два подвала, двустворчатую, двукрылую, по крылу на подвал, — да.

И вот, отрешившись от всякого моего предварительного, хотя и самого скудного, о поэте знания, отрешившись даже от знания о его гибели, пропустив с читателем два столбца предисловия и не посмотрев подпись, став вообще-читателем, каждым читателем, ставлю себе и всем моим сочитателям — вопрос: — Какое первое чувство от вида поэмы в два подвала, подписанной новым именем или с вовсе не прочитанной подписью? От самого факта такой поэмы? Будем честны: недоверие.

Ждали и доверяли и вверялись и каждый раз — ничего, т.е. в лучшем случае «данные», которые ничего не давали, и «способности», которые ничему не способствовали. За неимением места отсылаю моего сочитателя к стихотворному отделу последней книги «Современных Записок», многоголосой и единоличной исповеди человеческой и творческой немощи.

На самом деле — чего безнадежнее? Два подвала стихотворной, самой по себе — условной, по пророчески-стихотворческой природе своей иносказательной, трудной речи — о чем? Чем, по двенадцатилетнему опыту, может быть наполнено все это место, занятое поэмой? Либо общими местами, ничего общего с живым местом нашей души не имеющими, либо намеренной разобщенностью искусственных построений. Либо штампом, либо выдумкой, в том и другом случае — немощью. (Всячески исключаю замолчавшего настоящего поэта Алексея Эйснера.) И эту немощь, эту мертвую воду немощи — в себя — с утра? В таком количестве?

Итак, никого и ничего не знаю, ничего не жду и вот, в уже упомянутую дату, попадаю глазами на название:

Белладонна

Но здесь — сразу остановка. Белладонна, как известно, ядовитое растение, здесь же речь о Bella Donna, Прекрасной Даме, Jungfrau, Деве Гор, Nôtre Dame des Cimes. Это необходимо для правильного направления нашего воображения. Название, настаиваю, следует мысленно читать в два слова, и, если готовящие его книгу близкие, из благоговения перед памятью поэта и за невозможностью получить от него разрешение на иное начертание, его начертание оставят, от всей души и всего ремесла прошу прибавить сноску, сразу уясняющую и вводящую...

      Из всей подсолнечной, подлунной
      Чту область ту, где облака... —

в заоблачную область поэмы и поэзии Гронского. Ибо ядовитому растению белладонне, как вообще никакому яду, в этой поэме, где единственный цветок — последний цветок высот: рододендрон — нечего делать.

— Ветра, луга, снега, туманы — Твердыни скал, державы вод — Просторы и пространства, страны — И горизонт и небосвод —

Первое, что нас охватывает при чтении этих строк — изумление. Откуда мне сие? 1934 г., эмиграция, Париж... И одновременно с ним чувство — благонадежности. Мы сразу знаем, что все будет хорошо, что откуда бы ни шла эта речь и куда бы ни вела — выведет. И третье, наконец, чувство (все они одновременны) — узнавание: где это я уже слышал? Не это, но такое, не это, но родное, тот же склад речи и тот же, в груди, ответ. В ком, в какой такой же реке, мне уже так венным девятнадцатилетием потянуться именно к Державину, обрывая все кровные связи с поколением — именно к Державину, есть уже родство духовное: не случайность, а выбор, не неволя, а свобода, не немощь — а мощь. Преодоление собственного возраста, всего соблазна и всех самообманов современности, преодоление полутора столетий не есть уже ни подражание, ни подвлиянность. Если здесь есть влияние, то не влияние — давление (ложная форма влияния *на*), а именно влияние: реки в реку, отца в сына. *Сыновнесть.*

— Над цирком копий стран скалистых — Над зеркалами трех озер — Пречистая в снегах пречистых — Владычица окрестных гор — В громаде каменной десницы — Хранит гранитного Христа...

Чисто, мощно, просто, но — достаточно: там, где ни слова не убавишь, словами не прибавишь. Показательно в поэме Гронского, что при всей ее видимой длине, при всей видимости ее длины, в ней нет ни одного лишнего слова. Больше скажу, она, секундами, может (не мне!) показаться коротковатой, т.е. требующей распространения, роль которого на себя, в письменном слове, обычно берет глагол, местами и нужными местами: везде, где не рассказ, а показ, в поэме Гронского отсутствующий.

— Склон монолита к монолиту — В порфирах каменных пород — Щека к щеке: гранит к граниту — Глядят на солнечный восход.

Третья строка: какая мощь нежности, и все вместе — какая мощь! Остановимся на этой показательной для поэта особости: показе вещи взамен рассказа о ней, явлении — взамен описания. Эта особость — опасна, ибо для того, чтобы другой увидел показываемый ему предмет, нужно, чтобы у него были той же остроты глаза. Для близорукого же, или ленивого, или невнимательного эта поражающая явностью, внятностью, данностью вещь неизбежно будет «невнятицей», как, например, на первый взгляд (слух) четверостишие:

— Не емлют чувства ощущений — Дик умозрительности — сей Лик сущности преображений: — Слух без ушей, взгляд без очей — че[тв]еростишие, перегруженное явью и смыслом. Вникнем в него, р[асш]ифруем его. «Не емлют чувства ощущений», не емлют — не вме[ща]ют. Наши пять чувств не вмещают всех ощущений, вызываем[ых в] нас видом смерти. «Дик умозрительности — сей лик сущности п[рео]бражений»... Дик нашему разуму явленный нам лик самой сущ[ност]и преображения живого в мертвого на данном лице. Здесь говор[ится] о таинстве преосуществления живого в мертвого, жизни в сме[рть. И] последняя строка четверостишия: «Слух без ушей — взгляд [без оч]ей...» В первую секунду — говорю от лица вообще-читателя, [в поэт]ическом мышлении неискушенного — кажется, что как-будт[о просторно и надежно плылось и покоилось? И — молниеносной по[дачей] памяти — Державин!

Но, может быть, эта строфа — случайность, случайность строфы[?] Проверим. Возьмем наугад другую строфу. — Из края в край, по все[й] пустыне — Пространств невидимых миров — Труба архангельско[й] латыни — Рекла мирам: коль славен Бог. (И дальше:) — Вот раз[да]лось, вот отозва́лось — Передалось, и весь дрожит — Просторн[ый] коридор обвалов — Дрожит базальт, гремит гранит. (И дальше:[)] Органных эхо перекатов — Зарокотал по скалам шквал — Отрог[у] рогу слал раскаты — Гранит базальту отвечал. Такова вся поэма.

Итак, предположим, что юноша писал под влиянием Держав[ина]. Но это еще ничего не объясняет. Наоборот, усугубляет чудесно[е]. Все мы когда-то читали, а если не читали — так учили Держав[ина]. Но кому из нас, или вас, стихотворцы последующего поколе[ния] пришло в голову или «в руку» — писать «как Державин»? На к[ом из] нас — или вас — след его десницы? Можно назвать, называли уж[е, я] первая когда-то назвала («Что́ ва́м, молодой Державин — Мой н[евос]питанный стих?») — О.Мандельштама, но во-первых Мандель[штам] по времени своему, в еще ненарушенной классической трад[иции], во-вторых у Мандельштама Державин — именно традиция, с[озна]ная и даже словарная. О Гронском же, по прочтении поэмы, [хочет]ся сказать: он не пишет, как Державин — он дышит, как Де[ржавин], тем же воздухом и на тот же объем вздоха.

И дальше: не проще ли, не легче ли, не естественнее ли б[ыло,] со столькими, здесь и там пишущими, взамен истока Манделы[штама–] Державина, подпасть под влияние державинского притока [Ман]дельштама, своего старшего современника, усовремененного [Держа]вина, под влияние — подвлиянного, получить вещь из втор[ых, при]ближенных временем и возрастом рук, как это случается со [всеми] и живописцами, и музыкантами, и поэтами, всеми за исключ[ением са]мых больших и даже, иногда, вначале — с самыми большими? [Про]сто говоря, писать не «как Державин», а «как Мандельшта[м]»? [Но] этих вторых рук в поэме Гронского ни следу. Вся она на перв[оисточни]ке природы и Державина. Ибо Державин, за отдаленность[ю —] как Гомер, уже почти стихия, такой же первоисточник, как[та или] та же гора или им воспетый водопад: меньше поэт, чем вод[опад —] самое большое, что можно сказать о поэте. Сопричислен[ный к] стихий. (Одни сливаются со стихиями, другие с народами, [остаю]щиеся — пропадают.) Поверх, перечисляю по мере времен[и и сте]пени родственной близости, Пастернака, Мандельштама, [так]же Лермонтова — поверх всего стоящего между Державин[ым]

225

наоборот: уши есть, а слуха (уже) нет, очи есть, но взгляда (уже) нет, словом, мертвый нас уже не видит и не слышит. Но нет, не это, а *обратное* говорит поэт — и несравненно-высшее: — Там, где *сейчас* разбившийся альпинист, на *тех* высотах — слух — без ушей (не нуждается в ушах), взгляд — без очей (не нуждается в очах), т.е. взамен рационалистического, почти медицинского констатирования, что мертвый не видит и не слышит — вдохновенное утверждение, что слышит и видит, то есть — не мертв, то есть «зде-лежащий» уже не *зде* лежит — вообще не лежит! Это четверостишие, и даже одна только последняя строка его — чистейший гимн и формула бессмертия.

То, что я сейчас делала — разводила водою живую воду поэзии, разлагала целое на никогда не дающие его вторично части, здание — на материал, формулу на домыслы, четверостишие чистовика на весь черновой хаос, живого, наконец рожденного ребенка загоняла обратно в лоно, а может быть в смутные ряды прадедов и еще дальше — в до-бытие. Короче говоря — уничтожала работу поэта. Но делала я это сознательно (хотя и не без отвращения), чтобы заранее и заведомо снять с будущей, уже сущей и скоро быть имеющей книги поэта всякую возможность упрека в «невнятице». Невнятица у пишущего только тогда, когда он сам недоуслышал, недоувидел, т.е. попросту, когда он сам в точности, а иногда и вовсе не знает, о чем говорит, — тогда смысл искать бесполезно, и всякое вникание — зря, ибо за словами — «что-то», а часто и ничего. (И есть этой невнятице у нас в эмиграции один разительный пример.) Но внимательный и любящий читатель сразу различит, с какой невнятицей имеет дело, с авторской мало-внятностью, или с собственной недостачей слуха, с авторской немощью, или с собственной.

Я намеренно взяла самое трудное, сгущенное, перегруженное и на первый слух неудобочитаемое четверостишие поэмы, где показ одновременно есть credo. Хочу, устами поэта, дать чистый показ и, на мой взгляд, поразительный показ — падения только что перед нами лежавшего в пропасть.

— Вниз! — обрывая рододендрон — Вниз! — с камнем обманувшим вес — Врозь разрывая жилы, недра — Все сокровенности телес — И труп всегда неузнаваем — В сих откровенностях нагих...

Не знаю, как другим, мне две первых строки вписаны непосредственно в жилы. Вникнем в сопоставление «сокровенности» и «откровенности» телес. Тело, пока живо, сокровенно, т.е. скрыто от нас то, чем оно и живо, и первая из этих сокровенностей — сердце. Когда мы видим сердце человека — он мертв. Просто? Просто. И всякий знал? Всякий знал. Все знали, а этот взял и сказал. Это-то и есть чудо поэта.

Марина Цветаева
О КНИГЕ Н.П.ГРОНСКОГО
«СТИХИ И ПОЭМЫ»

> Девятый год стоит Россия
> Моей заморскою страной...
> Н.П.Г.

Мне кажется, что спор о том, может ли быть эмигрантская молодая литература, или не может быть, на этот раз сам собой разрешен в недавно вышедшей книге покойного молодого поэта Н.П.Гронского.

Книга открывается словами: «Помню Россию — так мало, помню Россию — всегда»... Это сразу дает нам и возраст, и духовную особь пишущего. Мало помнят, но все же помнят — десяти лет расставшиеся помнят свою страну — изгнанники, всегда помнят — рожденные поэты. Книга открывается — формулой, ибо короче и полнее о себе и о России человек его поколения сказать не может. Эта цитата, по недостатку места, останется единственной. Пусть читатель, до прочтения книги, поверит на слово, что она редкостной словесной силы. Поэтически — первокачественная.

Читаем названия: Иоанн Безземельный — Римляне — Карл XII — Эней — Роланд — Наполеон — перед нами школьные годы, т. е. школьные герои поэта. Первый вывод: не зря ходил в школу. Дальше героика недавних времен: поэма Миноносец, трагическая героика не взятых на английский миноносец добровольцев (по страсти, с какой написано, ясно, что в основе — живое происшествие). Листаем дальше: — Из первой книги Царств — Россия — Август — Римские дороги — Савойя — Моисей — Дракон, — по названиям одним ясно: юноша читает, ходит, глядит, думает — и, наконец, альпийская поэма Белла Донна, лучшая вещь в книге и во всей поэзии эмиграции. К этой поэме отношу читателя, как к сердцевине книги и поэта и самой лирической поэзии. Дальше: Валгалла — дальше прекрасная поэма Авиатор, как все поэмы Гронского взятая из *жизни*, — поэма Финляндия (родина поэта), — Михаил Черниговский и Александр Невский, — драматические сцены Спиноза — и последнее в книге и в его молодой жизни — Повесть о Сергии Радонежском, о медведе его Аркуде и о битве Куликовской. Книга, начатая Россией, Россией кончается. Россией кончается и его жизнь.

Где же, господа, неизбежное эмигрантское убожество тем, трагическая эмигрантская беспочвенность? Все здесь — почва: благоприобретенная, пешком исхоженная почва Савойи, почва медонских римских дорог, и в крови живущая отечественная почва тверской земли, и родная, финляндская, и библейская — Сиона и Синая, и небесная, наконец — Валгаллы и авионов.

Перед вами, молодые поэты, юноша — ваш сверстник, ваш школьный товарищ, с вашими же источниками питания: собственной ранней памяти, живого изустного сказа, огромного мирового города, природы, которая везде и всегда, и наиживейшим из всех источников, без которого все остальные — сушь: самой лирической жилой. Так почему же у вас в стихах метро и бистро, а у него Валгалла — и Авиаторы — и Спиноза? Вы жили в одном Париже. И Париж ни при чем.

Верней, Гронскому Париж много дал, потому что Гронский много сумел взять: Национальную библиотеку и Тургеневскую библиотеку, старые соборы и славные площади, и, что несравненно важнее, не только взять сумел, но отстоять сумел: свой образ, свое юношеское достоинство, свою страсть к высотам, свои русские истоки и, во всем его богатстве, мощи и молодости — *свой* язык. Взяв у одного Парижа — все, не отдал другому Парижу — ничего.

— «Но это одиночный случай...» Вся лирическая поэзия — одиночный — и даже какой *одинокий*! — случай. Непрерывная вереница таких одиночных случаев и есть лирическая поэзия. Но если допустить, что есть поэзия не лирическая — гражданская, скажем, эпическая — что́ мешает молодым эмигрантским поэтам соприсутствовать — издалека — событиям своей родины? Челюскин был на весь мир и для всего мира, и место действия его, Арктика, равно́ отдалено от всех жилых мест. — «О Русь, вижу тебя из моего прекрасного далёка!» Но если наше далёко нам кажется *не*прекрасным, если у нас на него нет глаз, можно ведь и: «О Русь, вижу тебя в твоем прекрасном далёке», распространяя это далёко и на прошлое, и на настоящее, и на будущее. Поэт никогда не жил подножным кормом времени и места, и если Пушкина, к нашей великой, кровной обиде, так и не выпустили за границу, это не помешало ему дать невиденный им Запад — лучше видевших. Ведь если допустить, что поэт может питаться только от данного места — своей страны, то неизбежно придется ограничить это его питание и современным ему временем. Тогда, сам собой вывод: Пушкин в Испании не был и в средние века не жил, — стало быть Каменного Гостя написать не мог.

А — мечта́ на что́? А — тоска́ на что́?

Нет, господа, оставим время и место писателям-бытовикам (поэтов-бытовиков — нет), а сами, поскольку мы поэты, будем поступать как молодой Гронский:

> Я — вселенной гость,
> Мне повсюду пир,
> И мне дан в удел —
> Весь подлунный мир!

И не только подлунный!

Примечания

Все письма, публикуемые в настоящей книге, печатаются по оригиналам, хранящимся в РГАЛИ: ф. 1190, оп. 3, ед. хр. 100—106 (письма Цветаевой), ед. хр. 143—146 (письма Гронского), кроме письма 84, хранящегося в фондах музея В.В.Маяковского.

Письма Цветаевой публикуются с сохранением всех особенностей авторской орфографии («плаж» вместо «пляж» и т.п.) и пунктуации, кроме основной, которую сохранить невозможно, но отметить необходимо: все письма Цветаевой (как и Гронского) написаны по старой орфографии. Подчеркивания в рукописи передаются курсивом, в случаях двойного и тройного подчеркивания курсив сопровождается ремаркой публикаторов в угловых скобках: <подчеркнуто дважды (трижды)>. Написанное печатными буквами дано ПРОПИСНЫМИ, в случаях, когда написанное печатными буквами подчеркнуто, эта графика представлена курсивом *ПРОПИСНЫХ БУКВ*. Авторские сокращения имен собственных раскрываются при их первом упоминании, в дальнейшем они оставляются в авторской редакции. Общеупотребительные сокращения: м.б. — может быть, г. — год, ч. — час, -нб — -нибудь, см. — смотри, к-ый — который, п.ч. — потому что и т.п., а также сокращения, понятные в контексте фразы: проф. — профессор, кил. — километр, сент. — сентябрь и т.п., не раскрываются. Явные описки (ошибочные падежные окончания, недоставленные точки, кавычки, скобки) исправлены без оговорок.

Письма Гронского в авторской редакции печатать оказалось невозможным. Они отличаются крайней небрежностью, отсутствием дат, абзацев, почти полным игнорированием правил пунктуации. Поэтому для правильного понимания они нуждались в «оркестровке». Мы позволили себе внести абзацы и все необходимые знаки препинания, унифицировать употребление скобок, никак не обозначая наше вмешательство в каждом из многочисленных случаев. Иногда почерк Гронского представлялся настолько неразборчив, что мы вынуждены были помечать наше предположительное чтение знаком <?>. В двух случаях, когда хотя бы какой-то вариант предложить оказалось невозможным, мы отметили так <одно слово нрзб>. Даты писем Гронского установлены по почтовым штемпелям, они помещены в начале каждого письма в угловых скобках. Хронология писем 25—27 устанавливается из их контекста; конверты, приложенные к ним, вероятно, были перепутаны.

Слова и фразы, вычеркнутые авторами, нами не воспроизводились, и наличие этой правки не отмечалось.

Примечания к письмам начинаются ссылкой на архивный шифр и первую публикацию; если последняя отсутствует, это значит, что письмо публикуется впервые. К сожалению, не все упоминаемые в переписке имена и произведения нам удалось установить: отсутствие примечания указывает на такие случаи.

Письма 1—61 и раздел «Приложения» подготовлены Е.Б.Коркиной, письма 62—144 и Именной указатель — Ю.И.Бродовской.

Составители считают своим приятным долгом поблагодарить друзей и коллег за их неоценимую помощь в работе над настоящей книгой, особенно мы признательны Е.И.Лубянниковой, В.К.Лосской, М.Л.Гаспарову, Г.Б.Ванечковой, Р.С.Войтеховичу, И.Д.Шевеленко, Н.Ю.Грякаловой, Г.Г.Мартынову, Э.С.Красовской и М.Ю.Мелковой.

Список сокращений

БТ-4 — беловая тетрадь ст-ний и поэм Цветаевой 1923—1933 гг., в большей части составленная в 1938 г.: РГАЛИ, ф. 1190, оп. 2, ед. хр. 7.

БТ-5 — беловая тетрадь ст-ний и поэм 1934—1936 гг., составленная в 1938—1939 гг.: РГАЛИ, ф. 1190, оп. 2, ед. хр. 11.

В1 — Цветаева М. Версты: Стихи: Вып. 1. М.: Госиздат, 1922.

ВР — Воля России: газета (1920—1932). Прага; Париж.

ГСП — Гронский Н. Стихи и поэмы. Париж, 1936.

ЗК — Цветаева М. Неизданное: Записные книжки: В 2 т. М.: Эллис Лак, 2000—2001; через дефис указывается номер тома.

ИП-65 — Цветаева М. Избранные произведения. М.-Л., 1965. (Б-ка поэта. Большая серия).

ЛГ — Литературная газета. Москва.

МС — Цветаева М. Стихотворения и поэмы. Л., 1979. (Б-ка поэта. Малая серия).

НА — Небесная арка: Марина Цветаева и Райнер Мария Рильке. 2-е изд. СПб.: Эгида, 1999.

ПкТ — Цветаева М. Письма к Л.А. Тесковой. Прага, 1969.

ПН — Последние новости: ежед. газета. Париж, 1920—1940.

ПР — Цветаева М. После России. Париж, 1928.

Р — Цветаева М. Ремесло: Книга стихов. М.; Берлин: Геликон, 1928.

РГАЛИ — Российский государственный архив литературы и искусства (Москва)

СЗ — Современные записки: обществ.-политический и лит. журнал. Париж, 1920—1940.

СП — Цветаева М. Стихотворения и поэмы. Л.: Сов. писатель, 1990. (Б-ка поэта. Большая серия).

Соч-1 — Цветаева М. Сочинения: В 2 т. Т. 1. М., 1980; 2-е изд. — 1983; 3-е изд. — 1988.

СС — Цветаева М. Собрание сочинений: В 7 т. М.: Эллис Лак, 1994—1995; через дефис указывается номер тома.

СТ — Цветаева М. Неизданное: Сводные тетради. М.: Эллис Лак, 1997.

Семья — Цветаева М. Неизданное: Семья: История в письмах. М.: Эллис Лак, 1999.

Ст-ние — стихотворение

П-мо — письмо.

НЕСКОЛЬКО УДАРОВ СЕРДЦА

1

РГАЛИ, ф. 1190, оп. 3, ед.хр. 100, лл. 1-2. СС-7, 198.

Это и последующие письма Цветаевой, отправленные по почте, адресованы:
Monsieur N. Gronsky
31, Boulevard Verd
Bellevue.

С. 9. *«Чтение Федры... в Кламаре, у знакомых».* — Авторское чтение трагедии «Федра» состоялось в доме Анны Ильиничны Андреевой (урожд. Денисевич, в перв. браке Карницкая, 1883–1948), второй жены Леонида Андреева, многолетней приятельницы Цветаевой в годы эмиграции.

2

РГАЛИ, ф. 1190, оп. 3, ед. хр. 100, л. 3. СС-7, 198.

Записка без конверта. Датирована по содержанию: поэма Цветаевой *«Попытка комнаты»* опубл. в конце марта (*ВР*, 1928, № 3), в поэме есть строки: «...в павлиноватом шлейфе Где-то башня, зовется *Эйфель*».

3

РГАЛИ, ф. 1190, оп. 3, ед. хр. 100, лл. 4-5. СС-7, 199, с неправильным чтением во второй фразе. Авторская дата — после подписи.

С. 10. *«М.б. у нас временно будет одна старушка...»* — Речь идет о вдове брата Леонида Андреева — Всеволода Николаевича (1873–1916) Наталье Матвеевне Андреевой (урожд. Стольниковой, 1883–1962); не имея после смерти мужа своих средств к существованию, она жила с семьей А.И.Андреевой, вела домашнее хозяйство. В апреле 1928 г. поступила к Цветаевой и до осени помогала ей по дому и в уходе за ребенком. Впоследствии, по свидетельству А.С.Эфрон, была няней в семействе обеспеченных эмигрантов Дезобри; умерла в доме для престарелых. Для 36-летней Цветаевой 45-летняя Н.М.Андреева никак не могла быть «старушкой», даже в глазах ее юного корреспондента, чья мать была всего на год моложе «старушки». О ее возврате в прежнюю семью см. п-мо 64.

«Побеседовали бы о прозе Пастернака...» — Весной 1928 г. Пастернак сообщил Цветаевой о работе над автобиографической прозой (будущей «Охранной грамотой»); набросок Цветаевой 1924 г. о ранней прозе Пастернака см. *СТ, 305–308.*

Версаль, Fontainebleau (Фонтенбло), Мальмэзон — окрестности Парижа: исторические, архитектурные и ландшафтные достопримечательности, два последних места связаны с Наполеоном.

4

РГАЛИ, ф. 1190, оп. 3, ед. хр. 100, лл. 6-7. СС-7, 199.

С. 10. *Волконский Сергей Михайлович*, князь (1860—1937) — внук декабриста С.Г. Волконского, театральный деятель, писатель, критик, мемуарист. К нему обращен поэтический цикл Цветаевой «Ученик» и ст-ние «Кн. С.М.Волконскому» в Р, а его книге мемуаров посвящена статья Цветаевой «Кедр. Апология» (1923). Волконский посвятил Цветаевой свою книгу «Быт и бытие» (1924). О московских встречах с ним см. записи Цветаевой в *СТ, 11–32.*

В свои парижские годы Волконский был одной из самых крупных фигур культурной жизни русского зарубежья. Он являлся постоянным сотрудником ПН (см. библиографический указатель всех публикаций Волконского в ПН с мая 1926 г. по октябрь 1936 г., составленный Марией Трофимовой: Revue Etudes slaves. Paris. 1992. LXIV/4. P. 735—772), регулярно помещая в газете свои обзоры книжных новинок, театральных премьер, гастрольных спектаклей, музыкальных событий, статьи о русской литературе и русском языке; Волконский выступал с докладами и циклами лекций по русской истории, культуре и литературе в Тургеневском артистическом обществе, почетным членом которого стал в 1929 г.; он вел класс декламации, мимики и ритмики в Русской консерватории, профессором которой был с 1927 г. (в 1931 г. стал заместителем директора, а в 1932 г. — директором).

5

РГАЛИ, ф. 1190, оп. 3, ед. хр. 100, лл. 8-9. Поэзия: Альманах, 1983, № 37, с. 141, неполный текст (он же перепечатан в СС-7, 199—200).

С. 11. *О вечере Алексея Михайловича Ремизова* (1877—1957) ПН поместили следующие анонсы: «На вечере А.Ремизова 25 апреля в музыкальном отделении между чтением квартет профессора Русской консерватории И.А.Галамьяна: И.А.Галамьян, В.Блюмберг, Ф.Бросс и Ж.Серр сыграют квартет Бетховена № 2» (*ПН*. 1928. 14 апр., № 2579).

«На вечере чтения А.Ремизова 25 апреля в Русском Клубе в I отд. будут прочитаны четыре сказки из книги «Посолонь»: 1) весенняя — про монашка, который приносит веточку; образ весны в виде беленького монашка по аналогии с руссейшим образом болотного или полевого попика; 2) летняя — про кукушку: древнейший обряд посестримства перед кукушкой, олицетворяющей судьбу; в процессии с венками несут траву — кукушку; 3) осенняя — про Ивана-царевича и царевну Кончушку: словесно сказка построена на вихревых звуках; 4) зимняя — про Снегурку, которая приносит первый снежок и бодрый воздух мороза. За сказками одна из любимых московских легенд и «Пляс Иродиады»: в византийско-русской обстановке Иродиада — «красная панна» пляшет перед Иродом — «хазарским каганом». После Иродиады квартет профессора Русской консерватории И.А.Галамьяна. Антракт 20 минут и II отд., посвященное Гоголю: Чичиков у Коробочки» (*ПН*. 1928. 22 апр., № 2587).

С. *«Никогда не буду отрывать Вас от Ваших занятий...»* — Окончив весной 1927 г. Русскую гимназию в Париже, Гронский поступил на юридический факультет Парижского университета и весной 1928 г. сдавал экзамены.

6

РГАЛИ, ф. 1190, оп. 3, ед.хр. 100, лл. 10-11.

С. 12. *Ninon de Lenclos* (1616—1705) — знаменитая красавица и образованная женщина своего времени, салон которой посещали Фонтенель, Ларошфуко, Скаррон, герцог Сен-Симон, Шарль Перро, Расин, Мольер и многие другие. Ее первая биография появилась в 1751 г. К 2002 г. в Европе издано более двух десятков книг, включающих публикацию ее писем, воспоминаний современников о ней, биографические сведения различной степени полноты. В 1920-е гг. новейшей была книга: Magne E. Ninon de Lenclos. Portraits et documents inedits. Paris: Emile-Paul frères, 1925 (1927 г. помечено ее 11-е издание).

Еще в 1919 г. имя Нинон де Ланкло было занесено Цветаевой в перечень задуманных произведений (*ЗК-1, 345*), от замысла 1928 г. в беловой тетради (*БТ-4*, лл. 99 об.—101) сохранились наброски, которые мы здесь приводим полностью.

Примечания

Отрывки Ниноны

Пой, соловей, булькай!
....
Над кружевной люлькой
Четверо лбы морщат.

Как разрешить сына
Общего за—гадку?
Первые морщины
Мысли — на лбах гладких.

Семьдесят — всем — есть ли?
Крестники — все — фей.
Всяк, про себя: — Честью —
Мой! (Сообща): — Чей?

Пей, соловей, булькай!
Слезы — потом — льются!
О небосвод люльки
Четверо — лбом бьются.

Как перенесть сына
Первого про—пажу?
Первые мор—щины
Мысли — на лбах — глаже

Детского. Ста жизней
Борозды. Стар. Юны.
Грозно на них — снизу —
Чревного сна — руны.

А в окно, с поляны —
Посвист соловья:
— Рано! Рано! Рано!
Сами — сыновья!

Где ж — скажи, коль слышал! —
Дети — у детей?
Четверо мальчишек, —
Пятеро теперь.

1) То ль соловей пел вам
В яблонь и звезд — млеке?
Первого — от — первой —
В жизни? добро-б! — в веки.

2) Зря, соловей, перлы
Сыплешь, — на клятв ветер!

...Первого от — всем нам,
Сколько б нас — по—следней!
— Ну-с — воробьи с крыши
— Как? — в погребах — челядь —
Четверо маль—чишек
Пятого по—делят?

Как? Двойники ж! Вот в чем —
Лес непроезж, дик.
Как уловить сходство?
Все на один лик

Младости зе—леной,
......................,
      и с Ни—ноной
Ночи: для всех — той.

— Живи есть надейся —
Так? первый собрат.
Что мы? — Совладельцы.
Что сын? — Майорат?

Нет. (Шестинеделен —
Младенческий бас.)
Давайте поделим,
Раз четверо нас!

— Нет! — ровно бы кузни
Раскат по лесам.
— Был Гордиев узел,
Но был — Александр!

Где любим — там губим.
....
Давайте — разрубим
Раз четверо...
            — Наш

Ведь! Сын, а не вещь ведь!
(Душа соотца)
Чем каждому четверть —
Давай сообща

Владеть,
      сообща.

Примечания

— Разбудите... сына...
Четвертого — вся —
Душа
—————

....
— В чем горе? Коль в том лишь,
Что четверо вас,

Вещь, скажем, одна лишь —
А розыгрыш — чем
Плох? Раз заигрались —
Так розыгрышем

Решайте
—————

...Тверд кулачок.
Платок — душист.
—————

Четыре слепца
В краю чужом.
Четыре конца:
Один — с узлом.

Во имя Отца!
Четвертый — вдруг.
Четыре ловца.
Кому — жемчуг?

С. 12. «*...в однофамильном – полу-одно, четверть-однофамильном мне словаре...*» — Цветаева имеет в виду русский «Энциклопедический словарь Брокгауза и Ефрона» в 82 осн. и 4 доп. томах, изданный акционерным издательским обществом Ф.А. Брокгауз — И.А. Ефрон (СПб., 1890–1907); в паспорте Цветаева была записана под двойной фамилией: Цветаева-Эфрон.

С. 13. «*Помните Пушкина: в горах – отзы́в?*» — Такой строки у Пушкина мы не нашли; предполагаем, что это контаминация памяти Цветаевой: «Как я любил твои отзывы, Глухие звуки, бездны глас...» («К морю») и «Ты внемлешь грохоту громов И гласу бури и валов, И крику сельских пастухов — И шлешь ответ; Тебе ж нет отзыва... Таков И ты, поэт! («Эхо»).

7

РГАЛИ, ф. 1190, оп. 3, ед.хр. 100, лл. 12-13.

С. 13. «*Экипаж*» — «L'Equipage» (1928), фильм известного французского кинорежиссера Мориса Турнёра (Tourneur, 1876–1961).

Convention — улица в Париже, где находился кинотеатр «Magique».

«*Не бойтесь потерять мундштук...*» и т.д. — См. ст-ние «Юноше в уста», обращенное к Гронскому, на с. 201 наст. изд.

8

РГАЛИ, ф. 1190, оп. 3, ед.хр. 100, лл. 14-15. СС-7, 200.

С. 14. *10 мая 1928 г.* в Тургеневском артистическом обществе С.М.Волконским была прочитана лекция «И.С.Тургенев».

9

РГАЛИ, ф. 1190, оп. 3, ед. хр. 100, лл. 16-17.

С. 14. ... «*зеленью светел Праотец-Змей*» — возможно, это строка из несохранившегося ст-ния Гронского.

10

РГАЛИ, ф. 1190, оп. 3, ед.хр. 143, л. 1.

С. 15. «*Думал, что вместе пойдем на экзамен к В.*» — В июне 1928 г. Русская консерватория, где преподавал Волконский, впервые проводила публичные выпускные экзамены.

«*Пишу Вам на чужих стихах...*» и т.д. — П-мо написано на свободном месте листка с машинописным текстом сонета Петрарки «Благословен день, месяц, лето, час...». Это — перевод Вячеслава Иванова сонета LXI (см.: *Петрарка Ф.* Избранное. М.: Худ. лит., 1974. С. 271). Батюшков перевел сонет «На смерть Лауры» (вольный перевод, форма сонета не соблюдена) и написал ст-ние «Вечер. Подражание Петрарке», использовав общую схему и тематические мотивы L канцоны (см. *Батюшков К.Н.* Опыты в стихах и прозе. М.: Наука, 1977. С. 339—341).

«*...дадите ли Вы еще стихов в редакцию ПН*». — В день отправки этого п-ма Гронского в ПН было помещено ст-ние Цветаевой «Сын» («Так, левою рукой упершись в талью...») (*ПН*. 1928. 28 июня, № 2654). О публикации в ПН других ст-ний Цветаевой см. п-ма 24, 26 и примеч. к ним.

11

РГАЛИ, ф. 1190, оп. 3, ед. хр. 100, лл. 18-19.

С. 15. *La Rochelle* — городок на океане около Бордо.

С. 16. *Микель-Анджело* — Прав.: Микеланджело Буонарроти (1475—1564) — итальянский скульптор, живописец, архитектор, поэт.

«*...нынешний экзамен Волконского*» — см. примеч. к п-му 10.

12

РГАЛИ, ф. 1190, оп. 3, ед. хр. 106, л. 8. СС-7, 200.

Записка без конверта. Датируется по контексту.

13

РГАЛИ, ф. 1190, оп. 3, ед. хр. 100, лл. 20-21. СС-7, 201.

Письмо в конверте, надписанном «Н.П.Гронскому». Датируется по контексту.

14

РГАЛИ, ф. 1190, оп. 3, ед. хр. 100, лл. 22-23.

С. 17. «*(Занятое après-midi)*» — первоначальное чувство огорчения высказано Цветаевой в тетрадном наброске п-ма, см. *СТ, 393*.

15

РГАЛИ, ф. 1190, оп. 3, ед. хр. 143, лл. 2-4.

Начиная с этого письма до письма 76 все письма Гронского адресованы:
M-me M. Zwetaewa-Efron
Villa Jacqueline Gilet
Pontaillac (près Royan)
(Charente Inférieure).

С. 18. *Чубаров переулок*. — Чубаров переулок в районе Лиговского пр. считался самым бандитским углом центра Ленинграда, а находящаяся поблизости Днепропетровская улица — районом публичных домов. В 1924 г. в городе прогремело так называемое «чубаровское дело» о групповом изнасиловании деревенской девушки, все участники которого были приговорены к расстрелу. Еще до середины прошлого века «чубаровцами» называли особо опасных хулиганов. ПН перепечатывала из советских газет уголовную хронику, см., в частности, заметку «Чубаровцы» (*ПН*. 1928. 15 июня, № 2641) в номере, где было помещено объявление о вечере Цветаевой.

С. 18. «*Большое спасибо за книги...*» — подаренные Цветаевой и оставленные на прочтение, о некоторых из них см. п-ма 17, 20 и 47.

«*Отцу сказал, что уеду*». — Отец Гронского — Павел Павлович Гронский (1883–1937) — политик, ученый, публицист; в России был приват-доцентом кафедры государственного права Петербургского университета, членом Четвертой Государственной думы от партии народной свободы; в эмиграции был председателем Академического союза, читал лекции на юридическом факультете Парижского университета и во Франко-русском институте, вел уроки всеобщей истории в Русской гимназии, был постоянным сотрудником ПН. Смерть сына сразила его: через восемь месяцев после гибели Н.П.Гронского его разбил паралич, затем последовал второй удар, после третьего, не приходя в сознание, он скончался в пасхальную ночь 1937 г. в Русском доме в Нуази-де-Гран.

16

РГАЛИ. ф. 1190, оп. 3, ед. хр. 100, лл. 24-25.

Написано на двух открытках с изображениями каменистого берега океана (La Grande Côte) и отдельно стоящих выветренных скал (Environs de Royan).

С. 18. *Гелиады* — дочери греческого бога солнца Гелиоса; от скорби после гибели брата Фаэтона превратились в тополя, а их слезы — в янтарь.

С. 19. *Долмэны* — культовые сооружения III—II тысячелетия до н.э. в виде огромных каменных ящиков, накрытых плоской плитой, встречаются в приморских районах Европы, Азии и Сев. Африки. В окрестностях Мёдона и Кламара сохранилось несколько таких памятников.

17

РГАЛИ, ф. 1190, оп. 3, ед. хр. 143, л. 5.

С. 20. «*Книга у Гончаровой...*» — Можно предположить, что в числе поручений Цветаевой Гронскому она просила его завезти Н.Гончаровой только что вышедшую ПР.

«*Пастернаку купил, но еще не отправил*». — В п-ме к Цветаевой от 28 мая 1928 г. Пастернак просил о покупке и присылке ему 2 и 3 томов романа Бальзака «*Утраченные иллюзии*» в довоенном издании Calmann Levy.

«*Чудесная мифология...*» и т.д. — Вероятно, речь идет о книге, подаренной Цветаевой, возможно, ее любимого автора — Густава Шваба.

«*В Вашем голосе есть сон очарования...*» — среди опубликованных ст-ний Гронского такой строфы нет.

С. 21. «*...но эпиграф искупает (из Ars Poetica Горация): «Говорят, что*

Амфион...» и т.д. — Гронский дает свой прозаический перевод стихов 394—396 «Науки поэзии» Горация.

«Рас-стояние, версты, мили...» — Неточная цитата начала ст-ния Цветаевой 1925 г., вошедшего в ПР.

«Что мы делаем? рас-стаемся...» — Цитата из цветаевской «Поэмы Конца» (1924).

18

РГАЛИ, ф. 1190, оп. 3, ед. хр. 100, лл. 25-28.

С. 21. *«— a Gilet при чем? кажется — плаж!—»* — См. точное написание адреса в примеч. к п-му 15.

«Ведь только так и надо понимать стих Тютчева...» и т.д. — Речь идет о стихотворной строке «Мысль изреченная есть ложь» («Silentium», не позднее 1830 г.).

Владик — Владислав Дмитриевич Иванов (ок. 1901—?) — евразиец, племянник С.В.Завадского.

С. 22. *«Вчера вечер прошел в семье Лосских...» и т.д.* — Семья философа Николая Онуфриевича Лосского (1870—1965), проведшая лето 1928 г. в Понтайяке, состояла из него самого, его жены Людмилы Владимировны (урожд. Стоюниной, ? — 1943), его тещи Марии Николаевны Стоюниной (урожд. Тихменевой; ?—1940) и трех сыновей: Владимира Николаевича (1903—1958), Бориса Николаевича (1905—2001) и Андрея Николаевича (1917—1997). Б.Н.Лосский посвятил несколько страниц в своих Воспоминаниях русской колонии в Понтайяке: «Совсем неоевразийским кругом мы прожили в тесном и дружеском соседстве летние каникулы 1928 г. на берегу океана, в Понтайяке. <...> Туда в 1928 г. приехала Вера Викторовна Мягкова <урожд. Савинкова, сестра Б.В.Савинкова и племянница художника Н.Ярошенко> с дочерью Лидией, сыном Геннадием и племянником Львом Савинковым, все семейство Лосских <...>, Лев Платонович Карсавин, а за ним и евразийцы: П.П.Сувчинский с женой Верой Гучковой (дочерью министра), Василий Эмильевич Сеземан с сестрой, но без жены и детей, молодой Иванов, Сергей Яковлевич, который приехал один, а позднее к нему приехали Марина Цветаева с детьми и няней. Позднее к ним приехали дети Леонида Андреева: Вера, Савва и Валентин» (*Лосский Б.Н.* В русском Париже (1927—1935) // *Минувшее: Исторический альманах.* Вып. 21. М.-СПб.: Atheneum-Феникс, 1997. С. 123-124).

С. 23. *«Au grande large»* — в декабре 1926 г. Луи Жуве поставил в Театре Монте-Карло пьесу с таким заглавием (адаптация с английского) Sutton Vane; в 1927 г. в Париже она вышла отдельной книжкой. Об этом ли произведении идет речь в п-мах, установить не удалось.

19

РГАЛИ, ф. 1190, оп. 3, ед.хр. 100, лл. 29-32.

Написано на двух видовых открытках с изображениями понтайякского пляжа.

С. 24. *«...мифологию, посмертный подарок Рильке».* — Греческую мифологию на немецком языке 1875 г. издания Цветаева получила по почте через две недели после смерти Рильке.

«...Гея дала сожрать Хроносу вместо Зевеса...» и т.д. — описка Цветаевой; имя матери Зевса — Рея.

«Приехали Андреевы, все трое...» — Дети А.И.Андреевой: Савва Леонидович Андреев (1909—1970), впоследствии танцовщик, создатель балетной труппы в Буэнос-Айресе; Вера Леонидовна Андреева (в замуж. Рыжкова,1911—1986), автор книги воспоминаний «Эхо прошедшего» (М.: Сов. писатель, 1986); Валентин Леонидович Андреев (1913—1988).

«В воскресение приезжает (уже не к нам) Вера Сгинская, за ней П.П., нынче — Карсавины, вся семья». — Вера Александровна Сувчинская (урожд. Гучкова, во втором браке Трэйл; 1906—1987); Петр Петрович Сувчинский (1892—1985), один из лидеров евразийского движения; семья философа Льва Платоновича Карсавина (1882—1952) состояла из его жены Лидии Николаевны (урожд. Кузнецовой; 1881—1961), дочерей — Ирины, Марианны, Сусанны и собачки Тютеньки.

«Нынче получила книги, завтра вышлю». — Вероятно, речь идет об авторских экземплярах ПР.

«Пишу мало, у меня сейчас неблагодарная пора». — К лету 1928 г. относится начало работы Цветаевой над поэмой «Перекоп».

С. 25. *«Бальзака для Пастернака! И книжку Гончаровой».* — См. примеч. к п-му 17.

«Прилагаю Алину картинку». — Приложена рекламная карточка духов «Royan Mystère».

20

РГАЛИ, ф. 1190, оп. 3, ед.хр. 143, лл. 6-8.

С. 25. *«...как еврей в Оливере Твисте видел: «смерть»...»* — В главе LII «Последняя ночь Феджина» романа Ч.Диккенса «Приключения Оливера Твиста» Феджин в камере тюрьмы накануне казни, прислушиваясь к бою часов на церкви, в каждом звуке медного колокола слышал слово «смерть»; слово же «гроб», «написанное большими черными буквами на каждой странице книги», видела перед своей гибелью Нэнси. (См.: *Диккенс Ч.* Собр. соч.: В 30 т. Т. 4. М.: ГИХЛ, 1958. С. 410, 477).

«Опять искушение (почти что лазорью)». — Отсылка к поэме Цветаевой «Переулочки» (1921).

«Книг Ваших еще не читал...». — См. примеч. к письму 15.

С. 26. «*На спутника зарятся сотни глаз и рук*». — «Спутник» здесь и далее — горная палка, подаренная Цветаевой.

«*Помните, в Гайавате...*» и т.д. — Две вторые строки — неточны (надо: «Двадцать глаз пред ним сверкали») из главы XVI «По-Пок-Кивис» поэмы Г.Лонгфелло «Песнь о Гайавате» в переводе И.А.Бунина.

Ришепен — Jean Richepin (1849—1926), французский поэт и романист.

«*...через все "версты, мили"...*» — Цитата из ст-ния Цветаевой «Расстояния, версты, мили...» (1925).

С. 27. «*(Помните стихи Гумилева...)*». — Имеется в виду ст-ние Н.С. Гумилева, вошедшее в его книгу «Романтические цветы» (1903—1907):

Любовь их душ родилась возле моря,
В священных рощах девственных наяд...

(См.: *Гумилев Н.* Стихотворения и поэмы. Сов. писатель: Л., 1988. С. 95. Б-ка поэта. Большая серия).

21

РГАЛИ, ф. 1190, оп. 3, ед. хр. 100, лл. 33-34.

22

РГАЛИ, ф. 1190, оп. 3, ед. хр. 100, лл. 35-37 об.

С. 28. «*Всё это, конечно, переплеснется в стихи*». — 1 августа 1928 г. датировано написанное в Понтайяке ст-ние «Наяда».

Лесков Николай Семенович (1831—1895) — любимый писатель Цветаевой.

С. 29. *Александра Захаровна* Туржанская (урожд. Митриева; ?—1974) — соседка и общая знакомая Цветаевой и Гронского.

«*...бабушка Туржанская...*» — Юлия П. Туржанская, свекровь А.З.Туржанской.

С. 30. *Ундина и Бертальда*. — Цветаева вспоминает об эпизоде из главы XV «Ундины» В.А.Жуковского: во время поездки по Дунаю Ундина «вынула влажную руку из вод, и в ней ожерелье Было из чудных кораллов; своим очарованным блеском Всех ослепило оно. Его подавая Бертальде...» и т.д.

23

РГАЛИ, ф. 1190, оп. 3, ед. хр. 143, лл. 9-11.

С. 30. «*Дорогая Марина*». — Эта форма обращения вызвала язвительное письмо Ариадны Эфрон к Гронскому:

«<Июль 1928>
Милый Николай Павлович,
не забывайте пожалуйста, что моего дедушку звали Иваном.
Ваша Ариадна Сергеевна.
<Приписка Цветаевой поперек письма>
Не обижайтесь, под шуткой — мнится — ревность, т.е. та же любовь ко мне. Но — будьте осторожны».

С. 31. *«Посылаю Але то, что ей нужно».* — «Песнь о Нибелунгах»; см. также первое п-мо Гронского к А.Эфрон:
«<15 июля 1928 >
Милая Аля.
Лучше перевода я не мог достать. Берите уж этот, а если придумаете надпись лучше — напишите.
Вот Вам и «подарочёк», как Вы тогда из окна.
До свидания.
Ваш Николай Павлович».

«Пастернаку послал». — См. п-ма 17 и 19 и примеч. к ним.
«...уже подхожу к St. Cyr'у (военное местечко)». — Saint Cyr l'Ecole — одно из двух самых престижных французских военных училищ, в 4 км от Версаля. «Военным местечком» стал во времена Наполеона, переведшего туда свои войска.
«...прощаю ему всю декобровщину». — Обсуждение стиля произведений французского беллетриста Мориса Декобра (Maurice Dekobra, 1888—1973) продолжается в п-мах 24 и 25. Этот автор знаменитого романа «Мадонна спальных вагонов» («La Madone des sleepings,1925), «побившей, — по выражению С.Эйзенштейна, — все рекорды тиражей и пошлости» (*Эйзенштейн С.* Мемуары. Т. 1. М.: Редакция газеты «Труд»; Музей кино, 1997. С. 176), был очень популярен на рубеже 1920—30-х гг. Примечательно, что в фильме по этому роману, упоминаемому Цветаевой в п-ме 24, в эпизодической роли узника, выводимого на расстрел, снялся в 1927 г. Сергей Эфрон (см.: *Босенко В.* Сергей Эфрон — 12 экранных секунд. ЛГ. 2001. 21—27 февр.).

24

РГАЛИ, ф. 1190, оп. 3, ед. хр. 100, лл. 38-40 об.

С. 32. *«Как тот через 100 лет поглядел бы на Вас...»* — Имеется в виду адресат ст-ния Цветаевой «Тебе — через сто лет» (1919).
«То же, что взамен моего вечера (Лоллий Львов) идти на Турандот...» и т.д. — Литературный вечер Цветаевой, состоявшийся 17 июня 1928 г., совпал с гастролями в Париже театра Вахтангова, длившимися с 12 по 18 июня; с 12 по 16 в театре «Одеон» шла «Принцесса Турандот», в день вечера Цветаевой — «Чудо Святого Антония», и завершала гастроли «Виринея». *Лоллий Иванович Львов* (1888—

1968) — поэт, историк литературы, художественный критик; сотрудничал в ж. «Иллюстрированная Россия», в газетах «Россия и Славянство» и «Возрождение». См. о нем также п-мо 118.

«...тому Поликрату, которому и не снился перстень!» — Т.е. человеку, не осознающему своей сказочной удачи. Согласно легенде, изложенной в «Истории» Геродота (и легшей в основу сюжета баллады Шиллера и ее переложения Жуковского — «Поликратов перстень»), Поликрат Самосский своими непрерывными удачами возбудил зависть богов; его друг посоветовал умилостивить их какой-нибудь ценной жертвой, — Поликрат бросил в море свой смарагдовый перстень, но тот вскоре вернулся к нему в брюхе пойманной рыбаком рыбы, что явилось знаком обреченности Поликрата на гибель.

«...уголок Carte du Tendre». — Намек на аллегорическую Страну Нежности (Pays du Tendre), описанную в романе Мадлен де Скюдери (1607–1701) «Клелия».

С. 33. *«Теперь о стихах...»* и т.д. — Весь список состоит из стихов, давно напечатанных в В1, что лишний раз подтверждает слова В. Ходасевича: «Все перепечатывают старое. Работаем только я, да Тэффи». Перечисленные ст-ния были опубл. в ПН: 12 июля — «К озеру вышла...», 26 июля — «Разлетелось в серебряные дребезги...», 22 июля — «Не сегодня-завтра растает снег...», 5 августа — «Голуби реют серебряные...», 13 сентября — «Устилают мои сени...» (и только это одно с авторским заглавием из приведенного в п-ме списка), 18 октября — «Приключилась с ним странная хворь...».

Туржанский Владимир Константинович (1988–1947) — деверь А.З.Туржанской; в России окончил юридический факультет Московского университета, в эмиграции работал гримером на киностудиях.

«У него есть чудесная книга...» — Упоминаемые Цветаевой книги Стефана Цвейга (1881–1942): 1-ая в русском переводе «Борьба с безумием», 1925, посвящена З.Фрейду; 2-ая — «Ромен Роллан. Жизнь и творчество», написана в 1919–1921 гг., в 1925 г. дополнена.

25

РГАЛИ, ф. 1190, оп. 3, ед. хр. 143, лл. 12-14.

С. 34. *«...вчера читал Вашу книгу, Бессонова...»* — Гронский говорит о книге Ю.Д.Бессонова «Двадцать шесть тюрем и побег с Соловков» (Париж, 1928) и, судя по всему, увлечен незаурядной личностью этого человека. Окончивший Кадетский корпус и Кавалерийское училище, Бессонов боевым офицером (ротмистром кавалерии) прошел в строю всю войну, состоя в Черкесском полку Туземной дивизии, участвовал в походе генерала Корнилова на Петроград в августе 1917 г., в октябре 1917 г. защищал Зимний дворец. Спасаясь от ареста, уехал из Петрограда в Псковскую губернию, где его в январе 1918 г. арестовали, и началась его тюремная эпопея. Проверить эти сведения из его книги по независимым источникам нам не удалось, нашли мы только (в Интернете) историю семьи Бессоновых, помещенную туда Борисом Ивановичем Бессоновым (президентом компании «Балтинвест», трагически погибшим в 1998 г.), из которой следует, что в 1956 г., семья получила письмо от Ю.Д.Бессонова из Парижа. Отметим интуицию Гронского: Бессонов действительно пережил глубокое религиозное возрождение и впоследствии выпустил книгу «Партия сильных» (Париж, 1942), которая по существу является практическим обоснованием православной веры для современного человека как ДЕЛА, — личного, горячего, главного дела жизни, в отличие от соблюдения форм, обрядов, традиций, внешних проявлений житейского православия.

«La Gondole aux chimeres» (1926), *«Flammes de velours»* (1927) — романы М.Декобра. Из перечисляемых рассказов С.Цвейга см. в русском переводе: «Двадцать четыре часа из жизни женщины», «Жгучая тайна», «Амок».

26

РГАЛИ, ф. 1190, оп. 3, ед. хр 143, лл. 15-19.

С. 35. «*...напечатано лишь одно...*» и т.д. — См. примеч. к п-му 24.
Мой дядя обещал уже мне стекло и инструмент». — Дядя Гронского, Георгий Николаевич Слободзинский (1896—1967), брат матери Н.П. Гронского; художник-пейзажист, участник Первой мировой войны, после тяжелого ранения был инвалидом, до своей женитьбы жил с семьей сестры.

С. 37. *«Вот где был. Хорош дуб».* — Эта часть п-ма написана на видовой открытке с изображением исполинского дуба в Foret de Marly.
«Познакомлю тогда с ним мою мать». — Мать Гронского — Нина Николаевна Гронская (урожд. Слободзинская, во втором браке Лепёхина; 1884—1958), скульптор. Родилась во Пскове в семье инженера-путейца Н.Н.Слободзинского. Детство и юность провела в Петербурге, где в 1903 г. по окончании гимназии, вышла замуж за П.П.Гронского, тогда студента-юриста. Скульптурой начала заниматься у Л.В.Шервуда и Р.Р.Баха, в 1910—1911 г. совершенствовалась в Мюнхене у знаменитого Швегерле. Революция и Гражданская война оставили ее с двумя малолетними детьми без средств к существованию, она зарабатывала лепкой «учебных пособий» для новых школ. В 1921 г., по подложным документам, ей удалось выбраться за границу, и семья воссоединилась в Париже. В 1927 г. Н.Н.Гронская впервые выставляла свои работы в Салоне Независимых. За годы эмиграции создала ряд скульптурных портретов современников: А.И.Деникина, П.Н.Милюкова, В.А.Оболенского, Б.К.Зайцева и др. Одной из последних работ Н.Н.Гронской,

по свидетельству ее брата, был «символический барельеф: образ нерасторжимой материнской и сыновьей любви: живая мать и умерший сын, соединив руки...» (*Новое русское слово*. Нью-Йорк. 1958. 6 июня).

«*Рассказывал и показывал книгу Квинтилиана...*». — Квинтилиан Марк Фабий (ок. 35—100) — римский оратор, первый учитель риторики, получивший в Риме государственное содержание, автор «Наставления оратору» («Institutio oratoria») в 12 книгах.

С. 38. *«Боюсь как смерти моих записей о Вас...»* — упоминаемые здесь и в дальнейших п-мах записи, по всей видимости, не сохранились.

27

РГАЛИ, ф. 1190, оп. 3, ед. хр. 100, лл. 41-42 об.

С. 39. «*...si jeunesse savait...*» — французский эквивалент поговорки «Если бы молодость знала, если бы старость могла».

С. 40. *«Что племянница?»* — Сестра Гронского Нина Павловна Гронская (1905—1980) была замужем за В.Н.Прокофьевым и вместе с мужем жила в одном доме с родителями. Год рождения их дочери Елены нам установить не удалось; ей посвящена поэма Н.П.Гронского «Повесть о Сергии Радонежском...».

28

РГАЛИ, ф. 1190, оп. 3, ед. хр. 100, лл. 43-45. СС-7, 201-202.

Написано на двух видовых открытках: 1) Royan (Côte d'Argent). — Route de la Corniche et Pins tordus a Saint-Palais*. На белом поле надпись Цветаевой: «Лаокооны». 2) Royan — Pontaillac (Côte d'Argent). — La Plage. — Marée basse**.

С. 40. *«Федра»* Цветаевой печаталась в СЗ, 1928, кн. 36, 37.

«Дни» — ежедневная газета под редакцией А.Ф.Керенского выходила с 1922 по 1928 г. в Берлине, потом в Париже; с сентября 1928 по 1933 г. — как еженедельная.

Сухомлин Василий Васильевич (1885—1965) — журналист.

«Приехал проф. Алексеев... вроде Тартарэна» и т.д. — Алексеев Николай Николаевич (1879—1964), профессор Карлова университета в Праге, где читал курс общей теории государства. *Тартарэн* (Тартарен) — герой трилогии А.Доде «Необычайные приключения Тартарена из Тараскона» (1872—1890) — юмористический тип хвастуна.

---

* Ройан. — Дорога над обрывом и искривленные сосны Сан-Палэ (*фр.*).
** Ройан — Понтайяк. — Пляж. — Отлив (*фр.*).

29

РГАЛИ, ф. 1190, оп. 3, ед. хр. 143, лл. 20-26.

С. 42. «*...печной горшок тебе дороже и т.д.*» — Вероятно, напоминание известных слов «доброго папаши» из поэмы Н.А.Некрасова «Железная дорога» (1864), возражающего автору:

> Вы извините мне смех этот дерзкий,
> Логика ваша немножко дика.
> Или для вас Аполлон Бельведерский
> Хуже печного горшка?

«*Красин*» — линейный ледокол Арктического флота СССР; в 1928 г. участвовал в спасении экспедиции У.Нобиле.

Чухновский Борис Григорьевич (1898—1975) — советский полярный летчик; участвовал в ледовой разведке при спасении экспедиции У.Нобиле.

С. 43. «*Александр и Диоген*». — Гронский напоминает об известном эпизоде из «Сравнительных жизнеописаний» Плутарха. Когда греки выбрали Александра Македонского своим вождем, его поздравляли многие государственные мужи и философы, один Диоген нисколько не заботился об этом. Тогда царь пошел к нему сам. «Диоген лежал и грелся на солнце. Слегка приподнявшись при виде такого множества приближающихся к нему людей, философ пристально посмотрел на Александра. Поздоровавшись, царь спросил у Диогена, нет ли у него какой-нибудь просьбы. «Отступи чуть в сторону, — ответил тот, — не заслоняй мне солнца». Говорят, что слова Диогена произвели на Александра огромное впечатление и он был поражен гордостью и величием души этого человека, отнесшегося к нему с таким пренебрежением. На обратном пути он сказал своим спутникам, шутившим и насмехавшимся над философом: «Если бы я не был Александром, я хотел бы быть Диогеном». (*Плутарх*. Сравнительные жизнеописания: Трактаты и диалоги. М.: Рипол классик, 1998. С. 53).

30

РГАЛИ, ф. 1190, оп. 3, ед. хр. 100, лл. 46—47.

С. 45. *О Бессонове* см. примеч. к п-му 25.

31

РГАЛИ, ф. 1190, оп. 3, ед. хр. 143, л. 25.

С. 45. «*...книга R.M. Rilke (кажется, новая вышла)*». — Гронский пишет о французском переводе книги Рильке о Родене: *Rilke R.M. Auguste Rodin.* Trad. de Maurice Betz. Paris, 1928.

«Histoire de la Psychée» — отдельное издание «Сказки об Амуре и Психее», входящей в состав «Золотого осла» Апулея.

Обе книги были присланы Гронским в подарок Цветаевой и об обеих идет речь в дальнейшей переписке. Книга Рильке сохранилась в архиве Цветаевой (РГАЛИ, ф. 1190, оп. 2, ед. хр. 169), на шмуцтитуле — дарственная надпись Гронского: «Письмо от Рилькэ, которое он Вам посылает через меня».

32

РГАЛИ, ф. 1190, оп. 3, ед. хр. 100, лл. 48—49 об.

С. 46. *Эспадрильи* — от фр. espadrille, матерчатые туфли на плетеной подошве.

«*И стало вдруг видно во все концы земли*». — Неточная цитата (правильно: «Вдруг стало видимо далеко во все концы света») из «Страшной мести» Н.В.Гоголя.

С. 47. «*Неужели новая книга Р<ильке>...*» — см. примеч. к п-му 31.

33

РГАЛИ, ф. 1190, оп. 3, ед. хр. 144, лл. 1-4.

С. 48. «*Не грубый EXELSIOR (не спутайте с газетой Exelsior)...*» — «Excelsior!», заглавие и рефрен знаменитого в XIX в. ст-ния Г.Лонгфелло: его герой с флагом, на котором начертан этот девиз («Все выше!»), стремится к горной вершине и гибнет. Excelsior также название самого большого алмаза в мире, «алмаза века» (XX в.) почти в тысячу карат; в первой трети XX в. это слово вошло в рекламный язык со значением «нечто особо ценное»; в Париже так были названы многие кинотеатры, кафе и т.п.

«*...за Лаокоонов спасибо...*» — См. примеч к п-му 28.

«*...остались непрочитанными Рильке и Moscou sans voiles*». — Книга Р.М.Рильке «Записки Мальте Лауридса Бригге» во франц. переводе, о ней см. также п-ма 34, 44, 47. Вторая книга — «Москва без завес» — вышла в Париже в 1928 г. и принадлежит перу английского журналиста Joseph Douillet, девять лет проработавшего в Советской России.

С. 49. «*Познакомился с француженкой-евразийкой*». — Ивонна д'Ориоль, француженка русского происхождения.

«*...заплатят ли за мои прошлогодние труды, по Советам (СССР)*». — Об этих трудах Гронского точно не известно, можно лишь предположить, что это был сбор материалов по определенным вопросам в советской периодической печати, возможно по предложению его отца, так как П.П.Гронский вел в ПН постоянную рубрику о положении в СССР.

34

РГАЛИ, ф. 1190, оп. 3, ед. хр. 101, лл. 1-3.

С. 50. *Charles-Francois Prince de Ligne* — прав.: князь де Линь Шарль Жозеф (1735—1814), бельгиец по рождению, генерал, потом фельдмаршал, дипломат, франкоязычный писатель, представитель блестящей космополитической культуры XVIII в. См. многочисленные записи о нем и выписки из его сочинений в записной книжке 6: *ЗК-1*.

35

РГАЛИ, ф. 1190, оп. 3, ед. хр. 144, лл. 5-9.

С. 54. «*(племянница Иловайского!)*» — Племянницей историка Дмитрия Ивановича Иловайского (1832—1920), автора пятитомной «Истории России», Цветаева не была, но ее единокровные сестра и брат (Валерия и Андрей) были родными внуками Иловайского, так как первым браком отец Цветаевой был женат на В.Д.Иловайской.

Чарторыйский Адам Ежи (1770—1861) — глава национального правительства во время Польского восстания 1830—1831 г.

«*Ваш герб, дважды оперенный...*» и т.д. — Этой печати, которой Цветаева иногда запечатывала свои п-ма, посвящены строки в ст-нии «Попутчик» (1921).

36

РГАЛИ, ф. 1190, оп. 3, ед. хр. 101, лл. 4-6 об. Лл. 6-6 об. — дубликат первой части п-ма с незначительными разночтениями; вторая часть, лл. 5-5 об., отмеченная Цветаевой цифрой II, написана карандашом на листке с рисунками А.С.Эфрон.

37

РГАЛИ, ф. 1190, оп. 3, ед. хр. 144, лл. 10-12.

38

РГАЛИ, ф. 1190, оп. 3, ед. хр. 101, лл. 7-8.

39

РГАЛИ, ф. 1190, оп. 3, ед. хр. 144, лл. 13-17.

С. 63. «*Подарил Вам и мне по миленькой книжке*». — Здесь и в п-ах 41 и 67 речь идет о книге: *Волконский С., Волконский А.* В защиту русского языка: Сборник статей. Берлин: Медный Всадник, 1928. В книге только одна статья — первая, «О русском языке», принадлежит С.М.Волконскому и представляет собой текст его доклада в Тургеневском обществе, прочитанного 8 марта 1928 г. Остальные четыре текста — статьи и доклады А.М.Волконского. Предисловие к сборнику подписано: «Братья Волконские».

40

РГАЛИ, ф. 1190, оп. 3, ед. хр. 101, лл. 9—10 об.

С. 66. *Melle Туржанская* — Зинаида Константиновна Туржанская, золовка А.З.Туржанской.

41

РГАЛИ, ф. 1190, оп. 3, ед. хр. 101, лл. 11-12 об.

С. 67. *«З.К. с подругой».* — З.К.Туржанская и Наталия Николаевна Стражеско (1905—1995), впоследствии вышедшая замуж за брата З.К. — В.К.Туржанского (о нем см. примеч. к п-му 24).
«...жена проф. Завадского...» и т.д. — Речь идет о Калерии Ивановне Завадской (урожд. Гостинопольской, в перв. браке Полешко; 1876—1963), профессоре Сергее Владиславовиче Завадском (1871—1935), историке литературы, совместно с Цветаевой и В.Ф.Булгаковым редактировавшем в Праге литер. сб. «Ковчег» (1925), откуда и шла дружба; и, вероятно, о Фаддее Францевиче Зелинском (1859—1944), филологе, переводчике, известном интерпретаторе античной культуры, в эмиграции занимавшем кафедру классической филологии Варшавского университета.
С. 69. *«...моя швейцарская бабушка...»* — Сусанна Давыдовна Мейн (урожд. Эмлер, ок. 1843 — ок. 1920), известная больше по домашнему имени «Тьо», вторая жена деда Цветаевой, А.Д.Мейна, вырастившая и воспитавшая рано осиротевшую Марию Александровну Мейн.

42

РГАЛИ, ф. 1190, оп. 3, ед. хр. 144, лл. 18-20.

43

РГАЛИ, ф. 1190, оп. 3, ед. хр. 101, лл. 13-14.

С. 71. *«под небом места много всем»* — строка из ст-ния М.Ю.Лермонтова «Валерик».

С. 72. «...*цену Тилля Уленшпигеля...*» — «Легенда об Уленшпигеле» (1867) Шарля де Костера (1827—1879) была одной из любимых книг А.С.Эфрон.
Лестница» — поэма Цветаевой 1926 г.

44

РГАЛИ, ф. 1190, оп. 3, ед. хр. 101, л. 17. СС-7, 202.

Написано на открытке с фотографией церкви: Soulac-sur-Mer (Gironde). — La Basilique Nôtre-Dame-de-la-Fin-des Terres. Перевод см. в тексте п-ма.

С. 73. «*Читаете ли его книгу?*» — Имеется в виду роман «Записки Мальте Лауридса Бригге» Р.М.Рильке.

45

РГАЛИ, ф. 1190, оп. 3, ед. хр. 144, лл. 21-22.

46

РГАЛИ, ф. 1190, оп. 3, ед. хр. 101, лл. 15-16.

47

РГАЛИ, ф. 1190, оп. 3, ед. хр. 144, лл. 23-25.

С. 77. «*...читаю Рильке. — Думаю, что перевод все-таки груб*». — «Записки Мальте Лауридса Бригге» вышли в 1926 г. во французском переводе Мориса Бетца.

«*...что он пишет про стихи, стихи, писанные в молодости...*» — Эту пространную цитату Гронский приводит в п-ме 76.

R<?> — возможное чтение: *Regnier* — Анри Франсуа Жозеф де Ренье (1864—1936), французский поэт и романист, близкий к символизму.

С. 78. «*...Рильке описал одну вещь...*» и т.д. — Возможно, Гронский имеет в виду описание гобеленов XV в., известных под названием «Дама с Единорогом», в «Записках Мальте Лауридса Бригге» («Здесь ковры, Абелона, ковры на стенах...»); эти шесть гобеленов — сокровище Музея Клюни, находящегося недалеко от Люксембургского сада.

Аренская Вера Александровна (урожд. Завадская. 1895—1930) — соученица Цветаевой по одной из московских гимназий, сестра Ю.А.Завадского и В.А.Завадского; в эмиграции нашла Цветаеву и возобновила знакомство; ей посвящено ст-ние Цветаевой «Хвала времени» (1923).

48

РГАЛИ, ф. 1190, оп. 3, ед. хр. 101, лл. 18-19 об.

49

РГАЛИ, ф. 1190, оп. 3, ед. хр. 144, лл. 26-27.

50

РГАЛИ, ф. 1190, оп. 3, ед. хр. 101, лл. 20-22 об.
Начало письма (л. 20) дублируется с незначительными разночтениями.

С. 81. *Аренская* — см. примеч. к п-му 47.
«*Поедем с Вами осенью на кладбище к ее брату?*» — Владимир Александрович Завадский (1897–1928) похоронен в Париже 10 марта 1928 г. на кладбище Банье. Его смерти и похоронам посвящена поэма Цветаевой «Красный бычок» (1928).

51

РГАЛИ, ф. 1190, оп. 3, ед. хр. 144, лл. 27-30.

С. 82. «*Але Уленшпигеля (speculum sed non speculorum) пошлю.*» — Намек расшифровывается двойной игрой слов: Але «зеркало совы» (перевод имени Уленшпигель), но не «зеркало зеркала» (название книги Вяч.Иванова) пошлю.

52

РГАЛИ, ф. 1190, оп. 3, ед. хр. 102, лл. 1-4 об. Первоначальные наброски п-ма см. СТ, с. 461.

С. 83. «*Однажды, когда я выбирала между домом и миром...*» и т.д. — Цветаева вспоминает положение, сложившееся в ее жизни к концу 1923 г., и описанное в «Поэме Конца» (1924).
С. 84. «*Дарю тебе чудное слово Ролана*». — Имеется в виду Ромен Роллан (1866–1944). Цитата не разыскана.
«*...Влагаю. Солгали, Что мать и сын!*» — Из ст-ния Цветаевой «Юноше в уста» (1928), обращенного к Гронскому.
С. 86. «*Behüt' Dich Gott!..*» и т.д. — Часто цитируемые Цветаевой строки ст-ния И.В. фон Шеффеля (1826–1886), которые она знала как рефрен песни из оперы В.Несслера «Трубач из Зекингена» (1884).

53

РГАЛИ, ф. 1190, оп. 3, ед. хр. 145, лл. 1-3.

С. 88. «*...Женя хромой без ноги...*» — Евгений Евгеньевич Чириков (1899—1970), сын писателя, потерявший ногу на Гражданской войне, на которую пошел в 18 лет.

54

РГАЛИ, ф. 1190, оп. 3, ед. хр. 102, лл. 5-7 об.

С. 90. Десятитомный роман-эпопея Р.Роллана «*Жан-Кристоф*» (1904—1912) — история гениального музыканта, одиночки и бунтаря.

Конрад Джозеф (1857—1924) — английский писатель польского происхождения.

«*Сознание своей юности есть уже бессмертная юность*» — слова Беттины фон Арним.

С. 91. «*Бетховенское: "Durch Leiden – Freuden"*» — Ставшие знаменитыми как жизненный девиз Бетховена слова из его п-ма к графине Марии фон Эрдеди от 10 октября 1815 г.

55

РГАЛИ, ф. 1190, оп. 3, ед. хр. 145, лл. 4-5.

С. 93. О посланных Гронским книгах *Рильке и Апулея* см. примеч. к п-му 31.

«*Теперь про Алю. Надпись не из примирительных...*» и т.д. По свидетельству А.С.Эфрон, на книге Ш. де Костера, — отправленной ей в подарок ко дню рождения, Гронский написал приблизительно следующее: «Але — потому что ангела Ариадны нет».

56

РГАЛИ, ф. 1190, оп. 3, ед.хр. 102, лл. 8-10.

С. 95. *Нинон* де Ланкло, см. о ней примеч. к п-му 6.

С. 96. «*С рыцаря срежь весь белый кант...*» и т.д. — Цветаева послала Гронскому в подарок изображение Пражского рыцаря (в настоящее время — в фондах Дома-музея М.Цветаевой в Москве).

57

РГАЛИ, ф. 1190, оп. 3, ед. хр. 145, л. 6.

С. 96. «*...Радость-Страданье – знаешь, тут Блока – "Роза и Крест"...*» — В драме «Роза и Крест» А.Блока (1912) слова из песни

Гаэтана: «Сердцу закон непреложный — Радость-Страданье одно!» — лейтмотив главных героев драмы.

58

РГАЛИ, ф. 1190, оп. 3, ед. хр. 145, лл. 7-9.

С. 98. *«Имя Твое — Ах, нельзя!»* — из ст-ния «Имя твое — птица в руке...» («Стихи к Блоку», — 1, 1916).

С. 99. *К<арл> XII (1682—1718)* — король Швеции, после успехов в начале Северной войны и вторжения в 1708 г. в Россию был разбит в 1709 г. в Полтавской битве. Убит во время военного похода в Норвегию.

59

РГАЛИ, ф. 1190, оп. 3, ед. хр. 102, лл. 11-12 об. СС-7, 202-203.

С. 100. *«Для меня Родэн — его недостроенный дом...»* и т.д. — В Мёдоне была недостроенная вилла Родена, в саду которой были расставлены многие его монументальные скульптуры, тогда еще не нашедшие себе места в музеях.

«...посвящение Р.Родэну одной его книги...» — «A mon grand Ami Auguste Rodin» проставлено посвящением ко второй части книги Рильке «Новые стихотворения» (1908).

60

РГАЛИ, ф. 1190, оп. 3, ед. хр. 102, лл. 13-15 об. СС-7, 203-204 (другой текст п-ма с этой же датой).

С. 102. *«...песенку Лоренцо».* — Правильно: «Quant'e bella giovinezza...», до сих пор популярная итальянская песня на ст-ние «Триумф Вакха и Ариадны» (1490) Лоренцо Медичи Великолепного (1449—1492), итальянского поэта и правителя Флоренции.

61

РГАЛИ, ф. 1190, оп. 3, ед. хр. 145, лл. 10-16.

С. 105. *«Года 3 тому назад...»* и т.д. — Гронский рассказывает о начале знакомства его семьи с Н.Лепёхиным, ставшим вторым мужем его матери.

С. 106. *«...и "славить", и "править", и "лукавить"...»* — из ст-ния Цветаевой «Зверю — берлога...» («Стихи к Блоку», IV, 1916).

С. 109. *«Отец мой едет в Белград на съезд...»* — П.П.Гронский принимал участие в IV съезде Русских академических организаций за границей, проходившем в Белграде с 16 по 23 сентября 1928 г.

62

РГАЛИ, ф. 1190, оп. 3, ед. хр.145, л. 17-18.

С. 109. «*...в Т<ургеневское> о-во – В. там будет говорить о Толстом*». – 10 сентября 1928 г. в Тургеневском артистическом обществе (по адресу: 77, rue Pigalle) состоялся вечер, посвященный 100-летию со дня рождения Льва Толстого. В программе вечера значился доклад кн. Волконского «Л.Н.Толстой в свете современной заграничной критики». О вечере: *ПН*. 14.09.1928.

«*... "все на одной постели, как жених с невестой" – Бульба казакам*». – Таких слов в повести Н.В.Гоголя «Тарас Бульба» нет. Имеется в виду требование Бульбы не стелить приехавшим сыновьям постелей и дальнейшее описание двора, заполненного спящими казаками (I).

С. 110. «*Начал писать прозой, посмотрю, что выйдет*». – Цветаевский отзыв об этом прозаическом произведении Гронского см. в ее статье «Поэт-альпинист».

«*Предшественник?..*» и т.д. – Далее Гронский отсылает к эпизоду поэмы Г.У.Лонгфелло «Песнь о Гайавате» (1885, рус. перевод И.А.Бунина 1868–1869), в котором повествуется о любви Шавондази, Южного Ветра, к одуванчику, облетевшему от его «страстных вздохов», и цитирует ст-ние Али, включенное Цветаевой в раздел «Стихи моей дочери» своего сб. «Психея: Романтика» (Берлин: Гржебин, 1923):

> Корни сплелись.
> Ветви сплелись. –
> Лес Любви.

(В *ЗК-2, 53* с датой «17го дек<абря> 1919 г.»)

63

РГАЛИ, ф. 1190, оп. 3, ед. хр. 102, лл. 16-18.

В конверт (по-видимому, случайно) также вложен отдельный листок с недописанным началом того же п-ма:

«*Понтайяк, 11го сентября 1928 г.*

Дружочек! Посылаю Вам морской подарок, какой не скажу, чтобы ждали и не знали. Надеюсь, что Вам понравится, веселый.

Так как его все увидят, вот Вам заранее ответ: когда я уезжала я с Вами держала пари, что Вы ко мне не приедете. Не приехали <фраза не окончена.>»

С. 110. «*— Получила от Т.Л.Сухотиной "La vérité sur la mort de mon père"...*» и т.д. – Татьяна Львовна Сухотина-Толстая (1864–1950) – старшая дочь Льва Толстого, художница, мемуаристка, общественная деятельница, знакомая Цветаевой. Речь идет о ее французском очерке «Sur la mort de mon père et les causes lointaines de son (vasion», напечатанном в специальном номере журнала «Europe», полностью посвященном Толстому (1928. N 67. 15 juillet. P. 395–472; в русском переводе Е.В.Толстой — «О смерти моего отца и об отдаленных причинах его ухода», впервые: Лит. наследство. М.: Изд-во АН СССР, 1961. Т. 69, кн. 2. С. 244–285). Целью Сухотиной-Толстой была защита памяти матери, Софьи Андреевны Толстой, от нападок исследователей и мемуаристов, возлагавших на нее вину за тяжелую моральную атмосферу в семье Толстого в последние годы его жизни. Толстой ушел из дома 28 октября (10 ноября) 1910 г. и 7 (20) ноября умер на станции Астапово. *Семейная хроника* (1856) — автобиографическая книга С.Т.Аксакова, высоко ценившаяся Цветаевой (см., например, п-мо к Ю.Иваску от 12 мая 1934 г. *(СС-7, 388)*, а также дневниковую запись в *СТ, 161–163)*.

С. 111. «*Он бежал не только от ее рук, рыщущих...*» — С.А.Толстая, опасаясь, что завещание Толстого будет сделано не в пользу семьи, регулярно обыскивала его комнату и кабинет, надеясь обнаружить соответствующие бумаги.

«*...Пушкин - находил. Толстой обратное ПОЭТУ. Поэт может искать только рифмы, никак не смысла жизни, который - в нем дан. Искать формы ответа*». — Ср. в цветаевском эссе «Искусство при свете совести» (1932): «Поэт есть ответ. От низшей степени простого рефлекса до высшей — гётевского ответствования — поэт есть определенный и неизменный душевно-художественный рефлекс: на что — уже вопрос — может быть, просто объема мозга. Пушкин сказал: на всё. Ответ гения» *(СС-5, 364)*.

«*Решила ехать 27го (любимое число Р.)*». — И Рильке, и Цветаева придавали особое значение «магическому» числу «7», что обсуждалось в их переписке (см. п-мо Рильке к Цветаевой от 10 мая 1926 г. и ее ответ от 12 мая // *НА, 60-68)*. 7 февр. 1938 г. Цветаева писала А.Тесковой: «...люблю эту цифру — любимую цифру Рильке» *(СС-6, 456)*.

64

РГАЛИ, ф. 1190, оп. 3, ед. хр. 102, лл. 19-20 об.

С. 111. «...*Аля должна учиться...*» — Весной 1928 г. Аля начала занятия в частной художественной школе В.И.Шухаева.

«*5 1/2 мес. свободы (как когда-то - советской службы!)*» — С конца ноября 1918 г. по середину апреля 1919 г. Цветаева работала в информационном отделе Народного комиссариата по делам национальностей и несколько дней в конце апреля 1919 г. — в Центральной коллегии по делам о пленных и беженцах (см. дневниковую прозу «Мои службы», 1918-1919; 1925).

«— *"Наталья Матвеевна" — "Анна Ильинична" - родственная размолвка...*» — Упоминаются Н.М. и А.И.Андреевы. См. примеч. к п-му 3.

С. 112. «...*С. целый день работает*...» — В 1926—1928 гг. С.Я.Эфрон был членом редакции журнала «Версты», в 1927—1928 г. также подрабатывал статистом на киносъемках и давал уроки; с осени 1928 г. принимал участие в издании еженедельника «Евразия». Во время перерыва в своей редакторской деятельности (последний (третий) номер «Верст» вышел в январе 1928 г., а первый номер «Евразии» — в ноябре того же года) Эфрон устроился на работу, о чем 1 апр. 1928 г. он сообщал сестре, Е.Я.Эфрон: «Я получил скромное место, к<отор>ое берет у меня все время с раннего утра до позднего вечера» (*Семья, 334*).

Утопленница (панночка), *Левку́* — герои повести Гоголя «Майская ночь, или Утопленница» из цикла «Вечера на хуторе близ Диканьки» (1929—1932). Панночка просила Левко помочь ей узнать свою злую мачеху, обернувшуюся одной из утопленниц.

«...*у меня никого кроме Адамовичей и К°*...» — Ср.: «...Вы едете к Адамовичу и К°, к ничтожествам, в ничтожество, просто — в ничто, в богему, которая пустота бо́льшая, чем ничто...» (П-мо к А.Штейгеру, сентябрь 1936 г. // *СС-7, 619*); «...не хлеб нужен, а пепельница с окурками: не я — а Адамович и Сотр.» (П-мо к А.Тесковой от 16 сент. 1936 // *СС-6, 442*).

Адамович Георгий Викторович (1892—1972) — ведущий литературный критик русской эмиграции, признанный наставник поэтической молодежи так называемой «парижской ноты». В 1926 г. в брюссельском журнале «Благонамеренный» (1926. № 2. С. 94—125) Цветаева опубликовала статью «Поэт о критике» с приложением «Цветника», составленного из цитат Адамовича, в которой упрекала его в непоследовательности и необоснованности мнений. Статья стала причиной громкого литературного скандала, на долгие годы предопределившего натянутые отношения между Адамовичем и Цветаевой. Подробнее см.: *Мнухин Л.А.* Отношения с Адамовичем// Марина Цветаева: Песнь жизни: Международный парижский симпозиум. Paris: Ymca-Press, 1996. С. 58—77; а также книгу: Марина Цветаева — Георгий Адамович: Хроника противостояния / Предисл., сост. и примеч. О.А.Коростелева. М.: Дом-музей Марины Цветаевой, 2000.

«*Перекоп*» — поэма Цветаевой (1928—1929), посвященная эпизоду последнего этапа Гражданской войны — выходу армии Врангеля из Крыма и переходу ее в наступление в июне 1920 г.

«...*а я ведь тоже панночка, и имя панненское: польское*...» — Полькой была бабушка Цветаевой с материнской стороны, Мария Лукинична Бернацкая (1840—1868). В переписке и в живом общении Цветаева нередко подчеркивала свои польские корни. Свое имя она ассоциировала с именем Марины Мнишек, в честь которой, по семейному преданию, была названа и которой посвятила ст-ние «Марина» (1916) и одноименный цикл из четырех ст-ний (1921).

С. 113. «*Помнишь холмы Родэна?*» — В Мёдоне, пригороде Парижа, где Цветаева жила в 1927—1932 гг., с 1896 г. находилась мастерская

Родена; в 1905—1906 г. Рильке провел там более полугода, исполняя обязанности секретаря. В своей книге о Родене он писал о долгих утренних прогулках скульптора по мёдонским холмам.

65

РГАЛИ, ф. 1190, оп. 3, ед. хр.145, лл. 19-22.

С. 113. *«Ты – умница – подарила мне книгу, которую часто, часто буду перечитывать».* — Речь идет о романе древнегреческого писателя Лонга (между II и IV вв. н.э.) «Дафнис и Хлоя».

«Ни одного большого божества – все: Пан, Нимфы (нет, одно есть = Любовь)». — Почитание именно этих божеств является характерной чертой буколического жанра.

«Автор той чудной мифологии, что Ты мне подарила...» — См. примеч. к п-му 17.

«...слова Памятника Горация ET QUA DAUNUS AGRESTIUM REGNAVIT POPULOR...» — Гронский приводит неполную цитату из знаменитого «Памятника» Горация («Оды», кн. III, 30). У Горация: «Et qua pauper aquae Daunus agrestium Regnavit populorum...» (в русском переводе В.Я.Брюсова: «И где бедный водой Давн над пастушеским Племенем был царем...»)

«...этот Давн отец Турна, а Турн царь Италии до Энея...» — Турн, сын Давна – в римской мифологии царь племени рутулов (северная Апулия), убитый Энеем в поединке. Турн и Эней претендовали на руку Лавинии, дочери царя Лация — Латина.

С. 114. *«...любимая книга Рильке...»* — «Португальские письма».

Дочь Толстого — Т.Л.Сухотина-Толстая; в 1928 г. в Париже жили и могли присутствовать на вечере несколько внучек писателя, в первую очередь дочь Сухотиной-Толстой — Т.М.Сухотина (в замуж. Арнольди; 1905–1996).

«Ораторов – 4-ро...» — Кроме Волконского, в вечере принимали участие В.П.Катенев с вступительным «Словом о Л.Н.Толстом», М.Г.Мандельштам с докладом «Нравственный облик Л.Н.Толстого» и В.Н.Сперанский с личными воспоминаниями о писателе.

Сперанский Валентин Николаевич (1877–1957) — профессор политической социологии, юрист, литератор, преподаватель государственного права на русском отделении юридического факультета Сорбонны. В 1896 г. в Москве побывал у Л.Н.Толстого, считал эту встречу «самым значительным событием жизни». В эмиграции с 1924 г. В Париже часто выступал с лекциями по самым различным вопросам социологии, литературы, философии, современной культуры.

Гезиод (в совр. транскрипции — Гесиод, VIII–VII вв. до н.э.) — древнегреческий поэт, автор поэм «Теогония» и «Труды и дни».

«...(посылаю его речь)...» — К п-му приложена вырезка из ПН (11 сентября 1928 г., № 2729) — отрывок из доклада С.М.Волконского, прочитанного 10 сентября 1928 г. в Тургеневском обществе, под загла-

вием «Противоречие». На полях — пометы Гронского: отчеркивания отдельных абзацев; на нижнем поле призыв к Цветаевой: «Напишите В. о зеленой его книге (сам зеленой назвал) и о статье. Очень, очень прошу. Ему это надо» (РГАЛИ, ф. 1190, оп. 2, ед. хр. 168).

Огинский (правильнее — Огиньский) Михал Клеофас (Михаил Андреевич; 1765–1833) — польский композитор, автор широко известных *полонезов* («Прощание с родиной» и др.); среди сочинений *Шопена* насчитывается 16 *полонезов*.

«*Meudon, non Bellevue plus tôt...*» — Беллевю, один из пригородов Парижа, смыкался с Мёдоном.

С. 116. «*К статье В. поправка. Мальчишки Гостиного Двора кричали "что такое за искусство", — в том-то и соль*». — В упомянутой выше газетной публикации доклада Гронским отмечена опечатка в следующем абзаце: «Хорошо помню впечатление маленькой книжечки под заглавием "Что такое искусство?". Помню, как в Петербурге, в Гостином Дворе, мальчишки выкрикивали: "Новое сочинение графа Толстого, — Что такое — искусство!" К последнему тире Гронским нарисована стрелка и написана ремарка: «вот она — опечатка — пропуск».

«*Вспомнил, один средневековый теолог: "Что есть Бог?.." "Бог это Бог, нет, Бог это архиБог"*». — Отсылка к Дионисию Ареопагиту.

66

РГАЛИ, ф. 1190, оп. 3, ед. хр.145, лл. 23-25.

Датируется по содержанию (в этом и нескольких последующих п-мах Гронский вычисляет, сколько дней осталось до приезда Цветаевой, указывая и день написания п-ма).

С. 116. *Юнион-джек* (Union Jack) — разговорное название государственного флага Великобритании.

«*Письма португальской монахини*», или «Португальские письма, переведенные на французский» («Lettres portugaises traduites en françois») — книга, впервые анонимно изданная в Париже в 1669 г. Позже (с начала XIX в.) ее авторство приписывалось португалке Мариан(н)е Алькофорадо (1640–1723). Именно эта атрибуция была известна Цветаевой. Уже в 1926 г. была выдвинута версия (впоследствии принятая почти всеми исследователями) о принадлежности книги французскому литератору Габриэлю де Гийерагу (1628–1685). Впрочем, споры о том, что же представляют собой письма — искренние излияния влюбленной девушки или талантливую мистификацию, начались буквально сразу после их выхода в свет и не прекращаются едва ли не по сей день. Цветаева (как и Рильке, который высоко ценил «Письма» и в 1913 г. перевел их на немецкий язык) безоговорочно придерживалась мнения об их подлинности. В 1932 г. она отмечала: «Мужчине никогда не написать писем Португальской Монахини» *(СТ, 492)*.

Нулин — герой поэмы А.С.Пушкина «Граф Нулин» (1825), ловелас и повеса.

С. 117. «...*недаром прозвали comte de Saint-Léger*». — Ноэль Бутон, граф де Сен-Леже, маркиз де Шамильи (1636–1710) считался адресатом писем Марианы Алькофорадо. «*Léger*» по-французски — легкомысленный.

«*Видно, что между некоторыми письмами 5–10 лет прошло...*» — Это утверждение Гронского следует признать необоснованным. Судя по контексту, все п-ма написаны в течение одного года или даже нескольких месяцев.

«*Психея: Романтика*» — стихотворный сборник Цветаевой (Берлин: Гржебин, 1923).

«...*вот отец едет в Сербию...*» — см. примеч. к п-му 61.

С. 118. «*Сегодня 13-ое число, но не хочу "примечать" Твоего письма*». — Цветаева никогда не датировала своих писем 13-м числом, заменяя его на «12 bis» (см., например, п-мо 67).

«*Эней тоже носил на плечах (своего отца – Анхиза – любовника Венеры), он же носил на плечах Трою и любовь (отца, Париса, Менелая)*». — Согласно «Энсиде» Вергилия, в ночь гибели Трои Эней вынес своего отца Анхиса на плечах из горящего города. Энсю было предначертано основать на итальянской земле «новую Трою» — Рим.

Маталья Матавевна — так Н.М.Андрееву называл Мур.

«...*у старой козе было семь козенят – тульский говор, что ли? – Это у В. (В. ...)... можно найти...*» — В сб. статей братьев Волконских, в статье А.М.Волконского «Об "охранителях". (По поводу одной статьи г-жи Тэффи)» есть такие строки: «Вот с нами живет няня; она орловская; она говорит: "У княжне́ в комнате". Я к этому привык, для меня оно даже приятно звучит. Но должен ли я своему племяннику объяснить, что окончание родительного падежа ы́, а не е́, или не должен» (с. 84).

67

РГАЛИ, ф. 1190, оп. 3, ед. хр. 102, лл. 21-22 об.

С. 119. «*Вспомни...Manon и Desgrieux...*» — Герои романа аббата Прево «История кавалера де Грие и Манон Леско» (1733). Их имена, так же как и имена Ромео и Джульетты, стали нарицательными для обозначения страстных любовников.

«*Уайльд с мальчиком – да...*» — Речь идет о гомосексуальных связях Оскара Уайльда, ставших причиной громкого судебного процесса (1895), в результате которого писатель был приговорен к трем годам тюрьмы за аморальное поведение.

«*Оскопите Дафниса – будет ли Хлоя его любить? Нет. А Элоиза – Абеляра – любила*». — Абеляр Пьер (1079–1142) — французский средневековый философ, теолог и писатель. Был подвергнут насильственной кастрации дядей его тайной супруги Элоизы (1100–1164), после чего оба любящих приняли монашеский постриг. В посланиях к мужу, написанных более чем через десятилетие после того, как возлюбленные принуждены были расстаться, Элоиза пишет о своей не угасшей любви. История Элоизы и Абеляра стала средневековой легендой и вдохновила многих писателей нового времени. Цветаева упоминает Элоизу и Абеляра в ст-нии «Ты этого хотел. — Так. — Аллилуйя...» (1920).

«*А Гёте любил и советовал непременно, раз в год, перечитывать*». — Имеются в виду слова Гёте, зафиксированные его литературным секретарем И.П.Эккерманом в записи от 20 марта 1831 г.: «Чтобы по-настоящему оценить достоинства этой поэмы в прозе, следовало бы написать целую книгу. И еще: хорошо бы каждый год ее перечитывать, чтобы снова извлекать из нее поучения и наново наслаждаться ее красотой» (*Эккерман И.П.* Разговоры с Гёте в последние годы его жизни / Пер. с нем. Н. Ман. М.: Худ. лит., 1981. С. 416).

«*Молодец*» — поэма-сказка Цветаевой (1922).

68

РГАЛИ, ф. 1190, оп. 3, ед. хр.145, лл. 26-28.
Датируется по содержанию (вычислению Гронского).

С. 120. «...*греческие болотные чертенята*...» — «Болотные чертенятки» — название ст-ния Блока (1905), вошедшего во второй том его лирической трилогии (раздел «Пузыри земли»).

«...*et Daphnis: «Oui, une chevre m'a nourri de meme que Jupiter...»*» — Слова Дафниса, сказанные им во время спора с пастухом Дорконом (Кн. I, 16).

С. 121. «*Пан играл на дудочке... я с Аполлоном...*» — В культурной традиции русского модернизма Аполлона связывали с классическим, гармоническим началом в искусстве.

«*Наука Любви*» (ок. 1 г. до н.э.) — поэма Овидия.

«*Всё, начиная от чистки зубов до "бросимся в костер и пусть наши пеплы смешаются" — но за последнее он, пишущий для легкомысленных, извиняется перед читателями*». — Овидий действительно дает подробные рекомендации, как выглядеть и заботиться о своей внешности, чтобы нравиться представителям противоположного пола, однако напоминать цивилизованным римским жителям о чистке зубов как раз считает излишним (Кн. III, 195—198). Женщинам он также советует: «Я у мужчин на глазах чистить не стал бы зубов...» (Кн. III, 216; пер. М.Л.Гаспарова). Далее Гронский не совсем точно передает приведенные в поэме слова Евадны, дочери Ифиса, жены погибшего Капанея, одного из «семерых против Фив»: «Не покинь, Капаней! Прах с прахом смешаем!» — сказала Так Иафида, всходя на погребальный костер» (Кн. III, 21-22). Перечислив еще несколько мифических героинь, прославившихся верностью своим мужьям, Овидий оговаривает:

> Впрочем, подобным сердцам не надобна наша наука,
> И не настолько велик парус на нашем челне:
> Лишь о нетрудной любви говорится в моих наставленьях...
>
> (*Кн. III, 25-27*)

С. 122. «*...всякое дыхание да хвалит Господа...*» — Псалтирь, 150: 6.
«*Душа=дыхание. Странное рассуждение (и притом филологическое!)...*» — Дух, душа и дыхание действительно являются этимологически родственными словами. Их контекстуальное сближение характерно для поэзии Цветаевой. См., напр.:

> И дышит: душу не губи!
> Крылатых женщин не люби!
> (*«И другу на руку легло...», 1916; СП, 130*);

> ...Душой, дыханием твоим живущей...
> (*«Ученик», I, 1921; СП, 197*);

> От высокоторжественных немот
> До полного попрания души:
> Всю лестницу божественную — от:
> Дыхание мое — до: не дыши!
> (*«Ищи себе доверчивых подруг...», 1922; СП, 282*).

«*Пастух из Сицилии... влюбившийся в нимфу одного источника...*» и т.д. — Первый изложенный Гронским вариант мифа о легендарном изобретателе буколической поэзии Дафниде (правильно — Дафнисе) изложен Диодором Сицилийским («Историческая библиотека») и Элианом («Разные истории»); по Овидию, нимфа превратила Дафниса в камень («Метаморфозы», IV, 277). Второй вариант разработан в I и VII идиллиях Феокрита и в V эклоге Вергилия. Согласно Феокриту, нимфу, в которую был влюблен Дафнис, звали Ксенией.
«*...бледностью было покрыто лицо Дафнида от нерешавшейся ему отдаться наяды*». — «Бледный Дафнис, томясь, млел о наяде своей» («Наука любви», кн. I, 732; пер. М.Л.Гаспарова).
С. 123. «*Вот почему Хлоя усомнилась в клятве (без основания!)*». — Дафнис поклялся Хлое в вечной любви именем Пана, но она потребовала, чтобы он поклялся также и своим стадом (Кн. II, 39). После того как выяснилось, что Дафнис — сын знатных родителей, Хлоя готова была поверить, что он нарушит свое обещание (Кн. IV, 27).

69

РГАЛИ, ф. 1190, оп. 3, ед. хр. 102, лл. 23-25.

С. 123. *«Мережковский прочел бы: о Дионисе и Христе, не смущаясь последовательностью».* — Идея о Христе и Дионисе как отражении единого архетипа «страдающего бога» — одна из важнейших в творчестве и миросозерцании Д.С.Мережковского. Высказанная уже в романе «Воскресшие боги (Леонардо да Винчи)» (цикл «Христос и Антихрист»), эта концепция была подробно разработана в написанной в годы эмиграции художественно-философской трилогии, первая часть которой, «Тайна Трех: Египет и Вавилон», к 1928 г. уже вышла из печати (*Окно.* Париж, 1923. Кн. 1-2; *СЗ.* 1923. № 15-17; отд. изд.: Берлин: Пламя, 1925). Цветаева была хорошо знакома с этими произведениями Мережковского и относилась к ним с интересом (подробнее см. п-мо к М.С.Цетлиной от 8 июня 1923 г. — *СС-6, 551-552*); в то же время его религиозные теории, по-видимому, были для нее неприемлемы: «Многобожие поэта. Я бы сказала: в лучшем случае наш христианский Бог входит в сонм его богов.

Никогда не атеист, всегда многобожец, с той только разницей, что высшие знают старшего (что́ было и у язычников). Большинство же и этого не знают и слепо чередуют Христа с Дионисом, не понимая что одно уже сопоставление этих имен — кощунство и святотатство» (Искусство при свете совести // *СС-5, 363*).

Франческа да Римини — героиня «Божественной Комедии» Данте. История ее любви к Паоло Малатеста приведена в V песне «Ада» и пересказана Казановой в цветаевской пьесе «Феникс» (1919).

Психея — в греческой мифологии — олицетворение человеческой души. Психея-душа — образ, весьма распространенный в культуре Серебряного века и особенно значимый для Цветаевой.

«В лепете Джульеты и молчании Франчески трепет крыл бабочки». — Психею обычно изображали в виде бабочки или молодой девушки с крыльями бабочки.

С. 124. *(Чо́ртовы римляне: что́ Психея, что́ Хлоя — им всё одно.)»* — Ср. цветаевский отзыв о посвященной Психее новелле из «Золотого осла» Апулея в п-ме 60. Здесь Цветаева ошибается: «Дафнис и Хлоя» Лонга — роман не римский, а греческий.

«– Lettres d'une religieuse portugaise, – пять или шесть?» — В книгу включены пять писем.

«Увидела с балкона. Балкон обвалился в ад». — Имеется в виду балкон монастыря Св. Зачатия в городе Бежа, в котором, по изысканиям исследователей, была монахиней героиня «Португальских писем». В 4-ом письме к своему возлюбленному Мариана вспоминает: «Я часто видела, как вы проезжали мимо этого места с осанкой, очаровавшей меня; и я была на этом балконе

в тот роковой день, когда я впервые ощутила действие своей несчастной страсти...» (*Гийераг*. Португальские письма. М.: Наука, 1973. С. 30)

С. 125. «*— Будет из тебя или нет — поэт?*» — На этих словах, вероятно, Цветаева собиралась закончить п-мо (об этом свидетельствует стоящая после них подпись). Однако затем она взяла новый лист, где (по-видимому, по рассеянности) повторила предшествующий абзац с незначительными разночтениями. Вопрос «Почему дома — чертовщина?», написанный на полях первой страницы письма, также, в более развернутом виде, приведен на последнем листе еще раз.

«*Но — у тебя есть отдельные строки, которые — ДАЮТСЯ (не даются никаким трудом)*». — Ср.: «Поэт (подлинник) к двум данным (ему Господом Богом строкам) ищет — находит — две заданные. Ищет их в арсенале возможного, направляемый роковой необходимостью рифм — тех, Господом данных, являющихся — императивом» (Дневниковая запись октября 1940 г. // *СС-4, 612*); «Приметы лже-поэзии: отсутствие данных строк» (Искусство при свете совести // *СС-5, 370*).

70

РГАЛИ, ф. 1190, оп. 3, ед. хр. 102, лл. 26-27 об.

С. 125. «*...мне снилось, что твоя мама лепит голого Мура. Давай это осуществим!*» — Об этой работе Н.Н.Гронской нам неизвестно.

С. 126. «*Собственно, — мужская сущность женского тела*». — Ср. в воспоминаниях дочери Цветаевой, Ариадны Эфрон: «Моя мать... была невелика ростом — 163 см, с фигурой египетского мальчика — широкоплеча, узкобедра, тонка в талии» (*Эфрон А*. О Марине Цветаевой: Воспоминания дочери. М.: Сов. писатель, 1989. С. 33).

«*Ты — похож, твой отец — похож*». — Оба бюста Цветаева видела в доме Гронских.

«*...Eckermann Gespräche mit Goethe...*» — «Gespräche mit Goethe in den letzten Jahren seines Lebens» («Разговоры с Гёте в последние годы его жизни») — книга литературного секретаря Гёте в 1823—1832 гг. И.П.Эккермана, одна из любимейших книг Цветаевой. В п-ме от 11 марта 1923 г. *(СС-6, 524–526)* она просила Р.Гуля купить «Разговоры с Гёте», чтобы передать от ее имени Б.Пастернаку. Возможно, намерение Цветаевой подарить книгу Гронскому, кроме естественного желания познакомить молодого поэта с наиболее ценимыми ею литературными произведениями, было обусловлено и тем, что с Гёте, особенно в трактовке Эккермана, у нее ассоциировался их общий друг С.М.Волконский (см., напр.: Кедр: Апология (О книге кн. С.Волконского «Родина») // *СС-5, 251, 259; СТ, 12, 16*).

71

РГАЛИ, ф. 1190, оп. 3, ед. хр. 145, лл. 29-32.

С. 128. *«...на этой карточке Вы очень сходны с Дианой (и кокошничек сетки для волос, как серп луны)...»* — По-видимому, имеется в виду фотография Цветаевой, Али и Мура на фоне леса.

«На площади, где происходили казни, стояла статуя Свободы; жирондисты, когда их казнили (пятерых главных – Бриссо, Барбару, Верньо и т.д.), пели Марсельезу». — В течение Великой французской революции казни сначала совершались на площади Революции (ныне площадь Согласия), где на пьедестале снесенного памятника Людовику XV была установлена деревянная статуя Свободы. Двадцать два жирондиста, в том числе вождь и теоретик партии Жан Пьер Бриссо (Brissot de Warville 1754–1793) и Пьер Викторньен Верньо (Vergniaud 1753–1793), были гильотинированы здесь по приговору революционного трибунала 31 октября 1793 г. Барбару (Шарль Жан Мари Барбару; Barbaroux; 1767–1794) удалось избежать ареста и скрыться; в 1794 г. он покончил с собой.

Вот как описывает обстоятельства казни жирондистов поэт и историк А.Ламартин: «Как только жирондисты вышли из Консьержери, они затянули в один голос точно похоронный марш, первый куплет Марсельезы, многозначительно стараясь подчеркнуть стих, имевший двоякий смысл:

Contre nous de la tyrannie
l'étendard sanglant est levé*.

С этой минуты они перестали заботиться о себе и думали только чтобы оставить народу память о том, как умирают республиканцы. Их голоса понижались в конце каждого куплета только затем, чтобы начать с большею силой новый. Их шествие и агония были одной песней. <...> У подножья эшафота они обнялись в знак того, что заключили союз для защиты свободы, на жизнь и на смерть. Затем они снова затянули похоронную песнь, чтобы взаимно ободрить друг друга во время казни и чтобы тот, кого казнят, слышал до последней минуты голоса своих товарищей. <...> После каждого удара топора песнь делалась тише, потому что одним голосом становилось меньше. Ряды у подножия гильотины редели. Наконец один только голос продолжал Марсельезу. Это пел Верньо, которого казнили последним» (*Ламартин А.* История жирондистов: В 4 т. СПб.: В.А.Тиханов, 1904. Т. 3. С. 326).

«...Вы читали его стихи: "...в плаще Жиронды..." и "...штык...".» — Имеется в виду ст-ние друга Цветаевой (в годы революции и Граждан-

---

* Против нас тирания,
 Поднят кровавый стяг (*фр.* глагол level может быть также переведен как «сорван»).

ской войны) Павла Антокольского «Свобода», оставшееся неопубликованным. Текст его приводится целиком в цветаевской «Повести о Сонечке». Первое четверостишие звучит так:

> И вот она, о ком мечтали деды
> И шумно спорили за коньяком,
> В плаще Жиронды, сквозь снега и беды,
> К нам ворвалась – с опущенным штыком!

«Помните еще Вашего "Мо́лодца" и запах кумача?» — Образ кумача является одним из лейтмотивов цветаевской поэмы *«Молодец».*

«Я зажгу краснослезный огарок...» — Эти стихи не были опубликованы в ГСП, однако некоторые их образы отразились во втором ст-нии цикла «Орел» («В страны вечности Рим отошел...»), посвященном Наполеону; ср.: «Барабан далеко рокотал...», «– Марсельеза над бездной пропела...».

С. 129. *«Знамя лилий...»* — Лилии были изображены на гербе французского королевского дома Бурбонов, свергнутого Великой французской революцией.

«[↔ это отметка плохой строчки». — Некоторые строки ст-ния в оригинале сбоку помечены значком, который мы передаем квадратной скобкой.

«Синяя черта – удачные строки». — В печатном тексте – подчеркнутые строки.

С. 130. *«Деревья (помните, – писал?) кончил...»* — См. п-мо 62 и примеч. к нему.

«Пойду его слушать (вечер повторяется, 20-го), но он будет читать другое, потом будет о Тургеневе, на это уже вместе?» — 20 сентября в Тургеневском обществе состоялся «Второй литературно-музыкальный вечер памяти Л.Н.Толстого». Волконский выступал там с сообщением «Еще о двойственности в творчестве Л.Н.Толстого». 27 октября Волконский читал в Народном университете ст-ния в прозе Тургенева, 22 ноября состоялась его лекция «От Пушкина к Тургеневу». Возможно, эти или другие выступления, связанные с Тургеневым, первоначально намечались на более ранний срок.

72

РГАЛИ, ф. 1190, оп. 3, ед. хр. 102, лл. 28-30 об.

С. 130. *«5 / 18^{20} сентября 1928 г. – двойной цифрой все сказано...»* — Цветаева довольно долгое время (до своего отъезда из России в мае 1922 г.) после введения нового календарного стиля придерживалась старого и всю жизнь обозначала важные события и памятные даты двойной цифрой.

«М.Волошин, когда увидел меня в первый раз, сказал: "Двойной свет Возрождения"». — Об этих словах Волошина (приводя их несколько по-

другому) Цветаева вспоминала также в п-ме к А.Э.Берг от 17 ноября 1937 г.: «...над моей головой (как сказал поэт Макс Волошин обо мне, 16-летней) двойной свет: последнего язычества и первого христианства...» (*СС-7, 511*).

«*Мне было 15 лет, Волошину за́ тридцать*». — Волошин и Цветаева познакомились 1 декабря 1910 г. в издательстве «Мусагет», 3 декабря он побывал у нее в гостях. Цветаевой было тогда 18 лет, Волошину — 33 года.

«*М.б. не могу перенести мысли, что Христос у ж е б ы л, что нечего ждать*». — Неудивительно, что в п-мах Рильке, за перевод которых Цветаева взялась в январе 1929 г., ее поразила мысль о «Боге-потомке». Под впечатлением размышлений Рильке Цветаева писала А.Тесковой 22 янв. 1929 г.: «Недавно я записала такую вещь: "самое ужасное, что Христос (Бог) уже был". И вдруг читаю, в посмертных письмах Р‹ильке› (перевожу, пойдут в февральской Воле России...) — «Warum denken Sie nicht, dass er der Kommende ist». Бог — не предок, а потомок, — вот вся "религиозная философия" (беру в кавычки, как рассудочное, профессорское, учебническое слово) — Рильке. Я рада, что нашла формулу» (*СС-6, 375*). У Рильке полный контекст (перевод Цветаевой): «Почему Вы не думаете, что он — грядущий, от века предстоящий, будущий, конечный плод дерева, листы которого — мы. Что Вам мешает перебросить его рождение в грядущие времена и жить свою жизнь как болезненный и прекрасный день в истории великой беременности? ‹...› — Не должен ли он быть последним, чтобы все в себя вместить, и какой смысл имели бы мы, если бы тот, которого мы жаждем, уже был?» (Из писем Райнер-Мариа Рильке // *НА, 175-176*)

С. 131. «*...Мне синь небес и глаз любимых синь...*» — Из ст-ния Цветаевой «Как жгучая, отточенная лесть...» (29 сент. 1915; *СС-1, 243-244*).

«*Нечитанное мною Ars Amandi*». — Правильное название поэмы Овидия «Наука любви» — «Ars amatoria».

«*Я — сонет, а? Да, потому что — Овидию*». — Возникновение сонетной формы относится к XIII в., поэтому ассоциирование ее с Овидием — явный анахронизм. В то же время в русской поэзии начала XX в. сонет нередко использовался именно для создания архаического или экзотического колорита (напр., знаменитый «Ассаргадон» В.Брюсова).

«*Вроде Моисеева Второкнижия (?) – где все предусмотрено*». — По-видимому, Цветаева имеет в виду не только Второзаконие (Пятая книга Моисеева Ветхого Завета), но и книги Исход, Левит и Числа (Вторая, Третья и Четвертая книги Моисеевы), в которых даны Десять заповедей и подробнейшим образом расписаны законы, ритуалы и правила поведения народа Израиля.

С. 132. «*Помню, читала эти стихи старику на 55 лет старше меня, мне – 20 л., ему 75 л....*» и т.д. — Речь идет о вечере в честь М.М.Петипа, состоявшемся в Камерном театре в декабре 1915 г. Мариус Мариусович Петипа (1850—1919) — актер, сын известного танцовщика и балетмейстера М.И.Петипа, исполнявший в Камерном театре роли Сирано де Бержерака, Фигаро (в «Женитьбе Фигаро» Бомарше). Был старше Цветаевой на 42 года. В 1915 г. ей было 23 года, Петипа — 65 лет.

Чтение ст-ния «Ars amandi» на вечере — ошибка памяти Цветаевой. 21 дек. 1915 г. она писала Е.Я. Эфрон: «...в Петипа я влюбилась, уже целовалась с ним и написала ему сонет, кончающийся словами "пленительный ровесник", — Лиленька, он ровно на 50 лет старше меня!» *(Семья, 208)*.

Текст сонета Цветаевой неизвестен. Вот как описывает цветаевское выступление и содержание прочитанного ею ст-ния Н.А. Еленев: «...он <Таиров> объявил, что Марина Цветаева произнесет в честь Петипа "экспромт". Шум утих. Заняв свое место возле Петипа, Таиров прочеканил: "Марина Ивановна, мы вас слушаем!" Эхо черного, темного зала повторило: "Мы вас слушаем..." <...>

Весело, задорно поднялась из-за стола Цветаева. <...> Взглянув на Петипа на противоположной стороне сцены, слегка тряхнув юной "скобкой" своих пушистых волос, Марина начала произносить стихи. Ровным, слегка насмешливым голосом.

<...> Обращаясь к Петипа на "ты", бросая ему горделиво-игривый вызов женщины, она предлагала ему — рыцарю чести и шпаги — сердце и жизнь. Но сердце и жизнь — не прихоть, не блажь, не причуды. Ей нужен обет, а залогом пусть послужат его честь и шпага. Дар за дар, верность за верность, но — смерть за вероломство. Умышленно использованный Цветаевой поэтический архаизм возвращал к внешней форме эпохи Людовика XIV. Никогда, ни раньше, ни позже, я не слышал столь откровенной эротики. Но удивительно было то, что эротическая тема была студена, целомудренна, лишена какого бы то ни было соблазна или чувственности. Сонет Цветаевой был замечательным образцом поэтического мастерства и холодного разума. А едва уловимый оттенок иронии сознательно, с расчетом уничтожал его любовный смысл» *(Еленев Н.А. Кем была Марина Цветаева? // ВМЦ, 261)*.

«...*а совсем потом, к-го еще не было — Мозжухин (не терплю!) в «Le Président», в Ройяне...*» — Речь идет о посещении фильма с участием известного актера и режиссера И.И. Мозжухина (1889—1931).

«— *Линии мало...*» — Из ст-ния Цветаевой «В очи взглянула...» (19 мая 1917), вошедшего в сборник «Версты. Вып. 1» (М.: Костры, 1922). В беловой тетради под текстом помета: «Трехпрудный пер., рядом с нашим домом, гадали на заборе — 19-го мая 1917 г. NB! Линии мало — точное слово цыганки, которого я бы никогда в цыганском гадании не употребила. <...> Но Аллах — мудрее...» *(СП, 712)*.

РГАЛИ, ф. 1190, оп. 3, ед. хр.145, лл. 33-35.
Датируется по содержанию (вычислению Гронского).

С. 133. *«Такое изображение наз‹ывается› символическим в формальной логике».* — Гронский приводит изображения так называемых «кругов Эйлера», применяемых в формальной логике для выражения отношений между объемами понятий и суждений. Такие рисунки, как у Гронского, обозначают отношения подчинения. Символическими их в строгом смысле назвать нельзя, так как символическая логика предполагает не схемы, а формульную запись.

С. 134. *«...("молоточки бьют часочки")...»* — Из ст-ния М.А.Кузмина «Венеция» (цикл «Стихи об Италии», являющийся V частью сборника «Нездешние вечера» (1921)).

«...NB.: читали стихи Кузмина о Г‹еоргии› П‹обедоносце›? – Видимо, подписано с Вас...» и т.д. — Речь идет о кантате Кузмина «Святой Георгий» (1917) из сборника «Нездешние вечера» (1921) и цветаевском цикле из семи ст-ний «Георгий» (1921), включенном в сборник «Ремесло» (1923). В 1921 г. Цветаева писала Кузмину о кантате: «...перелистываю книги на прилавке. Кузмин: Нездешние вечера. Открываю: копьем в сердце: Георгий! Белый Георгий! Мой Георгий, которого пишу два месяца: житие. Ревность и радость» (п-мо не сохранилось, цитируется по черновому варианту — *СТ, 35*). В письме к Ю.П.Иваску Цветаева отмечала: «М.б. Вам интересно будет узнать, что оба Георгия — кузминский и мой — возникли одновременно и ничего друг о друге не зная. С Кузминым у меня есть перекличка...» (П-мо от 4 апр. 1933 г. // *СС-7, 381*).

«Богов нет...» — Не совсем точная цитата из «Святого Георгия». У Кузмина:

Богов нет!
Богинь нет!
(Камнем эхо — «нет!»).

«Тайная Вечеря» — знаменитая фреска Леонардо да Винчи (1495–1497, роспись в трапезной монастыря Санта-Мария делле Грацие).

Прадье (Pradier) Джеймс (Жак-Жак) (1792–1852) — французский скульптор и живописец. Примыкал к школе антикизирующего Романтизма во главе с Ж.-Л.Давидом. Ему особо удавались изображения женских фигур в античном стиле («Нимфа», «Психея», «Туалет Атланты», «Венера», «Ниссия», «Фрина», «Сафо», «Пандора» и др.).

«... "Знаешь, чья поза?" Я: "Греков", — она: "Да, Праксителя"». — Пракситель (ок. 390 до н.э. — ок. 330 до н.э.) — древнегреческий скульптор. Речь идет о позе одной из его наиболее известных статуй — Афродиты Книдской.

С. 135. «*У Верхарна лучше (правда, те немного о другом)*». — Это замечание Гронского можно отнести к ряду ст-ний Э.Верхарна, в частности, «Голова» («La Tête», сб. «Крушения» — «Les Débâcles», 1888), «Мятеж» («La Révolte», сб. «Черные факелы» — «Les Flambeaux noirs», 1891), «Восстание» («La Révolte», сб. «Города-спруты» — «Les Villes tentaculaires», 1895). Ср. у Верхарна:

>   Туда, где над площадью — нож гильотины,
>   Где рыщут мятеж и набат по домам!
>   Мечты вдруг, безумные, — там!
>   Бьют сбор барабаны былых оскорблений...
>   (*«Мятеж»; пер. В.Я.Брюсова*);

>   И встала смерть
>   В набате, расколовшем твердь;
>   Да, смерть — в мечтах, клокочущих кругом,
>   В огнях, в штыках,
>   В безумных кликах;
>   И всюду — головы, как бы цветы на пиках.
>   (*«Восстание»; пер. Г.А.Шенгели*)

Отметим, что творчество Верхарна пользовалось чрезвычайной популярностью в России начала XX века и, позднее, в русском зарубежье. К переводам его произведений обращались Брюсов, Волошин, Гумилев. Гронскому стихи бельгийского поэта могли быть известны в этих переводах или в оригинале по-французски.

74

РГАЛИ, ф. 1190, оп. 3, ед. хр. 102, лл. 31-33. СС-7, 204.

С. 135. «*Примеры: "зритель" - зр - зонтик - другое з, но каждый раз с р дает - зр, - такие вещи законны, беззаконна только случайность*». — Цветаева демонстрирует различные начертания одной и той же буквы в зависимости от сочетания с другими буквами.

С. 136. «*Я была в возрасте Франчески – 14...*» — Имеется в виду Франческа да Римини. У Данте нет никаких указаний на ее возраст, однако известно, что она была выдана замуж около 1275 г. и убита мужем, узнавшим о ее любовной связи с его младшим братом Паоло, между 1283 и 1286 г.

«*Странно, что я обычный глагол «иметь» заменила "быть"...*» — Глаголы «быть» и «иметь» приобретают у Цветаевой совершенно особый статус, выступая в роли почти всеобъемлющих мировоззренческих категорий и — абсолютных антонимов. При этом «быть» соотносится с экзистенциальным и творческим началом, истинным бытием, «иметь» — с существованием в «жизни, как она есть», «бытом». Подробнее об этом см.: *Кудрова И.В.* Что значит быть? // *Кудрова И.В.* После России: О поэзии и прозе Марины Цветаевой. М., 1997. С. 32—47; *Зубова Л.В.* Поэзия Марины Цветаевой: Лингвистический аспект. М., 1989. (Глава «Глагол быть», с. 205—240).

С. 137. «*Твоя стихотворная единица, пока, фраза, а не слово (NB! моя - слог)*». — Ср.: «Есть деления мельчайшие слов. Ими, кажется, написан "Мо́лодец"» (П-мо к Б.Пастернаку от 22 мая 1926 г. // *СС-6, 250*).

«*...чем больше растет поэт — тем больше человек, чем больше растет человек...*» — Соотношение в творце «поэта» и «человека» — частая тема цветаевских рассуждений. Характерен в этом смысле ее отзыв о Борисе Пастернаке в п-ме к Р.Ломоносовой: «И — что самое лучшее — никогда не знаешь, кто́ в нем больше: поэт или человек? Оба больше!

Редчайший случай с людьми творчества, хотя, по-моему, — законный. Таков был и Гёте — и Пушкин — и, из наших дней, Блок» (П-мо от 20 апр. 1928 // *СС-7, 313*).

«*Ne laisser pas traîner mes lettres!*» — Автоцитата из первого ст-ния цикла 1917 г. «Любви старинные туманы» (*СС-1, 243-244*).

С. 138. «*...mais il est bien permis au coeur de ne pas être heureux en faisant son devoir...*» — См. примеч. к п-му 52, где Цветаева цитирует эту фразу Р.Роллана.

75

РГАЛИ, ф. 1190, оп. 3, ед. хр.145, лл. 36-37.
Датируется по содержанию (вычислению Гронскому).

С. 138. «*Прошлый раз Вы говорили о Толстом и Тургеневе, сегодня о Толстом и Достоевском...*» — Речь идет о проходивших в Тургеневском обществе 10 сент. (см. примеч. к п-му 62) и 20 сент. 1928 г. вечерах, посвященных 100-летию со дня рождения Льва Толстого. На втором из них Волконский делал сообщение «Еще о двойственности в творчестве Л.Н.Толстого».

С. 139. «*HONNY SOIT QUI MAL Y PENSE...*» — «Позор тому, кто дурно об этом подумает» — девиз английского ордена Подвязки. Эту фразу Гронский использовал в качестве эпиграфа к своей поэме «Миноносец» (1929).

«*Любовь моя растет, как Лавр вечнозеленый...*» — Это ст-ние было опубликовано в ГСП под названием «Князю С.М.Волконскому», с прибавлением еще двух финальных строк.

«*...(кто подарил Волконского?)*». — Гронский приводит характерное цветаевское выражение: «подарить» — т.е. познакомить, подружить друг с другом близких ей людей. Любопытна в этом плане ее дневниковая запись 1921 г., также касающаяся Волконского: «Моя любовь... к Волконскому доходит до того, что знай я подходящего ему — я бы, кажется, ему его подарила» (*СТ, 25*).

76

РГАЛИ, ф. 1190, оп. 3, ед. хр.145, лл. 38-41.

Датируется по содержанию (вычислению Гронского).

С. 139. «...*Девкалион и Пирра после потопа*...» и т.д. — Девкалион и Пирра — герои древнегреческого мифа, единственные из людей, спасшиеся после всемирного потопа. На вопрос, как возродить человеческий род, оракул ответил, что им надлежит бросить через плечо кости матери. Девкалион понял, что подразумеваются камни — кости матери-Земли; камни, которые бросал он, превратились в мужчин, а те, что кидала Пирра — в женщин.

«*О том же в Голубиной книге*». — Известен так называемый стих о Голубиной книге; это один из древнейших русских духовных стихов, повествующий о происхождении и устройстве мироздания и человека. Существует он в нескольких вариантах. Гронский имеет в виду следующий эпизод:

> У нас ум-разум самого Христа,
> Наши помыслы от облац небесныих;
> У нас мир-народ от Адамия;
> Кости крепкие от камени,
> Телеса наши от сырой земли;
> Кровь-руда наша от черна моря.

(*Оксенов А.В.* Народная поэзия: Былины, песни, сказки, пословицы, духовные стихи, повести. 4-е изд., испр. и доп. СПб.: Синодальная типография, 1908. С. 306.)

С. 140. «*Сравните со словами персидского поэта (имени не помню)*...» и т.д. — Скорее всего, речь идет о классике персидской поэзии Омаре Хайяме (ок. 1048 — ок. 1123). Среди его рубаи (особая форма четверостишия) — множество ст-ний, близких по содержанию к пересказанным Гронским, напр.:

> Как много было зорь и сумерек до нас!
> Недаром небесам кружиться дан приказ.
> Будь осторожнее, ступню на землю ставя,
> Повсюду чей-нибудь прекрасный тлеет глаз.
>
> (*Пер. О.Румера*)

> Травинки, те, что у ручья, не мни.
> Из уст красавиц выросли они.
> Ступай тихонько, их касайся нежно,
> Тюльпаноликим ведь они сродни.
>
> (*Пер. Т.Спендиаровой*)

> Те гончары, что глину мнут ногами,
> Когда б хоть раз раскинули мозгами —

> Не стали б мять. Ведь глина — прах отцов.
> Нельзя же так вести себя с отцами!
>
> *(Пер. Д.Седых)*

«*Oui, mais des vers signifient si peu de chose quand on les à écrits jeune!...*»» и т.д. — Цитируется фрагмент романа Рильке «Записки Мальте Лауридса Бригге» во французском переводе.

77

РГАЛИ, ф. 1190, оп. 3, ед. хр. 102, лл. 34-35 об.

78

РГАЛИ, ф. 1190, оп. 3, ед. хр. 146, лл. 1-2.

Письмо передала Цветаевой навещавшая ее 5 октября 1928 г. Н.Н.Гронская (см. п-мо 80). Датируется по содержанию п-ма 81.

С. 145. «*Petit testament*», «*Grand testament*» — поэмы Франсуа Вийона (1431?1432? — ?) «Малое Завещание» (1456) и «Большое Завещание» (1461—1462).

«*Раненый Оливье, встретившись с Роландом, нападает на него...*» и т.д. — Гронский пересказывает эпизод знаменитого старофранцузского эпоса «Песнь о Роланде» (строфа 149, 2001—2004). Приведем диалог Роланда и Оливье в наиболее близком к оригиналу переводе Б.И.Ярхо:

> «Ведь я Роланд, что так тебя любил.
> <Ты мне еще вражды не объявил».>
> Рек Оливьер: «Я слышу, побратим,
> Не вижу вас, пусть вас Господь узрит».

79

РГАЛИ, ф. 1190, оп. 3, ед. хр. 103, лл. 1-1 об. СС-7, 205.

С. 146. «*Лежу второй день, жар был и сплыл, но нога (прививка) деревянная, а когда не деревянная, то болит*». — Речь идет о лечении преследовавшего Цветаеву в течение 1928 г. фурункулеза. 3 янв. 1928 г. она жаловалась А.Тесковой: «...нарыв за нарывом, живого места нет, взрезывания, компрессы, — словом уж три недели мучаюсь. Причина 1) трупный яд, которым заражена вся Франция, 2) худосочие. Есть впрыскивание, излечивающее раз и навсегда, но 40-градусный жар и лежать 10 дней. Не по возможностям. М.б., когда-нибудь...» (*СС-6, 364*)

*Товстолес*Григорий Николаевич (1887—1957) — коммерсант, после революции — в эмиграции, один из видных масонов русского Парижа (с 1925 г.; с 1945 г. — член Русского особого совета 33 степени), участник евразийского движения. По характеристике П.Н.Савицкого, «один из первых евразийцев — еще в Константинополе в 1920 г.» (К истории евразийства. 1922—1924 г. / Публ. Е.Кривошеевой // *Российский архив*. М.: Студия «Тритэ»: Российский архив, 1994. Вып. 5. С. 501). В 1926 г. секретарь Евразийского семинара в Париже. В конце 1940-х гг. возвратился в Россию. Был репрессирован.

«Оказывается, мы оба под знаком Сатурна...» — Скорее всего, что оба родились в субботу, так как суббота — это день Сатурна.

80

РГАЛИ, ф. 1190, оп. 3, ед. хр. 103, л. 2. СС-7, 205.

Записка Цветаевой, переданная Николаю Гронскому его матерью.

81

РГАЛИ, ф. 1190, оп. 3, ед. хр. 103, лл. 3-7 об.

С. 147. «...*смеетесь тихо, внутри себя, как куперовский Следопыт*». — Речь идет о главном герое цикла из пяти романов Ф.Купера Натти (Натаниэле) Бампо. В романе «Следопыт» (1840) многократно упоминается его веселый, но беззвучный смех (см., напр.: Купер Ф. Следопыт. Пб.; М.; Берлин: Гржебин, 1923).

С. 148. *Дед Лорда Фаунтельроя*. — Лорд Доринкорт, герой книги Ф.Э.Бёрнет (1849—1924) «Маленький лорд Фаунтлерой» (1886); страдал подагрой, поэтому передвигался с трудом.

"И яд не берет", - вроде Распутина». — Распутин (наст. фам. Новых) Григорий Ефимович (1864 или 1865, по другим сведениям 1872—1916), крестьянин Тобольской губернии, прославился как целитель и предсказатель, имел большое влияние на царскую семью, особенно на императрицу Александру Федоровну. Убит группой лиц, близких ко двору и считавших, что таким образом они спасают монархию. Согласно воспоминаниям (сейчас считающихся не вполне достоверными) Ф.Юсупова и В.Пуришкевича, принимавших участие в убийстве, он выпил несколько рюмок приготовленного ими отравленного вина и съел несколько пирожных с цианистым калием, что, к изумлению убийц, никак на него не подействовало; тогда они были вынуждены стрелять в него (см.: *Юсупов Ф.Ф*. Конец Распутина: Воспоминания. Париж: Б.и., 1927; *Пуришкевич В.М*. Дневник. Как я убил

Распутина. Рига: National reklama, 1924). История убийства «со слов свидетелей» пересказана также в книге *М.Палеолога* «Распутин: Воспоминания» (М.: Девятое января, 1923).

Георгий Николаевич — Г.Н.Слободзинский.

«...имянины С.Я.» — 25 сентября (8 октября нов. ст.) празднуется память св. преподобного Сергия Радонежского. День рождения Сергея Эфрона — 29 сентября (12 октября), отмечался вместе с днем рождения Цветаевой — 26 сентября (9 октября).

«Посылаю тебе Stello, читай не пропуская ни строчки...» и т.д. — «Stello, или Синие демоны» — роман Альфреда де Виньи (1832), задумывавшийся как первая часть неосуществленного цикла «Консультации Черного доктора». Беседы поэта Стелло и скептика Черного доктора являются обрамлением для трех новелл, рассказанных доктором в поучение Стелло. Новеллы посвящены трагической судьбе трех поэтов — Никола Жозефа Жильбера (1750—1780), Томаса Чаттертона (1752—1770) и Андре Шенье (1762—1794). Главный пафос романа — мысль о том, что поэт — изгой в любом обществе, которое ненавидит, преследует и в конце концов губит его, был чрезвычайно близок Цветаевой.

«Калевала» — карело-финский национальный эпос.

«Прочти и крохотную биографию, — та́к нужно писать». — По-видимому, в издании, посланном Цветаевой Гронскому, была помещена биография А. де Виньи.

С. 149. *«Читаю Чортов мост. До чего мелко!»* и т.д. — «Чертов мост», роман М.Алданова, входящий в тетралогию «Мыслитель» (1921—1927) и охватывающий период с 1796 по 1799 г. (отрывки: *СЗ*. 1924. № 21; 1925. № 23, 25; отд. изд. — Берлин: Слово, 1925). В романе освещаются наиболее значительные события русской и европейской истории (в центре сюжета — переход Суворова через Альпы), среди его героев — Екатерина II, Павел I, Безбородко, адмирал Нельсон, лорд и леди Гамильтон и другие выдающиеся политические деятели. Проза Алданова пользовалась в эмиграции исключительным успехом. Скептически-иронический взгляд писателя на историю и человеческую природу как таковую безусловно должен был вызвать резкое неприятие Цветаевой.

«Поделом ему - орден 5ой степени от сербского Александра!» — Александр I Карагеоргиевич (1888—1934) — король Югославии (1928—1934; 1921—1928 — Королевства сербов, хорватов и словенцев). Получил образование в России, был связан с царским домом Романовых родственными узами. Покровительствовал русским эмигрантам. Речь идет о награждении ряда литераторов русского зарубежья сербским орденом св. Саввы на Первом (оказавшемся и единственным) съезде русских писателей и журналистов за рубежом (Белград, 25—30 сент. 1928 г.). Участников съезда принимал король Александр. О том, что орден был получен Алдановым, не присутствовавшим в Белграде, Цветаева пишет ошибочно. Если бы Алданов принял участие в съезде, он, соответственно своему весу и значению

в литературном мире, мог бы претендовать на орден св. Саввы первой (его получили В.И.Немирович-Данченко и Д.С.Мержковский) или второй (вручен А.И.Куприну, Б.К.Зайцеву, Е.Н.Чирикову, З.Н.Гиппиус и Е.В.Спекторскому), но никак не пятой степени (награждены Н.М.Волковыский и Е.В.Жуков).

«Как Stello? Под всем сказанным о франц. (и в с я к о й!) Рев<олюции> подписываюсь обеими руками». — Подразумевается следующий монолог Черного доктора: «В самом деле, революция — штука, весьма удобная для посредственности. Время, когда рев заглушает ясный голос разума, рост ценится больше величия характера, болтовня с уличной тумбы затмевает красноречие с трибуны, а брань бульварных листков на миг заставляет забыть непреходящую мудрость книг; когда публичный скандал разом приносит известность и славу, пусть даже маленькую; когда столетние честолюбцы дурачат безусых школяров, притворяясь, будто прислушиваются к их поучениям, а мальчишки встают на цыпочки и читают наставления мужам; когда великие имена без разбора запихиваются в мусорный мешок популярности и рука памфлетиста, встряхнув его, вытаскивает их наугад, как выигрышные номера в лотерее; когда старинные родовые пороки становятся чем-то вроде отличий и многие признанные таланты хвастаются ими, как драгоценным наследством; когда брызги крови на лбу венчают его ореолом, — это, честное слово, недурное времечко!

Кто, скажите на милость, запретит теперь отщипнуть ягоду посочней от грозди политической власти, плода, сулящего якобы славу и богатство? Кто помешает ничтожной клике сделаться клубом, клубу — народным собранием, народному собранию — комициями, комициям — сенатом? А какой сенат не хочет править? Но разве он может править, если им не правит один человек? Осмелиться — какое прекрасное слово! — вот и все, что нужно. Неужели все? Да, все. Это доказали те, кто так и поступил. Ну, пустые головы, возгласите: "Смелость!" — и бросайтесь в погоню за властью... Это уже делается» и т.д. (*Виньи А. де.* Избранное / Пер. с фр. Ю.Б.Корнева. М.: Искусство, 1987. С. 336-337).

«М.б. пришлю Вам обе книжки (Джима и Чортов мост)... ...Дружочек, пишу Вам после 2ой прививки (7ое) от которой чуть было не отправилась на тот свет» и т.д. — Ср. п-мо к С.Н.Адрониковой-Гальперн от 9 октября 1928 г. *(СС-7, 118-119)*; п-мо к В.Н.Буниной от 28 апр. 1934 г. *(СС-7, 269).*

С. 150. *Алексинская* Надежда Ивановна (1897—1929) — врач; дочь и ассистентка известного хирурга И.П.Алексинского. В эмиграции с 1920 г. Подруга еще по России А.З.Туржанской, знакомая Эфрона и Цветаевой.

Лелик — Олег Вячеславович Туржанский (1916—1980), сын А.З.Туржанской и Вячеслава (псевдоним — Виктор) Константиновича Туржанского (1891—1976), знаменитого кинорежиссера, одного из создателей немого кино в России, затем — классика французского немого кино. Брак А.З. и В.К.Туржанских распался еще до эмиграции. По свидетельству Н.А.Еленева, в Мёдоне Туржанские жили в пяти минутах ходьбы от Цветаевой (*ВМЦ, 273*).

Радзевич (правильно — Родзевич, но Цветаева намеренно писала его фамилию через «а») Константин Болеславович (1895–1988) — герой цветаевских «Поэмы Горы» и «Поэмы Конца». После его переезда в Париж в 1926 г. Цветаева и Сергей Эфрон продолжали близко общаться с ним и его женой. Участник евразийского движения, соратник Эфрона по изданию газеты «Евразия».

82

РГАЛИ, ф. 1190, оп. 3, ед. хр.146, л. 3.

Без конверта. Напечатано на машинке, обращение и некоторые слова и фразы вставлены чернилами.

Датируется по содержанию данного п-ма и ответного п-ма Цветаевой.

С. 151. «*Отпер дверь я. — Два синих крыла...*» — С посвящением Цветаевой — в ГСП, с мелкими разночтениями в пунктуации. В 1934 г. Цветаева вспоминала: «...всю нашу дружбу ходила в темно-синем плаще: крылатом и безруком. А тогда — никакой моды не было, и никто не ходил, я одна ходила — и меня на рынке еще принимали за сестру милосердия. А он постоянно снимал меня в нем. И страшно его любил» (П-мо к А.А.Тесковой от 23 февр. 1935 г. // *СС-6, 422*).

83

РГАЛИ, ф. 1190, оп. 3, ед. хр. 103, лл. 8-10 об.

Черновой вариант п-ма см. СТ, 462-463.

С. 151. «*Кстати, мой прадед с материнской стороны – Данило, серб*». — Подразумевается отец Александра Даниловича Мейна (1836–1899), деда Цветаевой по матери.

С. 152. «*Метаморфозы*» («*Превращения*») — поэма Овидия, охватывающая едва ли не весь свод античной мифологии.

«*Кстати, надеюсь достать из Праги мои "Юношеские стихи" (1913 г. – 1916 г.) — нигде ненапечатанные, целая залежь*» и т.д. — Речь идет о третьей, неизданной поэтической книге Цветаевой «Юношеские стихи», в которую вошли 69 ст-ний 1913–1915 гг. и поэма «Чародей» (1913). Книга была подготовлена к печати зимой 1919–1920 гг. При отъезде Цветаевой из Чехии во Францию в 1925 г. рукопись сборника осталась у одного из редакторов пражской «Воли России» М.Л.Слонима. В п-ме от 18 ноября 1928 г. Цветаева просит А.А.Тескову забрать «Юношеские стихи» у Слонима *(СС-6, 371)*, 29 ноября благодарит ее за присланную рукопись *(СС-6, 372)*. Однако в ПН стихи напечатаны не были, так как после опубликования в первом номере «Евразии» (24 ноября 1928 г.) цветаевского приветствия Маяковскому, воспринятого эмигрантскими кругами как политическое просоветское выступление, ПН прекратили сотрудничество с Цветаевой вплоть до 1933 г.

«Ход коня» — сборник статей В.Б.Шкловского (М.; Берлин: Геликон, 1923).

84

Оригинал п-ма был передан А.С.Эфрон в московский Музей В.Маяковского, где и хранится. Впервые: Вопросы литературы. 1987. № 12. С. 268 (публикация М.Соловьевой).

«...*За женой Радзевича*...» — См. примеч. к п-му 98.

85

РГАЛИ, ф. 1190, оп. 3, ед. хр. 104, л 1. СС-7, 206.
Секретка.

С. 153. *Гриневич* (урожд. Романовская) Вера Степановна (? — не позднее 1939) — давняя знакомая Цветаевой; дочь коменданта Судакской крепости, племянница Е.П.Блаватской. О других «госпожах Гриневич» мы сведениями не располагаем. В собрании некрологов русского зарубежья «Незабытые могилы» (М., 1999. Т. 2.) упомянуты Гриневич Елена Глебовна (?–1944) и Гриневич (урожд. Массен) Ирина (1894–1981).

86

РГАЛИ, ф. 1190, оп. 3, ед. хр. 106, л. 11. СС-7, 206.
Записка без конверта, по-видимому, переданная Гронскому через кого-либо или занесенная лично.
Датируется по содержанию предыдущего п-ма (и в том и в другом речь идет о воскресном визите к В.С.Гриневич).

87

РГАЛИ, ф. 1190, оп. 3, ед. хр. 106, л. 27. СС-7, 206-207.
Записка без конверта.
Датируется по содержанию.

С. 154. «*Можете ли Вы завтра утром проехать со мной в чешское консульство...*» и т.д. — Цветаева была обеспокоена задержкой «иждивения» — ежемесячного денежного пособия, выдававшегося эмигрантам — деятелям культуры чешским правительством Томаша Масарика в рамках так называемой «русской акции». 9 янв. 1929 г. Цветаева писала Анне Тесковой, прося похлопотать за нее перед З.И.Завазалом, занимавшемся в министерстве иностранных дел ЧСР вопросами материальной помощи русским писателям: «Я в большой тревоге: чешское иждивение (500 кр<он>), приходившее ровно 1-го числа, до сих пор не пришло. <...> Ради Бога, узнайте в чем дело: недоразумение или — вообще — конец? <...> Что мне нужно делать? Без чешского иждивения я пропала» // *СС-6, 374*) Во Франции акцию курировало генеральное консульство ЧСР, находившееся в Париже по адресу 11 bis, avenue Klber. По-видимому, проблема была разрешена достаточно быстро, так как в следующем цветаевском п-ме Тесковой (22 янв. 1929 г.) о ней уже не упоминается. Цветаева продолжала получать пособие до конца 1931 г.

«— *Перевожу сейчас письма Р.*» — Цветаевский перевод нескольких п-м Рильке (четыре п-ма к «молодому поэту» Францу Ксаверу Каппусу, п-мо к «другу», представляющее собой контаминацию отрывков из п-м Рильке к Баладине Клоссовской) и одного п-ма «Неизвестной» появился в журнале «Воля России» (1929. № 2) под названием «Из писем Райнер-Мариа Рильке».

«*Не поедете ли со мной в пятницу на Miss Cavel...*» — Miss Cavell — главная героиня фильма английского режиссера Герберта Уилкокса (Wilcox, 1892—1977) «На заре» («Dawn»; 1928), сестра милосердия во время I Мировой войны, казненная немцами. Эта картина, получившая международную известность, в эмигрантской прессе именовалась обычно просто «фильмом о мисс Кавелль».

88

РГАЛИ, ф. 1190, оп. 3, ед. хр. 106, л. 28.
Записка без конверта.
Датируется по содержанию.

С. 154. «*Приходите завтра утром ни свет ни заря по делу выступления Волконского...*» и т.д. — Речь идет о предполагаемом цветаевском вечере, который состоялся 25 мая 1929 г. в зале Вано (Salle Vaneau — 34, rue Vaneau). В программе значилось чтение Цветаевой стихов из «Царь-Девицы», «Молодца», сборника «После России», отрывков из новой поэмы «Перекоп». Волконский читал свой рассказ «Репетиция и представление». Первоначально планировалось участие в вечере также Д.П.Святополк-Мирского. Святополк-Мирский (Мирский) Дмитрий Петрович, князь (1890—1939) — литературный критик, чрезвычайно высоко ценивший творчество Цветаевой, историк литературы, публицист, поэт, переводчик; с 1921 г. года — в Англии, где преподавал русскую литературу в Лондонском университете; один из теоретиков евразийства, соредактор журнала «Версты», член редколлегии газеты «Евразия»; в 1931 г. вступил в коммунистическую партию Англии, в 1932 г. вернулся в СССР, в 1937 г. был репрессирован. Обеспокоенность Цветаевой реакцией Волконского на предложение выступать на одном вечере с Мирским, по-видимому, объясняется откровенно просоветской позицией последнего, неприемлемой для многих представителей эмиграции, придерживавшихся более умеренных взглядов. Это признавал и сам Святополк-Мирский в своем п-ме С.Я.Эфрону от 19 мая 1929 г.: «На вечере М.И. выступать считаю большой честью, но боюсь, что... мое участие многих оттолкнет» (Smith G.S. The Letters of D.S.Mirsky to P.P.Suvchinsky, 1922—31. Birmingham: [Birmingham University], 1995. (Birmingham Slavonic Monographs; N 26. P. 217). Однако по той же причине двусмысленный характер приобретало участие Мирского в вечере, на котором должны были прозвучать стихи «белогвардейского» «Перекопа»: «...я не могу отказать Марине, — писал он П.П.Сувчинскому 20 мая 1929 г., — и думаю, что политически этим себя не скомпрометирую» (Ibid. P.126). В конце концов, вероятно по совету Сувчинского, Мирский все же принял решение на вечере не присутствовать.

89

РГАЛИ, ф. 1190, оп. 3, ед. хр. 106, л. 23. СС-7, 207.

Записка без конверта.
Датируется по содержанию.

90

РГАЛИ, ф. 1190, оп. 3, ед. хр. 106, л. 29. СС-7, 207.

Записка без конверта.
Датируется по содержанию.

91

РГАЛИ, ф. 1190, оп. 3, ед. хр.146, лл. 4-6.

Написано на трех открытках с видами Дофине (Юго-Восточная Франция) — I: «Dauphiné. — Bourg-d'Oisans. La Rive et la Montagne des Villards. E.R.» ; II: «Dauphiné. — Bourg-d'Oisans. — Vue général et le Signal de Pregentil (1944 m.) E.R.»; III. «Dauphiné. — Bourg-d'Oisans. — Vue général et la Chaîne de Belledonne. E.R.».

С. 155. «*25 пройденных километров, 5 осмотренных деревень, почти бочонок выпитого пива и: ничего подходящего*». — Лето 1929 г. Гронский проводил в деревне Аллемон (в совр. транскрипции — Альмон, Allemont, деп. Изер), в Дофинейских Альпах. Цветаева просила его приискать в окрестностях жилище для нее и ее семьи.

С. 156. *Деникин* Антон Иванович (1872—1947) — военачальник, историк, мемуарист. Генерал-лейтенант. Главнокомандующий Добровольческой армией, затем — Вооруженными силами Юга России. В эмиграции с 1920 г., во Франции с 1925 г. В 1945 г. выехал в США. Автор пятитомного труда «Очерки Русской Смуты», неоконченных воспоминаний «Путь русского офицера», сборника рассказов «Офицеры» и др.

П.П.Гронский был знаком с Деникиным со времен Гражданской войны. В 1919 г. он исполнял обязанности товарища министра внутренних дел в правительстве Деникина, тогда же был назначен руководителем «Особой Комиссии», созданной Деникиным для установления дружественных отношений с США.

Семьи Деникиных и Гронских (Николай, его сестра и племянница) отдыхали в Аллемоне, где со временем образовалась летняя «русская колония», также в 1934 г.

92

РГАЛИ, ф. 1190, оп. 3, ед. хр. 104, л. 6. СС-7, 208.

Секретка.

С. 157. «*М.б. отправлю Алю нá две недели нá море (в Бретань) гостить к знакомым, а сама осенью на столько же в Прагу — давняя мечта*». — Во второй половине августа — первой половине сентября 1929 г. Аля ездила в Бретань, в приморский городок Роскоф (Roscoff), с семьей Лебедевых. Планировавшаяся поездка Цветаевой в Прагу (см. п-ма к А.Тесковой лета — осени 1929 г. — *СС-6, 379-384*), не состоялась.

93

РГАЛИ, ф. 1190, оп. 3, ед. хр.146, лл. 11-13.

С. 157. «...*последние комнаты были уже задержаны Деникиным, как раз в день моего приезда*». — Ср. п-ма А.И.Деникина одному из его ближайших друзей А.П.Колтышеву (Письма генерала А.И.Деникина. Часть I (1922—1934) // Грани. Frankfurt /Main. 1983. № 128. № 31-133). Деникин, настойчиво приглашавший Колтышева присоединиться к нему и его семье в Аллемоне, вынужден был отменить свое приглашение из-за невозможности найти жилье.

С. 158. *Аллоброги* — кельтское племя, жившее между Роной и Изерой, в северной части Дофине и Савойи до Женевского озера. Подчинены римлянами в 121 г., окончательно вошли в состав Римской империи при Юлии Цезаре.

Oz, Huez — деревни в департаменте Изер, неподалеку от Аллемона.

Pic de Belledonne (пик Бельдон) является высочайшей точкой (2978 м.) одноименного горного хребта в Дофинейских Альпах.

Romanche, Sonnant — реки в Дофинейских Альпах.

«...*лилии пламенного цвета, с запахом мощей святых (мысленно называю по запаху: essence baudelairienne)...*» — По-видимому, по ассоциации с сборником Шарля Бодлера «Цветы зла» («Les Fleurs du Mal»), для которого характерна тема распада и разложения — как в метафорическом, так и в прямом смысле (см., в первую очередь, ст-ния «Падаль» — «Une Charogne» и «Полночные терзания» — «L'Examen de Minuit»).

С. 159. «...*пришли материалы, касающиеся человека, о котором, как я говорил Вам, я пишу поэму*». — Вероятно, речь идет о герое поэмы Гронского «Авиатор».

...«*но (или ну?) как не порадеть родному человечку*»... — «Ну как не порадеть родному человечку!» — слова Фамусова из комедии А.С.Грибоедова «Горе от ума» (д. 2, явл. 5).

Вера Степановна — В.С.Гриневич.

94

РГАЛИ, ф. 1190, оп. 3, ед. хр. 104, лл. 7-8 об. СС-7, 208-209.

С. 160. *С<ен->Мишель* — St.Michel-de-Maurienne, местечко в Савойе, куда Цветаева планировала выехать на отдых.

«...*русский полковник рабочий...*» — Георгий Романович Гаганидзе, знакомый С.Я.Эфрона. См. также примеч. к следующему п-му.

95

РГАЛИ, ф. 1190, оп. 3, ед. хр. 104, лл. 9-10 об.; 13-13 об. СС-7, 209-210.

Датируется по почтовому штемпелю (13 июля 1929) и содержанию («пятница»).

С. 162. «...*нет ли в е д ь м - о, не киевских! — б ы т о в ы х...*» — Ср.: «Ведь у нас в Киеве все бабы, которые сидят на базаре — все ведьмы» (*Гоголь Н.В.* Вий // Полн. собр. соч. М.: Изд-во АН СССР, 1977. Т. 2. С. 218).

«*Посылаю Вам его письмо — вчитайтесь*». — Приводим текст п-ма Г.Р.Гаганидзе, пересланного Цветаевой Гронскому:
St. Michel-de-Maurienne (Savoie)
Usine de la Saussay
G.Gaganidzé
30 июня 1929 г.
Глубокоуважаемая Марина Ивановна!
Вот только теперь я собрался Вам ответить на те вопросы, которые Вы поставили мне. Конечно, Вы вправе и сердиться и быть недовольной таким с моей стороны невниманием, затянуть так ответ, на такие, казалось, пустяки, как кровати и пр., так и мне казалось, но, уверяю Вас, что вот эти самые кровати и оказались камнями преткновения. Оказывается, здесь достать кровати внаем нигде нельзя. Я обошел все магазины наши и опросил всех, кого можно и должно. Хотел подыскать в самом С.-Мишеле мебелированную квартиру, и такой в данное время нет, все пустые. Теперь несколько слов в общем на все другие вопросы хозяйственные. Все жители окрестностей, разбросанные по горам, спускаются в С.-Мишель за покупками, т.е. главным образом за хлебом, если где и есть торговля, обыкновенно где кафе, то, вероятно, мелочь можно доставать в виде папирос (что Вас так пугало). И вот принимая во внимание все Ваши желания, т.е. работать и вести хозяйство, которое не отнимало бы много времени, я Вам ручаюсь, что это не так страшно, я же думаю, что Вы могли бы в два дня потратить 1 час, чтобы купить необходимое, и затем спокойно сидеть и работать, и вообще не думать уже за это время о мелочах. Возвращаюсь теперь опять к домикам. Тот, который я Вам предлагал за 60 фр., я отставляю, хотя он и дешев и, как говорится, под самым носом у города, но он действительно изолирован и неблагоустроен, пустой. А вот другой, немного выше, более бы подходил, ибо здесь уже группа домов (10—12), два кафе, одним словом, там Вы не будете одна среди леса. Хозяин даже сказал, что он 1 кровать даст и стол за плату, в нем 3 комнаты — 2 наверху и одна внизу — 80 фр. в месяц. Одну еще кровать, вероятно, могу достать я и, таким образом, можно как-нибудь все это и наладить. Одна здешняя семья согласна дать стол. Перевезти все можно: найти здесь автомобиль или повозку.

При таких условиях Вам нужно было бы брать с собой: необходимую посуду для готовки и еды, постельное белье, если возможно, один-два тюфяка. В городе есть у нас отель, недорогой, поэтому, если бы Вы приехали и остановились в нем на несколько дней, могли бы лично осмотреться и выбрать и место, и то, что Вам лично понравится. Может, и в самом городе за это время что-либо откроется подходящее, я все время слежу. Если Вы решаетесь на дом, то прошу: за несколько дней (2—3) пришлите письмо, чтобы снять и, так сказать, приготовить, если прямо в гостиницу, то телеграмму о дне приезда, я Вас встречу. Простите, что пишу плохо и несвязно, т.к. спешу послать его скорее. Привет Сергею Яковлевичу.

Искренне расположенный и уважающий Вас Геор. (Романович) Гаганидзе.

96

РГАЛИ, ф. 1190, оп. 3, ед. хр. 104, л. 14.

97

РГАЛИ, ф. 1190, оп. 3, ед. хр. 146, л. 8.

Почтовая карточка. Датируется по содержанию: днем получения телеграммы Цветаевой. Однако вторая часть п-ма явно написана позже («А сегодня прошло уже не знаю сколько времени со дня прихода Вашей телеграммы...»)

98

РГАЛИ, ф. 1190, оп. 3, ед. хр. 104, лл. 15-16 об. СС-7, С. 211-212.

С. 164. «*...дела С.Я., не дающие ему возможности выехать — что-то случилось, случается...*» — По-видимому, речь идет о ситуации, сложившейся к весне—лету 1929 г. вокруг газеты «Евразия». В январе 1929 г. произошел раскол евразийского движения на правое и левое крыло, к которому принадлежал и С.Эфрон. (Подробнее см.: *Шевеленко И.* К истории евразийского раскола 1929 г. // Themes and variations: In Honor of Lazar Fleishman = Темы и вариации: Сб. ст. и мат. к 50-летию Лазаря Флейшмана. Stanford, 1994. (Stanford Slavic Studies; Vol. 8); *Smith G.S.* The Letters of D.S.Mirsky to P.P.Suvchinsky, 1922—31. Birmingham, 1995. (Birmingham Slavonic Monographs; № 26).) После недолгой борьбы газета осталась в ведении левой («кламарской») группировки; однако субсидии, предоставлявшиеся евразийцам сочувствовавшим им английским меценатом Г.Н.Сполдингом (не примкнувшим после раскола ни к одной из сторон), постепенно иссякли. В результате в июне «Евразия» стала выходить не еженедельно, а раз в две недели и в сентябре 1929 г. на 35-ом номере прекратила свое существование. 1 июля 1929 г. Сергей Эфрон писал сестре Елизавете: «Я переживаю смутное в материальном отношении время. Длительная база лопнула и пока что никаких перспектив. Думал было даже возвращаться в Москву. Но рассудил, что и там ничего не придумаешь» (*Семья, 342*).

«*...деньги с вечера целиком должны уйти на жизнь*». — Подразумевается цветаевский вечер 25 мая 1929 г. (см. примеч. к п-му 88).

С. 165. «*...она все о "втором Христе" (Кришнамурти)...*» — Кришнамурти Джидду (1895—1986) — индийский религиозный мыслитель и поэт, основатель «Ордена Звезды на Востоке» (отделение которого существовало и в России). Воспитывался под наблюдением руководительницы Теософского общества А.Безант и был провозглашен европейскими теософами мессией. В Париже в 1928—1930 гг. выходил журнал «Тетради Звезды» (под ред. Ирмы де Манциарли и Карло Суареса), пропагандировавший взгляды Кришнамурти. В журнале сотрудничали как французские, так и иностранные авторы, в том числе деятели русской эмиграции. Цветаева была лично знакома с Манциарли, в «Тетрадях Звезды» летом 1929 г. был напечатан французский перевод цветаевского эссе «Несколько писем Райнер-Мариа Рильке» (Rainer Maria Rilke par Marina Zvetaéeva // Cahiers de l'Etoile. 1929. N 10 (juillet-août). P. 564—573). В.С.Гриневич, племянница Е.П.Блаватской, была близка и к теософским кругам Парижа.

Шингарев Владимир Алексеевич (ок. 1895 — после 1935) — знакомый Эфрона и Цветаевой по годам пражской эмиграции.

«*— А вчера были мои имянины (17^{30})*». — 17 (30) июля празднуется день св. великомученицы Марины (Маргариты) Антиохийской.

Радзевичи — К.С.Родзевич и его жена Мария Сергеевна (урожд. Булгакова, во втором браке Сцепуржинская, 1898—1979).

«*La Prisonnière*» («Пленница», 1923) — пятый роман Марселя Пруста из цикла «В поисках утраченного времени» («À la recherche du temps perdu»). Цветаева восхищалась Прустом, назвав в 1931 г. «В поисках утраченного времени» в числе наиболее нужных и интересных ей книг *(СТ, 430)*, а в 1932 г. отозвалась о Прусте как о своем любимом писателе *(ЗК-2, 348)*.

Витте Сергей Юльевич (1849—1915) — граф, русский государственный деятель. Его двухтомные «Мемуары», вышедшие в берлинском издательстве «Слово» в 1922 г., в течение ближайших лет выдержали несколько переизданий.

«*...бракосочетание Максима Ковалевского с Ириной Кедровой...*» — Ковалевский Максим Евграфович (1903—1988) — математик, композитор, впоследствии — председатель Русского музыкального общества в Париже. Знакомый Цветаевой, Эфрона и семьи Гронских. Кедрова Ирина Николаевна (1903—1989) — дочь композитора Н.Н.Кедрова, основателя знаменитого квартета его имени, актриса, исполнительница старинных французских песен и танцев. Их свадьба состоялась 30 июня 1929 г.; на нем присутствовал в качестве почетного гостя кн. С.М.Волконский, «*...друг и литературный покровитель семьи Кедровых...*» *(Лосский Б.Н.* В русском Париже (1927—1935) // Минувшее: Ист. альманах. М.; СПб.: Atheneum: Феникс, 1997. Т. 21. С. 21).

Сосинский Владимир (наст. имя и фамилия — Сосинский-Семихат Бронислав Брониславович, 1900—1987), литератор и журналист, друг Цветаевой, с которой познакомился через семью Черновых. Автор воспоминаний о Цветаевой *(ВМЦ, 369—377)*. Чернова (урожд. Федорова, в замуж. Сосинская) Ариадна Викторовна (наст. отчество — Митрофановна, 1908—1974) — младшая дочь О.Е.Колбасиной-

Черновой; с ними обеими Цветаева подружилась в Чехии; первые полгода после своего переезда в Париж Цветаева с семьей жили в квартире Черновых.

«*«близнец» — остался-л а с ъ!*)» — Речь идет об одной из старших дочерей-близнецов О.Е.Колбасиной-Черновой — Наталье Викторовне (наст. отчество — Митрофановна) Черновой (урожд. Федоровой, 1903—1992). Ее сестра Ольга к этому времени уже была замужем за Вадимом Андреевым, Наталья же вскоре стала женой Даниила Резникова.

С. 166. *Шарнопольский* (правильно — Шарнипольский) Соломон Петрович (1901—1929) — художник и поэт. Его единственная книга — «Стихотворения» вышла посмертно (Париж, 1930).

Ильин Владимир Николаевич (1891—1974) — философ, богослов, литературный критик, публицист, композитор, музыковед; в эмиграции с 1919 г. Евразиец, член парижской группы. После раскола евразийского движения — противник левого («кламарского») уклона, к которому принадлежал Сергей Эфрон. Один из авторов (совместно с Н.Н.Алексеевым и П.Н.Савицким) брошюры, направленной против газеты «Евразия», издание которой осталось в руках «кламарцев»: «О газете «Евразия»: Газета «Евразия» не есть евразийский орган» (Париж, 1929). В этот тяжелый для Эфрона период Цветаева горячо поддерживает мужа (см., например, ее п-ма к С.Н.Андрониковой-Гальперн от 20 авг. 1929 г. *// СС-7, 124*; к Р.Н.Ломоносовой от 12 сент. 1929 г. *// СС-7, 314*) и резко отрицательно отзывается о его бывших соратниках, выступивших против левой группировки (см. о Н.Н.Алексееве в п-ме к А.А.Тесковой от 22 янв. 1929 г. *// СС-6, 375*).

«*...у Бердяева — у которого (знакома 16 лет!) была в первый раз*». — Бердяев Николай Александрович (1874—1948) — русский религиозный философ, публицист; был выслан из России в 1922 г., во Франции — с 1924 г.; профессор Русской религиозно-философской академии в Париже; редактор журнала «Путь». Цветаева познакомилась с ним в 1915 г. В кламарской квартире философа по воскресеньям собирались его друзья и единомышленники.

С весны 1929 г. Цветаева работала над «Поэмой о Царской Семье».

99

РГАЛИ, ф. 1190, оп. 3, ед. хр. 146, лл. 9-10.

Дата почтового штемпеля получения — 5 августа 1929.

С. 166. *Деникина* (урожд. Чиж) Ксения Владимировна (1892—1973) — жена А.И.Деникина. В 1945 г. вместе с мужем переехала из Франции в США. Работала в Колумбийском университете в Нью-Йорке, сотрудничала в русских газетах и журналах. Последние годы провела во Франции у дочери.

С. 167. *Дочь А.И.Деникина* — Марина Антоновна Деникина-Грей (в замуж. Кьяпп, р. 1919), журналистка, писательница, историк.

«ОПРЕД. IV. Под АТРИБУТОМ я разумею то...» и т.д. — Точная цитата из первой части («О Боге», раздел «Определения») «Этики...» Б.Спинозы в переводе под редакцией В.И.Модестова, выдержавшего до революции несколько переизданий (см., например: *Спиноза Б*. Этика, изложенная геометрическим методом и разделенная на пять частей, в коих рассуждается: I. О Боге. II. О природе и начале души. III. О начале и природе аффектов. IV. О рабстве человеческом или о силе аффектов. V. О власти разума или о человеческой свободе / Пер. с лат. под ред. проф. В.И.Модестова. 2-е изд. СПб.: Изд. Л.Ф.Пантелеева, 1892.).

С. 168. *«(Виньи о горах: "trène des quatre saisons".)»* — Не совсем точная цитата из поэмы А. де Виньи «Рог» («La Cor», 1818). У Виньи: «Monts gelés et fleurs, trône des deux saisons...»

«...я в Ольгин день родился...» — День рождения Николая Гронского — 24 июля. В этот день (11 июля ст. ст.) православная церковь празднует память св. равноапостольной кн. Ольги.

100

РГАЛИ, ф. 1190, оп. 3, ед. хр. 104, лл. 17-18.

С. 169. *«Аля уехала в Бретань, в старинный городок, где Мария Стюарт ждала жениха-дофина».* — Аля ездила в приморский городок Роскоф, который легенда связывает с именем Марии Стюарт. Мария Стюарт была увезена из Шотландии во Францию в шестилетнем возрасте в качестве невесты дофина, будущего короля Франциска II. Роскоф был первой на французской территории остановкой эскадры, сопровождавшей юную королеву. Согласно преданию, Мария Стюарт высадилась в Роскофе и позже в память об этом событии заложила там часовню, существующую и поныне, однако никакими фактическими данными это не подтверждается. Цветаева допускает ошибку: шотландская королева не ждала своего жениха в Бретани, а сама ехала ему навстречу через всю страну, впервые они увиделись только в Сен-Жермене.

О своем пребывании в Роскофе А.С.Эфрон вспоминала в п-ме к Б.Пастернаку от 17 авг. 1955 г. (*Эфрон А*. О Марине Цветаевой. М., 1989. С. 447—448).

«С.Я. в Бельгии...» — По-видимому, целью поездки Эфрона были контакты с брюссельской группой евразийцев, во главе которой стоял И.В.Степанов. В п-мах С.Н.Андрониковой-Гальперн от 20 авг. 1929 г. (*СС-7, 124*) и А.А.Тесковой от 6 сент. 1929 г. (*СС-6, 381*) Цветаева упоминает о том, что Эфрон ездил в Бельгию «по евразийским делам».

«Душу отдаст за други своя́» — «Нет больше той любви, как если кто положит душу свою за друзей своих» (Ин 15:13).

Примечания

«*Просто — не успеваю писать, всё важнее, чем мои стихи (не мне, — жизни!)*» — Ср., например: «Презираю себя за то, что по первому зову (1001 в день!) быта (NB! быт — твоя задолженность другим) — срываюсь с тетрадки, и НИКОГДА обратно. Во мне — протестантский долг...» (П-мо к Б.Л.Пастернаку от 14<19?> июля 1925 г. // *СС-6, 247-248*).

С. 170. «*...Всё же промчится скорей ш т о п к о й обманутый день... (В подлиннике — ПЕСНЕЙ. Стих, кажется, Овидия)*». — В оригинале — «Все же промчится скорей песней обманутый день»; этот стих из автобиографической X элегии Овидия (IV книга «Скорбных элегий») в переводе Ф.Ф.Зелинского Цветаева неоднократно цитировала в п-мах. По-видимому, строка эта была знакома Цветаевой по сборнику ее подруги, поэта С.Я.Парнок («Стихотворения», 1916), где она используется в качестве эпиграфа к 4-му разделу, а также завершает ст-ние «Если узнаешь, что ты другом упрямым отринут...» (1912).

101

РГАЛИ, ф. 1190, оп. 3, ед. хр. 146, лл. 14-15.

С. 170. «*Не сердитесь за эту приписку...*» — Начало п-ма утрачено.

«*Это некто сохранил Ваши 10 талантов и возвращает уже 20*». — Гронский обращается к евангельской притче о трех рабах, двое из которых приумножили доверенные им господином таланты (талант — вес серебра), а один зарыл свой талант в землю (Мф 25: 14-30).

102

РГАЛИ, ф. 1190, оп. 3, ед. хр. 104, лл. 19-20 об. СС-7, 212-213.

С. 171. «*...очень болен С.Я. На почве крайнего истощения — возобновление старого легочного процесса*». — Сергей Эфрон с юности страдал легочным туберкулезом. О его болезни см. также п-мо к А.А.Тесковой конца 1929 г. (*СС-6, 385*).

«*Все врачи в один голос — воздух и покой...*» — В конце декабря 1929 г. Эфрон отправился по путевке Красного Креста в пансион-санаторий Шато д'Арсин в Верхней Савойе, где провел зиму, весну, лето и часть осени 1930 г.

103

РГАЛИ, ф. 1190, оп. 3, ед. хр. 105, лл. 1-1 об. СС-7, с 213-214.

Секретка.

Датируется по почтовому штемпелю (21 марта 1930) и содержанию («четверг»).

С. 172. «*...расскажу Вам новости про свой вечер*». — Имеется в виду «Вечер романтики», который состоялся 26 апреля 1930 г. в Salle de Géographie (184, B^d St-Germain); в нем, помимо Цветаевой, приняли участие кн. Волконский, Г.Иванов, Н.Оцуп, Б.Поплавский, В.Андреев, Тэффи, Икар (Н. Барабанов).

104

РГАЛИ, ф. 1190, оп. 3, ед. хр. 106, лл. 8-8 об. СС-7, 214.

Записка без почтового адреса, с указанием имени адресата. Датируется по содержанию.

С. 172. «*Письмо от Тэффи, ждет меня завтра в среду к 11 ч., чтобы составить заметку для Возрождения*». — «Возрождение» (Париж, 1925–1940; 1925–1927 под ред. П.Б.Струве, 1927–1940 под ред. Ю.Ф.Семенова) — ежедневная (с 1936 г. — еженедельная) газета правого направления, в которой Тэффи была постоянной сотрудницей. Заметка — анонс упомянутого в предыдущем примеч. вечера. Первое объявление о вечере появилось в «Возрождении» 12 апреля, последнее — в день вечера, 26 апреля.

105

РГАЛИ, ф. 1190, оп. 3, ед. хр. 105, лл. 3-3 об. СС-7, 214.

Секретка.

Датируется по почтовому штемпелю (10 июня 1930) и содержанию («понедельник»).

С. 172. «*Нынче забыла у Вас ручку – тростниковую, маленькую, рядом с чернильницей*». — Эта бамбуковая вставочка для пера с надписью «Марина Цветаева» на колпачке была подарена Цветаевой В.Ф.Булгакову в 1937 г. для организованного им в Чехии Русского культурно-исторического музея. Позже Булгаков передал ручку дочери поэта, в свою очередь, в 1974 г. отдавшей ее в РГАЛИ (ф.1190).

«*Поезд в 10 ч. 50 мин.*» — Цветаева с сыном (позже к ним присоединилась Аля) уезжали на лето в Верхнюю Савойю, где жили на снятой ферме, в трех километрах от пансиона, в котором отдыхал Сергей Эфрон.

106

РГАЛИ, ф. 1190, оп. 3, ед. хр. 105, л. 4. СС-7, 215.

Почтовая карточка.

С. 173. С<ен->Лоран (St. Laurent) — поселок, на окраине которого жили Цветаева с Муром.

Примечания

St. Pierre-de Rumilly (Сен Пьер-де-Рюмийи) — городок в Верхней Савойе.

Русский пансион в замке Château d'Arcine принадлежал семье Штранге.

«*Завтра у Вас экз., ни пуху ни пера!*» — Николай Гронский в 1927 г. поступил на юридический факультет Парижского университета; получив диплом бакалавра, поступил затем на филолологический факультет, который окончил в 1932 г.

107

РГАЛИ, ф. 1190, оп. 3, ед. хр. 146, лл. 16-18.

С. 174. *Свистуновы* — Борис Владимирович Свистунов (1884—1933), бывший полковник Генерального штаба, и его семья, мёдонские соседи Цветаевой.

«*На Мейерхольда, увы, не попал...*» — Гастроли Государственного театра им. Вс. Мейерхольда, в рамках европейского тура, проходили в Париже с 17 по 24 июня 1930 г., в помещении театра «Монпарнас»; в их программе было два спектакля: «Ревизор» и «Лес». Подробнее об этих гастролях см.: Picon-Vallin B. Meyerhold. Paris: CNRS, 1990. (Les voies de la création théâtrale; [T.] 17). P. 334—337; Abensour G. Le Théâtre Meyerhold à Paris en 1930 // Cahiers du Mond Russe et Sovetique. 1976. Vol. XVII (2/3). Avril-Septembre. P. 213—248).

«*Волконский писал о "Ревизоре" в газете. - Статья оскорбленного*». — Рецензия Волконского на мейерхольдовского «Ревизора» появилась в ПН 19 июня 1930 г.

«*...Але во всей несомненности ее успеха*». — Аля на отлично сдала экзамены на Луврских курсах живописи (Ecole du Louvre), где училась. Осенью 1930 она поступила в художественную школу «Arts et Publicité».

108

РГАЛИ, ф. 1190, оп. 3, ед. хр. 105, лл. 5-6 об. СС-7, 214-215.

Написано на видовой открытке: «Bonneville l'Eglise». На обороте приписка: «Это – ближайший от меня городок, бывш<ая> столица Савойи».

Датируется по содержанию («28го июня, т.е. на днях», «понедельник»).

С. 174. «*Ключ у Али, т.е. у прислуги Жанны – 18 bis, Rue Denfert-Rochereau, кв. Лебедевых*». — В июне 1930 г. Аля, задержавшаяся в Париже для сдачи экзаменов, жила у Владимира Ивановича и Маргариты Николаевны Лебедевых, близких друзей Цветаевой. Подробнее об этой семье и ее отношениях с Цветаевой см.: *Лебедев В.* Пераст /Пер. на фр. М.Цветаевой. М.: Дом-музей Марины Цветаевой, 1997.

С. 175. *«Палочку пришлю...»* — Как вспоминала А.С. Эфрон, местными ремесленниками изготовлялись палки для ходьбы по горам.

109

РГАЛИ, ф. 1190, оп. 3, ед. хр.146, лл. 19-20.

Напечатано на машинке, некоторые слова и фразы вставлены чернилами.

С. 175. *«Вот вам и недорослиха, вот вам и "не учила Марина Цветаева свою дочку"».* — Ариадна Эфрон не имела систематического образования, которое ограничилось учебой в русской гимназии в чешском городе Моравская Тшебова с сентября 1923 г. по весну 1924 г. Это возмущало многих из цветаевского окружения, несмотря на то что Аля получила блестящее домашнее воспитание. См., например, в воспоминаниях И.Л.Карсавиной: «...нашлись злые и глупые люди, которые, чтобы уколоть Марину Ивановну, спрашивали Алю при матери: "Аля, почему ты нигде не учишься?" Я помню, как напрягалось ее личико, когда она отвечала: "А зато я читала Тристана и Изольду"» (*Клементьев А., Клементьева С.* Марина Ивановна Цветаева и семья Карсавиных // Вестник Русского Христианского движения. 1992. № 165. С. 189).

«...встретил чету Черновых...» — Речь идет об одной из дочерей О.Е.Колбасиной-Черновой с мужем.

«Карсавин принял литовское подданство...» — В 1928 г. Л.П.Карсавин получил кафедру всеобщей истории в Ковненском (Каунасском) университете, где преподавал до 1940 г. На каникулы он приезжал в Париж к семье, оставающейся во Франции до 1933 г. Литовское подданство было им принято в 1930 г.

Старшая дочь Л.П.Карсавина — Карсавина Ирина Львовна (1906–1981? 1984?). После отъезда в 1933 г. семьи в Литву, где Л.П.Карсавин работал с 1929 г., некоторое время жила в Англии с теткой, балериной Т.П.Карсавиной. Затем переехала к отцу в Ковно, до войны работала в английском посольстве, затем стала преподавателем английского языка. Арестована в 1948 г., после освобождения вернулась в Литву.

«Это Сувчинский, по-моему, довел партию евразийцев до того, что ответственный редактор (С.Я.) полумертвый уехал в Савойю...» и т.д. — Сергей Эфрон стоял во главе редакции «Евразии». Гронский, в большой степени справедливо, возлагает на П.П.Сувчинского ответственность за раскол евразийского движения, в результате которого левая кламарская группировка, закончив издание газеты, практически прекратила свою деятельность.

С. 176. «*Мои каникулы будут тремя днями в возлюбленном мною лагере Цезаря в лесу Компьен*». — Имеются в виду обширные развалины римских укреплений в Компьеннском лесу, включающие театр (колизей), рассчитанный на 4000 зрителей, бани и храм Аполлона.

110

РГАЛИ, ф. 1190, оп. 3, ед. хр. 105, лл. 7-9 об.

С. 176. «...*отзыв Ваш о нем самый эмигрантский: белградский*». — Югославия, в том числе и Белград, считалась культурной окраиной русской эмиграции.

«*Мейерхольд в истории театра во всяком случае — этап...*» — Заслуживает внимания цветаевская высокая оценка Мейерхольда; между тем в 1921 г. их несостоявшееся сотрудничество (ей было предложено участие в переводе и переделке «Златоглава» П.Клоделя и переделке шекспировского «Гамлета») привело к конфликту; стороны обменялись колкими письмами в печати (см.: *Вестник театра*. 1921. № 83/84. 22 февр.).

«*Ирина Карсавина добрая девушка... выйдет замуж — образуется, но замуж хочет только за богатого, чтобы были и выходы и въезды*». — Из воспоминаний близкого друга Л.П.Карсавина — А.З.Штейнберга узнаем о том, что философ делился с ним своим беспокойством насчет замужества Ирины: «...я должен рассказать вам о своей старшей дочери Иришe. Она очень похожа на свою знаменитую тетю Тамару Карсавину. Ей как-то трудно найти мужа. За ней многие ухаживают, но ей никто не нравится» (*Штейнберг А.* Лев Платонович Карсавин // Карсавин Л.П. Малые сочинения. СПб.: Алетейя, 1994. С. 497). Ирина Карсавина замуж так и не вышла.

«...*мать — замечательная*». — Речь идет о Лидии Николаевне Карсавиной (урожд. Кузнецова, 1881—1961), жене Л.П.Карсавина; по образованию — педагог (закончила Высшие Бестужевские курсы), до эмиграции преподавала в гимназиях. И.Л.Карсавина вспоминала: «...лед между моей матерью и Мариной Ивановной был разбит, и по нашему возвращению в Кламар, а Эфронов в Медон <после проведенного в Понтайяке лета 1928 г.>, Марина Ивановна с Муром стали часто заходить к нам. <...> Обычно они приходили после обеда, часа в 4; в неделю раза два обязательно, а то и три. Марина Ивановна оставляла Мура мне и Марианне, а сама шла к маме читать ей свои новые стихи, на кухне, в подвале» (*Клементьев А., Клементьева С.* Марина Ивановна Цветаева... // Вестник Русского Христианского движения. 1992. № 165. С. 192).

С. 177. «*Эренбург выпускает книгу «Русские писатели о Франции и Германии»...*» и т.д. — Весной 1930 г. у И.Г.Эренбурга (совместно с О.Г.Савичем) возник замысел выпустить серию книг высказываний русских писателей о странах Западной Европы (Франции, Германии, Италии); издаваться книги должны были на четырех языках: русском, немецком, итальянском и французском. Тогда же Эренбург и Савич приступили к собиранию материала. 22 апреля 1930 г. Савич писал В.Лидину: «Эренбург и я издаем... книгу — русские писатели о Европе, от Карамзина до наших дней. По сему вот какие просьбы: прислать во 1) по адресу Эренбурга все, что написали Вы... и во 2) взять и тоже прислать все, что написали Вс. Иванов, Леонов и Катаев, если у них есть что бы то ни было» (*Попов В., Фрезинский Б.* Илья Эренбург в 1924—1931 года: Хроника жизни и творчества. СПб.: БАН, 2000. Т. 2. С. 305.) В результате вышло только одно издание (на русском языке), посвященное Франции: Эренбург И., Савич О. Мы и они: Франция. Берлин: Петрополис, 1931. Фрагменты из произведений Цветаевой в книгу не вошли.

Цветаевская дневниковая проза «О Германии» (1919; 1925) была напечатана в газете «Дни» 13 декабря 1925 г. (№ 878).

«Посылаю Вам 200 фр. на Ундину...» — «Ундина» — романтическая повесть (1811) немецкого писателя Ф. де ла Мотт Фуке (1777—1843), переведенная на русский язык в стихах В.А.Жуковским; одна из любимейших книг Цветаевой в детстве (как в оригинале, так и в переводе). По-видимому, Цветаева хотела приобрести одно из старинных изданий повести. Перевод Жуковского впервые увидел свет в 1837 г. (Ундина: Старинная повесть, рассказанная на немецком языке в прозе бароном Ф. Ламотт Фуке. На русском в стихах — В.Жуковским / [Илл. Г.Майделя]. СПб.: Тип. Эксп. загот. гос. бумаг, 1837); далее книга выходила отдельным изданием 13 раз, причем пик изданий пришелся на 1900—1910-е гг.

Книжный магазин *Н.Арбузова* находился в Париже по адресу: 22, rue d'Anjou.

«...нет ли у него (не бывает ли) Русских сказок Полевого, издание с раскрашенными картинками, приблиз. 1850 г. ...» — Имеется в виду издание: Народные русские сказки в изложении П.Полевого. С рисунками И.Панова, исполненными в Париже. СПб.: Тип. и хромолит. А.Траншеля, 1874.

С. 178. *Aix* (Aix-les-Bains, Экс-Ле-Бэн), *Annecy* (Аннеси или Анси), *Chamonix* (Шамони) — небольшие городки в Савойе и Верхней Савойе.

Тася — Наталья Николаевна Стражеско (1905—1994), знакомая Цветаевой и семьи Туржанских. В 1932 г. вышла замуж за деверя А.З.Туржанской, В.К.Туржанского.

Елена Николаевна Арнольд — знакомая Цветаевой с послереволюционных московских лет. По воспоминаниям Э.Л.Миндлина, в то время она состояла в фиктивном браке с С.М.Волконским (*ВМЦ, 125*).

111

РГАЛИ, ф. 1190, оп. 3, ед. хр. 105, лл. 10-12 об. СС-7, 215.

Написано на двух видовых открытках: 1) La Roche-sur-Foron, La Tour des Capicins; 2) La Roche-sur-Foron, Château de l'Echelle.

С. 178. *«...собака (моя, благоприобретенная: chien-berger-quatre-yeux)...»* — Об этой собаке Цветаева позже писала А.А.Тесковой: «Оставила в Савойе — в квартире запрещено — безумнолюбимую собаку, которую в память Чехии я окрестила: *Подсэм* (поди сюда?). Это был chien-berger — quatre-yeux, черная,, с вторыми желтыми глазами над глазами-бровями. Никого за последние годы так не любила» (П-мо от 17 окт. 1930 г. // *СС-6, 388*).

112

РГАЛИ, ф. 1190, оп. 3, ед. хр. 146, лл. 21-24.

С. 180. *Соловейчик* Самсон Моисеевич (1889—1974) — общественный и политический деятель, журналист. В эмиграции после 1917 г. Сотрудник газеты «Дни».

«Хвала Артемиде...» — Гронский с небольшими неточностями приводит слова хора юношей из первой картины цветаевской трагедии «Федра» (1927).

«Слепой восторг: аплодировали (в партере) люди с европейскими именами, увы, ни слова не понимающие по-русски». — Ср. в воспоминаниях И.Г.Эренбурга: «...в Париже на спектакле были по большей части французы — режиссеры, актеры, любители театра, писатели, художники; это напоминало смотр знаменитостей. Вот Луи Жувэ, вот Пикассо, вот Дюллен, вот Кокто, вот Элюар, вот Дерен, вот Бати... И когда спектакль кончился, эти люди, казалось бы объевшиеся искусством, привыкшие дозировать свои одобрения, встали и устроили овацию, какой я в Париже не видел» (*Эренбург И.* Люди, годы, жизнь: Воспоминания: В 3 т. М.: Сов. писатель, 1990. Т .1. С. 334).

С. 181. *«Вы, конечно, знаете, как сам Гоголь толковал свою вещь...»* и т.д. — Подразумевается аллегорическая интерпретация пьесы, данная в монологе Первого комического актера в «Развязке Ревизора». «Развязкой...» Гоголь предполагал в 1846 г. завершить представление «Ревизора» в пользу бедных. Гронский довольно точно передает смысл монолога, допуская небольшую неточность: истинным «ревизором» писатель называет не Страшный Суд, но собственную, перед смертью «проснувшуюся совесть, которая заставит нас вдруг и разом взглянуть во все глаза на самих себя» (*Гоголь Н.В.* Полн. собр. соч.: В 14 т. Л.: Изд-во АН СССР, 1951. Т. 4. С. 130).

В свете отзыва Гронского интересно отметить тот факт, что мейерхольдовская постановка «Ревизора», вызвавшая в советской печати беспримерную критическую полемику, навлекла на себя в первую очередь обвинения в мистицизме и, по выражению Андрея Белого, защищавшего режиссера от подобных нападок, «символической чертовщине». При этом характерно, что в дискуссии, развернувшейся вокруг спектакля на страницах журнала «Жизнь искусства», авторы (несмотря на то, что их оценки были прямо противоположными) высказали мнение, что Мейерхольд взял за основу своей постановки именно гоголевское толкование пьесы, представленное в «Развязке...» (см.: *Кугель А.* В защиту // Жизнь искусства. 1927. № 3; *Блюм В.* Дискуссия о «Ревизоре» // Там же. № 4).

«Я глазами видел у Мейерхольда Хлестакова, идущего в отхожее место (все чиновники показывают «куда»)...» — Речь идет о «Шествии» — шестой картине второго акта (соответствует пятому явлению третьего действия гоголевского текста), в которой за Хлестаковым следовала процессия чиновников, благоговейно внимавших каждому его слову, повторявших каждое его движение и т.п. Гронский смешивает два эпизода картины: в одном пьяный Хлестаков во время патетической филиппики Городничего о добродетели удаляется за кулисы и, возвратившись, показывает жестом, что его вырвало; в другом он, вознамерившись выйти, идет в сторону, противоположную выходу, а чиновники одновременно указывают ему правильное направление.

«Были застывшие куклы (явный подмен застывших людей, а это куда страшнее)». — В «Немой сцене» актеров заменяли их муляжи в натуральную величину. Многие современники отмечали чрезвычайный эффект, производившийся этой сценой. См., например, в воспоминаниях Э.Гарина: «Занавес уходит выше и выше, и вот он приоткрывает сцену.

На сцене замерли все действующие лица. Занавес достиг потолка зрительного зала и остановился.

Последний аккорд галопа. Длинный и завершающий. Действующие лица на сцене еще продолжают стоять.

Зрители всматриваются. Никто из актеров не шевелится. <...>

В зрительном зале медленно начинает появляться свет. Становится светло. Немая группа на сцене продолжает стоять неподвижно. <...>

И, наконец, живые актеры, взявшись за руки, выходили из кулис и останавливались перед своими прототипами, окончательно обнажая прием режиссера своими поклонами...» (*Гарин Э.П.* С Мейерхольдом: Воспоминания. М.: Искусство, 1974. С. 175-176).

«...святой Бернард с озера Аннеси...» — Св. Бернард Ментонский (923–1008), уроженец Аннеси. Основатель знаменитых приютов для паломников, направлявшихся в Рим, на альпийских перевалах Большой и Малый Сен-Бернар.

Sèvres — одно из предместий Парижа.

113

РГАЛИ, ф. 1190, оп. 3, ед. хр. 146, л. 25.

Датируется по содержанию.

С. 181. *14 juillet* — 14 июля, национальный французский праздник, день взятия Бастилии.

«Между двух замков лежало сокровище...» — Речь идет о 100 франках, посланных Цветаевой Гронскому на покупку «Ундины». Деньги были вложены между двумя открытками с изображениями замков (см. п-мо 111).

С. 182. *«Умерла В.А.Аренская».* — Аренская умерла от туберкулеза 25 мая 1930 г. в Ялте.

114

РГАЛИ, ф. 1190, оп. 3, ед. хр. 105, лл. 13-15 об. СС-7, 216.

Написано на двух видовых открытках. На обороте видовой открытки с изображением коров: «En Savoie. — Sur la Montagne. Les Vaches au Pâturage» приписка: «Не видала в Савойе еще ни одной коровы. ОТКУДА МОЛОКО?»

Ср. помеченное тем же числом п-мо к С.Н.Андрониковой-Гальперн почти аналогичного содержания *(СС-7, 130)*.

«...хочется в Аннесу - из-за Руссо, к-го я только что кончила...» — Руссо прожил в Аннеси в доме своей покровительницы и возлюбленной г-жи де Варан, с некоторыми перерывами, с 1728 по 1740 г. Об этом писатель рассказывал в «Исповеди» (1782—1789), которую Цветаева в 1938 г. относила к своим любимым книгам *(СТ, 431)*.

Извольская Елена Александровна (1897—1975) — поэтесса, переводчица, религиозная писательница, критик; дочь последнего посла России во Франции А.П.Извольского. Была близка к евразийскому кругу. Цветаева посвятила ей очерк «История одного посвящения» (1931). Автор воспоминаний о Цветаевой (Тень на стенах // *Опыты*. 1954. Кн. 3. С. 152—159; Поэт обреченности // *Воздушные пути*. 1963. Кн. 3. С. 150—160; их контаминированный вариант с сокращениями см.: *ВМЦ, 398—404*). Летом 1930 г. гостила в Сен-Лоране; 15 ноября 1930 г. Цветаева писала об этом Р.Н.Ломоносовой: «О себе. Летом к нам в Савойю приезжала переводчица Извольская, чудный человек, редкостный. Я ее мало знала. Близко сошлись» *(СС-7, 432)*.

115

РГАЛИ, ф. 1190, оп. 3, ед. хр. 146, лл. 26-28.

С. 184. *«Он высоколобый датчанин...»* — Имеется в виду Брендстедт (Бренстедт, Бренстед, Бронстэд, Бронстед, псевдоним — Артемьев)

Артур (Михаил) Михайлович (1890 — не ранее 1967), публицист, общественный деятель, датчанин по происхождению. Вернулся в Россию из эмиграции, но в 1930 г. вновь выехал на Запад. Публиковался в ж. «Путь», «СЗ», «Утверждения» и др. Активный член «Пореволюционного клуба». В 1931 г. принят в масонскую ложу «Северное сияние», в 1948 г. исключен за просоветскую позицию. Во время Второй мировой войны вместе с Георгием Клебановым руководил русской группой движения Сопротивления, связанной с коммунистами. Возвратился в СССР, до 1967 г. жил в Вологде.

О его *жене* и *дочери* мы сведениями не располагаем.

«*Один человек СОХРАНИЛ ВЕСЬ АРХИВ Гумилева — это стоило ему 3-ех лет тюрьмы*». — Архив Н.С.Гумилева хранился у ряда лиц, однако о конкретных фактах, упоминаемых Гронским, ничего неизвестно.

«*Неизданную и нигде не напечатанную вещь Гумилева "Отравленная Туника" мой датчанин привез с собой. — Я ее переписал на машинке*» и т.д. — "Отравленная туника", пьеса Н.С.Гумилева (1918; впервые опубликована: *Гумилев Н.* Отравленная туника и другие неизданные произведения. Нью-Йорк: Изд-во им.Чехова, 1952. [На обложке: Неизданный Гумилев]). Подробнее о появлении рукописи во Франции и попытках ее издания см. в комментариях Г.П.Струве (*Струве Г.П.* Примечания к пьесам. Отравленная туника. 1. История текста // *Гумилев Н.С.* Собр. соч.: В 4 т. Вашингтон: Victor Kamkin, Inc., 1966. Т. 3. С. 245—250), где она изложена с некоторыми неточностями: приезд Брендстедта в Париж отнесен к 1931, а не к 1930 г., не указано, что пьеса первоначально была передана Гронскому, а не Львову. Согласно Г.П.Струве (*Струве Г.П.* Цит. соч. С. 248), было выявлено три списка «Отравленной туники», сделанных Гронским: 1) список, оказавшийся впоследствии в руках Ю.Терапиано (*Терапиано Ю.* «Отравленная туника» // Новое русское слово. 1950. 22 окт.), первые 46 страниц которого напечатаны на машинке, страницы 47—53 переписаны рукой Гронского; на начальной странице помета: «Переписано мною в июле 1934 года с копии копии <так!> подлинника для невесты моего друга. Н.Гронский»; 2) копия с надписью «Маргарите от Николая. 12 сентября 1930 г.»; 3) список 1934 г. с надписями на первой странице: «II экземпляр рукописи Отравленная Туника. Трагедия в 5 действиях Н.Гумилева» и на последней: «Рукопись переписана мною в 1930 г. с копии подлинника» (об этих двух списках сообщала К.В.Деникина в «Новом русском слове» 12 ноября 1950 г.).

116

РГАЛИ, ф. 1190; оп. 3, ед. хр. 105, лл. 16-17. СС-7, 217.

С. 185. *Афонасов* (правильно — Афанасов) Николай Вонифатьевич (1902—1941) — участник Гражданской войны на стороне белых; эмигрировал вначале в Болгарию, затем во Францию, где жил в основном в Гренобле. Член парижской группы евразийцев, работал в отделе распространения газеты «Евразия». Стал советским агентом в 1934 г., в 1936 г. вернулся в Россию; арестован в январе 1940 г., расстрелян 28 июля 1941 г.

Аппесу (Аннеси) — озеро в Верхней Савойе, на котором стоит одноименный город.

«на мало – не сто́ит труда!» — Перефразированная строка из ст-ния М.Ю.Лермонтова «И скучно и грустно» (1840), в оригинальной версии («...на время — не стоит труда») часто цитировавшаяся Цветаевой.

117

РГАЛИ, ф. 1190, оп. 3, ед. хр. 146, лл. 29.

Датируется по содержанию.

118

РГАЛИ, ф. 1190, оп. 3, ед. хр.146, лл. 30-31.

С. 187. *«Все это было бы только смешно, ежели бы Лоллий не собирался печатать вещь Гумилева в «Россия и Славянство» и т.д.* — «Россия и славянство» (Париж, 1928—1934) — еженедельная газета, «орган национально-освободительной борьбы и славянской взаимности», издававшаяся при ближайшем участии П.Б.Струве. О планах поместить «Отравленную тунику» в этой газете и переслать гонорар сыну Гумилева через А.Ахматову см.: *Струве Г.П.* Примечания к пьесам... // Гумилев Н.С. Собр. соч.: В 4 т. Вашингтон, 1966. Т. 3. С. 246.

«Читаю замечательную книгу. Все документы Пугачевской канцелярии». — Речь идет об издании: «Пугачевщина»: В 3 т. М; Л.: Гос. изд., 1926. Т. 1: Из архива Пугачева (манифесты, указы и переписка).

«Вместо «гаубица» пишет «ГОЛУБИЦА», вместо «мортиры» — «МАТЕРИ» и т.д. — Пугачев был неграмотным, документы составлялись его личными секретарями, зачастую тоже не очень твердыми в грамоте.

«А сейчас думаю, что в нем было больше царственности, чем в Екатерине». — Возможно, Гронскому уже приходилось обсуждать эту тему с Цветаевой: в его высказываниях немало общего с более поздней цветаевской трактовкой образа Пугачева в «Капитанской дочке» Пушкина («Пушкин и Пугачев», 1937).

119

РГАЛИ, ф. 1190, оп. 3, ед. хр.146, лл. 32-33.

120

РГАЛИ, ф. 1190, оп. 3, ед. хр. 105, л. 18. СС-7, 217.
Секретка.

«Буду рада повидаться». — Цветаева вернулась в Париж из Савойи 9 октября 1930 г.

121

РГАЛИ, ф. 1190, оп. 3, ед. хр. 105, л. 19. СС-7, 218.
Секретка без почтового адреса, с указанием имени адресата латиницей.

С. 189. *«(Так Царица писала Саблину)»* — Царица — последняя русская императрица Александра Федоровна (1872–1918). Саблин Николай Павлович (1880–1937) — контр-адмирал, флигель-адъютант, командир императорской яхты «Штандарт», личный друг Николая II. В первые дни Февральской революции находился в столице, но вскоре оказался отрезанным от Александровского дворца, где была заключена царская семья. Эмигрировал. В связи с работой над «Поэмой о Царской Семье» Цветаева «прочла весь имеющийся материал о Царице» (П-мо к С.Н.Андрониковой-Гальперн от 20 авг. 1929 г. *// СС-7, 124).*

«Вот листок для France et Monde». — «France et monde» — французский журнал, издававшийся группой «Humanités Contemporains»; в нем, в рамках программы культурного сотрудничества, организованной Франко-русской студией, в 1929–1930 гг. печатались переводы произведений русских писателей-эмигрантов. Цветаева опубликовала в нем первую главу («Fianéailles», в окончательном тексте — «Accordailles») автоперевода поэмы «Молодец» — «Le Gars» (*France et monde.* 1930. N 138, 1er trimestre. P. 76—78).

К п-му приложена доверенность:

Je prie la Rédaction de «France et Monde» de bien vouloir remettre a M.Nicolas Gronsky le honoraire pour mon poème «Fiançailles» («France et Monde», 1 trimestre 1930)
Marina Zvétaiéva
Meudon (S. et O.)
2, Av. Jeanne d'Arc
*le 18 octobre 1930**

* Прошу редакцию «Франс и Монд» выдать г-ну Николаю Гронскому гонорар за мою поэму «Помолвка» («Франс и Монд», I триместр 1930)
Марина Цветаева
Мёдон (С. и О.)
2, ул. Жанны д'Арк
18 октября 1930 (фр.).

122

РГАЛИ, ф. 1190, оп. 3, ед. хр. 105, л. 20. СС-7, 218.

Датируется по содержанию предыдущего п-ма и указанию на день недели («понедельник»).

С. 189. *Фохт Всеволод Борисович* (1895–1941) — поэт, прозаик, переводчик, журналист. Входил в редколлегию журнала «Новый дом» (1926–1927), сотрудничал в «Иллюстрированной России», «России», «России и славянстве»; участник объединения «Кочевье» (с 1928 г.). Один из главных инициаторов и организаторов (с русской стороны) собраний Франко-русской студии (Франко-русских литературных собеседований).

123

РГАЛИ, ф. 1190, оп. 3, ед. хр. 105, л. 23. СС-7, 218.

Записка без конверта.
Датируется по содержанию.

С. 189. *«...7го нас будут описывать».* — Осенью 1930 г., после возвращения из Савойи, начался чрезвычайно тяжелый в материальном отношении период в жизни Цветаевой и ее семьи. 12 окт. 1930 г. Цветаева писала Р.Н.Ломоносовой: «Стипендия мужа кончилась, вернулись. <...>
Тяжелый год. Газета Евразия, к-ую он редактировал, кончилась, на завод он, по болезни, не может, да и не взяли бы... Вся надежда на устройство моего Молодца, к-ый переведен... на английский яз. и мною на французский» (*СС-7, 322*); 17 окт. 1930 г. в п-ме к Н.Вундерли-Фолькарт: «Изнурительная, удушающая нищета, распродаю вещи, что были мне подарены, вырученные 20–30 франков тут же улетучиваются. Дочь вяжет, но за свитер с длинными рукавами — две недели труда, не меньше... дают всего лишь 50 франков. Я умею только писать, только хорошо писать, иначе давно бы разбогатела. Целых шесть месяцев я работала, переводя на французский мою большую поэму «Мо́лодец», теперь она готова, выйдет в свет с рисунками Натальи Гончаровой, великой русской художницы, но когда, где?» (*СС-7, 359*). Ср. также п-мо к А.А.Тесковой, помеченное той же датой (*СС-6, 387–389*).
Английский перевод «Молодца», издан не был, из французской версии при жизни Цветаевой увидела свет только первая глава (см. примеч. к п-му 121).

С. 190. *«Нужно во что бы то ни стало выдрать фохтовские деньги...»* — В конце ноября 1930 г. Цветаева сообщала В.Б.Сосинскому: «Да! Чудо! С Фохта деньги взыскала, но ка-ак! При встрече изображу в лицах» (*СС-7, 69;* ошибочно датировано публикаторами концом октября). Ср. дневниковую зарисовку: «Фохт, платя мне гонорар, плакал чернильными слезами (огромная клякса на жемчужно-серое новое платье моей соседки)» *(СТ, 459).*

124

РГАЛИ, ф. 1190, оп. 3, ед. хр. 104, лл. 2-2 об. СС-7, 218.
Записка без конверта.
Датируется по содержанию.

С. 190. «*...у меня есть надежда издать Перекоп отдельной книжкой, но для этого необходимо переписать его на машинке*». — О возможности выпустить «Перекоп» отдельным изданием ничего не известно. В письмах и дневниковых записях зимы-весны 1931 г. Цветаева жаловалась на то, что поэма, законченная весной 1929 г., не была принята журналами «Воля России», «Современные записки» и «Числа» *(СС-6, 389, 391, 393; СС-7, 134, 331, 334; СТ, 432).* 25 февр. 1931 г. она сообщила А.А.Тесковой: "«Перекоп» мне один знакомый <Н.П.Гронский> перепечатывает на машинке...", однако оговаривала: «...в печатном <то есть изданном> виде Вы его никогда не увидите» *(СС-6, 391).* В первой половине марта заходит речь о планах поместить поэму в газете «Россия и славянство» (П-мо к Р.Н.Ломоносовой от 11 марта 1931 г. // *СС-7, 334*; п-мо к А.А.Тесковой от 12 марта 1931 г. // *СС-6, 392–393).*

По-видимому, поэма была сдана в редакцию 22 марта 1931 г. («Перекоп сдаю (на авось) в воскресенье». — П-мо к С.Н.Андрониковой-Гальперн от 17 марта 1931 г. // *СС-7, 136*). В день сдачи рукописи Цветаева писала Ломоносовой «...все дни уходили на спешную правку и переписку поэмы Перекоп...» *(СС-7, 335).*

Однако «Перекоп» так и не увидел света при жизни поэта. Возможно, редакция «России и славянства» все же не согласилась печатать поэму; в то же время у самой Цветаевой появился веский повод отказаться от ее издания. В интервью Н.Городецкой *(Возрождение.* 1931. 7 марта. № 2104) Цветаева — впервые в печати — упоминала о «Перекопе» и «Поэме о Царской Семье»; вскоре информация об этом дошла до Советской России. 25 июня 1931 г. Цветаева записывает в черновой тетради: «Получила окольн<ым> путем остереж<ение> от Аси, чт<о> если я сделаю то-то, с н<ей?> случ<ится> то-то — просьбу подожд<ать> еще 2 года до оконч<ания> Андр<юши>. Ясно, что не два, а до конца времен» *(СТ, 606).* (Упоминаются сестра поэта А.И.Цветаева и ее сын А.Б.Трухачев, жившие в СССР; речь идет об опасности, угрожавшей им в случае опубликования «антисоветких» произведений Цветаевой.)

«*Я очень связана отъездами в город С.Я. и Али...»* — С.Я.Эфрон, решивший, из-за потери редакторской работы, приобрести новую профессию, с осени 1930 г. учился на кинооператорских курсах фирмы Пате, а Аля — в художественной школе «Arts et Publicite».

Странге — так Цветаева писала фамилию «Штранге», возможно, из-за ее французской транскрипции — «Strangue». Имеется в виду Михаил Михайлович Штранге (1907—1968), сын владельцев пансиона в замке д'Арсин в Верхней Савойе (см. примеч. к письмам 101 и 107). Цветаева провела в пансионе лето 1936 г., Эфрон в 1930-х гг. бывал там достаточно часто. М.М.Штранге изучал историю и литературу в Сорбонне, занимался литературным трудом; впоследствии — профессиональный историк, автор монографий «Русское общество и французская революция 1789—1794 гг.» (М., 1956) и «Демократическая интеллигенция в России» в XVIII веке» (М., 1965) Цветаева с симпатией отзывалась о нем как о «своем умственном друге» *(СС-7, 596)* и «абсолютном читателе» *(СС-7, 600)*. Завербован Эфроном в советскую разведку. Во время Второй мировой войны — участник Французского сопротивления, в конце войны — член советской военной миссии во Франции, ведал репатриацией русских эмигрантов. Вернулся в СССР в 1947 г.

«Гёста Берлинг» — роман шведской писательницы Сельмы Лагерлёф (1858—1940), в современном переводе «Сага о Йёсте Берлинге» (1881—1891). В 1919 г. был назван Цветаевой в числе ее любимых книг *(ЗК-1, 428)*.

125

РГАЛИ, ф. 1190, оп. 3, ед. хр. 104, лл. 4-5. СС-7, 219.

Записка в конверте с указанием имени адресата.
Датируется по содержанию.

С. 191. *«...Новая газета статьи не взяла».* — Для первого номера «Новой газеты», начавшей выходить в Париже в марте 1931 г. под редакцией М.Л.Слонима, Цветаевой была заказана статья любого содержания. Однако готовая статья «О новой русской детской книге» в газету принята не была: с точки зрения Слонима, Цветаева перехваливала советские книги, не учитывая того, что они нередко являются орудием идеологической пропаганды. Сама же Цветаева видела истинную причину отказа в том, что в своем отзыве она задевала эмигрантскую детскую литературу. Крайне стесненная материально, Цветаева не могла позволить себе работать «в стол», поэтому отказ напечатать заранее заказанную работу ее крайне расстроил и возмутил. Статья все же была напечатана в журнале «Воля России» (1931. № 5/6. С. 550—554) в дискуссионном порядке.

126

РГАЛИ, ф. 1190, оп. 3, ед. хр. 106, л. 19. СС-7, 219.

Записка без конверта.
Датируется по содержанию.

127

РГАЛИ, ф. 1190, оп. 3, ед. хр. 106, л. 26. СС-7, 219-220.

Записка без конверта.
Датируется по содержанию.

128

РГАЛИ, ф. 1190, оп. 3, ед. хр. 106, л. 20.

Записка без конверта с указанием адресата на обороте.
Датируется по содержанию.

С. 192. *«Нынче сдаю (на просмотр) первые главы...»* — По-видимому, «Перекопа».

129

РГАЛИ, ф. 1190, оп. 3, ед. хр. 105, л. 2.

Записка без конверта.
Датируется по содержанию.

С. 192. *«Я совершенно запамятовала к о г д а вечер с С.М. А мне как раз нужно провожать на днях свою приятельницу, в путь еще более дальний».* — В апреле 1931 г. С.М.Волконский, чтобы поправить расстроенное здоровье, собирался на Ривьеру; тогда же уезжала к жениху в Японию Е.А.Извольская, планировавшая, выйдя замуж, остаться там навсегда (см. первую главку «Истории одного посвящения» — «Уничтожение ценностей»); Цветаева, близко подружившаяся с Извольской, чрезвычайно сожалела об ее отъезде. Волконский вернулся в Париж спустя примерно год, Извольская — к 1933 г.

130

РГАЛИ, ф. 1190, оп. 3, ед. хр. 106, лл. 1-2. СС-7, 220-221.

Записка с указанием имени адресата.

131

РГАЛИ, ф. 1190, оп. 3, ед. хр. 106, л. 16. СС-7, 221.
Записка без конверта.

132

РГАЛИ, ф. 1190, оп. 3, ед. хр. 106, л. 3-4. СС-7, 222.
Записка в конверте с указанием имени адресата.

133

РГАЛИ, ф. 1190, оп. 3, ед. хр. 106, лл. 7-7 об. СС-7, 221.
Эта записка написана на полустраничке п-ма С.И.Либер к Цветаевой. Софья Ильинична Либер (урожд. Паенсон) — соученица Цветаевой по лозаннскому пансиону, отыскала ее в Париже в 1920-х гг. и, вплоть до отъезда Цветаевой в СССР, оказывала ей некоторую материальную помощь. (Сообщено А.С.Эфрон.)

134

РГАЛИ, ф. 1190, оп. 3, ед. хр. 106, л. 12.
Записка без конверта.

135

РГАЛИ, ф. 1190, оп. 3, ед. хр. 106, л. 13. СС-7, 222.
Записка без конверта.

136

РГАЛИ, ф. 1190, оп. 3, ед. хр. 106, л. 14.
Записка без конверта.

137

РГАЛИ, ф. 1190, оп. 3, ед. хр. 106, л. 15. СС-7, 222.
Записка без конверта.

138

РГАЛИ, ф. 1190, оп. 3, ед. хр. 106, л. 17. СС-7, 222.
Записка без конверта, переданная Гронскому Алей.

139

РГАЛИ, ф. 1190, оп. 3, ед. хр. 106, л. 18. СС-7, 220.
Записка без конверта.

140

РГАЛИ, ф. 1190, оп. 3, ед. хр. 106, л. 21.
Записка без конверта. На оборотной стороне надпись: «Н.П. Гронскому — прошу ответа —».

141

РГАЛИ, ф. 1190, оп. 3, ед. хр. 106, л. 22.
Записка без конверта.

142

РГАЛИ, ф. 1190, оп. 3, ед. хр. 106, л. 24.
Записка без конверта.

С. 196. *«Красная новь»* — журнал художественной литературы, критики и публицистики, орган Союза советских писателей СССР (М., 1921–1942); *«Кр. Звезда»* — по-видимому, имеется в виду «Звезда» — ежемесячный литературно-художественный и общественно-политический журнал, орган Союза советских писателей СССР (Л., 1924–1949); *«Печать и революция»* — журнал марксистской критики искусств (М., 1921–1930).
«Соборяне» (1872) — роман Н.С.Лескова, одна из любимейших книг Цветаевой.
Мельников-Печерский — Мельников Павел Павлович (псевдоним Андрей Печерский, 1818–1883), писатель, исследователь русского раскола и сектантства, автор известной дилогии — «В лесах» (1868–1874) и «На горах» (1875–1881), рисующей быт и нравы поволжских старообрядцев.

143

РГАЛИ, ф. 1190, оп. 3, ед. хр. 106, л. 25.

Записка без конверта.

С. 197. *13, rue Visconti* — адрес мастерской Н.С.Гончаровой и М.Ф.Ларионова; 16, rue Jacques Callot — их домашний адрес.
Яннингс Эмиль (наст. имя и фам. Теодор Фридрих Эмиль Яненц, 1884?/86?/88?—1950) — знаменитый немецкий актер немого кино. Речь идет о посещении одного из фильмов с участием актера.

144

РГАЛИ, ф. 1190, оп. 3, ед. хр. 106, л. 30. СС-7, 221.

С. 197. *«Fievre»* («Лихорадка», 1921) — фильм французского режиссера Луи Деллюка (Delluc, 1890—1924).

145

РГАЛИ, ф. 1190, оп. 3, ед. хр. 106, лл. 9-10 об. СС-7, 220.

Записка на четырех листочках, с указанием имени адресата. Датируется по содержанию.

С. 197. *Русская гимназия* (школа) в Париже, являвшаяся собственностью Общества помощи детям русских эмигрантов во Франции (предс. М.А.Маклакова), открылась в 1920 г. и просуществовала до 1961 г. Обучение в гимназии было ориентировано на дореволюционные программы, с углубленным изучением французского и английского языков. В 1928 г., после финансового кризиса, гимназия (средства на продолжение ее деятельности дала леди Л.П.Детеринг) переехала в парижский пригород Boulogne-Billancourt (6, B^d d'Auteuil; 29, B^d d'Auteuil).

Цветаева планировала с осени 1933 г. отдать в Русскую гимназию Мура. Вопросы к Николаю Гронскому связаны с тем, что он сам закончил Русскую гимназию и, кроме того, в ней преподавал его отец. Однако, как отмечала Цветаева в п-ме к С.Н.Андрониковой-Гальперн 23 сент. 1933 г., «Мур на днях поступает в школу, пока что во французскую, здесь же, п.ч. на переезд и устройство в Булони (русская гимназия) не оказалось денег» *(СС-7, 157)*.

С. 198. *«Мой адр. до 15го...»* — По указанному адресу в пригороде Парижа Кламаре семья Цветаевой жила с 21 марта 1932 г. по 13 января 1933 г. 13 января состоялся переезд на новую квартиру, тоже в Кламаре (10, rue Lazare Carnot).

ПРИЛОЖЕНИЯ

Марина Цветаева. Стихотворения, обращенные к Н.П.Гронскому

С. 201. *«Юноше в уста»* — Впервые: СП, 402-403 по беловому автографу 1928 г. (РГАЛИ), заглавие и точная датировка по БТ-4, где текст записан с лакунами. Внешний повод темы ст-ния — мундштук, подаренный Цветаевой Гронскому.

С. 203. *«Чем – не боги же – поэты!..»* — Впервые: СП-65 по Бт-4; в тетради над текстом помета: «Несостоявшееся (Н.П.Г.)».

«Лес: сплошная маслобойня...» — Впервые: ПкТ. В РГАЛИ – беловой автограф 1928 г.

«Оползающая глыба...» — Впервые: МС, где ст-ние ошибочно включено в цикл «Надгробие». В БТ-5 ошибочная дата (1929), повторяемая в Соч-1 и последующих изданиях, и помета под текстом: «(Стихи — морского лета, случайно не вписанные никуда, — нашла в своих письмах к нему)». В РГАЛИ – беловой автограф, подаренный Е.Б.Тагеру, с заглавием: «Стихи одному юноше» и датой под текстом: «(Жиронда, Океан, лето 1928 г. — Голицино, Снег, январь 1940 г.)».

Марина Цветаева. Стихотворения памяти Н.П.Гронского

С. 205. *«О, девушки на выданьи...»* — Неоконченный набросок. Публ. впервые по черновой тетради (РГАЛИ, ф. 1190, от. 3, ед. хр. 25, л. 70 об.).

«Есть счастливцы и счастливицы...» — Неоконченное ст-ние. Впервые: ИП-65 (реконструкция по тексту БТ-5).

С. 206. *«Надгробие»* 1-3 — Впервые: СЗ, 1935, № 58 под загл. «Памяти Н.П.Гронского», без последней строфы в 1 ст-нии и пятой — во 2 ст-нии, которые восстанавливаются по БТ-5. Заглавие дано в 1940 г., когда Цветаева определяла состав своих избранных ст-ний.
4 – неоконченное ст-ние. Впервые: ИП-65 (реконструкция по тексту БТ-5).

Николай Гронский. Белладонна

Впервые: ПН, 9 декабря 1934 г., № 5008, с предисловием Г.Адамовича. Перепеч.: «Мы жили тогда на планете другой...»: Антология поэзии русского зарубежья. 1920–1990: В 4 кн. Кн. 3 /Сост. Е.В.Витковский. М.: Моск. рабочий, 1994.

Марина Цветаева. Посмертный подарок

РГАЛИ, ф. 1190, оп. 2, ед. хр. 115.

Впервые: Воздушные пути, Нью-Йорк, вып. V, 1967.

По горячим следам публикации «Белладонны» Цветаева в декабре 1934 года написала этот отклик на поэму Гронского и предполагала напечатать его в ПН. Когда через три месяца выяснилась невозможность помещения данного отзыва в газете. Цветаева на его основе написала большую статью «Поэт-альпинист», в начало которой текст «Посмертного подарка» вошел полностью.

С. 223-224. *«...отсылаю моего сочитателя к стихотворному отделу...»* и т.д. — Речь идет о 56-м номере СЗ, где в поэтическом разделе вместо стихов обычных 6-7 авторов были опубликованы стихи 21-го молодого поэта.

С. 227. *«И есть этой невнятице у нас в эмиграции...»* и т.д. — По-видимому, Цветаева подразумевает поэта Б.Ю.Поплавского.

Марина Цветаева. О книге Н.П.Гронского «Стихи и поэмы»

Впервые: СЗ, 1936, кн. 61.

В период подготовки ГСП его родными Цветаева писала Тесковой: «Но знаете, жуткая вещь: все его последующие вещи — несравненно слабее («Беладонны». — *Сост.*), есть даже совсем подражательные. Чем дальше (по времени от меня) — тем хуже. И этого родители не понимают. (Они, вообще, не понимают стихов). Приносят мне какие-то ложно-"поэтические" вещи и восхищаются. И я тоже — поскольку мне удается *ложь*. Какие-то поющие Музы, слащавые "угодники", подблоковские татары. — Жаль. — О его книге навряд ли смогу написать. Боюсь — это был поэт — одной вещи. (А может быть — одной любви. А может быть — просто — медиум.) Я не все читала — отец не выпускает тетрадь из рук — но то, что читала, — *не нравится*. Нет *силы*. Убеждена, что Белла-Донна лучшая вещь» (*СС-6, 424*).

С. 229. *«Челюскин был на весь мир...»* и т.д. — «Челюскин» — легендарный советский пароход, названный по имени русского полярного исследователя XVIII в. С.И.Челюскина; в 1933 г. должен был за одну навигацию проплыть весь Северный морской путь из Мурманска во Владивосток; в начале 1934 г. был раздавлен льдами в Чукотском море; участники рейса были спасены советскими летчиками. Цветаева посвятила этому событию ст-ние «Челюскинцы» (1934).

«О Русь, вижу тебя из моего прекрасного далёка!» — Цветаева вспоминает знаменитое «лирическое отступление» Гоголя из XI главы «Мертвых душ»: «Русь! Русь! вижу тебя, из моего чудного, прекрасного далека тебя вижу...», написанное, как известно, в Риме.

С. 230. *«Я — вселенной гость...»* — Парафраз первой строфы ст-ния К. Павловой «Поэт» (1839):

> Он вселенной гость, ему всюду пир,
> Всюду край чудес;
> Ему дан в удел весь подлунный мир,
> Весь объем небес.

Именной указатель

Абеляр П.   119, *263-264*
Адамович Г.В. 112, *260, 310*
Аксаков С.Т.   110, *259*
Алданов М.А.   149, *278*
Александр I   54, 55
Александр I Карагеоргиевич   149, *278*
Александр Македонский   53, 54, *250*
Александр Невский   228
Александра Федоровна   189, *277, 302*
Алексеев Н.Н.   40, 46, 67, 72, 171, *249, 289*
Алексинская Н.И.   150, 171, *279*
Алексинский И.П.   *279*
Алькофорадо М.   116, 119, 124, 131, *262, 263, 266*
Аля см. Эфрон А.С.
Андерсен Г.Х.   78
Андреев В.Н.   234
Андреев Л.Н.   234, *243*
Андреев В.Л.   66, *247, 284, 292*
Андреев С.Л.   29, 66, 71, 74, 76, 97, 99, 102, 103, *243, 244*
Андреева А.И.   60, 66, 67, 113, 146, 234, *244, 259*
Андреева В.Л.   24, 66, *243, 244*
Андреева Н.М.   10, 75, 87, 104, 111, 113, 118, 132, 146, 148, 234, 235, *243, 259, 263*
Андреевы, семья   9, 24, 44, 51, 58, 60, 66, 67, 72, 75, 76
Андроникова-Гальперн С.Н.   *279, 289, 290, 302, 304, 309*
Антокольский П.Г.   *269*
Апулей   45, 93, 100, 104, 124, *251, 256, 266*

Арбузов Н.   177, 179, 180, *296*
Аренская В.А. 78, 81, 101, 182, *254, 255, 299*
Арним Б. фон   6, 90, *256*
Арнольд Е.Н.   178, *296*
Афанасов Н.В.   185, *300-301*
Ахматова А.А.   187, *301*

Байрон Д.Н.Г.   24
Бальзак О. де   25, 35, *242, 244*
Барбару Ш.Ж.М.   128, *268*
Бати Г.   *267*
Батюшков К.Н.   15, *240*
Бах Р.Р.   *248*
Безант А.   *288*
Безбородко А.А.   *278*
Белый Андрей   *298*
Берг А.Э.   *270*
Бердяев Н.А.   166, 186, *289*
св. Бернард Ментонский   181, 211, *298*
Бернацкая М.Л.   *260*
Бернет Ф.Э.   *277*
Бессонов Б.И.   *258*
Бессонов Ю.Д.   34, 45, 50, *250, 257*
Бетховен Л. ван   91, *236, 256*
Блаватская Е.П.   *281, 288*
Блок А.А.   96, 97, 225, *260, 256, 257, 264, 274*
Блюм В.   *298*
Блюмберг В.   *236*
Бодлер Ш.   *285*
Бомарше П.О.   *271*
Босенко В.   *246*
Брендстедт А.М.   184, *299*
Бриссо Ж.П.   128, *268*
Брокгауз Ф.А.   *239*
Бросс Ф.   *236*
Брюсов В.Я.   *261, 270, 273*

Курсивом даны цифры, относящиеся к разделу примечаний.

Булгаков В.Ф. *253*, *292*
Булгаков С. *251*
Булгакова М.С. см. Сцепуржинская М.С.
Бунин И.А. *245*, *258*
Бунина В.Н. *279*

В. см. Волконский С.М.
Ванечкова Г.Б. *232*
Вергилий М.П. *263*, *265*
Верньо П.В. 128, *268*
Верхарн Э. 135, *273*
Вийон Ф. *276*
Виньи А. де 149, 168, *278*, *290*
Витковский Е.В. *310*
Витте С.Ю. 165, *288*
Войтехович Р.С. *232*
Волковыский Н.М. *279*
Волконский А.М. *252*, *263*
Волконский С.Г. *235*
Волконский С.М. 10, 11, 14-20, 23, 37, 39, 40, 41, 43, 44, 47, 49, 51, 54, 60, 62, 63, 65, 67, 68, 69, 71, 73, 75, 76, 81, 89, 104, 114, 115, 116, 118, 120, 121, 127, 130, 135, 138, 139, 143, 154, 155, 159, 165, 168, 170, 174, 175, 176, 178, 182, 188, 192, 196, *235*, *240*, *241*, *252*, *253*, *258*, *261*, *263*, *267*, *269*, *274*, *282*, *283*, *292*, *293*, *296*, *306*
Волошин М.А. 130, *269-270*, *273*
Врангель П.Н. *260*
Вундерли-Фолькарт Н. *303*

Гаганидзе Г.Р. 162, 163, 164, *285*, *287*
Галамьян И.А. *236*
Гаспаров М.Л. *232*, *264-265*
Гарин Э.П. *298*
Геродот *247*
Гесиод 114, *261*
Гёльдерлин Ф. *33*
Гёте И.В. 52, 92, 104, 114, 117, 119, 124, 126, *264*, *267*, *274*
Гийераг Г. де *262*, *267*

Гиппиус З.Н. 18, *279*
Гоголь Н.В. 51, 181, *236*, *251*, *258*, *260*, *285*, *297*
Гомер 97, 114, 152, *225*
Гончарова Н.С. 20, 25, 163, 166, 197, *242*, *244*, *303*, *309*
Гораций 20, 21, 54, 113, *242-243*, *261*
Городецкая Н.Д. *304*
Горький М. 26
Грибоедов А.С. 159, *285*
Гриневич В.С. 153, 159, 165, 166, 181, 194, 199, *281*, *285*, *288*
Гриневич Е.Г. *281*
Гриневич И. *281*
Гронская Н.Н. 6, 32, 34, 37, 40, 43, 44, 63, 68, 78, 81, 83, 84, 86, 94, 95, 98, 101, 102, 105, 106, 109, 110, 118, 121, 126, 128, 134, 138, 140, 145, 147, 168, 183, 186, *248-249*, *257*, *267*, *276*
Гронская Н.П. 40, 102, 106, 126, *249*, *284*
Гронский П.П. 6, 20, 25, 27, 32, 33, 35, 43, 44, 49, 54, 59, 60, 63, 64, 67, 68, 71, 72, 73, 76, 79, 81, 82, 83, 86, 88, 89, 91, 98, 99, 102, 105, 106, 109, 118, 121, 126, 127, 134, 138, 139, 149, 152, 166, 176, 180, 186, 193, 194, 195, *242*, *251*, *257*, *267*, *284*, *309*
Гронские, семья 6, 44, *288*
Грякалова Н.Ю. *232*
Гуль Р.Б. *267*
Гумилев Л.Н. *301*
Гумилев Н.С. 27, 184, 186, 187, *245*, *273*, *300*
Гучков А.И. *243*
Гюго В. 138

Давид Ж.Л. *272*
Данте Алигьери *266*, *273*
Дезобри, семья *235*
Декобра М. 31, 33, *246*, *248*
Деллюк Л. *309*

Деникин А.И.   156, 157, 167, 186,
    248, 284, 290
Деникина К.В.   167, 186, 289, 300
Деникина-Грей М.А.   166, 167, 287
Дерен А.   297
Державин Г.Р.   6, 225, 226
Детеринг Л.П.   309
Диккенс Ч.   248
Диоген Синопский   43, 250
Диодор Сицилийский   265
Дионисий Ареопагит   262
Доде А.   249
Дойл А.К.   34
Достоевский Ф.М.   138, 274
Дюллен Ш.   297
Дюма-отец А.   190

Екатерина II   187, 278, 301
Еленев Н.А.   271, 280
Ефрон И.А.   239

Жильбер Н.Ж.   278
Жуве Л.   297
Жуков Е.В.   279
Жуковский В.А.   245, 247, 296

Завадская К.И.   67, 253
Завадский В.А.   81, 255
Завадский С.В.   67, 243, 253
Завадский Ю.А.   254
Завазал З.И.   282
Зайцев Б.К.   248, 279
Зелинский Ф.Ф.   67, 253, 291
Зубова Л.В.   274

Иванов Вс.В.   296
Иванов В.Д.   21, 29, 46, 68, 120,
    153, 164, 165, 243
Иванов Вяч.И.   240, 255
Иванов Г.В.   292
Иваск Ю.П.   259, 272
Извольская Е.А.   183, 192, 299, 306
Извольский А.П.   299
Икар (Барабанов Н.)   292
Иловайская В.Д.   252

Иловайский Д.И.   54, 252
Ильин В.Н.   166, 289
Иоанн Безземельный   228

Казанова Д.   50, 51, 54, 103
Кант И.   77
Карл XII   99, 228, 257
Каппус Ф.К.   282
Карамзин Н.М.   296
Карсавин Л.П.   175, 176, 243, 244,
    294, 295
Карсавина И.Л.   175, 176, 179, 182,
    244, 295
Карсавина Л.Н.   176, 179, 182, 185,
    244, 295
Карсавина М.Л.   103, 176, 179, 182,
    244, 295
Карсавина С.Л.   38, 165, 244
Карсавина Т.П.   294, 295
Карсавины, семья   24, 46, 67, 72,
    165, 182, 294
Катаев В.П.   296
Катенев В.П.   261
Квинтилиан М.Ф.   37, 249
Кедров Н.Н.   288
Кедрова И.Н.   165, 288
Керенский А.Ф.   40, 177, 180, 249
Клебанов Г.   300
Клейст Г. фон   33
Клементьев А.   294, 295
Клементьева С.   294, 295
Клодель П.   295
Клоссовская Б.   282
Ковалевский М.Е.   165, 288
Кокто Ж.   297
Колбасина-Чернова О.Е.   288, 294
Колтышев А.П.   284
Кондратьев С.   121
Конрад Д.   90, 256
Корнев Ю.Б.   279
Корнилов Л.Г.   257
Коростелев О.А.   260
Костер Ш. де   254, 256
Красовская Э.С.   232
Кривошеева Е.   277

Именной указатель

Кришнамурти Д. 165, *287*
Кугель А.Р. *298*
Кудрова И.В. *274*
Кузмин М.А. 64, 77, 134, *272*
Купер Д.Ф. 147, *277*
Куприн А.И. *279*

Лагерлёф С. *305*
Ламартин А. *268*
Ларионов М.Ф. *309*
Ларошфуко Ф. *236*
Лебедев В.И. *293*
Лебедева М.Н. *293*
Лебедевы, семья 157, 164, 174, *284*
Лелик см. Туржанский О.В.
Леонардо да Винчи 266, *272*
Леонов Л.М. *296*
Лепёхин Н. 98, 102, 105, 138, *248, 257*
Лермонтов М.Ю. 54, *225, 253, 301*
Лесков Н.С. 28, 196, *245, 308*
Либер С.И. *307*
Лидин В.Г. *296*
Лодыженский В.Н. 49, 53
Ломоносова Р.Н. *274, 289, 299, 303, 304*
Лонг 123, *261, 266*
Лонгфелло Г.У. *245, 251, 258*
Лосская В.К. *232*
Лосская Л.В. 22, *243*
Лосские, семья 22, 24, 67, *243*
Лосский А.Н. 22, 38, *243*
Лосский Б.Н. 22, *243, 288*
Лосский В.Н. 22, *243*
Лосский Н.О. 22, *243*
Лубянникова Е.И. *232*
Львов Л.И. 33, 186-187, *246-247, 301*

Майдель Г. *296*
Маклакова М.А. *309*
Малатеста П. *266*
Ман Н. *267*
Мандельштам М.Г. *261*
Мандельштам О.Э. *225*

Манциарли И. де *288*
Мария Стюарт 169, *290*
Мартынов Г.Г. *232*
Масарик Т. *282*
Маяковский В.В. 153, 176, *231, 281*
Медичи Лоренцо *257*
Мейерхольд В.Э. 174, 175, 176, 180, 181, *293, 295, 298*
Мейн А.Д. *253, 280*
Мейн Д. 152, *280*
Мейн М.А. *253, 280*
Мейн С.Д. 69, 70, *253*
Мелкова М.Ю. *232*
Мельников-Печерский П.И. 196, *308*
Мережковский Д.С. 123, *266, 279*
Микеланджело Б. 16, *241*
Милюков П.Н. *248*
Миндлин Э.Л. *296*
Михаил Черниговский *228*
Мицкевич А. 54
Мнишек Марина 108, *260*
Мнухин Л.А. *260*
Модестов В.И. *290*
Мозжухин И.И. 132, *271*
Мольер Ж.Б. *236*
Мур см. Эфрон Г.С.
Мягкова В.В. *243*

Наполеон I 188, 228, *235*
Некрасов Н.А. *250*
Нельсон Г. *278*
Немирович-Данченко Вл.И. *279*
Несслер В. *255*
Николай II *302*
Ницше Ф. 33
Нобиле У. *250*

Оболенский В.А. *248*
Овидий Публий Назон 121, 131, 152, 170, *264, 270, 280, 291*
Огиньский М.К. 114, *262*
Оксенов А.В. *275*
св. Ольга, кн. *290*

д'Ориоль И.   49, 53, 165, 195, *251*
Оцуп Н.А.   *292*

Павел I   *278*
Павлова К.К.   *311*
Палеолог М.   *278*
Панов И.   *296*
Парнок С.Я.   *291*
Пастернак Б.Л.   10, 20, 25, 31, 35, 225, *235, 242, 246, 267, 274, 291*
Перро Ш.   *236*
Петипа М.И.   *271*
Петипа М.М.   132, *270-271*
Петр III   187
Петрарка Ф.   15, *240*
Пикассо П.   *297*
Платон   77, 81, 108
Плутарх   *250*
Полевой П.   177, *296*
Поликрат Самосский   *247*
Поплавский Б.Ю.   *292, 311*
Попов В.В.   *296*
Прадье Д.   134, *272*
Пракситель   134, *272*
Прево А.Ф.   *263*
Прокофьев В.Н.   102, 106, 127, *249*
Пруст М.   165, *288*
Пугачев Е.И.   187, *301*
Пуришкевич В.М.   *277*
Пушкин А.С.   13, 42, 111, 117, 132, 230, *239, 259, 263, 269, 274, 301*

Расин Ж.   37, *236*
Распутин Г.Е.   148, *277-278*
Резников Д.-в.   *289*
Рембрандт Х.   108
Ремизов А.М.   11, *235-236*
Ренье А.Ф.Ж.   77, *254*
Рильке Р.М.   24, 45, 47, 49, 53, 73, 77, 78, 81, 83, 85, 89, 91, 93, 97, 99, 100, 104, 111, 117, 124, 130, 141, 142, 144, 154, *233, 244, 250-251, 254, 256, , 259, 261, 262, 270, 276, 282, 288*
Римини Ф. Де   *266, 273*

Ришепен Ж.   26, *245*
Роден О.   100, 113, 130, *250, 257, 260-261, 270*
Родзевич К.Б.   62-63, 65, 153, 165, *280, 281, 288*
Роллан Р.   33, 84, 90, *255-256, 274*
Румер О.   *275*
Руссо Ж.Ж.   183, *299*

Саблин Н.П.   189, *302*
Савинков Б.В.   *243*
Савинков Л.Б.   *243*
Савицкий П.Н.   *277, 289*
Савич О.Г.   *295-296*
Свистунов Б.В.   *293*
Свистуновы, семья   174, *293*
Святополок-Мирский Д.П.   154, *282-283*
Седых Д.   *276*
Сеземан В.Э.   *243*
Семенов Ю.Ф.   *292*
Сен-Симон Л. де   *236*
св. Сергий Радонежский   *229, 278*
Серр Ж.   *236*
Скаррон П.   *246*
Скотт В.   48
Скюдери де М.   *247*
Слободзинский Г.Н.   35, 48, 98, 105, 148, *248, 278*
Слободзинский Н.Н.   *248*
Словацкий Ю.   54
Слоним М.Л.   *281, 305*
Соловейчик С.М.   180, *296*
Соловьева М.   *281*
Сосинский В.Б.   165, *288, 303*
Спекторский Е.В.   *279*
Спендиарова Т.   *275*
Сперанский В.Н.   114, *261*
Спиноза Б.   167, 168, 228, 229, *290*
Сполдинг Г.Н.   *287*
Старжеско Н.Н.   67, 87, 178, 186, *253, 296*
Степанов И.В.   *290*
Стоюнина М.Н.   22, *243*
Странге см. Штранге М.М.

Именной указатель

Струве Г.П. *300, 301*
Струве П.Б. *292, 301*
Суарес К. *288*
Суворов А.В. *278*
Сувчинская В.А. 24, 29, 40, 46, 52, 67, 75, 76, 80, 83, 165, *243, 244, 247*
Сувчинский П.П. 24, 46, 67, 72, 175, 183, *243, 244, 283, 287, 294*
Суриц Е. 142
Сухомлин В.В. 40, *249*
Сухотина Т.М. 261
Сухотина-Толстая Т.Л. 111, 114, *258-259, 261*
Сцепуржинская М.С. 153, 166, *251, 281, 288*

Тагер Е.Б. *310*
Таиров А.Я. *271*
Терапиано Ю.К. *300*
Тескова А.А. *233, 259, 260, 270, 276, 280-281, 282, 284, 289, 290, 291, 297, 303-304, 311*
Товстолес Г.Н. 146, *277*
Толстая Е.В. *259*
Толстая С.А. 111, *259*
Толстой Л.Н. *111*, 114, 117, 138, *258-259, 261, 269, 274*
Трофимова М. *235*
Трухачев А.Б. *304*
Тургенев И.С. 130, 138, *240, 269, 274*
Туржанская А.З. 29, 81, 88, 150, *245, 247, 278, 280, 296,*
Туржанская З.К. 66, 67, 83, 87, *253*
Туржанская Ю.П. 29, *245*
Туржанский Вл.К. 33, *247, 253, 296*
Туржанский Вяч.К. *279-280*
Туржанский О.В. (Лелик) 150, *279*
Турнёр М. *239*
Тэффи 172, *247, 263, 292*
Тютчев Ф.И. 21, 77, *243*

Уайльд О. 119, *263*
Уилкокс Г. *282*

Феокрит *265*
Фонвизин Д.И. 42
Фонтенель Б. де *236*
Фохт В.Б. 189, 190, *303, 304*
Франциск II 170, *290*
Фрейд З. *247*
Фрезинский Б. *296*
Фуке Ф. де ла Мотт *296*

Хайям О. 140, *275*
Ходасевич В.Ф. *247*
св. Христофор *211*

Цвейг С. 23, 31, 33, 34, 37, 47, *247-248*
Цветаев А.И. *252*
Цветаев И.В. *246*
Цветаева А.И. *304*
Цветаева В.И. *252*
Цезарь Гай Юлий 176, *285*
Цетлина М.С. *266*
Цицерон М.Т. 114

Чарторыйский А.Е. 54, *252*
Чаттертон Т. *278*
Челюскин С.И. *311*
Чернова А.В. 165, *288*
Чернова Н.В. *288*
Чернова О.В. *288*
Черновы, семья 175, *288*
Чириков Е.Е. 88, *256*
Чириков Е.Н. *256, 279*
Чухновский Б.Г. 42, *250*

Шарнипольский С.П. 166, *289*
Шваб Г. 78, 113, *242, 261*
Швегерле *248*
Шевеленко И.Д. *232, 287*
Шекспир У. *295*
Шенгели Г.А. *273*
Шенье А. *278*
Шервуд Л.В. *248*
Шестов Лев 22, 58, 59, 83
Шеффель И.В. фон *255*
Шиллер Ф. *247*

Шингарев В.А.   165, 166, *288*
Шкловский В.Б.   153, *281*
Шопен Ф.   114, *262*
Штейгер А.С.   *260*
Штейнберг А.З.   *295*
Штранге М.М.   190, *305*
Штранге, семья   *293*
Шухаев В.И.   *259*

Эйзенштейн С.М.   *246*
Эйснер А.В.   224
Эккерман И.П.   126, 136, *264, 267*
Элиан   *265*
Элоиза   118, *263-264*
Элюар П.   *297*
Эренбург И.Г.   177, *295-296, 297*
Эфрон А.С. (Аля)   11, 18, 21, 25, 30, 31, 33, 34, 37, 44, 46, 49, 51-53, 57, 59, 60, 61, 67, 72, 75, 82, 83, 86, 87, 93, 94, 99, 100, 107, 108, 110, 111, 136, 137, 146, 153, 154, 157, 159, 160, 161, 164, 165, 168, 169, 171, 173-175, 178, 179, 185, 186, 190, 193, 195, 196, 234, 243, 245, 246, 252, 255, 256, 258, 259, 267, 268, 280, 284, 290, 293-294, 304, 305, 307, 308
Эфрон Г.С. (Мур)   10, 12, 19, 27, 33, 38, 43, 50, 51, 52, 56, 60, 67, 70, 76, 87, 88, 94, 95-98, 100-113, 117, 123-128, 132, 135-137, 147, 160, 161, 165, 166, 168-171, 173-175, 178, 179, 182-184, 186, 188, 192, 193, 198, *243, 267, 268, 292, 295, 303*
Эфрон Е.Я.   *260, 271, 287*
Эфрон С.Я.   10, 16, 22, 39, 45, 46, 49, 51, 52, 57, 59, 62, 63, 66, 69, 72, 77, 78, 79, 88, 90, 91, 94, 108, 112, 119, 120, 134, 137, 139, 148, 159, 164, 165, 168, 169, 171, 174, 175, 178, 179, 180, 183, 185, 186, 190, 193, 196, *243, 246, 260, 278, 280, 282, 285, 287-292, 294, 304-305*

Юстиниан I   184
Юсупов Ф.Ф.   *277*
Яннингс Э.   197, *309*
Ярошенко Н.   *243*
Ярхо Б.И.   *276*

Abensour G.   *293*
Betz M.   *250*
Douillet J.   *251*
Drevet L.X.   *210*
d'Arc Jeanne   99
Saint-Leger N.B. de   117, 124, *263*
Lenclo N. de   12, 95, *236, 256*
Ligne Ch.-J.   50, 51, 53, *252*
Magne E.   *236*
Manin C.   157, 159, 160
Picon-Vallin B.   *295*
Regnier A. de   77, *254*
Smith G.S.   *287*

Содержание

Елена Коркина
Предисловие 5

Несколько ударов сердца
Письма 1928—1933 годов 7

Приложения
Марина Цветаева
Стихотворения, обращенные к Н.П.Гронскому 201
Марина Цветаева
Стихотворения памяти Н.П.Гронского 205
Николай Гронский
Белладонна 210
Марина Цветаева
Посмертный подарок 223
Марина Цветаева
О книге Н.П.Гронского «Стихи и поэмы» 228

Примечания 231

Именной указатель 312

МАРИНА ЦВЕТАЕВА
НИКОЛАЙ ГРОНСКИЙ
Несколько ударов сердца

Редактор Е.В.Толкачева
Художественный редактор Т.Н.Костерина
Технический редактор С.С.Басипова
Оператор компьютерной верстки М.Е.Басипова
Оператор компьютерной верстки переплета В.М.Драновский
Корректор В.М.Фрадкина
П.корректоры В.А.Жечков, С.Ф.Лисовский

Подписано в печать 01.12.2003
Формат 60х90/16
Тираж 3 000 экз.
Заказ № 5396

ЗАО «Вагриус Плюс-Минус»
107392, Москва, ул. Просторная, д. 6
E-mail: vagrius@vagrius.com
Информация об Издательстве в Интернете:
http://www.vagrius.com; http://www.vagrius.ru

Отпечатано во ФГУП ИПК «Ульяновский Дом печати»
432980, г. Ульяновск, ул. Гончарова, 14

ISBN 5-9560-0184-4